Eduard Zimmermann – . . . der Ganoven Wunderland

EDUARD ZIMMERMANN

. . . der Ganoven Wunderland

Erfahrungen und Erkenntnisse aus der Fernseh-Serie
»Vorsicht, Falle!«

DEUTSCHER LITERATUR-VERLAG HAMBURG
OTTO MELCHERT

DLV Taschenbuch 161

Umschlag: ZDF D 452/84 – Fischer
Satz: Mero-Druck Otto Melchert GmbH & Co. KG, Geesthacht
Druck und Verarbeitung: Ebner Ulm
Printed in Germany 1984
ISBN 3-87152-161-2

Für die Geltung erweislich
unrichtigen Rechtes
läßt sich keine Rechtfertigung
erdenken.

Gustav Radbruch, 1878–1949

Mit meinem Dank
an unzählige Freunde
bei der Polizei, Justiz und
Wirtschaft, deren Hilfe
die Sendereihe »Vorsicht, Falle!«
und das Erscheinen dieses
Buches ermöglicht hat.

In 18 Jahren

. . . hat sich vieles geändert – möchte man meinen.

Doch das trifft, gerade was den Bereich der Betrugsstraftaten angeht, nur sehr bedingt zu. Als ich die vorliegende Bestandsaufnahme 1966 zu Papier brachte, hätte ich jedenfalls nicht gedacht, daß sie 18 Jahre später noch so aktuell ist.

Zugegeben: Das Abzahlungsgesetz, 1965 ad acta gelegt, wurde dann doch reformiert – neun Jahre später! Nichts geändert hat sich aber in bezug auf den Aufwärtstrend der Kriminalität. Die Steigerung hat sogar alle damals geäußerten Befürchtungen übertroffen (1966: 1,9 Millionen Straftaten, 1983: über 4,3 Millionen). Beängstigend zugenommen hat in dieser Zeit auch die Hinwendung zur Gewalt. Doch nach wie vor stehen die Betrugsdelikte an zweiter Stelle hinter dem Diebstahl.

Selbst die Grundmuster der im vorliegenden Buch erwähnten Betrugsmethoden haben sich kaum gewandelt und werden nur zwangsläufig der Zeit angepaßt. Noch immer gelingt es Betrügern, mit schier unglaublicher Rechtskenntnis die Lücken in den einschlägigen Gesetzen aufzuspüren und – auf Kosten ihrer Opfer – für sich zu nutzen.

Im Grunde hat sich also nichts geändert. Im Gegenteil: Noch nie ging es Neppern, Schleppern und Bauernfängern so gut in ». . . der Ganoven Wunderland«.

München, im Dezember 1984

Eduard Zimmermann

EINFÜHRUNG

Die Bundesrepublik hat nicht nur das Wirtschaftswunder zuwege gebracht. Sie ist auch zu einem Wunderland für Gauner und Ganoven geworden. Kaum ein zivilisiertes Land bietet Schwindlern, Betrügern und Dieben so hervorragende »Berufs- und Aufstiegschancen« wie der deutsche Staat zwischen Nordsee und Alpen. Der breitgestreute Wohlstand hat dem gesetzwidrigen Gelderwerb eine Unzahl neuer Möglichkeiten eröffnet. Überall ist heute etwas zu holen, selbst bei denen, die als Ärmste der Armen gelten. Die Marxschen Thesen, nach denen sich das Verbrechen als eine Art sozialen Ausgleichs aus den Niederungen der Besitzlosen gegen die Besitzenden erhebt, sind auf den Kopf gestellt. Immer mehr werden gerade die breiten, einfachen Volksschichten, die in früheren Jahrzehnten wegen ihres zu schmalen Geldbeutels relativ ungefährdet waren, zum Angriffsziel der modernen Eigentumskriminalität. Immer häufiger sitzen auf der sozialen Stufenleiter die Täter oben und die Opfer unten. Die einfachen Menschen sind weitaus bequemere Opfer als die vermögenden Leute, die seit Generationen gelernt haben, sich zu schützen. Unerfahren und schutzlos stehen Millionen Staatsbürger vor der Situation, plötzlich für das Verbrechen interessant geworden zu sein. Die meisten wissen es nicht einmal.

So hat ein Heer von Ganoven leichtes Spiel. Die Zahl der Opfer steigt von Jahr zu Jahr. Man hat sie nach Millionen zu zählen. Der Schaden, der ihnen zugefügt wird, beträgt jährlich mehrere Milliarden Mark. Jede einzelne war vorher hart verdient, oft unter Entbehrungen erspart.

Allein die bekanntgewordene und registrierte Kriminalität wächst dreimal schneller als die Bevölkerung der Bundesrepublik. Aber auch die unbekannte Kriminalität nimmt rapide zu. In diesem Buch wird u. a. von einem Betrugssystem die Rede sein, mit dem nicht weniger als 120 000 Menschen hereingelegt worden sind, ohne daß die zuständigen Behörden etwas davon erfahren haben.

Wenn es möglich ist, daß das Verbrechen in dieser Größenordnung unerkannt an den Organen der Strafrechtspflege vorbeigeht, darf man sich nicht wundern, daß die Bundesrepublik auch immer mehr ausländische und international tätige Gangster anlockt. Aus Nord- und Südamerika, aus Marokko und fast allen europäischen Länden eilen sie in Scharen herbei, um auf ihre Art am bundesdeutschen Wohlstand teilzuhaben. Selbst aus den Ostblockländern finden sie zu Hunderten den Weg ins Wunderland.

Die Methoden, mit denen die Gauner ihren Opfern das Geld aus der Tasche ziehen, haben sich in den letzten Jahrzehnten entscheidend gewandelt. Das sogenannte Intelligenzverbrechen hat immer mehr an Bedeutung gewonnen. Die Ganoven sind »Herren« geworden. Mit Vorliebe sind sie in das Gewand des biederen Bürgers und Kaufmanns geschlüpft. Dem Zug der Zeit folgend, haben sie sich spezialisiert. Sie verwalten ihre Opfer mit Akten und Karteikästen, und sie orientieren ihre Tricks an den Kümmernissen und Wünschen genau abgegrenzter Gesellschaftsgruppen. Für jeden Opferkreis haben sie besondere Maschen entwickelt – der Kriminologe spricht von Fallen –, für Flüchtlinge und Professoren, für Kriegerwitwen und Landwirte, für Nebendienstwillige und Rentner. Das Massendelikt ist große Mode. Einige Betrugsfallen dienen auch dem speziellen Ziel, an die Rücklagen der kleinen Sparer zu kommen. Leid und Empörung, Demütigung und oft auch tiefes soziales Elend kennzeichnen die Spur, die die Täter bei ihren Streifzügen hinterlassen.

Die ZDF-Sendereihe »Vorsicht, Falle!« versucht seit vielen Jahren dem von wachsender Kriminalität bedrohten Staatsbürger zu helfen. Sie klärt ihn über die unzähligen Tricks und Schliche auf, mit denen Fallensteller an seinen Geldbeutel heranwollen. Die Zuschauer zeigten sich nach jeder Sendung schockiert über das Ausmaß an Gefahr und Raffinesse, dem sie tagtäglich ausgesetzt sind. Das starke Interesse, mit dem sie die Sendereihe aufnahmen, offenbarte aber auch den verbreiteten Wunsch nach Aufklärung.

Schon nach dem ersten Jahr konnte die Sendereihe echte kriminalpolitische Erfolge verbuchen: Stichproben zeigten die größer werdende Wachsamkeit des Publikums, manche Tricks verschwanden nahezu vollkommen aus den Anzeigenregistern. Schwindelfirmen drohten mit Klagen wegen »Geschäftsschädigung«, und in einigen Fällen beteuerten festgenommene Betrüger bei der Polizei, sie könnten jetzt leider nur noch reell arbeiten, denn die Sendung »Vorsicht, Falle!« habe den schönen Trick kaputtgemacht. Professor Holzamers Wort von der »Lebenshilfe« hatte – wenn vielleicht auch auf etwas unerwartete Weise – eine Bestätigung erhalten.

Der Autor einer solchen Sendereihe kommt sehr bald in innere Schwierigkeiten. Je tiefer er in die Materie eindringt, um so mehr bedrängt ihn die Einsicht, nicht genug tun zu können. Er erkennt, daß Warnung und Aufklärung zwar in steigendem Maße notwendig sind, daß diese Mittel allein aber nicht genügen, um dem kriminellen Chaos zu begegnen, das auf unsere Gesellschaft zukommt. Er möchte nicht nur dazu beitragen, die möglichen Opfer mit einer Art Schutzimpfung zu immunisieren. Er will auch die

Gründe und Wurzeln des Übels angehen. Fachleute kennen diese Gründe seit Jahren. Aber es wird nur hinter verschlossenen Türen darüber diskutiert. Mit den Problemen an eine breite Öffentlichkeit heranzugehen, hat bisher niemand gewagt. Die beamteten Fachleute fühlen sich an ihre Amtsverschwiegenheit gebunden. Ihre vorgesetzten Politiker halten eine Diskussion über Fragen der inneren Sicherheit für unpopulär, und die wenigen ungebundenen privaten Kenner der Materie, wie etwa manche Anwälte, sehen bei einer solchen Diskussion ihre berufsständischen Interessen gefährdet.

Für den Publizisten muß diese Front des Schweigens Ansporn und Verpflichtung zugleich sein, mit seinen Erkenntnissen nicht hinter dem Berg zu halten. Der Bildschirm erwies sich für eine zusammenfassende Darstellung von Ursachen und Wirkung dieses kompakten und komplizierten Themas nicht als geeignet. Deshalb entstand als Analyse des in der Sendereihe »Vorsicht, Falle!« aufgezeigten Tatbestandes dieses Buch. Es beschränkt sich im Gegensatz zur Sendereihe nicht auf die Schilderung der vielfältigen Möglichkeiten, in eine Falle zu tappen. Es wird auch in aller Deutlichkeit die Gründe nennen, die aus der Bundesrepublik ». . . der Ganoven Wunderland« gemacht haben:

Von einem »Bildungsnotstand« ganz besonderer Prägung und der dazugehörigen Frage, ob die Deutschen dümmer sind als die Bürger anderer Völker, wird genauso die Rede sein wie von der Unfähigkeit unserer Strafrechtspflege, mit den Erscheinungsformen einer gewandelten Kriminalität fertig zu werden. Die Praktiken mächtiger Betrügerorganisationen, die die Bundesrepublik untereinander in Einflußzonen aufteilen und bis zu zehn Jahre lang mit Polizei und Gerichten erfolgreich Blindekuh spielen können, werden offenbart. Die Namen von Tätern wie auch die von betrügerischen Firmen können allerdings nur genannt werden, soweit sie rechtskräftig verurteilt sind. Grundsätzlich hat jeder Mensch so lange als unschuldig zu gelten, bis ein solches Urteil vorliegt. Verlag und Autor wollen sich an den im Grunde begrüßenswerten Rechtsgrundsatz halten, auch wenn er in diesem Falle Menschen begünstigt, die Tausende ihrer Mitbürger in Not und Elend bringen dürfen, weil die Justiz oft ein Jahrzehnt braucht, um zu einem rechtskräftigen Urteil zu kommen. Eine ganze Reihe von Namen sind deshalb in diesem Buch bei ihrer ersten Nennung *kursiv* gesetzt. Sie sind erfunden. Die Handlungen und Taten aller Personen, die durch diese Decknamen geschützt werden, sind jedoch durch unzählige Polizeiakten und andere Beweismaterialien belegt.

Das Buch hat sich last but not least auch mit einem besonders explosiven Problem zu befassen, mit der unbewältigten Freiheit im Ganoven-Wunderland. Jede Medaille hat bekanntlich zwei Seiten. Aber man kann in der Bundesrepublik über die Schattenseite der Freiheit – ähnlich wie über die NS-Vergangenheit – kaum reden, ohne allenthalben auf zementierte Vorurteile, unrealistische Träumereien, harte Tabus und auch auf handfeste Eigeninteressen zu stoßen.

Nun, es soll trotzdem versucht werden. Die Freiheit muß es wert sein, über sie zu sprechen. Und der Autor vermag nicht einzusehen, daß sie unbedingt so lange mißbraucht werden muß, bis ein vom kriminellen Chaos geschütteltes Volk laut nach neuer »Ordnung« ruft und damit ebendiese Freiheit wieder in Gefahr bringt.

*

Erstes Kapitel

DIE KLEINEN HÄNGEN SCHNELL

Freitag, 12. März 1965, 8 Uhr 30. Im Hamburger Strafjustizgebäude am Sievekingsplatz beginnt ein Tag wie tausend andere: Angeklagte und Zeugen finden sich vor den Sitzungssälen ein. Staatsanwälte und Richter eilen mit Akten unter dem Arm durch die hohen Gänge. Die Verteidiger erteilen ihren Mandanten letzte Ratschläge.

Im Saal 194 beginnt das Schnellgericht zu arbeiten. Auf der Terminliste sind für den Vormittag acht Verhandlungen aufgeführt. Alles kleine Fälle: Beleidigung, Diebstahl, Betrug. An dritter Stelle steht das Verfahren gegen *Klaus Bergmann* wegen Unterschlagung. Aktenzeichen: 131 Ds 40/65. Dreißig Minuten sind dafür vorgesehen.

Für Amtsrichter und Staatsanwalt ist es eins von vielen Routineverfahren. Der Fall liegt klar, Tatbestand § 266 ist erfüllt. Klaus Bergmann hat bei der Polizei schon alles zugegeben. Er macht keine Ausflüchte. Komplikationen sind nicht zu erwarten.

Der Angeklagte ist noch jung, 25 Jahre. Er steht heute zum erstenmal vor Gericht, ist also »unbescholten«, wie es in der Juristensprache heißt. Er ist seit vier Jahren verheiratet und hat zwei kleine Kinder. Die Familie wohnt in einer der letzten Barackenstraßen in Fuhlsbüttel am Rande des Flughafens. Auf die Frage nach dem Beruf antwortet Bergmann: »Einfacher Arbeiter.« Er ist Tierpfleger in der Universitätsklinik Eppendorf. Versuchskaninchen, Mäuse und Ratten sind dort seiner Obhut anvertraut. In ein paar Jahren könnte er vielleicht als Angestellter in den Staatsdienst übernommen werden. Bei Arbeitskollegen, Nachbarn und Bekannten gilt Klaus Bergmann als ein wenig einfältig, aber gutmütig und anständig.

Auch vor Gericht macht er keinen schlechten Eindruck. Er antwortet leise, jedoch klar und ohne Umschweife auf die gestellten Fragen. Amtsgerichtsrat Lohmeyer sieht nicht ohne Wohlwollen auf den jungen Mann herab.

Aber ein noch so guter Eindruck kann nicht darüber hinwegtäuschen, daß sich Klaus Bergmann strafbar gemacht hat. Das Korpus delikti ist eine Schreibmaschine. Klaus hat sie vor zwei Jahren bei einem Vertreter auf Raten gekauft. Teilzahlungspreis inklusive Zinsen: 596,- Mark.

Ein ganzes Jahr hat Bergmann die monatlichen Raten ordentlich bezahlt. Dann geriet er in Schwierigkeiten und hat die Maschine verkauft, ohne die Raten weiter zu entrichten.

»Das ist Unterschlagung«, sagt der Staatsanwalt, »darauf steht Gefängnis.« – »Ja, ich weiß«, räumt Klaus ein, zum erstenmal ziemlich kleinmütig.

Amtsrichter Lohmeyer forscht nach den Beweggründen. »Sie haben damals in einer Gärtnerei gearbeitet. Wozu brauchten Sie da eine Schreibmaschine und eine so teure dazu?«

»Der Vertreter hat gesagt, meine Frau könnte mit der Maschine viel Geld verdienen, Adressenschreiben und so.«

»Und daraus ist dann nichts geworden?«

»Nein.«

Richter Lohmeyer hat schon von anrüchigen Verkaufspraktiken durch unseriöse Vertreter gehört. Er kann sich gut denken, wie der clevere Maschinenverkäufer den einfachen Burschen übertölpelt hat. Aber, was nützt das. Unterschlagung bleibt Unterschlagung. Für ihn sind die vom Staatsanwalt vorgebrachten Tatbestandsmerkmale wichtig. Die Vorgeschichte kann er allenfalls strafmildernd berücksichtigen.

Der Hamburger Richter käme vielleicht zu einer anderen Beurteilung der Situation, kennte er die Vorgeschichte dieser Unterschlagung in ihrem ganzen Umfang. Von dem Angeklagten kann der Amtsgerichtsrat nicht viel mehr erfahren. Selbst wenn sich Klaus Bergmann besser auszudrücken verstünde, könnte er nicht alles erzählen. Einen Teil der Vorgeschichte, die ihn auf die Anklagebank gebracht hat, weiß er selbst nicht. Er ist ein einfacher Mann und durchschaut das feinmaschige Netz nicht, in dem er gefangen worden ist – zusammen mit mindestens 80 000 anderen Bürgern der Bundesrepublik. Deshalb kann er dem Richter die Zusammenhänge nicht erklären, die seiner Tat vorausgegangen sind.

Klaus Bergmann kennt den Hergang der Geschichte nur aus seiner Sicht. Für ihn begann sie, wie gesagt, vor zwei Jahren, im Frühjahr 1963.

Klaus Bergmann wohnt zu diesem Zeitpunkt zusammen mit seiner 19jährigen Frau Inge und der ersten Tochter in einem möblierten Zimmer im Hamburger Vorort Rahlstedt. Das Kind ist gerade sechs Monate alt. Die jungen Leute wissen, daß sie in einem halben Jahr das nächste Kind haben werden.

Die beiden wollen aus dem möblierten Zimmer heraus. Eine Wohnung können sie sich noch nicht leisten. Wie viele junge Paare haben sie mit nichts angefangen, ohne Aussteuer und Ersparnisse. Vielleicht haben sie zu früh geheiratet. Aber wer will es beanstanden, wenn es ihnen Hunderttausende gleichtun.

Die zwei Menschen stellen keine großen Ansprüche. Sie sind bereit, in eine billige Baracke zu ziehen, bevor das nächste Kind kommt. Dort haben sie mehr Platz. Aber auch dort brauchen sie wenigstens ein paar Möbel – Betten, einen Tisch und ein paar Schränke. Und ein Radiogerät ist heutzutage auch kein Luxus mehr.

Man kann all diese Dinge auf Raten kaufen. Millionen Menschen haben das nach dem Kriege getan und tun es immer noch. Weshalb soll das für Bergmanns kein Weg sein?

Das Paar studiert Schaufenster und Versandkataloge. Bald rechnet es zusammen mit bereits bestehenden Verpflichtungen eine monatliche Gesamtrate von 400 Mark aus. »Das geht natürlich nur, wenn ich auch verdiene«, sagt Inge. Vom Lohn ihres Mannes, durchschnittlich 580 Mark netto im Monat, können sie die Anschaffungen nicht bestreiten. Das Kind darf nicht unbeaufsichtigt bleiben. Es kommt nur eine Arbeit in Frage, so überlegt die junge Frau, die sie zu Hause verrichten kann.

Klaus und Inge Bergmann glauben deshalb, das große Los gezogen zu haben, als sie in diesen Tagen eine Postwurfsendung im Briefkasten finden, die ihnen genau das verheißt, was sie sich in Gedanken ausgemalt haben.

»Wir suchen tüchtige Schreibkräfte für leichte Heimarbeit«, steht auf der Karte. Und weiter: »Sie können sich manchen Wunsch erfüllen. Nebenverdienst bis 100 DM wöchentlich. Melden Sie sich, auch wenn Sie keine Schreibmaschine besitzen.«

Die Eheleute Bergmann melden sich. Sie schicken die vorgedruckte Werbeantwortkarte an den »*Europäischen Adressen-Dienst*« nach Frankfurt. Schon wenige Tage später erscheint Herr *Bogner*, ein Vertreter des Adressen-Dienstes, bei Bergmanns. Herr Bogner ist ein selbstsicherer Mann. Nie um eine Antwort verlegen, breitet er vor dem jungen Ehepaar eine rosige Zukunft aus. Zwischenfragen sind unnötig. Die Worte sprudeln dem Vertreter so überzeugend und logisch aus dem Mund, daß sie keiner weiteren Erklärung bedürfen.

»Also, wie gesagt, Sie bekommen bei uns für tausend geschriebene Adressen zwölf Mark. Hundertsechzig Adressen können Sie in der Stunde schaffen. Das macht einen Stundenlohn von zwei Mark. Das ist zwar nicht allzu üppig. Aber dafür haben Sie es furchtbar einfach. Die Arbeit kommt zu Ihnen ins Haus, und Sie können sich dransetzen, wann Sie wollen. Die Dienstzeiten bestimmen Sie selbst. Und auch wieviel Sie verdienen wollen, liegt ganz in Ihrer Hand. Wir haben Kräfte, die schreiben für hundertfünfundsiebzig Mark in der Woche.«

Klaus Bergmann rafft sich zu einer Zwischenfrage auf: »Haben Sie denn überhaupt so viel Arbeit? Hundertfünfundsiebzig Mark – das ist ein ganz schöner Brocken.«

Herr Bogner blickt mißbilligend. Daß man den Leuten aber auch immer alles bis ins kleinste erklären muß, scheint er zu denken. Dann sagt er gestenreich: »Was meinen Sie: wieviel Arbeit es in Deutschland gibt? Sechshunderttausend offene Stellen, habe ich neulich erst in der Zeitung gelesen. Und eine Million Ausländer sind schon hier. Für solche Schreibarbeiten können wir aber keine Italienerinnen oder Spanierinnen nehmen.«

Das Ehepaar nickt. Die Argumente des Vertreters sind einleuchtend. Aber noch ehe die Bergmanns weiter nachdenken können, redet Herr Bogner schon weiter.

Er wendet sich an die Frau. »Wenn Sie sich erst ein bißchen bewährt haben, bekommen Sie natürlich auch andere Aufgaben, nicht nur Adressen. Der Adressen-Dienst hat auch Abschriften von ärztlichen Gutachten und Doktorarbeiten herzustellen. Deshalb suchen wir unsere Mitarbeiter auch im ganzen Bundesgebiet. Da haben wir eine größere Auswahl und können uns die besten Kräfte aussuchen.«

»Zu den besten werde ich wohl nie gehören«, sagt Inge kleinlaut. »Ich habe ja nur mal einen kurzen Kursus gemacht und war dann später Verkäuferin.«

»Das ist nicht so schlimm, Frau Bergmann. Unserer Firma kommt es darauf an, daß sie zuverlässige und ehrliche Kräfte hat. Vertrauen ist die Grundlage unserer Arbeit. Das Schreiben selbst ist zwar auch sehr wichtig. Aber das lernt sich schon mit ein bißchen Fleiß und Mühe.«

Inge Bergmann ist mit der Erklärung des Vertreters zufrieden. Am liebsten würde sie gleich anfangen. An Fleiß hat es ihr nie gemangelt. Herr Bogner spürt offensichtlich auch, daß er eine gute Kraft vor sich hat. Er zieht ein Vertragsformular aus der Tasche und beginnt es auszufüllen. So ist Inge Bergmann auf dem besten Weg, Heimsekretärin des »Europäischen Adressen-Dienstes« zu werden.

Plötzlich hält der Vertreter jedoch inne. »Was haben Sie denn für eine Maschine?« fragt er.

»Maschine? Überhaupt keine. Ich dachte, die bekommt man gestellt?«

»Nein, Frau Bergmann, das geht natürlich nicht.« Das Gesicht des Vertreters wird abweisend. »Überlegen Sie einmal, wie viele Maschinen wir da ständig in Bewegung haben müßten. Die Damen hören doch auch mal wieder auf. Viele arbeiten nur so lange, bis sie sich irgendeinen Wunsch erfüllt haben, ein Auto oder ein neues Schlafzimmer.«

Die jungen Leute spüren eine Hoffnung zerrinnen. »Aber Sie haben doch geschrieben, man könne sich auch melden, wenn man keine Maschine hat«, hält Inge dem Vertreter vor.

Herr Bogner weiß das. Und an der fehlenden Schreibmaschine braucht der Nebenverdienst auch nicht zu scheitern. Als gewitzter Vertreter findet er einen Weg, auf dem die Bergmanns doch noch zu ihrem Heimarbeitvertrag kommen. Er kennt da noch eine zweite Firma. Sie nennt sich *Schreibmaschinen-Vertrieb, Horst A. Rolle*. Und bei dieser Firma kann er den Bergmanns zu besonders günstigen Bedingungen eine Maschine besorgen, für 24,- Mark im Monat. Ein erstklassiges Fabrikat, versteht sich.

Das junge Paar will eigentlich nichts kaufen. Es hat ja ohnehin zuwenig Geld. Es will zusätzlich verdienen. Aber Herr Bogner versteht, ihm klarzumachen, daß man erst einmal etwas in ein Geschäft hineinstecken muß, wenn es florieren soll. Und wieder klingt die Rechnung, die der Vertreter den Bergmanns aufmacht, verlockend und plausibel.

»Also, selbst wenn Sie nur wenig arbeiten«, sagt er, »und Sie nur achtzig Mark in der Woche verdienen, können Sie doch ganz einfach von diesem Lohn einmal im Monat vierundzwanzig Mark für die Maschine abzweigen.«

Logik ist ein gutes Verkaufsargument. Also unterschreiben die Eheleute Bergmann am selben Abend noch den Heimarbeitervertrag, einen Ratenkaufvertrag über eine Schreibmaschine zum Preis von insgesamt 596,- DM und eine sogenannte Trennungserklärung, in der sie bestätigen, daß sie sich unabhängig von ihrer Absicht, Heimarbeit auszuführen, zu dem Kauf der Maschine entschlossen haben. Vertreter Bogner verlangt diese Bestätigung, »weil er sonst zu viele Steuern zahlen muß«. Bergmanns verstehen das zwar nicht ganz, aber sie tun dem Mann den Gefallen. Für sie ist wichtig, daß sie die Maschine bekommen und bald Geld verdienen können.

Auf die Maschine brauchen sie nicht lange zu warten. Sie wird wenige Tage nach dem Vertreterbesuch in ihrem Zimmer abgeliefert. Sofort beginnt die junge Frau zu üben. Die Arbeit ist fremd und ungewohnt. Aber mit Fleiß und Ausdauer erlangt Inge Bergmann bald so viel Fertigkeit, daß sie saubere und ordentliche Adressen zustande bringt.

Vom Adressen-Dienst hört Frau Bergmann jedoch nichts. Als dann die Fälligkeit der ersten Rate heranrückt, wird sie unruhig. Sie schreibt nach Frankfurt.

Keine Antwort.

Nun setzt sich Klaus hin und formuliert mit ungelenken, aber deutlichen Wendungen einen Brief an den Adressen-Dienst. Er droht, die Maschine zurückzuschicken.

Nach zwei Wochen bringt der Briefträger endlich eine Antwort. Inge öffnet das Schreiben – und hält fünf herausgerissene Blätter eines Frankfurter Telefonbuches in der Hand. Dazwischen liegen drei unbeschriebene gummierte Bogen: Adressenaufkleber. In einem hektographierten Schreiben wird Inge Bergmann als neue Mitarbeiterin begrüßt und gleichzeitig gebeten, »zur unverbindlichen Erprobung ihrer fachlichen Kenntnisse« die Adressen auf die Aufkleber zu übertragen.

Allmählich spürt das junge Ehepaar, daß es mit dem Nebenverdienst doch nicht so reibungslos klappen wird. Jetzt endlich holen die jungen Leute den Heimarbeitervertrag hervor und studieren ihn Zeile für Zeile. Es ist ein mühseliges Unterfangen. Manches müssen sie dreimal lesen, ehe sie es richtig verstehen. Dann aber haben sie Klarheit über ihre Situation. Sie ist ernüchternd: Nur wenn der »Europäische Adressen-Dienst« Aufträge hat, ist er verpflichtet, diese gleichmäßig auf seine Mitarbeiterinnen zu verteilen. Darüber hinaus braucht er nur solche Arbeiten anzunehmen, die »in der Ausführung den Ansprüchen des Schreibdienstes genügen«.

Mit anderen Worten: Das Ehepaar Bergmann ist rechtlos. Trotzdem setzt sich die Frau hin und tippt die Adressen ab. Das Ergebnis: Nach mehreren Wochen reklamiert der Schreibdienst die »Probearbeit«. Hier fehle ein Punkt, dort sei das Schriftbild unregelmäßig usw. »Üben Sie noch etwas«, wird aus Frankfurt empfohlen.

Im zweiten Monat nach Vertragsabschluß wird Frau Bergmann zum erstenmal eine Arbeit abgenommen. Sie hat fast eine ganze Woche daran gesessen. Als Entlohnung erhält sie 13,22 DM. Sie rechnet sich einen Stundenlohn von 17 Pfennig aus.

Wesentlich schneller als der »E. A. D.«, wie sich der Europäische Adressen-Dienst abgekürzt nennt, arbeitet der Schreibmaschinen-Vertrieb H. A. Rolle, bei dem Bergmanns die Maschine erstanden haben. Sechs Tage nach Fälligkeit der Rate flattert den jungen Leuten schon die erste Mahnung ins Haus. In der zweiten Mahnung findet sich bereits der Hinweis auf Rechtsanwalt und Zahlungsbefehl. Als Klaus Bergmann auf das gebrochene Versprechen bezüglich der Heimarbeit verweist, wird er an seine eigene »Trennungserklärung« erinnert, nach der die beiden Geschäfte nichts miteinander zu tun haben. Herr Rolle wird auch nicht müde zu versichern, daß er den Adressen-Dienst gar nicht kenne, der diese Versprechungen gemacht haben soll.

Klaus und Inge Bergmann können in Hamburg die Beteuerungen der Firma Rolle nicht prüfen. Hätten sie die Möglichkeit, nach Frankfurt zu fahren, es stünde ihnen eine kräftige Überraschung bevor. Die Überraschung wäre vielleicht schon perfekt, wenn die Bergmanns einen Stadtplan von Frankfurt studierten. Auf diese Idee kommen sie jedoch nicht.

*

Die Hauptstraße von Frankfurt-Stadtmitte in Richtung Friedberg heißt ein kurzes Stück S . . . straße*. In der S . . . straße Nr. 39 befindet sich im ersten Stock das Büro der Firma »Schreibmaschinen-Vertrieb Horst A. Rolle«. Herr Rolle sagt seinen Kunden, daß er von den Geschäften des »Europäischen Adressen-Dienstes« nichts wisse.

Dieser »E. A. D.« gibt auf seinen Briefen den Absender M . . . straße 13,I an. Wer dieses Büro aufsuchen will, muß feststellen, daß das Haus Nr. 13 in der M . . . straße keinen Eingang besitzt. Es ist ein Eckhaus, und der Eingang befindet sich in der Straße, die just an dieser Stelle die M . . . straße schneidet. Sie heißt – S . . . straße. In der S . . . straße trägt der Eingang des Eckhauses die Nummer 39 – und im ersten Stock residiert Horst A. Rolle, Inhaber des E. A. D., dessen Büros in den gleichen Räumen, aber mit der anderen Anschrift, untergebracht sind, ist laut gewerbeamtlicher Registrierung Ingrid Rolle, die Ehefrau des Schreibmaschinenunternehmens.

Der weitverbreitete Wunsch nach einer gewinnbringenden Nebenbeschäftigung hat dem Ehepaar Rolle und einer Reihe anderer Firmen, die mit dem gleichen Trick arbeiten, Millionenumsätze gebracht. Die Doppelfirma an der Ecke S . . . straße und M . . . straße hat ihre Tätigkeit im Jahre 1960 begonnen. Horst A. Rolle war damals 26 Jahre alt. Bei einem bekannten deutschen Büromaschinenwerk mit gutem Namen** wurde er schnell ein beliebter Großabnehmer. Der Schreibmaschinenmarkt zeigt seit Ende der fünfziger Jahre harte Sättigungserscheinungen. Selbst Firmen mit Weltruf lernten deshalb die Erfindungsgabe zwielichtiger Vertriebsgesellschaften zu schätzen. 22 000 Schreibmaschinen brachte allein Rolle mit Hilfe des E.A.D.-Tricks bis zum Früh-

---

* Die genauen Straßennamen können aus den in der Einführung genannten Gründen hier nicht genannt werden.

** Den Namen zu nennen, verbietet sich aus Rechtsgründen.

jahr 1965 unter das Volk, jede für rund 600 Mark. Also ein Umsatz von etwa 13,4 Millionen. In den Geschäftsleitungen der Schreibmaschinenwerke spricht man von der »Erschließung neuer Kundenkreise«. Der Gesamtumsatz, den die Schwindelbranche à la Rolle in den ersten fünf Jahren erzielt hat, wird von Experten der Kriminalpolizei auf rund 80 000 Maschinen geschätzt*.

Die Kunden rekrutieren sich hauptsächlich aus drei Gruppen: Rentner und Rentnerinnen, die ihre schmalen Versorgungsbezüge aufbessern wollen. Hausfrauen, die mit den Nebeneinnahmen besondere Anschaffungen bestreiten möchten, und schließlich Schüler und Studenten, denen es ebenfalls auf eine Verdienstmöglichkeit ankommt, bei der sie ihre Freizeit stundenweise einsetzen können.

In fast allen Fällen besteht für die Maschine nach dem Scheitern der Heimarbeitspläne keine Verwendung. Die Ratenverpflichtungen werden von der Vertriebsgesellschaft gewöhnlich bald an das Herstellerwerk abgetreten. Die Industriefirmen besitzen gute Rechtsabteilungen und einen eingespielten Mahnapparat. Sie können sich der säumigen Kunden besser annehmen. Daß die Schreibmaschinen inzwischen nutzlos herumstehen, ist höchstens für den Geprellten ein Argument.

Die renommierten Industrieunternehmen, die Leute wie Herrn Rolle nicht nur beliefern, sondern auch mit juristischem Rat versehen, fahren sofort mit schwerem Geschütz auf, wenn man ihnen unterstellt, sie wüßten, auf welche Art ihre Produkte unnötig in Tausende von Besenkammern und Abstellräume geraten. Sie haben natürlich keine Ahnung von diesen Vorgängen. Für jeden, der an ihrer Honorigkeit zweifelt, stehen neben der auffallend spezialisierten Rechtsabteilung immer ein paar Renommierkunden bereit. Ihnen wurden großzügig ihre Verpflichtungen aus dem Kaufvertrag wegen falscher Versprechungen der Vertreter erlassen. Mehr als das zu tun, könne man von dem Produzenten nicht verlangen, sagen die Werke. Schließlich würde späte »Kaufreue« von keinem deutschen Gericht als Rücktrittsgrund von einem Vertrag anerkannt. Zahlreiche Arbeitsplätze wären gefährdet, und der kaufmännischen Anarchie würde man Tür und Tor öffnen. Also muß die Masse der ausstehenden Ratenverpflichtungen eingetrieben werden. Immerhin sei die sogenannte »Trennungserklärung« auf Empfehlung der Werksjuristen nach der ersten Reklamationswelle eingeführt worden. Die Kunden müßten doch erkennen, was sie unterschreiben.

Daß die Leute nicht wissen, was sie unterschreiben, sondern arg-

---

* In dieser Zahl sind nicht die vielen tausend Schreibmaschinen enthalten, die mit den sogenannten »Bildungs- oder Kinder-Maschen« abgesetzt werden. Von dieser Methode wird im 11. Kapitel »Die Weber 65« berichtet.

listig getäuscht werden, und daß die Trennungserklärung nur dazu dienen soll, den Maschinenverkäufer vor Strafe zu schützen, ist inzwischen in mehreren umfangreichen Anklageschriften niedergelegt, die der Frankfurter Staatsanwalt Dr. Scholz verfaßt hat. Weiter als bis zur Anklage ist das Verfahren gegen Rolle u. a. jedoch bis zum 12. März 1965, dem Tag, an dem Klaus Bergmann vor dem Hamburger Schnellgericht steht, noch nicht gediehen. Die Frankfurter Strafkammer hat noch keinen Eröffnungsbeschluß ergehen lassen, obwohl die ersten Ermittlungen vier Jahre alt sind und die Anklage über neun Monate abgeschlossen ist. Der Beginn des Prozesses ist noch nicht abzusehen. Die Materie ist rechtlich und verfahrenstechnisch kompliziert. Über dem Ausgang des Prozesses, der sich über mehrere Wochen erstrecken dürfte, schweben einige Fragezeichen. Man darf sich also nicht wundern, wenn ihn die ohnehin überlastete Kammer weiter vor sich herschiebt.

Horst A. Rolle hat für die Auseinandersetzung mit der Justiz einige Trümpfe bereit. Auch er verfügt über mehrere Renommierkunden, die vom Adressen-Dienst seiner Frau echte Aufträge erhalten haben. Darüber hinaus hat er von seinem Gewinn regelmäßig einen kleinen Anteil abgezweigt und als Honorar für Scheinaufträge verwandt – die abgeschriebenen Telefonbuchseiten. Insgesamt hat er im Laufe der Jahre von den 13,4 Millionen etwa 110 000,- Mark auf diese Art an seine Kunden zurückfließen lassen.

Natürlich konnte er mit diesem Prinzip den Heimarbeitswillen der Schreibmaschinenkäufer nicht befriedigen. So liefen etwa ein halbes Jahr nach dem Start der Heimarbeitermasche bei der Frankfurter Kripo die ersten Anzeigen ein. Zuerst dachten die Beamten im Polizeipräsidium, es handle sich um eine der üblichen unseriösen Geschäftemachereien. Bald schwollen die Anzeigen jedoch zur Springflut an. Im Januar 1962 registrierten die Männer des 8. Kommissariates (Betrug, Urkundenfälschungen und Wirtschaftsdelikte) die 1000. Anzeige. Jede einzelne bedeutete Vernehmungen, Protokolle, Rückfragen und dicke Akten.

Im Frühjahr war das Kommissariat blockiert und für die übrigen Arbeiten kaum mehr funktionsfähig. 36 Beamte bearbeiteten nach der alphabetischen Geschäftsverteilung Schreibmaschinenanzeigen. Die Bürokratie des Rechtsstaates erwies sich aber als untaugliches Mittel wider die kriminelle Epidemie. Für jede Anzeige, die die Beamten an den Staatsanwalt abgeben konnten, flatterten ihnen drei neue auf den Tisch. Immer mehr betrügerische Vertriebsgesellschaften sorgten für Nachschub. Mehrere Vertreter der ersten Firmen hatten sich inzwischen selbständig gemacht. Bei den Vernehmungen gaben sie sich als seriöse Geschäftsleute, die nur unter dem Wankelmut der Kunden zu leiden hätten. Ihnen Betrugsabsicht nachzuweisen, war in den Einzelfällen kaum möglich.

Am 1. April 1962 ordnete Kriminaldirektor Kalk die Gründung einer Sonderkommission an. Die alphabetische Geschäftsverteilung wurde für das Massendelikt aufgehoben. Fünf Beamte mußten sich statt dessen auf Schreibmaschinenbetrug spezialisieren.

Im Frühjahr 1963 erreichte die Seuche schließlich ihren Höhepunkt. Jetzt brach auch die Sonderkommission und vor allem die Frankfurter Staatsanwaltschaft unter der Lawine zusammen. Der hessische Generalstaatsanwalt setzte eine Sonderkommission auf Landesebene ein. Staatsanwalt Dr. Scholz aus Frankfurt wurde dafür freigestellt. Er bekam ein Dienstzimmer in der Landeshauptstadt Wiesbaden. Kripo-Hauptmeister Hoffmann, Obermeister Otter vom Landeskriminalamt wurden ihm ständig und eine Anzahl anderer Beamter nach Bedarf zugeteilt.

Allmählich begannen die größeren Vollmachten und Möglichkeiten der Wiesbadener Kommssion Früchte zu tragen. Die ersten Kundenkarteien konnten beschlagnahmt werden. Einige Ermittlungen gelangten in ein anklagereifes Stadium. Die Zahl der geschätzten Opfer war zu diesem Zeitpunkt auf etwa 50 000 Menschen geklettert.

Am 6. Juli 1963 gelingt den Männern aus Wiesbaden dann endlich ein spektakulärer Erfolg: Die Kriminalpolizei bekommt einen Hausdurchsuchungsbefehl für die Räume der Firma *Schuhmann* in Frankfurt. In den Büros finden sie die üblichen Unterlagen: Karteien, unvollständige und schlecht geordnete Korrespondenz und hektographierte Normbriefe für alle Stadien des Geschäftsablaufes.

Ein guter Geist läßt die Männer auch nach Kellerräumen fragen. Zuerst heißt es, es gäbe keine. Die Antworten kommen aber so unsicher, daß in den Kriminalisten das Mißtrauen erwacht. Wenig später öffnen sie die Brettertür zu einem Kellerverschlag. Modriger Papiergeruch schlägt ihnen entgegen. Der Keller ist fast leer. In einer Ecke stehen lediglich ein paar große Holzkisten. Obermeister Otter lüftet einen Deckel. Dabei fallen ein paar Blatt Papier zur Erde. Der Beamte hebt sie auf und erkennt, daß die Bogen voll mit Adressen beschrieben sind. Er greift in die Kiste – und hält einen Packen dicht mit Adressen beschriebenen Papieres in der Hand, dazwischen jeweils ein paar Telefonbuchseiten, von denen die Adressen abgeschrieben worden sind.

Die Männer untersuchen die übrigen Kisten. Überall der gleiche Inhalt: das Produkt von Tausenden von Arbeitsstunden. Zusammen mit der Hoffnung unzähliger Menschen auf einen Nebenverdienst vermodert es in einem finsteren Kellerloch.

Der Fund in Frankfurt wurde publik und erregte in der Öffentlichkeit Aufsehen. Der Wiesbadener Sonderkommission gab es Auftrieb. Endlich hatte sie den überzeugenden Beweis in den Händen, daß die Adressendienste in der Hauptsache nur Scheinaufträge vergaben, damit die Kunden so lange ruhig blieben, bis die Schreibmaschinenvertriebsfirmen neben der Anzahlung die ersten Raten und damit ihre Provisionen kassiert hatten. Später mochten sich dann die Rechtsabteilungen der Herstellerwerke mit den Leuten abplagen.

Staatsanwalt Dr. Scholz kam nun zügig voran. Im Frühjahr 1964 waren die ersten Anklageschriften fertiggestellt. Sie nahmen den Umfang von stattlichen Büchern an. Allein die Anklage gegen das Ehepaar Rolle umfaßte 126 engbeschriebene Schreibmaschinenseiten. Im Herbst waren die staatsanwaltschaftlichen Arbeiten dann soweit abgeschlossen, daß der Generalstaatsanwalt die Sonderkommission auflöste und Dr. Scholz nach Frankfurt zurückholte.

Die Inhaber der Schwindelfirmen konnten sich mit den Vorbereitungen für ihre Verteidigung Zeit lassen. Von den Strafkammern drohte ihnen keine Eile. Einigen verging jedoch die Lust an der Branche. Sie sattelten in andere, nicht weniger kriminelle Gewerbezweige um, etwa ins betrügerische Automatengeschäft (über das in den nächsten Kapiteln berichtet wird). Andere wandelten den Trick ab und vertrieben Diktiergeräte mit der Heimarbeitermasche. Sie gaukelten ihren Opfern vor, große Industriefirmen gingen infolge des Mangels an Stenotypistinnen immer mehr dazu über, ihre Korrespondenz auf Tonbänder zu diktieren und dann von Heimsekretärinnen schreiben zu lassen. Natürlich brauchte nach den Werbesprüchen der Vertreter jede Bewerberin für einen solchen Posten erst einmal ein Magnetophongerät, um die Bänder abhören zu können.

Walter Stein, Inhaber des Maschinenvertriebs *Globus,* übertrug den Trick auf den Absatz von Nähmaschinen. Auch hier die gleiche Reihenfolge: Erst wird den Opfern Heimarbeit versprochen, und am Ende bleibt es nur beim unwiderruflichen Kauf einer Nähmaschine.

Horst A. Rolle blieb den Schreibmaschinen treu. Er gründete sogar in New York ein Zweigunternehmen, um amerikanische Frauen mit Heimarbeitsgeräten beglücken zu können, falls ihm die Justiz in Deutschland das Geschäft versalzen sollte. Er brauchte die Übersiedlung nach Amerika jedoch nicht zu forcieren. Die deutsche Justiz ließ sich Zeit.

Ein Gewerbeuntersagungsverfahren, das der Regierungspräsident in Wiesbaden gegen Rolle betreiben wollte, verlief erst einmal im Sande. Das Risiko eines eventuellen Regreßanspruches wegen »entgangenen Gewinns« erschien den Juristen des Regierungspräsidenten zu groß. Schließlich darf niemand ohne rechtskräftiges Gerichtsurteil seiner verfassungsmäßigen Rechte beraubt werden.

So blieb alles beim alten. Das Ehepaar Rolle arbeitete weiter. Die Kriminalbeamten, die vor drei Jahren die ersten Ermittlungen angestellt und den Trick mit der Doppelfirma entschleiert hatten, ärgerten sich bei jeder neuen Anzeige. Sie waren mit ihrem Latein am Ende. Die Ermittlungen waren abgeschlossen. Auf den weiteren Fortgang des Verfahrens hatten sie keinen Einfluß – auch wenn die empörten Geschädigten ihnen und nicht den Strafkammern die Türen einliefen.

Einen Grund, die Rolles in Untersuchungshaft zu nehmen oder ihnen gar die Ausübung ihres Gewerbes zu untersagen, gab es nicht. Sie unterhielten in einem vornehmen Taunus-Vorort in einem repräsentativen Landhaus ihren »festen Wohnsitz«, so wie es das Gesetz (und die Auslegung des Gesetzes) verlangt, um nicht »fluchtverdächtig« zu sein. Sie ließen sich zwar grundsätzlich nur von dem für sie zuständigen Amtsrichter in Bad Homburg vernehmen, leisteten aber jeder Vorladung Folge. Da sie nur des Betruges angeklagt sind, kann kein Untersuchungsrichter einen Haftbefehl unterschreiben.

Hätte Herr Rolle mit einer bei ihm angestellten jugendlichen Stenotypistin ein intimes Liebesverhältnis unterhalten, so hätte die Polizei bis zur Gerichtsverhandlung einen Haftbefehl erwirken können. Mit der am 1. April 1965 in Kraft getretenen Strafprozeßnovelle ist die Möglichkeit geschaffen worden, Sittlichkeitsverbrecher in Untersuchungshaft zu nehmen, »wenn bestimmte Tatsachen die Gefahr begründen, daß der Beschuldigte vor rechtskräftiger Aburteilung ein weiteres Verbrechen der bezeichneten Art begehen werde und die Haft zur Abwendung der drohenden Gefahr erforderlich ist.«

Bei Betrug bietet die »Wiederholungsgefahr« keinen Haftgrund. Sie bot ihn bis zum Jahre 1946. Im Zuge der allgemeinen Liberalisierung wurde die Vorschrift abgeschafft. Schwindelfirmen von der Art, wie sie das Ehepaar Rolle betreibt, waren im Erscheinungsbild der ersten Nachkriegskriminalität kaum vertreten. So konnte das Heimarbeiterunternehmen nach Abschluß der Ermittlungen seine Tätigkeit ungestört fortführen.

Das Geschäft des Ehepaares ging zwar wegen zahlreicher aufklärender Zeitungsberichte nicht mehr so gut wie in den Glanzzeiten der Jahre 1962/63. Aber immerhin, 40 bis 50 Maschinen wöchentlich setzten die Vertreter des Adressen-Dienstes noch im Winter 1964/65 ab. Auch vom 12. März 1965, an dem Klaus

Bergmann in Hamburg vor Gericht stand, fand Horst A. Rolle noch neue Opfer*.

*

Amtsgerichtsrat Lohmeyer kann in der halbstündigen Verhandlung gegen Klaus Bergmann die komplizierten Umstände, die den jungen Mann auf die Anklagebank gebracht haben, nicht würdigen. Das raffinierte Schwindelsystem, das in Frankfurt und Wiesbaden zwar entlarvt, aber noch nicht verurteilt wurde, ist dem Richter nur vom Hörensagen und auch nur bruchstückweise geläufig. Aber selbst wenn Lohmeyer das feingesponnene Netz aus Lüge, Täuschung und skrupelloser Ausnützung der Unwissenheit vollkommen durchschaute, müßte er Klaus Bergmann vermutlich verurteilen.

Der Angeklagte ist zwar jung und unerfahren. Vor dem Gesetz aber ist er mündig und für alle seine Taten verantwortlich. Sein Handeln erfüllt einen Tatbestand, der im Strafgesetzbuch klar umrissen ist und an dem es im Gegensatz zum Betrug nichts zu deuteln gibt.

*

Als damals nach dem Kauf der Maschine der versprochene Nebenverdienst ausblieb, hatte sich Klaus auch an das Schreibmaschinenwerk gewandt, das den Vertrag inzwischen selbst übernommen hatte. Er verlangte Auflösung des Kaufvertrags. Die Antwort: Der Kaufvertrag sei für beide Partner verbindlich, Rückkauf sei nicht möglich.

Von Monat zu Monat wurde es für das junge Ehepaar nun schwieriger, seine Ratenverpflichtungen zu erfüllen. Wie Tausende in dieser Situation gerieten Klaus und Inge Bergmann nun auch noch in die Fänge eines sogenannten »Umschuldungsbüros«. Die Firma versprach, die Ratenverpflichtungen bei einer entsprechend längeren Laufzeit von monatlich 400,- auf 175,- Mark zu senken**. Nach kurzer Zeit stellte sich jedoch heraus, daß die Umschuldungsfirma lediglich ihre eigene Provision erwirtschaftet und die Lage der Bergmanns nur noch verschlimmert hatte, weil mehrere Monate die Raten gar nicht bezahlt worden waren. Ohne eigene Schuld – wenn man Unwissenheit nicht als Schuld bezeichnen will – mußte Klaus plötzlich die Raten von mehreren Monaten nachzahlen. In dieser Bedrängnis kam es dann zu dem verhängnisvollen Verkauf der Schreibmaschine. 200,- Mark hat er dafür erhalten.

---

* Nachdem im Juni und Oktober 1965 in der Sendung »Vorsicht, Falle!« die Ohnmacht der Behörden gegen Schwindler wie Rolle kritisiert worden war, entschloß sich der Regierungspräsident in Wiesbaden im Dezember 1965 doch noch zu einem Gewerbeverbot für Horst A. Rolle.

** Siehe auch 11. Kapitel »Die Weber 65«

Das Geld reichte trotzdem nicht für die dringendsten Verpflichtungen. Die Schreibmaschinenfirma ging fortan leer aus. Die Möbel für die neue Barackenwohnung waren Klaus wichtiger. Inzwischen war er zum zweitenmal Vater geworden.

Die Mahnungen des Werkes ließen nicht lange auf sich warten. Als Bergmanns nicht zahlten, erschien bald darauf der Gerichtsvollzieher. Klaus machte keine Ausflüchte. »Ich habe die Maschine verkauft«, bekannte er ohne Umschweife.

Von dem bedenklichen Gesicht des Beamten bis zur Anklagebank war es dann ein kurzer und direkter Weg. Dazwischen lag nur die Strafanzeige der Maschinenfirma.

*

Amtsrichter Lohmeyer hebt ein wenig verzweifelt die Hände. »Weshalb haben Sie dann aber nun überhaupt nichts mehr bezahlt?« fragt er den Angeklagten. »Sie verdienen doch etwas mehr in letzter Zeit.«

Klaus weiß keine rechte Antwort. »Es hat eben nicht gereicht«, sagt er. In seiner Stimme klingt ein bißchen Trotz an. Er empfindet es offenbar als ungerecht, weitere Zahlungen von ihm zu erwarten. 332,- Mark hat die Maschinenfirma insgesamt von ihm bekommen. Das ist genug, mag er gedacht haben. Sicher hat er dabei die Art und Weise, wie er zu der Maschine gekommen ist, und den »Nutzen«, den er von ihr gehabt hat, mit ins Kalkül gezogen.

»Schade«, sagt der Richter, »vor Ihnen war eine Frau hier, die hatte eine brandneue Quittung mitgebracht und damit ihren Zahlungswillen bewiesen.«

Nein, Zahlungswillen hat der Angeklagte Bergmann in den letzten Monaten nicht mehr gezeigt. Das, was der Richter da von ihm verlangt, empfindet er beinahe als Spott, um den sich bekanntlich der nie zu sorgen braucht, der den Schaden hat. Diese selbstgerechte Auffassung wird Klaus zum Verhängnis: Der Staatsanwalt fordert vier Wochen Gefängnis, die zur Bewährung ausgesetzt werden können, »denn es ist ja das erste Mal«. Amtsrichter Lohmeyer verhängt nach kurzer Überlegung drei Wochen, ausgesetzt zur Bewährung und mit der Auflage, die Restsumme vom Schreibmaschinenkauf nebst Gerichtskosten mit mindestens 20 Mark monatlich abzutragen, zusammen ca. 300,- Mark.

Der Fall Bergmann, Aktenzeichen: 131 Ds 40/65 ist erledigt.

Während der Gerichtsdiener den nächsten Angekagten hereinholt, findet der Richter noch ein paar erläuternde Worte für Klaus: »Wenn Sie den guten Willen gezeigt hätten, die Maschine schleunigst weiter abzubezahlen, Sie wären vielleicht unbestraft hier herausgekommen.«

Klaus Bergmann hat den guten Willen nicht gehabt. Deshalb ist er jetzt vorbestraft. Die Chance, in den Staatsdienst übernommen zu werden, ist dahin.

*

Zweites Kapitel

POSTKUTSCHE GEGEN DÜSENFLUGZEUG

Klaus Bergmann ist kein Einzelfall. In Tausenden von Gerichtsverfahren läßt sich die deutsche Justiz als Zutreiber für Schwindelunternehmen vom Schlage des Maschinenvertriebs Horst A. Rolle mißbrauchen. Besonders die Zivilgerichtsbarkeit verstehen die juristisch meist gut beratenen Firmen für sich einzuspannen. Wenn ein Opfer nicht mehr zahlen will, beschreiten sie ohne Hemmungen den Rechtsweg. Der Richter sieht nur den Einzelfall. Er bekommt einen Vertrag vorgelegt, den der Kunde unterschrieben und dann später verletzt hat. Daß der Vertrag mit unlauteren Methoden zustande gekommen ist, ist am Einzelfall fast nie nachzuweisen.

Erst die Massierung gleichartiger Fälle läßt erkennen, daß die Verträge Bestandteil eines betrügerischen Manövers sind, in die die Kunden verstrickt werden. Ehe dann aber die umfangreichen Strafverfahren gegen den eigentlichen Betrüger abgeschlossen sind und bis schließlich jeder Amtsrichter in Hamburg, Passau und Lüneburg davon gehört hat, sind drei bis vier Jahre vergangen. In der Zwischenzeit wurden zahlreiche Opfer zur Zahlung an den Betrüger verurteilt. Der hat sich natürlich längst ein neues Betätigungsfeld gesucht; vielleicht vermittelt er inzwischen betrügerische Umschuldungskredite, oder er schwatzt norddeutschen Bauern sogenannte Melkmaschinenmusteranlagen auf.

Zum Nachteil der Opfer wirken sich auch fast immer die Bestimmungen über den Gerichtsstand aus. Die Zivilprozeßordnung sieht vor, den Streit vor dem Gericht auszutragen, das für den Wohnort des Beklagten zuständig ist – soweit nichts anderes vertraglich vereinbart ist. Die Normverträge der Schwindelfirmen enthalten deshalb stets die Bestimmung, daß der Sitz der Firma Gerichtsstand sein soll. Den Kunden fällt die kleingedruckte Klausel meist nicht auf. Aber selbst wenn sie den Vertrag genau lesen, messen sie der Gerichtsstandvereinbarung keine Bedeutung bei. Erst wenn sie später auf eigene Kosten in eine weit entfernte Stadt zur Verhandlung reisen und sich dort vielleicht noch des Beistands eines Anwalts bedienen sollen, erst dann wird ihnen die Wichtigkeit des Gerichtsstandes bewußt. Oft scheuen sie nun die neuen Ausgaben und werden wegen ihres Ausbleibens mit

Hilfe von Versäumnisurteilen auf Zahlung an die Betrüger verpflichtet. Die Beträge, die auf diese Art betrügerischen Firmen zugesprochen werden, belaufen sich nach einer Untersuchung, die die »Deutsche Zentralstelle zur Bekämpfung von Schwindelfirmen« in Hamburg angestellt hat, auf jährlich mehrere Millionen Mark.

Die Justiz ist vielen Erscheinungsformen der modernen Kriminalität also in keiner Weise gewachsen. Der bekannte Schweizer Kriminalpsychologe Paul Reiwald prägte im Zusammenhang mit der sogenannten »white-collar-Kriminalität« (»Verbrecher mit weißen Kragen«), zu der die Tätigkeit von Schwindelfirmen gerechnet wird, das Wort: »Im Zeitalter des Düsenflugzeuges fährt die Justiz immer noch mit der Postkutsche.« Der Amerikaner J. E. Hagerty sagte zum gleichen Thema, das in den Vereinigten Staaten nicht weniger drängend hervortritt: »Den Delikten des zwanzigsten Jahrhunderts wird versucht, mit den Methoden des achtzehnten Jahrhunderts beizukommen.«

In der Tat: Die deutsche und mit ihr die Strafrechtspflege vieler westlicher Länder richtet sich mit ihrer Hauptkraft immer noch gegen das Gewaltverbrechen. Die Kriminalität hat sich in den letzten Jahrzehnten aber entscheidend gewandelt.

Nach der Verurteiltenstatistik, die in Deutschland seit 1884 geführt wird, scheint das Verbrechen seit der Jahrhundertwende auf dem Rückmarsch. Die optimistischen Zahlen*, die manchen Betrachter zu voreiligen Schlüssen verführen, sagen aber im Grunde genommen nur aus, daß die Effektivität der Gerichte ständig gesunken ist. Immer mehr Menschen, die die Rechte anderer oder der Allgemeinheit verletzen, verstehen es, sich einer strafrechtlichen Verurteilung zu entziehen. Sie haben gelernt, die Lücken des Strafgesetzbuches auszunutzen. Viele kriminelle Handlungen werden auch lediglich auf zivilrechtlichem Wege »erledigt«.

Eine andere Sprache spricht die »Polizeiliche Kriminalstatistik«. Sie verzeichnet für 1964 insgesamt 1 747 580 bekanntgewordene Verbrechen und Vergehen gegen die deutschen Strafgesetze (ohne Straßenverkehrs- und Staatsschutzdelikte). Auf je hunderttausend Einwohner entfallen also 2998 Straftaten. Die Polizeistatistik wird erst seit 1953 geführt. Allein in den ersten zehn Jahren ist die Zahl der registrierten Fälle um ca. 23 Prozent gestiegen. Seit mehreren Jahren wächst die bekanntgewordene Kriminalität dreimal schneller als die westdeutsche Bevölkerung.

Eindeutig zeigen beide Statistiken, wie das Gewaltverbrechen die dominierende Stellung, die es Ende des vergangenen Jahrhun-

* Von 100 000 strafmündigen Bürgern wurden im Jahr 1898 durchschnittlich 1184 wegen einer Verletzung der Strafgesetze verurteilt. 1908 waren es 1123, 1922 nur noch 858 und 1958 schließlich (ohne Vergehen im Straßenverkehr) 656.

derts einnahm, verloren hat. Noch um 1900 mußten sich die meisten aller in Deutschland angeklagten Personen wegen »Verbrechen wider das Leben oder die Person« verantworten. Auf sie in erster Linie war die Strafrechtspflege zugeschnitten.

Das hat sich geändert: Die Gruppe der Gewalttäter ist auf ein Viertel ihrer ehemaligen Größe zusammengeschmolzen. Noch nie wurde in Deutschland so erfreulich wenig gemordet und getötet wie in unseren Tagen. Der Eindruck, der durch die moderne Publizistik erweckt wird, ist also falsch. Im Verhältnis zur gesamten bekanntgewordenen Kriminalität nehmen sich die klassischen Gewaltdelikte wie Mord, Totschlag, Raub, Erpressung, Körperverletzung und Notzucht – rein statistisch gesehen – mit zusammen etwa 3 Prozent relativ bescheiden aus. Der Löwenanteil entfällt mit 70 Prozent aller Straftaten auf die Diebstahls- und Betrugskriminalität. In der Verurteiltenstatistik, die durchweg fallende Tendenz zeigt, sind als einzige Gruppe die Betrugsdelikte nennenswert angewachsen. Die Polizeistatistik weist die Betrüger mit ca. 180 000 Straftaten nach dem Diebstahl als zweitstärkste Fraktion aus.

Dem Betrug kommt vermutlich sogar der erste Rang zu. In beiden Statistiken werden die sogenannten »fortgesetzten Handlungen« jeweils nur als ein Fall gewertet. Das bedeutet, daß zum Beispiel die 22 000 Betrügereien, die die Firma Rolle begangen hat, in der Jahresbilanz des Verbrechens nur als ein einziger Fall zu Buche schlagen. In keiner Sparte sind so umfangreiche »fortgesetzte Handlungen« zu registrieren wie gerade beim Betrug.

In kaum einem anderen Bereich bleiben auch so viele Straftaten unbekannt. Viele Menschen merken die Schädigung nicht oder nehmen sie stillschweigend hin, um sich nicht zu blamieren, oder weil sie meinen, eine Anzeige nütze ja doch nichts. Oft befürchten sie auch, im Zusammenhang mit einer Anzeige eigene Verfehlungen ans Licht zu bringen. Kriminalisten sprechen von der Latenz des Verbrechens oder der »Dunkelzahl«.

Dr. Bernd Wehner, einer der namhaftesten deutschen Kriminalisten, hat der Fachwelt 1957 eine faszinierende Untersuchung über die »Latenz der Straftaten« vorgelegt. Bereits damals kam Wehner zu dem Schluß, daß im Bereich des Betruges auf jede bekanntgewordene Straftat etwa 12 Betrügereien entfallen, die im dunkeln bleiben. Ohne Berücksichtigung der Steuer-, Zoll- und Postdelikte, die nicht von der Polizei bearbeitet werden, so schockierte Wehner seine Kollegen, seien im Untersuchungsjahr 1956 mit großer Wahrscheinlichkeit etwa 2,3 Millionen Betrugsdelikte verübt worden.

In den Jahren seit 1956 ist die Dunkelziffer auf dem Sektor Betrug zweifellos noch angewachsen. Die großen Schwindelorganisationen, von denen noch die Rede sein wird, und Serienbetrüger vom Schlage des Ehepaares Rolle haben sich meist Ende der fünfziger oder Anfang der sechziger Jahre in der Bundesrepublik breitgemacht. Man wird also kaum übertreiben, wenn man die Zahl der Betrugsdelikte jährlich mit 2,5 Millionen ansetzt. Zweieinhalb Millionen Betrügereien bedeuten aber auch zweieinhalb Millionen Geschädigte im Jahr*.

Der typische Repräsentant der modernen Kriminalität ist nicht mehr der primitive Bursche mit tätowierter Brust, Bartstoppeln und schwarzer Augenklappe. Gewiß, auch er existiert noch. Die meisten Gesetzesbrecher versuchen sich aber heute als »ehrsame Bürger« zu geben. Und so, wie der ehrsame Bürger in einer Zeit materieller Äußerlichkeiten bestrebt ist, mit geringstem Arbeitsaufwand und Risiko das meiste Geld zu verdienen, so hat auch der Kriminelle das Gewinnstreben rationalisiert. Der schweren Handarbeit hat er, wo immer es ging, entsagt und wendet dafür immer mehr Intelligenz und Intellekt für die Straftaten auf. Lediglich die wachsende Zahl jugendlicher Täter »vergeudet« für Raub und schweren Diebstahl noch »unnütze Kraft«. Sobald sie jedoch in das Alter der Erwachsenen aufrücken und »zur Vernunft« kommen, wenden auch sie sich den eleganteren und weniger Körperkraft erfordernden Bereichen des illegalen Geldverdienens zu.

Der Betrüger als typischer Rechtsbrecher unserer Zeit trägt Schlips und Kragen, ist glattrasiert und fährt ein möglichst repräsentatives Auto. Oft ist er Inhaber einer »Firma«. Zumindest legt er sich das Äußere eines seriösen Geschäftsmannes zu. Er ist kaufmännisch und juristisch versiert und geht kein unnötiges Risiko ein.

Betrug bringt einem Täter durchweg mehr »Gewinn« als Diebstahl oder gar Raub. Der Schaden, der durch Betrüger angerichtet wird, ist das Vielfache aller gestohlenen Werte. Ein Dieb, dem es gelingt, eine Beute von 10 000 Mark zu machen, ist schon ein Star in seiner Branche. Ein Betrüger mit einer jährlichen Schadensbilanz von mehreren hunderttausend Mark muß dagegen noch als »Normalverdiener« gelten. *Christel Backhaus*, eine Dame, die vom Schreibmaschinenvertrieb zum Frankfurter Automatenclan überwechselte, hat nach Schätzungen des sie betreuenden Staatsanwaltes in anderthalb Jahren drei bis vier Millionen Mark eingenommen. Den Rekord hält zur Zeit ein Millionenbetrüger mit einer Beute von rund 70 Millionen Mark. Natürlich bleibt dem Täter als eigentlicher »Reingewinn« oft nur ein Bruchteil des Scha-

---

* Im Bereich des Diebstahls (1964 = 994 700 bekannte Fälle) darf man nach dem Wehnerschen Latenzschlüssel mit rund 1,5 Millionen Delikten rechnen. Die beiden größten Gruppen – Betrug und Diebstahl – hinterlassen also jährlich etwa 4 Millionen Geschädigte. Für die gesamte Kriminalität – soweit sie von der Polizei bearbeitet wird – kommt Wehner schon für das Jahr 1956 auf rund 8,8 Millionen Straftaten. Siehe auch Dokumentationsanhang.

dens; aber das ist auch beim Dieb – wenn er nicht gerade Geld stiehlt – nicht anders. Eine Rubrik »Schadenshöhe« ist in der Kriminalstatistik nicht enthalten. In einigen Ländern hatte man sich nach dem Krieg mit der Ermittlung des Schadens versucht. Wegen allzu großer Kompliziertheit der Materie wurden diese Bemühungen jedoch wieder aufgegeben. In der Stadt Frankfurt erreicht der Pegel des bekannten Schadens jährlich die 65-Millionen-Marke.

Beim Versuch, den echten Schaden in der Bundesrepublik zu schätzen, hat man im Bereich des Betruges von den erwähnten 2,5 Millionen Straftaten auszugehen. Setzt man für jede von ihnen nur einen minimalen Schaden von durchschnittlich tausend Mark an, so ergibt sich für diese Sparte eine Schadenssumme von 2,5 Milliarden Mark. 1,5 Millionen Diebstähle würden dann bei einem Ansatz von nur je 500 Mark weitere 750 Millionen ergeben.

Allein durch Betrug und Diebstahl entsteht nach dieser Schätzung also ein direkter jährlicher Schaden von mindestens 3,25 Milliarden Mark. (Die vielen Millionen aus Steuer- und Zolldelikten sind nicht mitgerechnet.) Schlägt man die übrigen Bereiche der Kriminalität, die Kosten der Strafrechtspflege und die in direkter Folge entstehenden Unkosten der Geschädigten hinzu (etwa Reparaturen nach Einbrüchen und die Inanspruchnahme von Anwälten), dann kommt man unschwer und ohne die geringste Übertreibung auf eine minimale Schadenssumme im Bereich der 10-Milliarden-Zone.

Zehn Milliarden Mark müssen als Folge der steigenden Eigentumskriminalität von den direkten Opfern und der steuerzahlenden Allgemeinheit aufgebracht werden. Die Schadenssumme übersteigt damit den Verlust, den die Bürger der Bundesrepublik durch Preissteigerungen und Kaufkraftschwund hinzunehmen haben*.

Während die schleichende Inflation aber immer wieder zum spektakulären Politikum aufrückt, wird um den nicht minder spürbaren Griff in die Tasche des Wohlstandsbürgers durch das Verbrechen kaum ein Wort verloren. Auf die Gründe wird noch einzugehen sein.

Neben den besseren »Gewinnchancen« wird dem modernen Gesetzesbrecher im Bereich des Betruges aber auch ein weitaus geringeres Risiko geboten als beim klassischen Gewaltverbrechen. Ein Beispiel: Die »Hertie-Knacker«, die während des Besuches der britischen Königin den Tresor des Berliner Kaufhauses aufschweißten und 430 000 Mark herausholten, erhielten sieben

* Den privaten Haushalten der Bundesrepublik stand im Jahr 1964 ein Nettoeinkommen von 269,4 Mrd. DM zur Verfügung. Etwa 3,5 Prozent dieses Einkommens, also 9,5 Mrd. DM, wurde durch die Preissteigerungen aufgezehrt.

Jahre Zuchthaus; ein Großbetrüger, der mehrere tausend Bürger um insgesamt fünf Millionen Mark schädigt, kommt – wenn er überhaupt bestraft wird – mit 18 Monaten Gefängnis davon. Der Gesetzestext des Paragraphen 263 StGB* ist für die Bekämpfung der modernen Betrugsformen völlig unzureichend. In einem als kaufmännisches Geschäft getarnten Betrugsmanöver die von vornherein gefaßte üble Absicht des Täters nachzuweisen, ist sehr oft nicht möglich. Polizei und Staatsanwaltschaften wissen von diesen Schwierigkeiten und betreiben bereits eine scharfe Auslese, bevor sie die Fälle zur Anklage bringen. Trotzdem wird jede vierte bis fünfte wegen Betruges angeklagte Person von den Gerichten mangels Beweisen freigesprochen. Das ist eine Freispruchsquote wie in keinem anderen Sektor!

Natürlich sind an dieser Situation viele Opfer nicht schuldlos. Wem hätte sich bei der Schilderung mancher Betrügereien nicht schon die alte Volksweisheit aufgedrängt, nach der die Menschen betrogen sein wollen. Leichtfertigkeit und Dummheit müssen eben bestraft werden, sagt ein altes Sprichwort. Hinzu kommt, daß Gerissenheit nicht selten als Leistung menschlicher Intelligenz Bewunderung findet – solange man nicht selbst das Opfer ist.

Die Rechtssprechung ist – wenn auch mit manchen Einschränkungen – der verlängerte Arm des Volkes, insbesondere dort, wo Schöffen an der Urteilsfindung beteiligt sind. Oft hat man den Gerichten ja schon vorgeworfen, daß sie die abstrakten Paragraphen mit dem Rechtsempfinden des Volkes nicht genügend in Einklang zu bringen verstünden. Das Gebot der Stunde müßte also lauten, nicht nur der Justiz, sondern vor allem erst einmal die Öffentlichkeit die gefährlichen Wandlungen unserer Kriminalität bewußt zu machen. Nicht die 470 jährlichen Tötungsdelikte sind die größte Gefahr für unsere Gesellschaft, sondern die Millionen Betrügereien.

Leider fehlen viele Voraussetzungen, um diese Einsicht populär zu machen. Der Frankfurter Kriminologe Dr. Otto Terstegen und auch Paul Reiwald haben auf einen phänomenalen Kern dieses Mangels hingewiesen. Sie schreiben in Aufsätzen, die leider nur der Fachwelt zugänglich sind: »So merkwürdig es klingen mag: hier fehlt die vorschulende Arbeit der Kriminalromane. Der Held unserer Zeit sollte der große Wirtschaftsschwindler sein. Aber der Wunsch des Lesers hält am Mörder fest, und so muß denn der Kriminalroman weiterhin den Mörder liefern.«

---

* Wer in der Absicht, sich oder einem Dritten einen rechtswidrigen Vermögensvorteil zu verschaffen, das Vermögen eines anderen schädigt, daß er durch Vorspiegelung falscher oder durch Erstellung oder Unterdrückung wahrer Tatsachen einen Irrtum erregt oder unterhält, wird wegen Betruges mit Gefängnis bestraft, neben welchem auf Geldstrafe sowie auf Verlust der bürgerlichen Ehrenrechte erkannt werden kann.

Die Abneigung der Menschen, den Betrüger genauso zu beurteilen wie den Gewaltverbrecher, hat jedoch nicht nur historische Gründe. In einer Zeit, in der die soziale Moral in allen Schichten des Volkes, auch in den führenden, immer mehr abbröckelt, fällt es schwer, als verbrecherisch zu bezeichnen, was man höheren Orts »Vertretung von Interessen« und »zeitgemäße Usancen« nennt. Wenn sogar Bedienstete des Staates in einer falsch verstandenen Treuepflicht das Interesse ihres Arbeitgebers in Auseinandersetzungen mit dem einzelnen Bürger immer häufiger höher bewerten als moralische Werbegriffe, dann darf man sich nicht wundern, wenn auch der einzelne Staatsbürger zur Befriedung seiner Begehrlichkeit für erlaubt hält, »was ihm nicht zu beweisen ist«.

Die Freunde der »pluralistischen Ordnung« haben den »sozialen Ausgleich aller in der Gesellschaft vertretenen Gruppen« zu einer Art staatserhaltenden Religion gemacht. Jeder gegen jeden – nichts anderes bedeuten die schönen Worte in der Praxis. Sicher, Gewalt ist verboten. Jede List aber ist nicht nur erlaubt, sondern sogar zum »Instrument des Ausgleichs« erkoren. Wie soll ein Volk mit dieser »Ordnung« eine Moral erhalten, in der Anstand nun einmal höher bewertet werden muß als der Erfolg durch die List?

Hier beginnt und endet ein verhängnisvoller Kreislauf: Die Wirtschaft und die gesellschaftliche Oberschicht geben schlechte Beispiele. Die breite Unterschicht ahmt nach oder findet die Nachahmung zumindest nicht sehr verwerflich. Gesetzgeber und Rechtspflege sind in der Massendemokratie als Vollstrecker des Volkswillens nicht in der Lage, gegen die Epidemie wirksam vorzugehen.

Am Ende weiß niemand mehr zu sagen, wer wen angesteckt hat. Fest steht nur, daß die Moral, auf der unser freiheitliches Gesellschaftssystem ruht, immer mehr korrumpiert wird. Der Schutz des persönlichen Eigentums gilt als eine der stärksten Säulen dieses Systems. Was soll werden, wenn der Bürger eines Tages feststellt, daß dieser Schutz zu einer Fiktion geworden ist.

Polizei und Staatsanwaltschaften sind nicht in der Lage, die Flut der wachsenden Eigentumskriminalität einzudämmen. Überall macht sich Mißmut und Resignation breit. Betrug ist bei den Beamten das unbeliebteste Ressort. Es bringt wenig handgreifliche Erfolge und die schwierigsten Ermittlungen. Die Amtsleiter wissen, daß sie hier die wichtigsten Kräfte konzentrieren müßten. Sie können es nicht. Betrug steht nicht im Blickpunkt der Öffentlichkeit. Das Interesse der Zeitungen richtet sich genau wie das der Kriminalschriftsteller auf das Gewaltverbrechen. Wenn dort eine Panne passiert, bedeutet das peinliche Diskussionen und vielleicht Berichterstattung beim Minister.

Die Resignation hat aber bereits weit über Polizei und Staatsanwaltschaften hinaus um sich gegriffen. Manche Justizminister der Länder verbuchen die Springflut des Betruges bereits als notwendiges Übel unserer Zeit.

Der ehemalige hessische Justizminister, Dr. Lauritzen, in dessen Amtsbereich die Schreibmaschinenfirma Rolle ihren Sitz hatte, wurde von der Redaktion der Sendung »Vorsicht, Falle!« gefragt, warum man denn nicht besser gegen Schwindelunternehmen, die Tausende betrügen, vorgehen könne. Der Minister sagte:

»Ich habe Verständnis dafür, daß der Eindruck entstehen kann, das Strafverfahren dauere zu lange und es würde zu spät wirksam werden. Aber wir haben nun einmal einen Rechtsstaat, der im Interesse aller Bürger mit verfassungs- und rechtsstaatlichen Garantien ausgestattet ist, und wir können die Freiheit, die er uns garantiert, nicht im Interesse polizeistaatlicher Maßnahmen aufs Spiel setzen.

Sehen Sie, auf dem Gebiet des Verkehrs beklagen wir doch ausgesprochen die großen Opfer, die jeden Tag von uns gefordert werden. Aber wir können nun nicht vorbeugend etwa so weitgehende Verkehrsbeschränkungen erlassen, etwa das Autofahren verbieten zu wollen, um auf jeden Fall diese Opfer zu vermeiden. Wir müssen im Rechtsstaat auch bereit sein, für unsere Freiheit einen Preis zu zahlen.«

Gewiß, der Minister hat recht, wenn er die Ursache der Mißstände mit der Freiheit in Zusammenhang bringt, in diesem Fall mit der absoluten Gewerbefreiheit. Die Frage ist nur, ob man diesen Preis wirklich zahlen soll, ob man also resignieren darf. Oder ob man nicht Mittel und Wege finden muß, die Freiheit für die anständigen Bürger zu erhalten und so eindeutigen Gaunern wie Herrn Rolle trotzdem das Handwerk zu legen. Eine Freiheit, die es nicht versteht, sich gegen Mißbrauch zur Wehr zu setzen, verliert bald ihren Wert. Sicher haben einige Zuschauer gemeint, als sie nach der Sendung verstört anfragten, ob man einen Staat noch Rechtsstaat nennen könne, wenn er zwischen den Rechten einzelner Beschuldigter und dem Schutzbedürfnis Tausender von Opfern nicht gerechter abzuwägen vermag. Man kann die Antwort des Ministers nämlich mißverstehen und als Bankrotterklärung des freiheitlichen Rechtsstaates auffassen.

Das Feld ist für Betrüger in der Bundesrepublik also gut bestellt. Ihr Geschäft blüht und gedeiht. Nahezu ungestört können viele tausend Berufsverbrecher, das heißt Menschen, die zum überwiegenden Teil von Einkünften aus gesetzwidrigen Handlungen leben, ihrem Gewerbe nachgehen. Wie riesige Polypen überspannen ihre Organisationen die Bundesrepublik und ziehen mit unzähligen Saugköpfen Geld und Vermögen an sich.

Ein Teil der Betrüger hat sich mit großem Erfolg in der Geschäftswelt etabliert und schädigt in erster Linie andere Wirtschaftsunternehmen, Organisationen oder die Allgemeinheit, vertreten durch den Staat. Immer mehr Schwindler richten ihr Interesse aber auf die breiten Volksschichten. Hier treffen sie auf Opfer, denen es durchweg an kaufmännischer und juristischer Bildung fehlt und die einer »Firma« mit einem gedruckten Briefkopf automatisch Vertrauen und Respekt entgegenbringen. Mit dem Gespür von Wünschelrutengängern verstehen sie, Geldreserven im Volke zu entdecken und in ihren Besitz zu bringen, über die selbst die Fachwelt immer wieder in Verwunderung gerät.

Die Not und Verzweiflung, die diese Kriminellen im kaufmännischen Gewand verursachen, ist kaum geringer als die Hinterlassenschaft der Gewaltverbrecher. Der Fall des Nürnberger Schuhmachermeisters Freytag spricht für viele. Er wäre eine Vorlage für den Kriminalroman unserer Tage.

*

Drittes Kapitel

DER SCHUSTER UND SEINE ALTERSVERSORGUNG

Johann Freytag, seine Frau nennt ihn Hans, wohnt seit 38 Jahren im Haus Hugelstraße 134 in Nürnberg. Im Sommer 1964, als die hier zu schildernde Geschichte beginnt, ist er 61 Jahre alt. Seit 1927 ist Freytag selbständiger Schuhmachermeister. Er hat ein ganzes Leben lang schwer gearbeitet. Vor dem Krieg war sein Betrieb der größte in Nürnberg. Er unterhielt 6 Filialen und beschäftigte annähernd 50 Leute.

Im Sommer 1964 arbeitet Hans Freytag nur noch allein in seiner Werkstatt. Martha, seine Frau, steht im Laden und fertigt die Kundschaft ab. Das Ehepaar hat keinen erfreulichen Lebensabend vor sich: Johann Freytag wird, wenn er 1967 in das Rentenalter rückt, nicht mehr als ungefähr 150,- Mark Altersversorgung beziehen können.

Johann Freytag trifft keine Schuld an diesen schlechten Aussichten. Wie die meisten selbständigen Gewerbetreibenden hat auch er seit der Eröffnung seines Geschäftes keine Invalidenmarken mehr geklebt. (Ein kurz vor dem Krieg erlassenes Handwerker-Versicherungsgesetz fand in großen Teilen der Handwerkerschaft infolge der Kriegsereignisse keine Beachtung.) Als Altersversorgung waren eine Lebensversicherung und zwei Bausparbriefe gedacht. Die Währungsreform entwertete jedoch beide Objekte.

Der Bundestag war sich der vielen Härten, den der Währungsschnitt den Handwerkern zugefügt hatte, bewußt. Deshalb führte er 1962 eine neue Handwerkerpflichtversicherung ein. Johann Freytag hatte bereits 1955 gemerkt, daß es um seinen Versicherungsschutz schlecht bestellt war. Er hatte deshalb von diesem Zeitpunkt an wieder freiwillig Invalidenmarken geklebt. Die fehlenden Beiträge von 1927 bis 1955 konnte er jedoch nicht überbrücken. So kann sich Johann Freytag im Sommer 1964, nachdem er neun Jahre Mitglied der Versicherung ist, ausrechnen, daß er mit 65 Jahren monatlich 150,- DM bekommen wird.

Das Handwerksversicherungsgesetz, das diese Lücke auch nicht deckt, geht davon aus, daß es den selbständigen Meistern möglich ist, eine private Zusatzversorgung zu unterhalten. Bei den meisten Handwerksberufen, die sich über wenig Arbeit und schlechte Preise in den letzten Jahren nicht beklagen konnten, trifft dieses auch durchaus zu. Anders in der Schuhmacherei.

Das Gewerbe von Ahle und Leiste erlebte im letzten Jahrzehnt einen strukturellen Niedergang wie kaum ein anderer Zweig der Wirtschaft. Johann Freytag reparierte in seinem Betrieb noch in den ersten Jahren nach dem Kriege 1000 Paar Schuhe im Monat. Im Sommer 1964 sind es noch 50 bis 80 Paar im Monat.

Schuhmacher Freytag resigniert nicht vor den Schwierigkeiten. Er ruft auch nicht etwa nach dem Staat. Er versucht sich selbst zu helfen. Die Schuhmacherei will er aufgeben und noch irgend etwas Neues beginnen, das er auch später als Rentner fortführen kann. Er hat trotz des schlechten Geschäfts der letzten Jahre ein paar Ersparnisse: ungefähr 12 000,- Mark. Damit müßte sich doch etwas anfangen lassen, womit ich dann später auch meine Rente aufbessern kann, denkt er. Dem Schuster schwebt ein Auslieferungslager vor. Seine Geschäftsräume, die Werkstatt und auch die Lagerräume könnte er dabei gut verwenden. Er beginnt, die Wirtschaftsanzeigen der Zeitung zu studieren.

Endlich, am 11. Juli 1964, findet er das entscheidende Inserat:

AUSLIEFERUNGSLAGER
eines gut eingeführten konkurrenzlosen Artikels zu vergeben.
(Nebenberuflich)
Schneller Warenumsatz – kein Verkauf – nur Auslieferung. Zur Übernahme 5000,- DM als Sicherheitsleistung bar erforderlich. Bewerbungen an Fa. *H. Harth*, 6 Frankfurt/Main, Friedrichstraße 6.

Johann Freytag setzt sich sofort hin und schreibt nach Frankfurt. Er braucht nicht lange auf Antwort zu warten. Wenige Tage später sagt sich der Reisedirektor der Firma, Daniel *Pfarrhain,* bei Familie Freytag in Nürnberg an.

Am 23. Juli gegen 19.00 Uhr fährt ein schwarzer Mercedes 220 S vor dem Hause Gugelstraße 134 vor. Es entsteigen ihm ein Herr im hellen Sportanzug und eine Dame, Anfang Dreißig. Der Mann, er ist etwa Mitte Vierzig und für seine Größe ein bißchen zu dick, schaut auf die Klingelleiste am Hauseingang und steigt dann mit seiner Begleiterin die Stufen zum 1. Stock hinauf.

Martha Freytag hat die beiden kommen sehen und steht schon an der Tür.

Direktor Pfarrhain stellt vor: »Das ist meine Sekretärin, Fräulein Schneider. Ich habe sie mitgebracht, damit wir das Geschäft gleich perfekt machen können, wenn wir uns einigen.«

Zuerst kommt nun für das Ehepaar Freytag eine Überraschung. Herr Pfarrhain hat gar kein Auslieferungslager anzubieten. »Ja, der Chef hat leider das verkehrte Inserat in die Zeitung gesetzt«, erklärt er. »Aber ich habe eine viel bessere Sache für Sie: Zigarettenautomaten. Das ist das große Geschäft der Zukunft, müssen Sie wissen, jetzt bei dem Personalmangel. Sie werden es sicher auch schon gemerkt haben. Überall wird automatisiert.«

Hans Freytag ist von der Wendung, die die Dinge plötzlich genommen haben, nicht begeistert. Er denkt an seine Lagerräume, die ja eigentlich die Basis des neuen Geschäftes sein sollten.

Anders Martha Freytag. Ihr kommt der Kaufmann von gegenüber in den Sinn. Der hat auch ein paar Zigarettenautomaten an der Hauswand hängen. Und Frau Freytag hat ihn abends von ihrem Schlafzimmerfenster aus schon oft dabei beobachtet, wie er die Automaten nachgefüllt hat. Der muß ganz schön damit verdienen, hat sie jedesmal dabei gedacht. Bei ihr fallen Pfarrhains Worte auf fruchtbaren Boden.

Der Mann hat inzwischen mehrere bunte Prospekte auf dem Tisch ausgebreitet: »Sehen Sie her, das sind unsere neuen Modelle. Jedes mit zehn Schächten à fünfundzwanzig Packungen. Wir stellen die Apparate nur gruppenweise auf. Immer drei nebeneinander. Das erhöht die Werbewirksamkeit. Unsere Firma hat Untersuchungen machen lassen. Daraus geht hervor, daß sich die Menschen mehr von Automaten angezogen fühlen, wenn sie eine größere Auswahl haben und einer ganzen Automatenwand gegenüberstehen.«

Der Schuhmachermeister bleibt skeptisch. Er weiß, daß man Vertretern nicht alles glauben darf. Aber trotzdem, ein Funke von Interesse ist auch in ihm erwacht. So fragt er, was denn so ein Apparat kosten solle.

»Gar nichts«, antwortet Herr Pfarrhain, »wir verkaufen die Automaten nicht. Die werden nur gegen Miete abgegeben. Schließlich möchten wir auch noch ein bißchen im Geschäft bleiben. Das werden Sie verstehen. Wir haben ja immerhin eine Menge Vorbereitungen in die Erschließung des Gebiets gesteckt.«

»Das verstehe ich nicht«, meint der Schuhmacher, »Sie kriegen Ihre Kosten doch auch rein, wenn Sie die Automaten verkaufen.«

Direktor Pfarrhain wirft einen verstohlenen Blick zu seiner Sekretärin. Er überlegt einen Augenblick, dann sagt er: »Ach, Fräulein Schneider, ich habe die Mappe mit den roten Formularen im Wagen liegengelassen. Seien Sie doch bitte so nett und holen Sie sie mir.«

Nachdem die Sekretärin gegangen ist, wendet sich Pfarrhain an den Schuhmacher: »Ich habe sie nur weggeschickt, damit wir ungestört sprechen können. Sie braucht ja nicht unbedingt alles zu hören, denn was ich Ihnen jetzt sage, muß unter uns bleiben. Das darf nämlich mein Chef nicht wissen. Der hat es nicht so gern, wenn seine Geschäftsgeheimnisse ausgeplaudert werden. Aber ich will, wie gesagt, ganz ehrlich und offen mit Ihnen reden.«

Johann Freytag versichert: »Auf uns können Sie sich verlassen. Aus diesen vier Wänden wird nichts herausgetragen.«

»Ja, also, passen Sie auf«, setzt der Mann zu einer längeren Rede an. »Unsere Firma würde das Geschäft natürlich liebend gern allein machen. Aber sie bekommt einfach nicht mehr die Leute, die sie dafür braucht. Wir haben ein paar üble Pannen erlebt. Die Männer, die wir eingestellt hatten, haben uns bestohlen oder nicht ordentlich abgerechnet und so weiter. Deshalb hat der Chef nur gesagt: ›Dann beißen wir lieber in den sauren Apfel und vermieten die Automaten an selbständige Gewerbetreibende. Auf diese Art und Weise sind wir die Schererei mit dem Personal los.‹ Sie wissen als Geschäftsinhaber ja sicher auch ein Lied davon zu singen.«

Johann Freytag nickt. »Ja, das ist schlimm, auf die jungen Leute ist heutzutage kein Verlaß mehr. Mir hat auch einer einen ganzen Haufen Material geklaut und zu Hause damit schwarz gearbeitet.«

»Dann wissen Sie ja Bescheid. Also, wie gesagt, Sie zahlen bei uns pro Automat eine Miete von zehn Mark im Monat, und dann müssen Sie sich vertraglich verpflichten, die Ware nur bei uns zu kaufen. Sie bekommen sie zehn Prozent unter dem Verkaufspreis.«

Jetzt mischt sich Martha Freytag ein: »Das heißt, daß wir zehn Prozent Verdienst haben?«

»Ja, genau. Sie müssen einmal im Monat, beziehungsweise vor Empfang der neuen Ware abrechnen.«

Johann Freytag möchte nun gern wissen, wieviel Zigaretten so ein Automat normalerweise umsetzt.

»Also, wissen Sie, das ist sehr verschieden«, sagt Direktor Pfarrhain. »Es kommt natürlich sehr auf die Lage an. Wir bemühen uns immer, die besten Plätze herauszufinden. Und ich kann Ihnen sagen, ich habe schon Gebiete vermietet, da verdienen die Leute mit fünf Gruppen tausend Mark im Monat.«

Tausend Mark – das ist für Martha Freytag das Zeichen, von einem gesicherten Lebensabend zu träumen. »Da könnten wir ja dann die ganze Schusterei ganz aufgeben«, sagt sie zu ihrem Mann.

Herr Pfarrhain winkt ab. »Vorsicht! Nur nicht gleich zu schnell. Einen solchen Umsatz können wir natürlich nicht garantieren. Es kann auch sein, daß nur die Hälfte abgesetzt wird.«

Johann Freytag beginnt, Vertrauen zu dem Mann zu fassen. Ein Vertreter, der seine eigene Ware so zurückhaltend und objektiv anpreist, ist ihm in seiner langen Praxis nicht oft begegnet. Sein Interesse an einer Zusammenarbeit mit dem Mann wächst. Er möchte jetzt nur noch wissen, wie es sich mit der Sicherheitsleistung verhält, von der Herr Pfarrhain bisher nur ganz beiläufig gesprochen hat.

»Das ist ganz einfach«, sagt der Vertreter. In diesem Moment wird er unterbrochen. Fräulein Schneider, die Sekretärin, kommt zurück. Sie bringt eine Klarsichthülle mit einer Anzahl roter Formulare.

Pfarrhain nimmt die Vordrucke und legt sie zu seinen übrigen Papieren. Danach fährt er mit seiner Antwort fort: »Also, wie gesagt, Sie entrichten für jede Gruppe – das sind vier Automaten – dreitausendzweihundert Mark Kaution. Das Geld wird jährlich mit drei Prozent verzinst. Mehr bekommen Sie bei Ihrer Sparkasse auch nicht.«

Pfarrhain nimmt ein Vertragsformular und zeigt auf den Absatz, in dem tatsächlich eine dreiprozentige Verzinsung zugesichert wird. »Sehen Sie, hier steht es schwarz auf weiß.«

Der Schuster nimmt den Vertrag und liest nach. Es stimmt. Im selben Passus des Vertrages steht auch geschrieben, daß die volle Kaution nach Beendigung des Vertragsverhältnisses zurückbezahlt werden muß.

Allmählich glaubt nun auch Johann Freytag, daß dieses Angebot eine große Chance für ihn darstellt. Er gibt dem Vertreter zu erkennen, daß er bereit wäre, ein paar Automatengruppen zu übernehmen, vorausgesetzt natürlich, daß über die Einzelheiten des Vertrages Einigung erzielt werden kann.

Die beiden Männer beginnen Satz für Satz des Vertragsformulares durchzusprechen. Johann Freytag möchte manches Detail zu seinen Gunsten verändert haben. Aber er trifft in Herrn Pfarrhain einen harten Verhandlungspartner. »Da können wir nicht mehr nachgeben, sonst ist das Geschäft für uns nicht mehr interessant«, sagt er bei den meisten Punkten. Der Schuhmachermeister kann seine Wünsche zwar nicht durchsetzen. Die harte Verhandlungsführung stärkt aber auch immer mehr seinen Eindruck, es mit einer korrekten Firma zu tun zu haben. Sie würde sicher nicht so streiten, überlegt Johann Freytag, wenn sie nicht vorhätte, später den Vertrag genau zu erfüllen.

Nach einer Stunde harten Feilschens sind sich die Männer so weit einig, daß das Ehepaar Freytag drei Automatengruppen der Firma Harth mieten will. 9600 DM soll Johann Freytag dafür Kaution bezahlen. Die Geräte sollen innerhalb von 90 Tagen aufgestellt werden. Die Vertragsdauer hat der Schuhmachermeister von 2 Jahren auf 1 Jahr heruntergehandelt. Wenn das Geschäft nicht genug abwerfen sollte, so hat er sich überlegt, dann kann er nach einem Jahr wieder aussteigen.

Herr Pfarrhain drängt nun auf die Unterschrift. Johann Freytag will damit noch warten. Er möchte nach einem alten Prinzip eine Nacht darüber schlafen.

Nun wird Herr Pfarrhain aggressiv: »Na, hören Sie, jetzt habe ich Ihnen so viele Zugeständnisse gemacht, mehr als ich eigentlich durfte, und nun wollen Sie vielleicht noch einmal abspringen. Dann gehe ich lieber gleich zum nächsten.«

Der Vertreter nimmt ein Bündel Briefe aus der Aktentasche und zeigt sie der Frau des Schuhmachers. »Die Leute hier haben sich alle in Nürnberg auf unser Inserat gemeldet. Wenn Sie wollen, kann ich einem von denen Ihr Gebiet geben.«

Martha Freytag schaut erschrocken zu ihrem Mann. Ihr Blick ist vorwurfsvoll und ein wenig verzweifelt.

Fräulein Schneider beginnt auf den Schuhmachermeister einzureden:

»Also, wissen Sie, Herr Freytag, ich will mich ja nicht einmischen, aber ich an Ihrer Stelle würde da schon zugreifen. Sie müssen ja auch daran denken, daß Sie vielleicht einmal nicht mehr da sind und Ihre Frau dann allein steht. Mit den Automaten hat auch Ihre Frau eine sichere Existenz. Sie wollen sich doch später dann keine Vorwürfe machen, nicht wahr?«

Martha Freytag ist dankbar für die Unterstützung. Sie hätte solche Gedanken zwar nie aussprechen können. Aber auch ihr sind sie schon durch den Kopf gegangen, denn sie ist 20 Jahre jünger als ihr Mann. »Ich glaube, du kannst ruhig unterschreiben, Hans«, sagt sie.

Die Sekretärin schiebt der Frau das Vertragsformular hin und drückt ihr den Kugelschreiber in die Hand. »So, Frau Freytag, Sie hier zuerst. Vor- und Zuname in die oberste Zeile, damit Ihr Mann darunter auch noch Platz hat.«

Frau Freytag ist verblüfft über die Dreistigkeit der Sekretärin, aber sie unterschreibt – ohne nachzudenken.

Die Sekretärin nimmt den Vertrag wieder zurück.

Herr Pfarrhain wendet sich an den Schuhmachermeister: »Nun können Sie Ihre Frau aber nicht darauf sitzenlassen, Herr Freytag. Ich verstehe gar nicht Ihre plötzliche Skepsis. Sie haben es doch bei der Firma Harth nicht mit Pferdehändlern zu tun. Wir sind ein honoriges Haus. Oder trauen Sie uns etwa nicht?«

»Na gut, dann geben Sie her. Auf ein Jahr kann ich es ja versuchen.«

Johann Freytag unterschreibt. Martha wirft einen dankbaren Blick zu der Sekretärin hinüber.

Mit Vertragsabschluß werden 9600,- Mark Kaution fällig. Der Schuhmachermeister hat das Geld auf der Sparkasse. Es ist Freitagabend. Er verspricht, gleich am Montag hinzugehen und die Summe nach Frankfurt zu überweisen. Pfarrhain schlägt dagegen Barzahlung vor. Die 90-Tage-Frist beginne sofort zu laufen, erklärt er den neugewonnenen Automatenbetreuern. Dem Schuhmachermeister gefällt diese Zahlungsart zwar nicht, aber er möchte sich bei seinem neuen Geschäftspartner nicht gleich als Nörgler und Querulant einführen. Deshalb gibt er nach kurzem Zögern nach. Das Ehepaar Freytag und die Vertreter der Firma Harth verabreden sich für Montag früh um 10.00 Uhr im Geschäftslokal der Sparkasse. Ungeachtet dessen läßt Direktor Pfarrhain durch Fräulein Schneider eine Quittung über 9600,- DM ausstellen. Er unterschreibt sie und übergibt sie dem verblüfften Schuhmachermeister. »Nehmen Sie ruhig, dann brauchen wir sie am Montag früh nicht mehr auszufüllen. Ich weiß schon, daß ich mich auf Sie verlassen kann.« Ein wenig pathetisch fügt er hinzu: »Vertrauen gegen Vertrauen, Herr Freytag.«

Johann Freytag hat um die Quittung nicht gebeten. Aber er fühlt sich doch, wenn auch uneingestanden, ein bißchen geehrt durch den Vertrauensbeweis des Vertreters.

Am Montag geht der Schuhmachermeister mit seiner Frau schon früh zur Sparkasse. Er zeigt dem Bezirksstellenleiter, den er seit vielen Jahren kennt, den Vertrag. Der Bankbeamte liest ihn durch und findet nichts Verdächtiges.

Bei der Auszahlung des Geldes sind Direktor Pfarrhain und Fräulein Schneider bereits zugegen. Johann Freytag muß einen kleinen Zinsverlust in Kauf nehmen, da das Geld nicht fristgerecht gekündigt worden ist.

Direktor Pfarrhain tröstet den Schuhmacher: »Lassen Sie sich da nur keine grauen Haare wachsen. Das übernehmen wir. Wir schreiben Ihnen den Betrag bei der ersten Abrechnung gut.«

Für die Frau des Schuhmachers hat er drei Tafeln Schokolade mitgebracht: »Weil Sie sich die Mühe gemacht haben, und heute morgen extra noch mit hierhergekommen sind.«

Nachdem Herr Pfarrhain das Geld in Empfang genommen hat, drängt er zum Aufbruch. Sein Wagen steht vor der Sparkasse. Beim Abschied gibt er dem neuen Mitarbeiter noch einen kollegialen Rat: »Wenn die Automaten kommen, zählen Sie sofort die Zigarettenpackungen nach, damit auch alles stimmt. Wir haben es schon erlebt, daß auf dem Transport mehrere Schachteln verlorengegangen sind. Sie haften ja jetzt dafür.«

Am Abend dieses Tages spendiert sich das Ehepaar Freytag eine Flasche Wein. Nun kann ihnen nicht mehr viel geschehen – denken die beiden. Selbst wenn das Schuhmachergeschäft noch ganz unrentabel werden sollte, würden sie mit den Automaten eine vielleicht bescheidene, aber doch dauerhafte Existenz haben. Voller Ungeduld warten sie in den nächsten Tagen auf die Bestätigung des Abschlusses, so wie sie Herr Pfarrhain versprochen hat.

Sie warten eine ganze Woche. Sie warten noch eine zweite Woche. Dann wird Johann Freytag nervös und schreibt nach Frankfurt. Drei Tage später schon bekommt er Antwort. Der Brief enthält die verabredete Bestätigung: Die Firma Harth freut sich, so heißt es, Johann Freytag als ihren neuen Mitarbeiter begrüßen zu können. Gleichzeitig bestätigt sie den Abschluß des Vertrages und den Eingang der Kaution. Über die Aufstellung der Automaten will sie weiteren Bescheid geben, sobald über die Aufstellungsorte Klarheit bestehe. Von Freytags Mahnung findet sich in dem Schreiben kein Wort. Nun, die Briefe werden sich gekreuzt haben, denkt der Schuhmacher. Fürs erste ist er zufrieden.

Nach zwei Monaten, die ohne eine Nachricht aus Frankfurt verstreichen, wird Johann Freytag jedoch wieder ungeduldig. Seine Frau versucht ihn zu beruhigen. »Du mußt die neunzig Tage abwarten«, sagt sie. »Vorher hast du gar keinen Grund, mißtrauisch zu sein.«

Die 90 Tage vergehen. Der Schuhmacher wartet noch ein paar Karenztage. Dann schreibt er einen eingeschriebenen Brief nach Frankfurt. Keine Antwort. Das nächste Mal schreiben Freytags mit Postantwortschein. Die Quittung, die ihnen der Briefträger über die Abgabe des Briefes ins Haus bringt, trägt die Unterschrift: H. Harth. Johann Freytag hat nun die Gewißheit, daß Herr Harth den Brief bekommen hat. Eine Antwort erhält er trotzdem nicht. Er versucht, die Firma telefonisch zu erreichen. Die Rufnummer ist gesperrt.

Nun geht Johann Freytag zu einem Anwalt. Der zieht Erkundigungen ein und muß seinem Mandanten nach ein paar Wochen die Eröffnung machen, daß die Firma Harth in Frankfurt liquidiert worden ist und der Schuhmacher sein Geld offensichtlich an eine Schwindelfirma gegeben habe.

Polizei und Staatsanwalt treten in Aktion. Die Eheleute werden ein paarmal vernommen, dann hören sie von der Angelegenheit nichts mehr. Wenige Tage vor Weihnachten erreicht sie über die Kriminalpolizei ein Fragebogen der Frankfurter Staatsanwaltschaft. Jetzt merken sie zum erstenmal, daß außer ihnen wohl noch zahlreiche andere Opfer existieren, denn sonst ließe der Staatsanwalt die Geschädigten kaum per Fragebogen vernehmen.

Die Frage, die Johann Freytag am meisten bewegt, ist natürlich: »Wie bekomme ich mein Geld zurück?« Der Anwalt macht ihm Hoffnungen mit Hilfe des Zivilprozesses. Schließlich könne ja das ganze Geld nicht verschwunden sein, argumentiert er. Also strengt Schuster Freytag einen Prozeß gegen den Inhaber der zusammengebrochenen Firma Harth an, um erst einmal in den Besitz eines Titels zu kommen.

Zum Jahreswechsel 1965 entschließt sich der Schuhmachermeister, sein Geschäft aufzugeben. Er bekommt eine Arbeit in einer Lederwarenfabrik. Stundenlohn: 3,60 DM.

Im Frühjahr 1965, als das Kapitel Automatenbetrug für dieses Buch geschrieben wird, ist Johann Freytag seinem Ziel – nämlich von dem Geld etwas zurückzubekommen – noch keinen Schritt nähergekommen. Er hat damit begonnen, abends nach Feierabend in seinem Keller für eine Schuhfabrik Ledersohlen zu stanzen. Mit 63 Jahren beginnt er erneut, Mark für Mark aufeinanderzulegen. Der Rechtsanwalt wird schließlich auch Honorar verlangen. Alle Arbeit und aller Fleiß werden Johann Freytag und seine Frau jedoch nicht davor schützen, in zwei Jahren zum Sozialhilfeempfänger zu werden. Noch glaubt der Schuhmacher nicht an dieses Schicksal. Noch hofft er, wenigtens einen Teil seines Geldes zurückzuerhalten. Er hat doch einen schriftlichen Vertrag. In einem geordneten Rechtsstaat, so meint er, können die Bürger doch nicht mit Hilfe von rechtmäßigen Verträgen um ihr Geld gebracht werden, ohne daß die Organe des Staates die Übeltäter zwingen, den Schaden wiedergutzumachen. Schießlich sei der Sinn eines Vertrages doch auch der, daß man bei einem eventuellen Streitfall wisse, wo Recht und Unrecht liege. So, wie zahlreiche andere Opfer, hofft Johann Freytag also auf die Hilfe von Polizei, Staatsanwaltschaften und Gerichten.

*

Viertes Kapitel

DIE RINGVEREINE DER SECHZIGER JAHRE

Die Frankfurter Staatsanwaltschaft ist wegen Platzmangels im Justizgebäude auf mehrere Mietshäuser rund um das Gericht verteilt. Im vierten Stock eines dieser Häuser sitzt Staatsanwalt Dr. Schramm. Der Raum ist bis zum Bersten mit Akten vollgestopft. Wenn Dr. Schramm an seinen Schreibtisch will, muß er fast wie ein Alpinist über Berge von Anzeigen, Protokollen und Angeklageschriften klettern. Auch in seiner Privatwohnung biegen sich – sehr zum Leidwesen seiner Ehefrau – Regale und Schreibtisch unter der Aktenlast. Dr. Schramm ist mit zwei Kollegen, den Staatsanwälten Rohde und Schneider, vom Frankfurter Oberstaatsanwalt zur Bekämpfung des Automatenunwesens abgestellt und befaßt sich zusammen mit einer kleinen Sondergruppe des 8. Kommissariats der Frankfurter Kripo fast ausschließlich mit dieser Schwindelbranche. Er ist der Erfinder des Fragebogens, den auch Johann Freytag auszufüllen hatte.

Dr. Schramm weiß, daß sich die Hoffnungen des Nürnberger Schuhmachermeisters nicht erfüllen werden. Der Staatsanwalt vermeidet es zwar, bei Vernehmungen der Geschädigten auf die unvermeidliche Frage nach der möglichen Rückerstattung des Geldes einzugehen. Aber er weiß, daß kaum ein Opfer einen Pfennig zurückbekommen wird. Johann Freytag gehört genau wie die vielen tausend anderen, deren ausgefüllte Fragebogen sich in den Dienstzimmern der drei Staatsanwälte zu Aktenbergen türmen, zu den Opfern einer glänzend organisierten Verbrecherwelt, wie sie in Deutschland noch nie existiert hat. Selbst die berühmten Ringvereine der zwanziger Jahre müssen im Vergleich mit dem hauptsächlich in Frankfurt konzentrierten Automatenclan verblassen. Die Berliner Ringvereine, wie »Immertreu«, haben es vielleicht zu bedeutenderem gesellschaftlichem Ansehen gebracht als die Automatenbranche. Den größeren materiellen »Erfolg« können aber zweifellos die kommerziell organisierten Verbrecherringe von heute registrieren. In einem Bericht, den die Frankfurter Kripo im Sommer 1964 für den hessischen Innenminister angefertigt hat, war zum damaligen Zeitpunkt allein durch die in Frankfurt ansässigen »Firmen« ein Schaden von 30 Millionen verursacht worden. (Das ist etwa soviel, wie die Stadt Frankfurt im Jahre 1963 für ihre gesamte Polizei ausgegeben hat.) Danach konnten die Automatenfirmen trotzdem noch das erfolgreiche Jahr 1964 beenden. Auch 1965 arbeiteten sie nahezu ungestört. Allerdings haben sie begonnen, sich von Frankfurt weg in andere Teile des Bundesgebietes zu verziehen.

Die Methoden, mit denen die Branche ihren Opfern das Geld aus der Tasche zieht, sind in drei verschiedene Grundmuster einzuteilen. Die erste Spielart, die aus den Anfangszeiten des Gewerbes Ende der fünfziger Jahre stammt und heute nur noch wenig angewandt wird, sieht folgendermaßen aus: Dem nebenverdienstwilligen Kunden werden unter märchenhaften Umsatzversprechungen billige und minderwertige Automaten zum drei- bis vierfachen Preis des echten Wertes verkauft. Die Firmen *Deutag GmbH* und *Aumig GmbH* in Frankfurt verstanden es zum Beispiel, mehrere tausend sogenannter automatischer Wäscheannahmestellen (Clean-Boxen) zu Preisen zwischen 5000,- und 6500,- DM zu verkaufen. Sie bezogen die Wäschekästen, die sie an Straßenecken aufstellten, beim Schweizer Hersteller für 1400,- DM. Die Käufer sollten am Umsatz, die die Boxen den entleerenden Wäschereien einbrachten, beteiligt werden. Dieser Umsatz erwies sich aber als lächerlich gering. So zog zum Beispiel die Wäscherei Friedrich Schorpp in Karlsruhe in vollen vier Monaten aus einer solchen Wäschebox einen Gesamtumsatz von 7,45 DM. Dem Besitzer der Box stand nach dem Vertrag mit der Aumig GmbH 12% Umsatzbeteiligung, also 89 Pfennig, als Gewinn zu.

Damit die Kunden nicht zu schnell rebellierten, verfiel »Aumig«-Geschäftsführer *Gustav A. Thöme* auf die glänzende Idee, den Käufern der Boxen eine »bankverbürgte Umsatzgarantie« für das erste Jahr zu bieten. Er erhöhte ganz einfach den Preis seiner Wäschebox von 5400,- DM auf 6550,- DM und hinterlegte den Mehrpreis bei einer Bank zugunsten des Kunden. Die Zinsen strich natürlich die »Aumig GmbH« ein. Seine guten Verkaufserfolge verdankte Thöme einem Bild, das ihn zusammen mit dem damaligen Wirtschaftsminister Professor Erhard zeigt. Es war ihm gelungen, sich auf der Hannover-Messe neben Professor Erhard fotografieren zu lassen. Ohne Hemmungen verbreitete er das Bild in seinen Werbeprospekten mit der Unterschrift: »Der Bundeswirtschaftsminister Prof. Dr. Ludwig Erhard unterhält sich mit Verkaufsdirektor Thöme über das Thema ›automatisch verkaufen‹.«

Die zweite Variante des Gewerbes ist der »annullierte Mietvertrag«. Ein Beispiel: die zum Automatenclan gehörende Firma *AVG* vermietet gegen eine monatliche Pacht von 300,- DM und eine Kaution von 10 000,- DM zehn Zigarettenautomaten. Wenn der Kunde nach einem halben Jahr merkt, daß der versprochene Umsatz niemals zu erreichen ist, versucht er, ihn zum nächstmöglichen Termin zu kündigen. Die Firma AVG geht nach einigen Spiegelgefechten auf die Kündigung ein und macht dem Kunden eine Rechnung auf, die fast die ganze Kaution verschlingt. Zuerst werden einmal 9 Monate Miete fällig = 2700,- DM. Darüber hinaus verwirkt der Kunde eine Konventionalstrafe in Höhe von 40% der Kaution = 4000,- DM. Die entsprechende Klausel über die Konventionalstrafe ist dem Kunden bei Vertragsabschluß als besondere Kulanz der Firma AVG angeboten worden. Sie lautet: »Sollte die Firma AVG oder deren Partner diesen Vertrag nicht korrekt erfüllen, so zahlt der Schuldige 40% Konventionalstrafe sowie die entstandenen Unkosten aus dem Vertrag.«

Die Vertreter erklärten bei Vertragsabschluß gewöhnlich: »Eine Firma, die so kulant ist und vierzig Prozent nebst allen Unkosten für den Fall bietet, daß sie den Vertrag nicht erfüllt, eine solche Firma müssen Sie sich erst einmal suchen.« Daß die Klausel sich von vornherein nur gegen den »Partner« richtete, da nur er ein Interesse daran haben konnte, wieder aus dem Vertrag herauszukommen, hat keiner der Kunden vorher bemerkt. Neun Monate Miete, die Konventionalstrafe und die in der Höhe vorher nicht festgelegten Kosten betrugen dann gewöhnlich rund 8000,- DM. Die Kunden gingen auf den Vergleich fast immer ein, da sie fürchteten, noch mehr Geld zu verlieren, wenn sie bei der Firma blieben. Daß die AVG die zurückgenommenen Geräte gleich ein weiteres Mal vermieten konnte, versteht sich von selbst.

Nach der dritten, in den letzten Jahren am meisten verbreiteten Arbeitsmethode, geben sich die betrügerischen Automatenfirmen, so wie im Falle des Nürnberger Schuhmachermeisters, gar nicht mehr die Mühe, die Geräte aufzustellen. Sie kassieren die Kaution oder wenigstens eine Anzahlung und lassen dann nichts mehr von sich hören. Bei dieser Methode ist zwar der Tatbestand des Betruges viel leichter nachzuweisen als bei den beiden vorherigen. Das nützt den Opfern jedoch wenig, denn einen Haftbefehl kann die Polizei nur erwirken, wenn entweder ein rechtskräftiges Urteil gesprochen ist oder der Beschuldigte mangels eines festen Wohnsitzes fluchtverdächtig ist. Die Beschuldigten kennen diese Bestimmungen so genau, daß sie sich gewöhnlich erst absetzen, wenn der Haftbefehl für die nächsten Tage unmittelbar bevorsteht.

Erich Harth, Inhaber der nach dem Vornamen seiner Frau Helga benannten Firma »H. Harth«, hat sich im Frühjahr 1965 abgesetzt. Auf seinem Konto sind neben dem Schuhmacher Freytag in Nürnberg nicht weniger als 300 Geschädigte registriert – mit einer durchschnittlichen Kautionshöhe von 4000,- DM. Die Opfer der Firma Harth setzen sich genauso wie die Geschädigten der übrigen Automatenfirmen aus allen Bevölkerungsschichten zusammen. In der Mehrzahl sind es Arbeiter und Angestellte, sogenannte kleine Leute. In einzelnen Fällen waren aber auch Schutzpolizisten, Rechtsanwälte, Beamte des höheren Dienstes und Journalisten, wie es in einer vom Staatsanwalt Schramm fertiggestellten Anklage heißt, »nicht in der Lage, das Netz von Unwahrheiten und Halbwahrheiten zu durchschauen, mit dem sie durch die Zeitungswerbung und Behauptung der Vertreter überzogen worden sind.«

Im Frühjahr 1965 konnte Dr. Schramm auch gegen Erich Harth einen Haftbefehl erwirken. Die vollzogene Flucht hat den Beweis der Fluchtgefahr erbracht. Der Staatsanwalt wußte nun jedoch nicht, wo sich der Beschuldigte aufhielt und mußte den Haftbefehl mit »Wohnung unbekannt« beantragen.

Als Erich Harth vor einem Jahr bereits einmal der Boden zu heiß geworden war, hatte er sich zusammen mit einem Freund und Leidensgenossen aus der Automatenbranche in Hamburg eine Hochseejacht gekauft und ist damit ins Mittelmeer gefahren. Er kreuzte dort mehrere Monate vor Sonne und Wind und erholte sich von seiner anstrengenden Tätigkeit. In den Häfen an der Riviera galt der 35jährige Mann als vermögender Playboy.

Unauffällig kehrte Hart dann in die Bundesrepublik zurück und legte den alten Schwindel neu auf. Während Staatsanwalt Schramm an der Anklage gegen ihn arbeitete – er beschränkte sich dabei auf die Betrügereien bis zum Sommer 1963 –, reisten Harth und seine Vertreter seelenruhig durch die Lande und vermieteten wieder Automaten. Bei Schuhmacher Freytag traten sie, wie gesagt, am 23. Juli 1964 auf. Neun Monate später, Johann Freytag hofft immer noch auf die Rückerstattung seines Geldes, vermutet Staatsanwalt Schramm den Beschuldigten wieder an den Gestaden des Mittelmeeres. Als Harth in Frankfurt noch einen festen Wohnsitz unterhielt, war gerade dies ein Hinderungsgrund für einen Haftbefehl.

Die drei Staatsanwälte und ein paar Beamte der Frankfurter Kripo kämpfen wie weiland Don Quichotte gegen Windmühlenflügel. Solange der Gesetzgeber keine Möglichkeit schafft, Betrüger in Untersuchungshaft zu nehmen, wenn die Gefahr neuer Straftaten so offensichtlich ist wie bei Schwindelfirmen vom Schlage Rolle oder Harth, so lange muß die Strafrechtspflege dieses Sektors eine Farce bleiben.

Kriminalhauptmeister Möller von der Automaten-Sondergruppe geht am Montagabend mitunter in ein Café der Frankfurter Innenstadt namens Kranzler. Dort treffen sich die Damen und Herren der Automatenbranche, soweit sie nicht vom Haftbefehl bedroht sind. Die Hälfte der Frauen und Männer, die dort einmal in der Woche zusammensitzen, steht unter Anklage. Nichts kann sie jedoch daran hindern, im »Kranzler« Woche für Woche von den

Einnahmen aus neuen Vertragsabschlüssen teure »Lokalrunden« zu schmeißen.

Möller, an dessen Schreibtisch in den vergangenen Jahren zahlreiche Kriegsbeschädigte vorbeigezogen sind, die ihre Versorgungsrenten für ein Automatengeschäft kapitalisieren ließen, gehört zu den Männern, die ihrer Arbeit mit missionarischem Eifer nachgehen. Über seinem Schreibtisch hängt ein Plan, der wie das Organisationsschema eines Riesenkonzerns oder die Ahnentafel eines alten Adelsgeschlechtes aussieht.

Der Plan ist gleichermaßen Stammbaum und Marschroute einer kriminellen Seuche. Er gibt Auskunft über die kommerziell getarnten Wege der modernen Kriminalität, und er zeigt, wie hoffnungslos unsere Strafrechtspflege dieser Kommerzkriminalität unterlegen ist. Auf dem Wandschmuck des Kriminalbeamten läßt sich die Ausbreitung der betrügerischen Automatenbranche zurückverfolgen bis ins Jahr 1957, als ein englischer und ein amerikanischer Ganove den Trick in das deutsche Wunderland brachten:

Sie hießen Sidney Levine und Louis Lindzon und gründeten in Frankfurt eine Filiale der Londoner Firma »The Master Vending Machine«. Der Firmename verrät, was sie vorhatten: »Möglichst viele Bundesbürger sollten Eigentümer einer Verkaufsmaschine werden. Lindzon und Levine hatten herausgefunden, wie groß in Deutschland der Wunsch nach zusätzlichem Nebenverdienst war und wie leicht deshalb Geräte abzusetzen waren, die selbsttätig und mühelos Geld zu verdienen versprachen. Nahezu alle Tricks, die in der Branche heute noch Verwendung finden, gehen auf die beiden »Erfinder des Bösen«, wie sie von Möller betitelt werden, zurück. Auch im Jargon der Automatenzunft ist ihr Einfluß noch heute, viele Jahre nach ihrem Verschwinden aus der Bundesrepublik, zu spüren. So werden zum Beispiel die Zuschriften nach den Zeitungsinseraten, mit denen die künftigen Opfer zum erstenmal mit den Schwindlern in Berührung kommen, immer noch »leads« genannt, was etwa dem deutschen Ausdruck Schrittmacher entspricht.

Auf der Suche nach Vertretern, die seine Geräte unter das Volk bringen sollten, stieß Lindzon auf einen jungen Mann namens *Carl Bernd Buchmann,* damals 28 Jahre alt. Die Lebensgeschichte dieses Mannes ist typisch für den Weg des modernen Betrügers, der sich mit Vorliebe auf der Grenze zwischen dem gerade noch legalen und gesetzwidrigen Geschäft bewegt:

Buchmann ist der Sohn eines angesehenen Arztes einer norddeutschen Großstadt. Als einziges Kind wuchs er umhegt und verwöhnt im Hause der Eltern auf. Im Gymnasium blieb er bereits in der ersten Klasse sitzen. Es mangelte am Fleiß, bekannte er später offenherzig. Die Eltern schickten den Jungen dann auf ein teures Internat. Als im Frühjahr 1945, kurz vor Kriegsende, der Schulunterricht aufhörte, hatte er es bis zur Untertertia gebracht.

Ein paar Monate später nahm die Schule den Unterricht wieder auf, aber nun fühlte sich der 16jährige für den weiteren Besuch der Lehranstalt zu alt. Buchmanns Vater hatte zwar gehofft, daß der Sohn so wie er Arzt würde, um die väterliche Privatklinik zu übernehmen. Aber er beugte sich dem Drängen des Sohnes, nicht mehr zur Schule gehen zu müssen. Mehrere Jahre verbrachte Bernd nun als ungelernter Gehilfe im Klinikbetrieb der Eltern. Einem festen und geordneten Arbeitsrhythmus verstand er sich als »Sohn des Chefs« zu entziehen. Im Frühjahr 1950 faßte der Vater den Plan, die Klinik später in ein Hotel umzuwandeln und schickte den Sohn deshalb nach Frankfurt, damit er das Hotelfach erlernte. Im »Süd-Hotel« fand Bernd Buchmann eine Volontärstelle. Er erhielt bei freier Kost und Logis eine monatliche Arbeitsvergütung von 125,- DM. Dazu schickte der Vater an jedem Ersten einen Scheck über 500,- DM und überließ dem 21jährigen Filius darüber hinaus einen PKW zur persönlichen Benutzung. Wohlgemerkt, alles zu einer Zeit, in der Hunderttausende vor den Arbeitsämtern Schlange standen und das monatliche Durchschnittseinkommen der kaufmännischen Angestellten bei 300,- DM lag! In einer der zahlreichen Anklageschriften, die Bernd Buchmann 14 Jahre später zu einer zentralen Figur des betrügerischen Automatengewerbes machen, heißt es: »Man kann sich des Eindrucks nicht erwehren, daß diese günstige wirtschaftliche Stellung der inneren Festigung des Angeschuldigten, der diese Zeit als die schönste seines Lebens bezeichnet, nicht dienlich gewesen ist.«

Im Jahre 1952 starb Buchmanns Vater. Die Mutter verkaufte die Klinik. Damit gab auch der Sohn seine Tätigkeit in dem Frankfurter Hotel auf. Einige Zeit versuchte er sich als freier und selbständiger Vertreter. Dann gelang es ihm im Jahre 1954, bei der amerikanischen Charter-Fluggesellschaft »Flying Tigers« in Frankfurt angestellt zu werden. Bei dieser Gesellschaft, die sich vornehmlich mit Transporten für die amerikanische Armee und der Beförderung von Armeeangehörigen befaßte, hatte Buchmann für die Unterbringung der Fluggäste in Frankfurter Hotels, für Bordverpflegung und dergleichen zu sorgen.

Drei Jahre war Bernd Buchmann für die fliegenden Tiger tätig. 1957 wurde ihm dann eine Affäre mit einer Stewardeß zum Verhängnis. Der Präsident der Gesellschaft, der während eines Fluges über den Rocky Mountains Buchmann in einer verfänglichen Situation mit dem Mädchen in der Bordküche überraschte, setzte den jungen Mann in Frankfurt auf die Straße.

Ausgerechnet in jenen Tagen traf Bernd Buchmann im Café

Hauptwache einen alten amerikanischen Bekannten: Louis Lindzon. Der Amerikaner nahm sich des Entlassenen an und stellte ihn in der Automatenfirma »The Master Vending Machine« als »Repräsentant« ein. Buchmann hatte nur Kaugummi-, Kugelschreiber- und Parfümautomaten zu verkaufen. Sehr schnell merkte er, daß in dieser Branche mit wenig Aufwand viel Geld zu verdienen war. Auf seine Empfehlung wurde auch bald ein weiterer Vertreter eingestellt, der gleich ihm in kurzer Zeit zu einer beherrschenden Figur des Automatenclans werden sollte: *Franz-Josef Kramer.* Buchmann kannte ihn aus seiner Volontärzeit im Frankfurter »Süd-Hotel«.

Auch Kramer ist an seiner Wiege nicht gesungen worden, daß er zu einem berühmt-berüchtigten Gauner in Deutschland werden sollte. Auch er ist der neue Typ des Wirtschaftskriminellen, der nicht mehr mit Gewalt, sondern mit dem Einsatz von Raffinesse und Intelligenz sozialwidrigem Gelderwerb nachgeht.

Kramer, drei Jahre älter als Buchmann, besuchte nach seiner Entlassung aus der Kriegsgefangenschaft im Jahre 1947 die höhere Handelsschule in Aachen. Danach nahm er in Frankfurt an einem Vorsemester für die Zulassung zum wirtschaftswissenschaftlichen Studium teil. Er wollte Diplomkaufmann werden. Seine kaufmännisch-organisatorischen Fähigkeiten stellte er schon sehr früh unter Beweis. Zusammen mit einigen Kommilitonen gründete er bereits als Student seine erste Firma: der Studentenschnelldienst an der Frankfurter Universität. Die Einkünfte aus diesem Unternehmen blieben jedoch gering. Um seinen Lebensunterhalt zu bestreiten, übte Kramer in den Jahren bis 1957 vom Buchhalter bis zum Reporter so ziemlich alle Berufe aus, derer sich ein Student bemächtigen kann.

Durch Buchmann mit den Verdienstmöglichkeiten der Automatenbranche vertraut gemacht, gab Kramer nach dem Eintritt in die Firma »The Master Vending Machine« seine weiteren Studien endgültig auf. Der Automaten-Verkauf brachte den beiden Monatseinkünfte bis zu 4000,- DM.

Ende des Jahres 1957 geriet Filialleiter Lindzon mit seinem Kompagnon Levine in Streit und rief eine eigene Automatenfirma mit dem Namen »Crystal« ins Leben. Zur Gründung einer GmbH brauchte er einen zweiten Gesellschafter. Bernd Buchmann beteiligte sich mit einer Einlage von 100,- DM an der Firma. Kramer folgte als Vertreter. Die Geschäfte dieser Firma, die nun auch zum erstenmal groß in den Handel mit Zigarettenautomaten einstieg, gingen über die Maßen gut. Bald häuften sich zwar Anzeigen bei Polizei und Staatsanwaltschaften, dem Erfolg der Crystal-Geschäfte taten solche Mißhelligkeiten jedoch keinen Abbruch. Mehr Einfluß auf Buchmanns und Kramers Zukunft hatte hingegen ein Streit mit Lindzon, der bereits wenige Monate nach Gründung der Crystal im Januar 1958 um die Verteilung der Provisionen ausbrach. Die beiden Vertreter meinten, nun hätten sie genug gelernt und besäßen auch ausreichend Geld für eine eigene Automatenfirma. Am 6. Februar 1958 riefen sie die Firma *Deutag, Deutsche Automaten GmbH* ins Leben.

Mit Hilfe der »Deutag« lief das betrügerische Automatengeschäft zum erstenmal zur ganz großen Form auf. In Hunderten von Zeitungen suchten Buchmann und Kramer mit ihren Lockinseraten nach Dummen. Dutzende von Vertretern reisten mit großen Autos durch die Lande und schwatzten den Opfern die Verträge auf. Zu Zigaretten kamen nun die Handtuch- und Seifenautomaten, Süßwaren und Bonbons aus Verkaufsgeräten und später die berüchtigten Wäscheannahmestelle. Bis zum Konkurs der Firma am 4. April 1963 schloß sie mindestens 1800 nicht oder zumindest nicht voll erfüllte Miet- oder Kaufverträge über Warenautomaten ab. Der bekanntgewordene Schaden beträgt etwa 1,8 Millionen Mark.

Dank dieser Geschäftslage konnte sich Bernd Buchmann sehr bald zu einem Playboy internationalen Formats aufschwingen. Er begann, seidene Anzüge zu tragen, fuhr die teuersten Sportwagen, verkehrte in Nachtlokalen und Spielkasinos. Allein bis zum Jahre 1960 hat er aus den Einnahmen der »Deutag«, also den Kautionen, Mieten oder Kaufsummen für die Automaten, nicht weniger als 100 000,- DM für private Zwecke entnommen. Im Sommer 1959 kaufte er in Frankfurt-Eschersheim das Haus Im Uhrig 52, in dem die »Deutag« bis dahin ihre Büroräume gemietet hatte.

Um die Firma selbst kümmerte sich Buchmann wenig. Ihn interessierte nur das Geld, das sie einbrachte. Ein späterer Mitangeklagter gab bei Staatsanwalt Rohde über den Lebensstil des Playboys folgendes zu Protokoll: »Buchmann schlief bis gegen Mittag. Die Firma suchte er kurz auf und ließ sich in erster Linie die Geldeingänge vorlegen. Das Mittagessen nahm er im Café Hauptwache ein, wo er sich bis gegen sechzehn Uhr aufhielt. Zwischen sechzehn und achtzehn Uhr erledigte er meist Besorgungen in der Stadt. Von achtzehn Uhr an war er dann im Frankfurter Hof anzutreffen. Von zwanzig Uhr ab suchte er verschiedene Bars oder Whiskyklubs auf und beendete dann sein Tagwerk in den frühen Morgenstunden in der ›Taverne‹. Keinen Abend blieb er zu Hause.«

Für seine Zeche in der »Taverne« ließ Buchmann monatlich Rechnungen an die »Deutag« schicken. In anderen Gaststätten ließ er mit Hilfe der »Diner's Club-Karte« anschreiben. Jahresumsatz über diese Karte: rund 25 000,- DM.

Franz-Josef Kramer stand Buchmann im Lebensstil nicht viel nach. Er unterschied sich von ihm jedoch dadurch, daß er in der Firma sehr aktiv arbeitete. Aus diesem Grunde kam es im Jahre 1961 zum Streit zwischen Kramer und einem inzwischen in die Firmenleitung aufgestiegenen Vertreter namens *Erwin Romus* einerseits und Bernd Buchmann andererseits. Buchmann schied aus der Firma »Deutag« und gründete eine eigene Firma: »Speige GmbH« (Vertrieb von Speichergeräten und deren Waren).

Für diese Firma nahm Buchmann und sein Mittäter laut einer im Juli 1963 abgeschlossenen Anklage, die sich der Einfachheit halber nur mit einem Bruchteil der »Speige«-Geschäfte befaßt, mindestens 233 460,- DM an »Kautionen« und »Abstandssummen« ein. Inzwischen war der Trick mit der Abstandszahlung – die zweite Spielart der Branche – modern geworden. Neben den Barzahlungen gingen die Opfer bekanntgewordene Wechselverpflichtungen in Höhe von 86 000,- DM ein.

Die Firma »Speige« hat das Automatengeschäft um einen besonderen Trick bereichert: den Münz-Fernseher. Sie verpachtete Hunderte solcher Geräte, die angeblich in Hotels aufgestellt werden sollten. Die Pächter hatten nach ihrem Vertrag lediglich die Aufgabe, einmal in der Woche die Geldschächte der Geräte zu entleeren und mit dem Gastwirt und der Firma Speige abzurechnen. Insgesamt hat »Speige« für etwa 4000 solche Fernsehgeräte Kautionen kassiert, ohne je ein einziges in einem Hotel aufzustellen.

Buchmanns und Kramers Lebensstil weckte früh die Begierde vieler Vertreter. Jeder glaubte, noch mehr verdienen zu können, wenn er das Geschäft mit einer eigenen Firma betrieb. So lieh sich z.B. im Juli 1959 der Vertreter Alfons Meisel von seinem Chef Buchmann 1000,- DM. Er gab vor, das Geld für seine kranke Frau zu brauchen. In Wirklichkeit benutzte er es jedoch, um zusammen mit einem weiteren Gesellschafter am 15. Juni 1959 die Firma EVG-O-Matic zu gründen. Im Mai 1960 riefen die »Deutag«-Vertreter *Eugen Nasar, Gabor Berg* und der Kaufmann *Manfred Miete* die *Aumig-Automaten GmbH* ins Leben. Unter der Leitung von Eugen Nasar erlebte dieses Schwindelunternehmen in ihrem knapp zweijährigen Bestehen einen ähnlichen Aufschwung wie die »Deutag«. Es nahm etwa 500 Menschen nicht weniger als 2 Millionen Mark ab. Erfolgsschlager der Firma war die Wäschebox.

Ähnlich wie die großen Verbrecherorganisationen im Amerika der zwanziger und dreißiger Jahre teilten die Firmen »Aumig« und »Deutag« in ihrer Blütezeit die Bundesrepublik in Einflußzonen auf, in denen sie sich gegenseitig das Exklusivrecht für die Schröpfung ihrer Opfer zusicherten. Die »Deutag« verpflichtete sich, nur in Bayern, Hessen, Niedersachsen, Hamburg und Schleswig-Holstein zu arbeiten. Der Firma »Aumig« fiel nach dieser Vereinbarung Baden-Württemberg und das gesamte Rheinland zu. Zur besseren Betreuung ihres Gebietes gründete »Aumig« in Stuttgart, Worms und Düsseldorf Filialen. Der Automatenclan unterschied sich also von den großen amerikanischen Gangs nur dadurch, daß er seine Opfer nicht mehr mit Gewalt und Erpressung überzog, sie hingegen – entsprechend der allgemeinen Wandlung der Kriminalität – mit betrügerischer List und Intelligenz ausbeutete.

Trotz der laufenden hohen Einnahmen durch neue Verträge waren die Automatenfirmen ständig in Geldverlegenheit. Die Inhaber versuchten deshalb stets, neben ihrem eigentlichen Gewerbe neue »Teilhaber« für ihre Schwindelfirmen zu finden. So gelang es z. B. Eugen Nasar, einen Mannheimer Kaufmann zu einer Einlage von 80 000,- DM in die Firma »Aumig« und einen Heidelberger Unternehmer zu einer solchen von 12 500,- DM zu bewegen. Franz-Josef Kramer und Erwin Romus veranlaßten im September 1961 einen Münchner Metzgermeister zu einer Beteiligung in Höhe von 40 000,- DM und einen Autohändler aus Altenau zu einer Einlage von 20 000,- DM an die Deutag. Sowohl die Aumig- als auch die Deutag-Leute steckten das eingenommene Geld nicht in die Firma, sondern verwendeten es für private Zwecke. Nach dem Zusammenbruch der Unternehmen stellte sich heraus, daß sämtliche Kassen leer waren. Eine Konkursdividende konnte nicht ausgeschüttet werden. Die Gesellschafter der zusammengebrochenen Firmen hatten die Reste ihrer Betriebsmittel zur Gründung neuer Firmen verwandt. Während Tausende von Gläubigern also leer ausgingen, durften die Herren Nasar, Kramer und Romus das Spiel unter neuen Namen von vorn beginnen. Niemand hinderte sie daran.

Inzwischen bekamen aber immer mehr ehemalige Vertreter der beiden Firmengruppen Appetit auf eigene Unternehmen. So war in den Jahren 1962/63 in Frankfurt eine ganze Inflation von Automatenfirmen-Neugründungen zu verzeichnen. Das Prinzip erwies sich mittlerweile als eingespielt. Die Gesellschafter der Firmen brauchten oft nur ein halbes Jahr, um einen Betrag von 500 000,- DM oder einer Million zu kassieren und die Unternehmen dann, wenn ihnen die Kunden zu lästig wurden, wieder aufzulösen. Auch die Firma Erich Hardt, die mit ihrem Vertreter Pfarrhain den Nürnberger Schuhmachermeister Freytag um seine Ersparnisse gebracht hat, und die zahlreichen Unternehmen der Christel Backhaus gehören zu den Gründungen in der dritten und vierten Generation. Harth erlernte das Gewerbe in den Jahren 1960/61 bei Deutag.

Einige Mitglieder des Clans wechselten öfter den Trick. So vergab z. B. Eugen Nasar, der seinen Bruder Simon aus Israel nach Frankfurt nachgeholt hatte, mit Hilfe der Firma AVG zahllose Auslieferungslager für Mate-Tee gegen Kautionen von 10 000,- bis 20 000,- DM. Die Opfer hatten bei Vertragsabschluß geglaubt, die Ware würde, so wie versprochen, bei ihnen abgeholt und bezahlt. Nach einigen Wochen merkten sie dann, daß sie in Wirklichkeit ein paar tausend Tüten billigen Tee für eine hundertfach überhöhte Summe eingetauscht hatten.

In den Jahren 1964/65 erlebte die von Nasar eingeführte Masche mit dem Auslieferungslager einen verheerenden Aufschwung. Etwa 30 Firmen – überwiegend Nachkommen aus der Automatenzunft – priesen Niederlassungen mit vielerlei Sprühdosenpräparaten an und fanden Hunderte von Opfern. Durchschnittliche Höhe der Schadenssumme: 8000,- bis 10 000,- DM.

Auch dieses Geschäft hat noch eine Weiterentwicklung erfahren. In der zweiten Entwicklungsstufe des Tricks wird die Ware gewöhnlich schon nicht mehr ausgeliefert. Die Firma läßt einfach, nachdem sie die Kaution kassiert hat, nichts mehr von sich hören und verlegt schleunigst ihren Sitz bzw. geht in Liquidation.

Eine besondere skurrile Bereicherung erfuhr die Branche durch den Automatenvertreter *Peter Hermann Meidrich.* Er gründete zusammen mit dem Metzgergesellen *Klaus-Josef Mohler* im Sommer 1964 in Frankfurt eine Firma mit dem Namen *Automaten-Service.* Das Unternehmen bezeichnete sich als Spezialreparaturbetrieb und suchte in Zeitungsinseraten Nebenerwerbsmonteure, die die Automaten ihres Wohngebietes entstören und reparieren sollten. Für Lehrmaterial und Spezialwerkzeuge verlangte »Automaten-Service« eine Kaution von 750,- bis 850,- DM.

Reparaturaufträge waren natürlich überhaupt nicht vorhanden. In den meisten Fällen wurde auch kein Werkzeug ausgeliefert. Als die Staatsanwaltschaft den Betrieb 5 Monate nach der Gründung zum erstenmal durchsuchte, fand sie Unterlagen über mindestens 150 Verträge und Einnahmen in Höhe von über 100 000,- Mark.

Die galoppierende Verbreitung dieser kriminellen Epidemie gibt Staatsanwaltschaft und Kripo kaum eine Chance, der Seuche Herr zu werden. Im Frühjahr 1965, acht Jahre nachdem Lindzon und Levine den Bazillus dieses Geschäftes eingeschleust hatten, ist ein einziges Mitglied dieses weitverzweigten Clans rechtskräftig verurteilt: Alfons Meisel von der EVG-O-Matic. In einer Hauptverhandlung, die sich von September bis Dezember 1963 hinzog, verurteilte ihn die 6. Große Strafkammmer des Landgerichtes Frankfurt zu 2½ Jahren Gefängnis und zu einer Geldstafe von 2500,- DM. In einem anderen Fall, nämlich *Jan Haniel* und

Christel Backhaus, ist ein Urteil erster Instanz ergangen, gegen das die Angeklagten jedoch Berufung eingelegt haben. Sie blieben auf freiem Fuß und konnten nach wie vor ihrem Gewerbe nachgehen. Etwa ein Dutzend weiterer Anklagen hat die Frankfurter Staatsanwaltschaft fertiggestellt (Aumig: 231 Seiten und 170 Zeugen. Deutag: 266 Seiten und 123 Zeugen). Wann die Prozesse stattfinden, war im Frühjahr 1965 noch vollkommen ungewiß*. Jedes dieser Monsterverfahren blockiert eine Strafkammer mindestens ein Vierteljahr. Die Justizmaschinerie des Rechtsstaates beißt sich also an der ersten Generation des Clans die Zähne aus, während die Akteure bereits mit ihrer siebten und achten Neugründung arbeiten.

Daß die Unternehmer der Branche so erfolgreich arbeiten können, verdanken sie nicht zuletzt ihren guten Rechtsberatern. Früher ging der Rechtsbrecher nach der Entdeckung seiner Tat zum Anwalt, damit der für ihn das Beste aus der Sache machte.

Der moderne Wirtschaftstäter plant seine Aktionen von vornherein mit juristischer Hilfestellung. Er forscht zuerst mit dem Anwalt nach Lücken im Gesetz, damit er seinen Opfern das Fell über die Ohren ziehen kann, ohne nach Möglichkeit einen »strafbaren Tatbestand« zu erfüllen. Die Verträge, die von Schwindelfirmen abgeschlossen werden, sind gewöhnlich juristisch exakt ausgefeilt. Es dauert deshalb meist Jahre, bis angerufene Zivilgerichte das Betrügerische am System eines solchen Geschäftes durchschauen.

Hunderte von betrogenen Crystal-, Aumig- und Deutag-Kunden wurden zum Beispiel von den Zivilgerichten zur Zahlung an die Schwindelfirmen verurteilt. Jahrelang verstanden es die Anwälte der Firmen, die Gerichte über die wahren Geschäftspraktiken der Automatenbranche zu täuschen. Geschickt und hemmungslos nutzten sie dabei alle Möglichkeiten aus, die ihnen die Zivilprozeßordnung bot. So versuchten sie z. B. bei Rechtsstreitigkeiten stets sogenannte Aktivprozesse zu führen, bei denen sie selbst als Kläger auftraten. Passivprozesse waren bald schlecht für die Automatenfirmen ausgegangen, da sie nach dem Geschäftsverteilungsplan immer vor der gleichen Kammer geführt werden mußten und die Richter allmählich merkten, daß die ständig vorgebrachten Beschwerden über Täuschung bei Vertragsabschluß begründet waren.

Bei einer Durchsuchung der Geschäftsräume der Firma Aumig fiel der Staatsanwaltschaft der Brief eines Frankfurter Rechtsan-

* Am 13. Januar 1966 verurteilte eine Frankfurter Strafkammer Bernd Buchmann zu 1 Jahr und 6 Monaten, Franz–Josef Kramer zu 2 Jahren und 6 Monaten und Erwin Romus zu 2 Jahren Gefängnis. Die Kammer begründete das überaus milde Urteil mit dem Hinweis auf die relativ hoch anzusetzende Mitschuld der Opfer, die sehr leichtfertig gehandelt hätten. Gegen das Urteil war von Staatsanwaltschaft und Verteidigung Revision eingelegt worden.

waltes in die Hände, der die Geschäftsleitung auf die bessere Möglichkeit zur Täuschung des Gerichts bei Aktivprozessen hinwies.

In dem Schreiben heißt es: »Immerhin mögen Sie erkennen, daß für alle sogenannten ›Passivprozesse‹, d. h. für Prozesse, in denen Ihr Unternehmen als Beklagter erscheint, zwangsläufig die siebte Zivilkammer zuständig ist, die unwillkürlich durch eine Häufung von Aumig-Prozessen, in denen der Sachvortrag meist ähnlich ist, eine für uns ungünstige Einstellung bekommt.

Ich habe deshalb schon zum wiederholten Male anempfohlen, derartige Passivprozesse nach Möglichkeit zu vermeiden, oder ihnen aber damit zu begegnen, daß wir einen Aktivprozeß durch Erhebung einer Klage gegen den Kunden führen. In diesem Fall stehen uns die zahlreichen Zivilkammern des Landgerichts zur Verfügung, und es wird weitgehend vermieden, daß eine Zivilkammer sich vorzeitig eine Meinung bildet, die sich für uns prozeßungünstig auswirkt.«

Auch gegen die Kunden der Automatenfirmen gingen die Rechtsvertreter mitunter in einer Art vor, die die Beamten der Frankfurter Kripo in diesen Fällen veranlaßte, die Berufsbezeichnung »Rechtsanwalt« in Anführungsstriche zu setzen. So schrieb der Anwalt der Firma Aumig z. B. noch am 19. 12. 1961, also zu einem Zeitpunkt, als die Firma Aumig ihren Geschäftsbetrieb bereits beginnen mußte einzustellen: »Für den Fall, daß erneut der Tatbestand der arglistigen Täuschung behauptet werden sollte, behalte ich mir entsprechende Gegenmaßnahmen vor, da ich meine Partei seit Jahren berate und weiß, daß diese mit ihren Vertriebsmethoden über jeden noch so gearteten Zweifel erhaben ist.«

Oder in einem anderen Schreiben vom 9. 5. 1962: »Meine Mandantin hat zunächst in der Schweiz die Wäscheannahmegeräte vertrieben. Dort haben diese Automaten bei der Bevölkerung einen großen Anklang gefunden. Es war damit zu rechnen, daß auch auf dem deutschen Markt die Geräte gut eingeführt werden konnten. Wenn dennoch, wie offensichtlich im Fall Ihres Mandanten, keine sonderlichen Gewinne erzielt werden konnten, so kann das nicht dem Verkäufer dieser Automaten angelastet werden, sondern allenfalls dem Käufer und Unternehmer, der nicht sorgfältig genug die Marktlage eingeschätzt hat*.«

Wie ohnmächtig die Staatsorgane gegenüber dem Clan sind, zeigen ein paar typische Vorgänge aus dem Arbeitsbereich des 8. Kommissariats in Frankfurt. Da gab es z. B. eine Automatenfirma

* Im Januar 1966 kam im Frankfurter Deutag-Prozeß zutage, daß die Firma »Deutag« 600 Zivilprozesse und 300 außergerichtliche Auseinandersetzungen gegen Kunden geführt und dabei 11 Anwälte beschäftigt hat. Die Mehrzahl der Prozesse ging zuungunsten der Kunden aus. Allein aus diesen Prozessen zogen die Deutag-Anwälte 400 000,– bis 500 000,– Mark Honorar, das zum größten Teil von den ohnehin geschädigten Kunden aufgebracht werden mußte.

Rindel & Co. in Aschaffenburg. Nach mehreren Jahren ihrer Tätigkeit gelang es der für Aschaffenburg zuständigen bayerischen Polizei, das Unternehmen mittels häufiger Belästigungen aus Aschaffenburg zu vertreiben.

Während der Staatsanwalt den Prozeß vorbereitete, gründete ein Mitinhaber der Firma in Frankfurt ein neues Geschäft mit dem Namen »Fülldienst«. Die Firma installierte in Kinos kleine Boxen, aus denen man Praletten ziehen konnte. Die Geräte wurden zwischen den Stuhlreihen angebracht und dann nach dem alten Automatenrezept an nebenverdienstwillige Bundesbürger vermietet. Da sich die Vertreter der Firma Fülldienst bei den durch Zeitungsinserate geworbenen Kunden stets als Vertriebsgesellschaft einer bekannten Schokoladenfirma ausgaben, blühte das Geschäft schnell auf.

Die Frankfurter Polizei kam der Schwindelfirma zwar bald auf die Spur. Sie konnte jedoch nicht einschreiten, da sie keinen Durchsuchungsbefehl erhielt. Die Richter üben angesichts der rabiaten Anwälte dieser Unternehmen in all ihren Entscheidungen größte Vorsicht. Sie wollen sich nicht unnötig in Beschwerden oder Dienstaufsichtsverfahren verwickeln lassen. Erst als sich die Anzeigen gegen den Fülldienst häuften, gelang es Dr. Schramm, für seine Männer einen Durchsuchungsbeschluß zu erwirken. Die Geschäftspapiere wurden beschlagnahmt. Die Beamten des 8. Kommissariats zählen nicht weniger als 900 Verträge.

900 Menschen hatte die Firma Fülldienst jeweils 600,- DM Kaution abgenommen. Das Geld war bis auf einen Rest von wenigen hundert Mark bereits verschwunden.

Daß sich die meisten Mitglieder des Automatenringes von den Ermittlungsverfahren der Polizei und Staatsanwaltschaft kaum beeindrucken lassen, zeigt folgender Fall: Im März 1964 beschlagnahmte das Sonderkommando der Frankfurter Kripo die Geschäftsunterlagen der Firma »Jan Haniel GmbH«. Geschäftsführerin war Frau Christel Backhaus, eine alte Bekannte aus dem Schreibmaschinengeschäft.

Haniel schränkte seine Tätigkeit in Frankfurt ein und siedelte mitsamt Geschäftsführerin und Vertretern in die Zweigniederlassung der Firma nach Köln über. Dort arbeitete die Truppe ungestört nach dem alten Rezept weiter. Am 24. Juni gelang ihr dann ein besonders dicker Fischzug. Sie nahm dem Invaliden Hermann Becker in Appelhülsen seine gesamten Ersparnisse in Höhe von 30 000,- DM ab. Becker, der vorzeitig arbeitsunfähig geworden war und nur eine schmale Rente bezog, wollte sich ähnlich wie der Nürnberger Schuhmachermeister Freytag mit der Beteiligung an sieben großen Verpflegungsautomaten eine Aufbesserung seiner Altersbezüge sichern. Wenige Wochen nach Vertragsabschluß, am 14. 9. 1964, meldete die Firma Jan Haniel Konkurs an. Der Forderung von 800 Geschädigten in Höhe von drei bis vier Millionen Mark stand eine leere Kasse gegenüber.

Hermann Becker wandte sich u. a. auch an die Redaktion der Sendung »Vorsicht, Falle!« Nicht ohne Bitterkeit fragte er: »Wie ist so etwas möglich? Wo sind unsere 30 000,- Mark und die Gelder der anderen Betrogenen geblieben? Wäre ein so groß angelegtes Massenbetrugsmanöver überhaupt möglich gewesen, wenn im März, sofort nachdem die Staatsanwaltschaft durch die Beschlagnahme der Akten den Beweis für das betrügerische Geschäftsgebaren in Händen hatte, die Schuldigen verhaftet worden wären?«

Sofort nach dem Zusammenbruch der Firma »Haniel« gründete das Gespann Haniel/Backhaus die Firma »ABV-Automatische Betriebsverpflegung«, Köln, Sudermannstraße 5, und ging weiter auf Bauernfang. Eine Verurteilung in erster Instanz in Frankfurt tat der weiteren Tätigkeit keinen Abbruch. Das Paar legte Berufung ein – und blieb weiter auf freiem Fuß.

In Hannover und Braunschweig trat Christel Backhaus dann im Februar und März 1965 als Vertreterin der Düsseldorfer Schwindelfirma *ABZ-Hauspflege GmbH* auf und kassierte für angebliche Auslieferungslager sogenannter Aerosol-Spraymittel im Zeitraum von drei Tagen wieder 20 000,- Mark. Achtmal vergab das Betrügerteam dabei die Generalvertretung für ein und denselben Handelskammerbezirk. Gelassen erklärten die ABZ-Gesellschafter bei der Vernehmung, sie hätten sich nur den besten Generalvertreter aussuchen und den übrigen Bewerbern ihr Geld zurückgeben wollen. Erst durch das voreilige Eingreifen der Polizei sei ihr Geschäft so geschädigt worden, daß sie nun Konkurs anmelden müßten. Die acht Generalvertreter seien also lediglich Opfer polizeilichen Eifers geworden.

Als im Sommer 1965 dem Pärchen dann endgültig der Boden in der Bundesrepublik zu heiß wurde, setzte es sich ab ins Ausland. Jetzt bekam Dr. Schramm einen Haftbefehl – aber nun nützte er nicht mehr viel. Selbst wenn es dem Staatsanwalt gelungen wäre, das Paar zu finden – er vermutete es in Skandinavien –, wäre eine Auslieferung sehr unwahrscheinlich gewesen. Haniel ist französischer Staatsbürger, und bei Wirtschaftsstraftaten sind die Auslieferungsbedingungen so kompliziert und schwierig zu erfüllen, daß sie sich meist als nicht praktikabel erweisen.

Spätestens seit dem Jahre 1963 sind sich die Automatenexperten von Polizei und Staatsanwaltschaft darüber einig, daß sie diesen ungleichen Kampf verlieren, wenn sie nicht die Möglichkeit bekommen, ihre Kunden früher als bisher »aus dem Verkehr« zu ziehen. Wie sich das kriminelle Gewerbe noch ausweiten läßt, das demonstrierte im Sommer 1964 *Hans Albert,* ein ehemaliger Vertreter aus der Aumig-Dynastie. Er arbeitete seit mehren Jahren ebenso wie viele andere ehemalige Aumig-Vertreter mit eigenen Firmen. Als er der Polizei zufällig ins Netz ging und sie ihn für 24 Stunden festnehmen konnte, fanden die Beamten in seinen Rocktaschen eine komplette Schwindelfirma, von deren Existenz sie bisher noch nichts wußten. Sie nannte sich »Tresal GmbH« und bestand praktisch nur aus einem gedruckten Briefkopf. Als Anschrift diente eine Hoteladresse in Mainz-Zahlbach. Albert hatte sich nach Aufgabe der Zeitungsinserate zwei Tage in diesem Hotel eingemietet und die eingehenden Antworten der Interessenten in Empfang genommen. Wenige Wochen später trug er bei der zufälligen Durchsuchung bereits 160 Tresal-Verträge in der Tasche.

Ähnlich unbekümmert arbeitete eine Gruppe, die sich *»Deutamat«* nannte und ein möbliertes Zimmer in Neuß am Rhein als Standquartier unterhielt. Sie wurde von den ehemaligen Deutag-Vertretern *Romus Otterndorf* und *Huhn* geleitet. Sie bedienten sich bei ihren Vertragsabschlüssen alter Briefbogen und Formulare von Firmen, die bereits seit ein oder zwei Jahren liquidiert waren. Bedenkenlos schrieben sie darauf Verträge, kassierten zumindest eine Anzahlung und verschwanden. Nach Schätzungen der Polizei holte die Gruppe im Frühjahr 1965 aus dem Ruhrgebiet etwa 1,2 Millionen Mark heraus.

Keiner der Geschädigten, der den Betrügern sein Geld im Vertrauen auf einen Nebenverdienst ausgehändigt hat, wird je einen Pfennig wiedersehen. Selbst wenn es der deutschen Justiz gelingen sollte, alle Mitglieder des Clans angemessen zu bestrafen, so bleiben die zivilrechtlichen Ansprüche, die die Opfer gegen die Gauner besitzen, davon unberührt. Jeder einzelne Geschädigte müßte einen Zivilprozeß gegen die Inhaber der Automatenfirmen führen, der am Ende doch ausgehen würde wie das Hornberger Schießen. Die Forderungen sind mangels Masse nicht einzutreiben. Unter diesen Aussichten werden die Geschädigten auf die Prozesse, die ihnen nur neue Kosten bereiten, verzichten. Drei Jahre nach dem letzten prozessualen Schritt sind die Ansprüche dann verjährt.

Hier zeigen sich in besonders drastischer Weise die Mängel einer Strafrechtspflege, die sich in erster Linie gegen die Gewaltverbrechen richtet und ihr Interesse damit notgedrungen auf den Täter konzentriert. Der Staat fühlt sich nur dazu berufen zu bestrafen. Die Wiedergutmachung des Schadens überläßt er der persönlichen Auseinandersetzung des Opfers mit dem Täter. Beim Gewaltverbrechen ist diese Denkweise logisch. Eine materielle Wiedergutmachung ist meist ohnehin nicht möglich. Zur Bekämpfung der modernen Betrugskriminalität kann diese Denkweise jedoch nicht ausreichen. Im Zivilprozeß wird dem Opfer sogar noch die

Beweislast aufgebürdet, so daß der Täter bei dem überaus schwierigen Tatbestand des Betruges automatisch einen beachtlichen Vorsprung hat. Der Schutz vor Wiedergutmachungsleistungen, den der Staat damit den Tätern gewährt, ist zweifellos einer der Hauptgründe, weshalb sich diese Art von Verbrechen so schnell ausbreiten. Für einen Millionengewinn riskiert man schon ein oder zwei Jahre, noch zumal wenn man die Chance hat, rechtzeitig ein geheimes Konto in der Schweiz anzulegen.

Das war nicht immer so. Im klassischen Gesetzgebungswerk der deutschen Strafrechtspflege, dem allgemeinen preußischen Landrecht aus dem Jahre 1794 war die Pflicht zur Wiedergutmachung ein beherrschender Leitgedanke. Dort hieß es: »Jeder Schaden, der aus Vorsatz oder auch nur aus Unbesonnenheit oder Fahrlässigkeit verursacht wurde, muß von dem Beschädiger ersetzt oder vergütet werden.« Und an anderer Stelle: »Wer das Vermögen nicht hat, den Schaden zu ersetzen, der muß auf Verlangen des Beschädigten in einer öffentlichen Anstalt oder sonst so lange arbeiten, bis aus seinem Verdienste der Schadenersatz erfolgen kann. Außer dem Schadenersatz wird jede boshafte oder mutwillige Beeinträchtigung oder Beschädigung fremden Eigentums nach den Gesetzen bestraft.«

Noch in der »Preußischen Criminalordnung« von 1805, der Vorläuferin unserer heutigen Strafprozeßordnung, stand in der Einleitung: »Ein anderer Hauptzweck, der niemals außer acht gelassen werden darf, ist auch der, daß durch die Untersuchung demjenigen, der durch ein Verbrechen geschädigt worden ist, zum Ersatz seines Schadens verholfen werden soll.«

Der § 68 bestimmte eindeutig, daß der Richter nicht nur zu bestrafen, sondern auch die Entschädigung des Opfers entsprechend zu verfügen hatte. Er lautet: »Bei Räubereien, Diebstählen und Betrügereien muß der Richter zugleich auf die Herbeischaffung der entwendeten oder veruntreuten Sachen bedacht seyn und bei allen solchen Verbrechen, wodurch ein zu ersetzender Schaden erstanden ist, den Verbrecher über die Mittel, diesen Ersatz zu leisten, vernehmen, auch von Amts wegen alle diejenigen Verfügungen treffen, welche zur Sicherstellung des Ersatzes notwendig sind.«

Hier brauchte das Opfer also noch keinen gesonderten Zivilprozeß zu führen. Der Strafrichter entschied gleichzeitig über seinen Entschädigungsanspruch.

Aus der Strafprozeßordnung von 1877, die nach Gründung des wilhelminischen Reiches in Kraft trat, waren diese Bestimmungen verschwunden. Der Staat sah es nicht mehr als seine Pflicht an, die Entschädigung von sich aus zu regeln. Dieser Sinneswandel kam nicht mehr von ungefähr. Es waren vor allem zwei junge aufstrebende gesellschaftliche Machtgruppen, die dafür sorgten: das Versicherungsgewerbe und die Anwaltschaft. Der einen lag daran, daß die Schädigung durch Diebstahl – damals bereits ein Hauptfaktor der Kriminalität – zum unabwendbaren, schicksalhaften Ereignis aufrückte, gegen das man sich genauso zu versichern hatte wie gegen Feuersbrunst und Hagelschlag. Die andere Gruppe sah in der doppelten Behandlung einer Straftat vor dem Straf- und vor dem Zivilgericht eine willkommene Ausbreitung ihrer beruflichen Möglichkeiten.

Wie sehr sich die Kriminalität in den folgenden Jahrzehnten wegen dieser Verbannung des Wiedergutmachungsgedankens aus dem Strafrecht ausgedehnt hat, läßt sich nur erahnen. Es ist nie exakt untersucht worden.

Wiedergefundenes Diebesgut wurde natürlich auch nach dem neuen Strafgesetzbuch an seine Eigentümer zurückerstattet. Die Bemühungen um die Wiederherbeischaffung solchen Diebesgutes wurden jedoch von Jahrzehnt zu Jahrzehnt geringer, soweit es sich nicht um besonders wertvolle Beute handelte, an deren Zurückgewinnung auch die Versicherungsgesellschaften interessiert waren.

Obwohl seit den Jahren nach dem Ersten Weltkrieg der Betrug im Bukett der Gesamtkriminalität eine immer größere Rolle eingenommen hat und man sich gegen Betrug üblicherweise noch nicht versichern kann, hat sich an der Einstellung der Strafgerichte zur Entschädigungsfrage nichts geändert. Im Jahre 1943 ist durch eine Verordnung zwar die Möglichkeit des sogenannten »Adhäsionsverfahrens« geschaffen worden, wonach im Strafverfahren auch über zivilrechtliche Ansprüche des Verletzten entschieden werden kann. In der Praxis hat diese Verordnung jedoch nie Bedeutung erlangt. Die Richter lehnen es im allgemeinen ab, danach zu verfahren. Obwohl die Zahl der von Verbrechern geschädigten Menschen jährlich mehrere Millionen ausmacht und sich die Spielregeln der Massendemokratie gemeinhin nach den Millionengruppen richten, hat sich in Deutschland um die Geschädigten noch niemand nennenswert gekümmert. Alle Sorgen der Kriminologen, der Psychologen und Juristen galten – von den verschiedensten Ausgangspunkten her und mit den verschiedensten Zielrichtungen – dem Täter.

Die sogenannte kleine Strafprozeßreform, die am 1. April 1965 in Kraft getreten ist, brachte ebenfalls nur Verbesserungen für den Beschuldigten. Einige davon waren zweifellos mehr als überfällig, etwa die Beseitigung des alten Übels, daß dieselben Richter, die ein Urteil gefällt haben, über die Zulassung des Wiederaufnahmeverfahrens zu entscheiden hatten. Für das Heer der Geschädigten haben die Initiatoren der Novelle, die im Bundestag unverblümt »Anwaltsgesetz« genannt wurde, eine ähnliche Fürsorge vermissen lassen*.

Für die große Strafprozeßreform, die nach dem Willen der Parteien im neuen (fünften) Bundestag endlich verabschiedet werden sollte, hatte die Evangelische Konferenz für Straffälligenpflege eine Denkschrift vorgelegt, in der eine bemerkenswerte Ergänzung des Strafgesetzbuches vorgeschlagen wurde. Es heißt dort: »Der Täter ist verpflichtet, dem Verletzten oder seinem Erben den durch die Tat entstandenen Schaden zu ersetzen. Das Gericht hat den Täter nach Maßgabe der §§ 403-406 der StPO zum Schadenersatz zu verurteilen. Mit dem bei der Verbüßung einer Freiheitsstrafe bezahlten Arbeitsentgelt hat der Täter an erster Stelle die als Schadenersatz geschuldeten Beträge an den Verletzten oder seinen Erben zu zahlen. Einzelheiten regelt das Strafvollzugsgesetz.«

Dieser Vorschlag kommt zweifellos dem Rechtsempfinden der Bürger sehr nahe. Er ersetzt nicht nur den Verletzten einen Teil ihres Schadens. Er entlastet auch die Justiz, und versetzt sie in die Lage, so dringende Prozesse, wie etwa die gegen den Automatenclan, schneller abzuwickeln. Darüber hinaus kann man sich von einer solchen Bestimmung eine stark dämpfende Wirkung auf die Kriminalität versprechen. Wenn nicht nur »Strafe« droht, sondern auch die »Gefahr«, mehrere Jahre für die Wiedergutmachung eines Schadens ohne nennenswerten eigenen Lohn arbeiten zu müssen, würde mancher Dieb oder Betrüger von einer beabsichtigten Straftat zurückschrecken. Die Schwierigkeiten verfahrenstechnischer Art, die sich einer Koppelung von Strafe und Wiedergutmachung entgegenstellen, sollen hier nicht verkannt werden. Sie haben ja dazu geführt, daß das Adhäsionsverfahren nicht praktiziert wird. Man sollte vielleicht keine perfekte Lösung anstreben. Vielleicht sollte man auch nicht über die Höhe des Schadens in einen komplizierten Streit eintreten, so wie es im Zivilprozeß üblich ist. Man könnte den Täter einfach zu einer Art »Abschlagszahlung« verurteilen – gering genug, um eventuelles Unrecht durch überhöhte Schadensangaben der Verletzten zu verhindern. Schon eine solche Teilbefriedigung des Wiedergutmachungsanspruchs könnte Wunder bewirken.

Ob der Vorschlag der Evangelischen Konferenz in das neue Strafgesetzbuch aufgenommen wird, ist mehr als ungewiß. Die Opposition der Anwaltschaft und des Versicherungsgewerbes ist ihm sicher**.

Selbst wenn er alle Hürden überwinden sollte, die sich ihm in

* Näheres im 13. Kapitel: »Die verhängnisvolle Rolle der Anwaltschaft«.
** Hier muß auch von der damaligen Situation ausgegangen werden.

den Weg stellen werden, könnte er frühestens 1970 praktische Bedeutung gewinnen. Neben dem neuen Strafgesetzbuch müßte auch das Strafvollzugsgesetz verabschiedet werden. Millionen anständiger Bürger dieses Staates können also in keinem Fall vor 1970 auf besseren Schutz vor der sich ausbreitenden Kommerzkriminalität hoffen.

Die beiden großen Parteien im Bundestag haben sich zum Ende der 4. Legislaturperiode (1964/65) um ein sogenanntes Abzahlungsgesetz bemüht. Es sollte einem Kunden, der an der Wohnungstür einen Kaufvertrag auf Abzahlungsbasis abgeschlossen hat, eine angemessene Frist einräumen, in der er vom Vertrag zurücktreten kann. Der Kunde könnte sich also in Ruhe überlegen, was er unterschrieben hat, und wäre vor Übertölpelung einigermaßen sicher. Über die Länge dieser Rücktrittsfrist wurde in Bonn aber bald, nachdem der Gesetzentwurf eingebracht war, heftig gestritten. Mächtige Wirtschaftsverbände, vor allem solche, die am sogenannten Direktverkauf interessiert sind, hatten sich zu Wort gemeldet. Sie wollten die Frist, wenn sie schon nicht zu vermeiden war, möglichst kurz halten.

Ihren Argumenten fehlte es nicht an Logik: Konsum sei der Motor unserer Wirtschaft und zum Teil auch die Basis unseres Wohlstandes, sagen sie. Man könne den Schutz des Staatsbürgers nicht mit einer gefährlichen Beschneidung der freien Wirtschaft erkaufen. Man müsse vielmehr den Staatsbürger durch Erziehung und Aufklärung in die Lage versetzen, sich selbst vor den »Gefahren der freien Wirtschaft« zu schützen.

Unter dem Druck der Verbände haben die Abgeordneten schließlich kapituliert: Im Juni 1965, wenige Wochen vor Ende der Legislaturperiode, setzten sie im Wirtschaftsausschuß das Gesetz von der weiteren Bearbeitung ab, da es bis zum Auseinandergehen des 4. Bundestages nicht mehr »gründlich genug beraten werden« könnte.

Gesetzentwürfe, die bei Auflösung des Bundestages nicht verabschiedet sind, verfallen. Ob die Parteien im neuen Bundestagag den Mut haben werden, das Gesetz wieder einzubringen, bleibt abzuwarten*.

Solange Millionen von Bürgern den Tücken der freien Marktwirtschaft nicht gewachsen sind, würde ein solches Rücktrittsrecht zweifellos für viele Menschen ein wichtiger Notanker werden. Man sollte die Erwartungen jedoch nicht überspannen. Bei zahlreichen modernen Betrügereien im Zusammenhang mit Abzahlungsgeschäften, etwa beim betrügerischen Absatz von Schreibmaschinen oder den geschilderten Geschäftspraktiken des Automatenclans, bedeutet eine kurze Rücktrittsfrist so gut wie keinen

* Inzwischen ist dies als »Abzahlungsgesetz« verwirklicht worden.

Schutz. Das Opfer merkt meist erst nach mehreren Wochen, daß es betrogen worden ist. Wenn es gar zur Unterschrift auf einem Wechsel verführt worden ist, dann hilft überhaupt keine Rücktrittsfrist, denn das bestehende strenge Wechselrecht kann von dem in Aussicht genommenen Abzahlungsgesetz nicht berührt werden.

Es ist auch nicht damit zu rechnen, daß die betrügerischen Vertreter einer eventuellen Schutzfrist einfallslos gegenüberstehen werden. Sie haben ihre Arbeitsmethoden im letzten Jahrzehnt so perfektioniert, daß sie sicher auch mit dieser neuen Situation fertig werden dürften. Die meisterhaften Fähigkeiten, die die Gauner unserer Tage gerade in der Umgehung von Gesetzen zu entwickeln in der Lage sind, zeigt ein im Jahre 1958 ausgeklügelter Trick, der unter dem Stichwort »Musteranlage« in die deutsche Kriminalgeschichte eingegangen ist. Dieses Betrugsverfahren kommt der Vorstellung vom perfekten Verbrechen, also von der Straftat, die nicht mehr zu bestrafen ist, sehr nahe. Die Täter legen es bei dieser Masche nicht nur auf die Übervorteilung des Opfers an; sie schließen auch, noch bevor der Betrogene merkt, daß er hereingefallen ist, einen außergerichtlichen Vergleich mit ihm ab. Das Opfer hat dann auch zivilrechtlich kaum Chancen, recht zu bekommen.

*

Fünftes Kapitel

DIE »MUSTERANLAGE«, DAS NAHEZU PERFEKTE VERBRECHEN

Die Abwandlungen sind nur gering. Der Trick läuft immer nach dem gleichen Schema ab. So wie im Sommer 1963 der niedersächsische Bauer Hermann Kaske aus dem Dorf Husum unweit des Steinhuder Meeres, genauso werden auch heute noch die Opfer überfahren. Selbst die Redewendungen, die zum Trick gehören, sind in Bayern und in Schleswig-Holstein die gleichen.

Das Dorf Husum besitzt keine Straßennamen. Die Gehöfte sind durchgehend numeriert. Das Anwesen Nr. 60 liegt am Rande des Ortes. Hermann Kaske ist noch nicht lange Herr auf diesem Hof. Er hat vor ein paar Jahren die Tochter des früheren Bauern geheiratet. Erst vor kurzem ist das Anwesen auf die Jungen überschrieben worden.

Der Hof ist nicht groß: 120 Morgen Land. Im Stall stehen sechs Kühe und ein Pferd. Der Traktor ist noch nicht bezahlt. Bei der Übernahme des Hofes mußte ein Bruder der jungen Bäuerin ausgezahlt werden. Dazu kamen noch ein paar dringende Reparaturen am Wohnhaus, für die sie den Rest ihrer Ersparnisse hergeben mußten. Hermann Kaske hat deshalb im Nachbarort Schneeren für die Zeit bis zur Ernte noch eine Arbeit im Straßenbau angenommen. Wenn nichts dazwischenkommt, so hat er sich ausgerechnet, ist der Traktor nach der Ernte im nächsten Herbst bezahlt.

An einem wolkenverhangenen Julitag kommt Hermann Kaske gerade aus Schneeren nach Hause, als zwei Männer mit einem Opel-Rekord auf seinen Hof fahren. Der ältere der beiden fragt: »Tag, Bauer. Wissen Sie nicht einen kleinen Hof hier, so mit vier oder fünf Kühen?«

»Davon gibt es eine ganze Menge hier«, antwortet Kaske. »Zu wem wollen Sie denn?«

»Das wissen wir noch nicht. Wir suchen einen kleineren Bauern, der sich etwas Geld nebenbei verdienen will. Wir wollen hier im Dorf eine Melkmaschine aufstellen, gratis.«

»Gratis?« Kaskes Gesicht drückt Skepsis aus. »Wer verschenkt denn heutzutage was?«

»Nein, nein, verschenken tun wir natürlich nichts.« Die Männer steigen aus dem Auto. Der ältere Besucher fährt fort: »Das soll eine Musteranlage werden, damit wir sie bei unseren Kunden vorführen können. Eine neuartige Maschine aus Dänemark. Und sie soll jetzt auf dem deutschen Markt eingeführt werden. Und dazu brauchen wir halt eine Musteranlage.«

»Und was heißt Musteranlage?« möchte der Bauer wissen.

»Das müssen Sie so verstehen«, erklärt der Besucher weiter, »wir können hinter unser Auto schlecht eine Kuh spannen, um den Leuten zu zeigen, wie die Maschine funktioniert. Deshalb errichten wir immer für einen Umkreis von fünfzig Kilometern eine Musteranlage. Da fahren wir dann die Bauern hin und können ihnen zeigen, wie die Maschine arbeitet.«

Das Prinzip leuchtet Hermann Kaske ein. »Und das kostet wirklich nichts?« fragt er.

Nun mischt sich der jüngere der beiden Männer ins Gespräch: »Keinen Pfennig – im Gegenteil, für jede Maschine, die wir nach einer Besichtigung verkaufen, bekommt der Bauer, bei dem wir die Musteranlage aufstellen, zehn Prozent Provision. Wenn wir also nach zwei Jahren zehn Maschinen hier in der Umgebung verkauft haben, hat unser Bauer die Maschine schon verdient.«

»Gar nicht schlecht.« Hermann Kaske nickt mehrmals. Der Ältere nimmt das Gespräch wieder auf. »Aber das muß natürlich ein ordentlicher Hof sein, wo wir die Musteranlage hingeben. Er repräsentiert schließlich die dänische Firma.«

Der Mann sieht sich forschend auf Kaskes Hof um. »Wie sieht's denn bei Ihnen aus? Macht einen ganz guten Eindruck. Vielleicht brauchen wir gar nicht weiter zu suchen. Wie wär's denn, Bauer, wären Sie an der Sache interessiert? Sie müßten uns dann aber zwei Jahre lang mit den Kunden von außerhalb in Ihren Stall lassen.«

Auf Kaskes Stirn bilden sich ein paar Falten. »Macht man ja nicht gern. Hm, aber wenn man dabei 'ne Melkmaschine verdienen könnte, da wäre das schon zu überlegen. Dann braucht sich die Frau beim Melken nicht mehr so zu quälen.«

Der jüngere Besucher muntert den Bauern auf: »Lassen Sie doch mal sehen – Ihren Stall meine ich. Wir können ja mal schauen, ob das hier ginge und ob Ihr Hof ordentlich genug ist.«

Die Männer gehen in den Kuhstall. Ohne viel Federlesens beginnen sie den Raum abzumessen. Sie prüfen, wo die Leitungen für die Melkmaschine am besten zu verlegen wären, und sie suchen den günstigsten Standort für den Motor. Kaske steht dem selbstsicheren Auftreten der beiden staunend gegenüber, aber er nickt nur beifällig, als einer der beiden Männer entscheidet: »Na ja, neu geweißt werden müßte es schon. Aber das können wir ja machen lassen.«

Die Besucher wollen offensichtlich nicht erst lange im Dorf herumfahren. Sie bieten Hermann Kaske an, die Musteranlage auf seinem Hof zu installieren. Der Bauer ist noch ein wenig unentschlossen. Er möchte zunächst mit seiner Frau über das Projekt reden. Die Vertreter haben Verständnis dafür und versprechen, am Abend wiederzukommen.

Frau Kaske ist an der Musteranlage noch mehr interessiert als ihr Mann. Sie ist es, die die schwere Melkarbeit täglich zu leisten hat. Der Bauer ist zwar nicht davon erbaut, ständig fremde Menschen in seinem Kuhstall zu haben. Das hat ein Landwirt nicht gern. Eine alte Bauernregel heißt: »Wie es in deinem Stall aussieht, geht niemand was an.« Man kann auch nie sicher sein, ob nicht etwa Krankheiten in den Hof eingeschleppt werden. Hermann Kaske empfindet das Angebot der Melkmaschinenfirma also nicht etwa als Geschenk. Von seiner Warte aus erbringt er eine echte Gegenleistung. Aber immerhin, auf diese Art und Weise zu einer Melkmaschine zu kommen, ist doch sehr verlockend.

So sind die Kaskes doch sehr froh, als am Abend die beiden Vertreter tatsächlich wiederkommen und das Angebot erneuern. Die jungen Leute hatten bereits befürchtet, daß ein anderer Bauer im Dorf den Zuschlag erhalten hätte.

Alles Weitere geht nun ziemlich schnell. Die Vertreter füllen ein paar Formulare aus und legen sie dem Bauern zur Unterschrift vor. Beiläufig erklären sie, daß es sich bei dem einen Formular um einen Kaufvertrag handle.

Für einen Augenblick wird Hermann Kaske skeptisch. Kaufen wollte er die Maschine nicht. Und hier liegt nun plötzlich ein

Kaufvertrag. Und von Kreditantrag und Teilzahlung und Zinsen steht auch noch etwas auf dem Papier.

Die Vertreter verstehen es mit großer Beredsamkeit, die Bedenken des Bauern zu zerstreuen. Das sei nur eine Formalität für das Finanzamt, erklären sie. Sie müßten die Maschine ja in ihren eigenen Büchern belasten und einen Beleg dafür haben, wo sie geblieben sei. Und hier auf dem anderen Formular werde ihm ja klipp und klar zugesichert, daß es sich um eine Musteranlage handle und er für jeden Verkauf 10% gutgeschrieben bekomme.

Der Bauer sieht sich dieses zweite Papier genau an. »Zusätzliche Vereinbarung« steht darüber. Im Punkt 2 dieses Vertrages sind die genannten Provisionen schwarz auf weiß aufgeführt. Kaskes Mißtrauen ist damit wieder beseitigt. Er unterschreibt beide Verträge und wartet dann voll Ungeduld auf den Tag, an dem die Maschine kommen soll. Etwa in einer Woche würde die geliefert, versichern ihm die beiden Vertreter beim Abschied.

Die Kaskes glauben, wieder einen Schritt weitergekommen zu sein. Eine Melkmaschine bedeutet nicht nur Arbeitserleichterung, sie ist auch so etwas wie ein gesellschaftliches Statussymbol. Die großen Bauern im Dorf haben schon lange solche Maschinen. Nur die kleinen müssen noch mit der Hand melken. Wer klein und wer groß ist im Dorf, das erkennt man unter anderem auch daran, wer eine Melkmaschine besitzt und wer nicht.

*

Pünktlich zum verabredeten Tag erscheint der Auslieferer auf Kaskes Hof und bringt die Melkmaschine. Er zieht einen Quittungsblock aus der Rocktasche und verlangt vom Bauern 120,- DM Transportkosten und 200,- DM als erste Rate für die Maschine, also zusammen 320,- DM.

»Wieso Geld?« fragt der Bauer überrascht.

Der Auslieferer schaut auf seine Papiere, um sich zu vergewissern, daß er sich auch nicht in der Adresse geirrt hat. »Sie sind doch der Bauer Hermann Kaske, nicht wahr?«

»Ja, natürlich.«

»Na, dann wissen Sie doch, daß Sie die Maschine gekauft haben, also müssen Sie auch bezahlen.«

Der Bauer empört sich. »Gekauft? Quatsch! 'ne Musteranlage ist das. Das ist doch alles gratis.«

»Begreife ich nicht«, sagt der Vertreter. »Hier steht doch, daß Sie die Maschine gekauft haben. Wo haben Sie denn Ihre Papiere? Zeigen Sie doch mal her.«

Hermann Kaske ruft seine Frau und bittet sie, die Verträge über die Melkmaschine herauszubringen. Während der Wartezeit erklärt er dem Auslieferer, was ihm die Vertreter in der vorigen Woche gesagt haben. Daß der Kaufvertrag nur eine Formsache fürs Finanzamt sei und doch in dem Zusatzvertrag klar und deutlich stehe, daß es sich um eine Musteranlage handle und er, der Bauer, dann auch noch für jeden weiteren Verkauf 10% bekommen solle.

»Na, dann lassen Sie erst mal sehen«, sagt der Auslieferer, als Frau Kaske die Papiere bringt. Er wirft einen flüchtigen Blick darauf, dann wendet er sich wieder an den Bauern. »Na bitte, hier steht's doch schwarz auf weiß: ›Kaufe ich zum Preis von eintausendneunhundertneunzig Mark . . .‹ Und einen Kreditantrag haben Sie da auch noch gestellt. Sehen Sie mal her, was da für Zinsen zusammenkommen: fünfzehneinhalb Prozent im Jahr.«

Hermann Kaske beginnt zu stottern: »Aber – aber der Vertreter hat doch gesagt . . .«

»Was heißt hier Vertreter?« schneidet ihm der Auslieferer das Wort ab. »Hier steht unter Punkt fünf: ›Nebenabreden mit Vertretern und Zwischenhändlern sind für die Lieferfirma nicht verbindlich.‹«

Hermann Kaske glaubt seinen Ohren nicht zu trauen. »Aber, das kann doch gar nicht angehen. Hier im Zusatzvertrag steht doch . . .«

»Was meinen Sie, was nicht alles angeht? Mit dem Zusatzvertrag können Sie gar nichts anfangen. Jedenfalls bei mir nicht. Den haben Sie mit der Firma Heinel abgeschlossen. Das ist die Firma, für die die Vertreter unterwegs sind.«

»Was heißt denn das nun wieder?« Der Bauer begreift überhaupt nichts mehr.

»Sehen Sie, das ist so: Wir haben von der Firma Heinel den Kaufvertrag abgetreten bekommen. Dazu ist sie nach Ziffer dreizehn des Vertrages ermächtigt. Hier, sehen Sie her.«

»Und der Zusatzvertrag?«

»Davon wissen wir nichts. Das ist eine Sache zwischen Ihnen und der Firma Heinel.«

»Ja, aber hören Sie mal, das ist doch Betrug.«

»Tja, Bauer, ob das Betrug ist, weiß ich nicht. Aber ich muß schon sagen, ich habe auch das Gefühl, daß Sie da reingelegt worden sind.«

Dem Bauern steigt das Blut in den Kopf. »Dann pfeife ich auf die Maschine«, poltert er los. »Nehmen Sie sie man ruhig wieder mit zu Ihren sauberen Kumpanen.«

»Vorsicht! Keine Beleidigung!« Die Stimme des Auslieferers wird hart. »Wir haben mit den Vertretern und der Firma Heinel nichts zu tun. Die haben lediglich den Liefervertrag an uns abgetreten, und natürlich von uns auch schon ihre Provision erhalten.

Da werden Sie verstehen, daß wir auf Erfüllung des Vertrages bestehen müssen.«

»Das ist mir ganz egal. Ich will das Ding nicht haben. Kann ich gar nicht bezahlen. Ich kann mir so ein Ding auch noch nicht leisten.«

Der Auslieferer schlägt wieder einen versöhnlicheren Ton an. »Verstehe ich ja, Bauer. Aber da hilft Ihnen keiner raus. Wenn Sie die Maschine jetzt nicht nehmen, dann muß ich sie in Hannover auf Ihre Kosten auf Lager stellen. Da wird sie dann nächste Woche versteigert, und Sie sind die Maschine los. Zahlen müssen Sie aber trotzdem. Was meinen Sie, was unsere Firma für eine Rechtsabteilung hat. Da war im vorigen Jahr mal ein Bauer, der hat prozessiert – ohne Erfolg. Der Bauer hat nur noch einen Haufen Gerichtskosten und den Rechtsanwalt zahlen müssen.«

Nein, mit Rechtsanwälten hat Hermann Kaske auch nicht viel im Sinn. Und wenn er vor Gericht müßte, dann würde das ganze Dorf über ihn lachen. Er, der schlaue Hermann Kaske, habe sich von einem Vertreter hinters Licht führen lassen, wird es heißen.

Während der Bauer die Auswirkungen einer solchen Blamage abschätzt, fährt der Auslieferer fort: »Ich begreife ja, daß es für Sie sehr hart ist, aber ich kann Ihnen leider nicht helfen.« Der Vertreter hält einen Augenblick inne. Dann sagt er zögernd: »Oder warten Sie mal. Einen Ausweg gäbe es vielleicht. Da würden Sie sogar noch fünfhundert Mark sparen.«

»Fünfhundert Mark sparen?«

»Ja, sehen Sie her.« Der Auslieferer beginnt dem Bauern auf dem Rand des Kaufvertrages eine Rechnung aufzumachen: »Sie haben fünfzehneinhalb Prozent Zinsen in einem Jahr. Das macht in zwei Jahren zirka dreihundert Mark. Wenn Sie die Maschine jetzt bar zahlen, würden Sie von dem Kreditvertrag wegkommen und die Zinsen sparen.«

»Ja, aber wie soll ich das denn bezahlen?« fährt der Bauer dazwischen.

Der Vertreter läßt sich in seinen Ausführungen jedoch nicht stören. »Ich könnte Ihnen vielleicht noch zehn Prozent Rabatt geben. Das macht noch mal hundertneunundneunzig Mark. Sie sparen also insgesamt fünfhundert Mark. Eigentlich steckt da meine Provision mit drin, doch Sie sind so übel reingefallen. Und Sie tun mir leid. Da würde ich schon eine Ausnahme machen.«

»Aber ich habe doch das Geld nicht.«

»Sie könnten mir einen Wechsel geben. Natürlich abzüglich der fünfhundert Mark, die Sie dabei gewinnen. Das würde dann einen Betrag von eintausendsiebenhunderteinundneunzig Mark ausmachen.«

»Wechsel?« fragt der Bauer ein wenig ängstlich.

»Natürlich. Der drückt Sie nicht, und Sie sind aus dem Schneider. Sie haben keinen Ärger und keine Gerichtskosten. Besser können Sie im Augenblick aus der Geschichte gar nicht herauskommen. Überlegen Sie mal, was Sie allein der Rechtsanwalt kosten würde.«

Hermann Kaske hat die Ausweglosigkeit seiner Situation bereits erkannt. Er hat eingesehen, daß der Zusatzvertrag für ihn wertlos ist, denn die Vertreter würde er nie wieder zu Gesicht bekommen. Nach dem Zusatzvertrag darf die Firma Heinel die Melkmaschine als Vorführgerät benutzen. Verpflichtet ist sie dazu nicht. Das hat Kaske zu spät gemerkt.

Im geheimen empfindet der Bauer das Angebot des Ausliefeferers bereits als rettenden Strohhalm. Der Mann braucht also nicht mehr lange zu reden, damit Hermann Kaske zugreift. Der versprochene Rabatt erscheint dem Bauern als Glück im Unglück. Er ist dem Auslieferer sogar dankbar für das Entgegenkommen. Noch weiß Bauer Kaske nicht, daß die beiden Vertreter und der Auslieferer ein Gespann sind, dem es von vornherein darauf ankam, ihn in diese vermeintlich ausweglose Situation zu bringen. Der angebotene Strohhalm ist in Wirklichkeit ein außergerichtlicher Vergleich, der es dem Bauern nahezu unmöglich macht, später, wenn er den Betrug erkennt, vor einem Gericht recht zu bekommen. Durch die Annahme des Rabatts und die Unterschrift auf dem Wechsel ist der Kauf der Melkmaschine, von dem er vorher bei Nachweis der arglistigen Täuschung hätte zurücktreten können, endgültig perfekt geworden.

Daß es sich bei der Melkmaschine um ein minderwertiges ausländisches Erzeugnis handelt, das selbst nach Abzug des »Rabatts« noch erheblich überteuert ist, merkt der Bauer erst einige Wochen später, als er bei einem Fachhändler Preisvergleiche anstellt.

In einem der zahlreichen Ermittlungsverfahren konnte die Kriminalpolizei später zum Beispiel feststellen, daß die Melkanlagen für 400,- DM eingekauft und zum Preis von 2000,- DM wieder abgesetzt worden sind. Um Nachforschungen über die Herkunft der Maschinen und Überprüfungen der Preiskalkulationen zu verhindern, haben die Schwindler die Maschinen vor dem Weiterverkauf umgespritzt und mit Phantasienamen versehen.

*

Man kann Hermann Kaske kaum vorwerfen, er sei wegen besonders großen Leichtsinns auf die Vertreter hereingefallen. Nahezu jedes Dorf des Kreises Nienburg-Weser, zu dem Husum gehört, hat einen betrogenen Bauern aufzuweisen. Seelenruhig hatten die Vertreter die Dörfer abgegrast, obwohl sie bei jedem neuen Kunden versicherten, er sei im Umkreis von 50 Kilometern der einzige, bei dem sie eine Musteranlage aufstellten. Nach Schätzungen des Bundeskriminalamtes sind bis zum Sommer 1965 mehrere zehntausend Landwirte in der Bundesrepublik mit Hilfe des Musteranlagetricks geschädigt worden. Die Vertreter verkaufen auf diese Art nicht nur die Melkmaschinen, sondern auch Entmistungsanlagen, Milchkannenkühlanlagen, Tiefkühltruhen und Waschmaschinen. Um ihrem Gewerbe einen seriösen Anstrich zu geben, bedienen sie sich hochtrabender Firmennamen wie »Rheinische Landmaschinen KG« oder »Westdeutsche Wärme- und Kältetechnik«. Die Realität dieser Firmen besteht jedoch meist nur aus Briefbögen und Vertragsformularen. Eine einzige dieser Schwindelfirmen mit Sitz in Nahbollenbach an der Nahe hat nicht weniger als rund 10 000 Menschen in der Bundesrepublik und Österreich mit ihrem Trick hereingelegt.

Der Inhaber dieser »Firma«, *Friedhelm Kohlmann*, gilt zusammen mit dem Rechtsanwalt Dr. *Merkel* aus Idar-Oberstein als Erfinder der einträglichen Schwindelmethode. Im Jahre 1958 probierten sie die Wirksamkeit dieser Methode mit einem kleinen Vertreterstab zum ersten Male. Nahezu fünf Jahre lang konnten sie das Geschäft ohne ernstliche Behinderung durch die Behörden betreiben. Wenn es zu Prozessen kam, wurden die Opfer, genau wie in den ersten Jahren des betrügerischen Schreibmaschinen- und Automatenhandels, meist zur Zahlung an die Schwindelfirma verurteilt. Bald arbeiteten im ganzen Bundesgebiet für Kohlmann und Merkel selbständige Vertreterkolonnen. Im Sommer 1961 weiteten sie ihre Tätigkeit auch auf Österreich aus. Friedhelm Kohlmann sorgte auch für spätere Zeiten vor: Er gründete in Schaan/Vaduz (Liechtenstein) ein Absatzfinanzierungsinstitut. Wie die Kriminalpolizei einige Jahre später ermittelte, diente dieses Finanzierungsinstitut in der Praxis jedoch nur als Auffangstelle für die in der Bundesrepublik erschwindelten Gelder. Kohlmann, in Branchenkreisen der »Alte Fritz« genannt, dürfte seine Schäfchen im trocknen haben, selbst wenn ihm die deutsche Justiz eines Tages doch noch eine Strafe zudiktieren sollte.

So wie Lindzon und Levine, Buchmann und Kramer im Automatengewerbe, so zerstritten sich auch Kohlmann und Merkel in der Melkmaschinenzunft mit ihren Vertretern und Untervertretern. Im Sommer 1963 machte sich das erste Dutzend ehemaliger Vertreter selbständig. 1964 registrierte die Kripo bereits 50 Firmen und etwa 200 Vertreter. Die Zellteilung des Täterkreises schritt noch weiter voran, so daß auch 1965 noch Neugründungen festgestellt werden konnten. Die Geschädigten waren fast ausschließlich kleine und mittlere Bauern, die einen Betrag von zwei-

oder dreitausend Mark nur mit größten Opfern aufbringen konnten. Meist mußten sie sich das Geld leihen und dafür mehrere Jahre Zinsen zahlen. Andere, wichtigere Anschaffungen mußten in dieser Zeit unterbleiben.

Der Nutzen, den die Mehrzahl der Bauern aus der Maschine ziehen konnte, war gleich Null. Gewöhnlich hatten die Firmen die Anlagen überhaupt nicht installiert. In den Fällen, in denen sie die Maschinen in die Ställe eingebaut hatten, war die Arbeit meist so mangelhaft ausgeführt worden, daß die Anlagen schon nach wenigen Stunden wieder ausfielen. Reparaturen oder eine fachgerechte Installation waren für den Landwirt stets mit neuen Kosten verbunden.

In vielen Fällen hatten die Bauern die Maschinen auch mit Absicht nicht in Betrieb genommen. Sie hofften durch gerichtliche Schritte die Zurücknahme der Geräte und die Erstattung ihrer Gelder zu erreichen. Bei 16 geschädigten Bauern, die ein Aufnahmeteam des Zweiten Deutschen Fernsehens im Frühjahr 1964 für Vorbereitungen der Sendung »Vorsicht Falle!« in niedersächsischen Dörfern aufsuchte, war lediglich eine einzige Anlage in Betrieb. Die übrigen Maschinen standen, fast ein Jahr nach ihrer Lieferung, unnütz herum. Viele waren noch in den Lieferkartons verpackt.

Die ersten Abwehrkräfte gegen die kriminelle Seuche formierten sich im Herbst 1963. Durch die Massierung der Anzeigen in einigen Bundesländern, insbesondere in Niedersachsen und Nordrhein-Westfalen, waren genauere Überprüfungen ausgelöst worden. Nun zeigte sich zum erstenmal, daß die Bauern, was man an den Einzelfällen bisher nie erkennen konnte, Opfer eines raffinierten betrügerischen Systems geworden waren. Beim Landeskriminalamt in Düsseldorf wurde eine Sonderkommission eingesetzt. In Lüneburg, Essen und Bad Kreuznach kamen die ersten Sammelverfahren gegen einige Tätergruppen in Gang. Sehr bald zeigte sich aber wieder, wie wenig die Organe der Strafrechtspflege in der Lage sind, mit der modernen Kommerzkriminalität fertig zu werden.

Zwei Jahre später, als das Kapitel »Melkmaschinen« für dieses Buch geschrieben wurde, war immer noch nichts Entscheidendes erreicht.

Sucht man nach den Gründen, woran eine bessere Verfolgung dieser Delikte scheitert, so stößt man u. a. immer wieder auf die Tatsache, daß auch bei der Kripo, den Staatsanwaltschaften und Gerichten zuwenig Konsequenzen aus den Wandlungen der Kriminalität gezogen worden sind. Von einem Kriminalbeamten werden zur Aufklärung und vor allem zum Nachweis der strafrechtlichen Relevanz eines modernen Wirtschaftsdeliktes so viele kaufmännische und wirtschaftliche Spezialkenntnisse gefordert, wie sie auf dem freien Arbeitsmarkt nur ein Mann hat, der doppelt oder dreimal soviel verdient. Die Zahl dieser »Spezialisten« in den Dezernaten ist verständlicherweise viel zu gering. Seit Jahren wird in der kriminalistischen Fachliteratur und auf den Arbeitstagungen der Kriminalämter der Mangel an solchen Spezialsachbearbeitern beklagt. Eine spürbare Lockerung dieses Mangels ist der Einsicht jedoch nicht gefolgt. Nach wie vor sträuben sich die meisten Beamten, die in ein Betrugs- oder Wirtschaftsdezernat versetzt werden sollen. Nach wie vor tolerieren die Leiter der Behörden die Massierung ihrer Kräfte in Abteilungen, in denen die Arbeit mehr Spaß macht, mehr Erfolg bringt und weniger Spezialkenntnisse erfordert. Unglücklicherweise stehen diese Abteilungen mehr im Blickpunkt der Öffentlichkeit als die Betrugsdezernate.

Bei den Staatsanwaltschaften sind die Verhältnisse ähnlich. Es kommt nicht selten vor, daß die Kriminalpolizei bei Oberstaatsanwälten monatelang antichambrieren muß, um sie zur Übernahme eines unbequemen Sammelverfahrens zu bewegen. Nach der Strafprozeßordnung ist ein solches Sammelverfahren an vielen Orten möglich, etwa am Wohnsitz eines Täters oder bei dem Gericht, in dessen Bezirk die meisten Straftaten begangen worden sind. Da man hier aber meist mit vielen Tätern und mit Tatorten über das ganze Bundesgebiet verstreut zu tun hat – was ein solches Verfahren mit viel Extraarbeit belastet –, kann jede Staatsanwaltschaft ihre Zuständigkeit bestreiten.

Ist die Lage bei Polizei und Staatsanwaltschaft aber schon unbefriedigend, so muß sie bei den Gerichten nahezu als alarmierend gelten. Sowohl Schöffen als auch Berufsrichter haben sich mit der breiten Skala fast aller Straftaten von der Unterschlagung über die Abtreibung bis hin zu den Gewaltverbrechen zu befassen. An größeren Gerichten weist der Geschäftsverteilungsplan den Kammern die Fälle nach den Anfangsbuchstaben der Beschuldigten zu. In einer Zeit, in der die Spezialisierung sämtliche Wissensgebiete ergreift, verlangen wir von Strafrichtern und sogar von Schöffen, daß sie Bedeutung und Eigenheit sämtlicher sich ebenfalls spezialisierender Verbrechensarten souverän überblicken. Mangelnde Kenntnisse unserer kriminellen Wirklichkeit führen bei einem Richter naturgemäß zu Zweifeln an der Schuld eines Angeklagten. Das wäre gesellschaftspolitisch sicher nicht so erheblich, stünde nicht hinter jedem Beschuldigten eine Vielzahl unschuldiger Bürger, die von gerade diesen geschonten Angeklagten aufs neue geschädigt werden.

Es gäbe einen Ausweg aus dem Dilemma: Fachgerichte. In der Zivilgerichtsbarkeit arbeiteten gerade wegen der komplizierten

Spezialkenntnisse, die das Wirtschaftsrecht einem Richter abverlangt, seit langem die Kammern für Handelssachen. Niemand würde einem Scheidungsrichter zumuten, in einer für ihn fremden Wirtschaftsmaterie ein Urteil zu fällen. Allen Versuchen, in der Strafjustiz eine ähnliche Geschäftsverteilung nach der fachlichen Eignung der Richter einzuführen, wurde in den Jahren nach dem Zweiten Weltkrieg das Schreckenswort »Sondergerichte« entgegengehalten.

Der Schaden, den die Gerechtigkeit an den NS-Sondergerichten genommen hat, ist zweifellos ein ernstes Argument gegen Fachgerichte. Das Argument wird allerdings zum Treppenwitz unserer ohnehin mit Tabus reich gesegneten Zeit, wenn man bedenkt, daß ausgerechnet im Bereich des Landesverrats und anderer Staatsschutzdelikte seit Jahren sowohl bei den Landgerichten als auch beim Bundesgerichtshof politische »Sonderkammern« arbeiten. Auch die Entwicklung des modernen Straßenverkehrs hat die Einrichtung spezieller Verkehrsgerichte erzwungen. Die Wirtschaftskriminalität aber überlassen wir immer noch den oft überforderten allgemeinen Gerichten.

Polizei und Staatsanwaltschaften müssen deshalb, wenn sie einer neu auftretenden und sich schnell ausbreitenden kriminellen Epidemie, wie dem Melkmaschinenschwindel, zu Leibe gehen wollen, mitunter erst einen hartnäckigen Kampf gegen Ermittlungsrichter oder Gerichte führen, die eine Untersuchung einleiten oder ein Hauptverfahren eröffnen sollen. Die Richter sehen sich oft außerstande, in den modernen Kommerzdelikten klare strafrechtliche Tatbestände zu erkennen.

So waren die Staatsanwälte, die die ersten Sammelverfahren gegen Melkmaschinenhändler und -vertreter betrieben, stets vor die Notwendigkeit gestellt, möglichst viele Geschädigte gegen ein und denselben Angeklagten aufzubieten. Dabei mußten sie in Kauf nehmen, das Verfahren automatisch so zu komplizieren, daß Jahre vergingen, ehe es anklagereif wurde. Hätten sie den Vorgang vereinfacht, um die Täter schneller hinter Schloß und Riegel zu bekommen, so wären sie Gefahr gelaufen, daß die Gerichte mangels Beweisen auf Freispruch erkannt hätten. Das wiederum hätte dem Treiben auf den Dörfern noch mehr Aufschwung gegeben. Die Beschuldigten konnten ohnehin auf zahlreiche gewonnene Zivilprozesse verweisen.

Mit diesem inneren Zwiespalt beladen, schleppten sich die Ermittlungsverfahren zwei Jahre hin, ohne zu einem konkreten Ergebnis zu führen. Im Herbst 1964 ermittelten nicht weniger als 69 Staatsanwaltschaften gegen die insgesamt etwa 50 Firmen, die inzwischen festgestellt worden waren. Im Frühjahr 1965 endlich gelang es, drei Verfahren, die besonders günstig gelagert waren, zum Abschluß zu bringen. 12 Täter wurden verurteilt.

Es hat den Anschein, als hätten die drei Urteile Polizei und Staatsanwaltschaft neuen Mut gemacht, die Materie aufzuarbeiten. Kurz nach den Entscheidungen lud das Bundeskriminalamt zu zwei umfassenden Besprechungen ein. Alle an der Materie beteiligten Staatsanwälte und Kriminalämter einigten sich auf eine gemeinsame Marschroute, wonach die 69 schwebenden Strafprozesse zu 13 großen Sammelverfahren zusammengeschlossen werden sollten. Ein bezeichnendes Licht auf die sonst übliche Praxis wirft ein Absatz aus dem Protokoll dieser Sitzung: Die Bereitschaft einiger Staatsanwaltschaften, solche lästigen Verfahren zu übernehmen, wurden als »beispielhaft und rühmenswert« besonders vermerkt.

Auch die 13 neuen Sammelverfahren brauchten ihre Zeit. Mit Urteilen gegen die Mehrzahl der Melkmaschinenschwindler war kaum vor 1967 zu rechnen, also beinahe zehn Jahre nachdem Friedhelm Kohlmann und Dr. Merkel den Trick mit der Musteranlage erfunden hatten. Ob die Angeschuldigten bei Prozeßbeginn noch alle zur Verfügung standen, blieb abzuwarten. Friedhelm Kohlmann (8000 bis 10 000 Geschädigte. In die Anklageschrift sind der Einfachheit halber nur etwa 100 Straftaten aufgenommen.) ist im Frühjahr 1965 von der Polizei festgenommen worden. Der Antrag auf Untersuchungshaft wurde vom Untersuchungsrichter im Hinblick auf die neuen Bestimmungen der Strafprozeßordnung abgelehnt. Die Polizei mußte den »Alten Fritz« wieder laufenlassen.

Der winzige Niederschlag, den die Massendelikte in der Statistik finden – die ca. 10 000 Betrügereien der Firma Kohlmann zählen, wie gesagt, pro Jahr als ein Fall –, trägt verständlicherweise mit dazu bei, daß sich an der kriminalpolitischen Unterschätzung dieser modernen Straftaten nicht viel ändert. Nicht selten hörte man bei verantwortlichen Politikern, die ihre Kenntnis über die deutsche Kriminalität in erster Linie aus den jährlichen Statistiken beziehen, daß die Betrugskriminalität stagniere und deshalb besondere Maßnahmen nicht notwendig seien. Auch die Kriminalstatistik wird also den Erfordernissen unserer Zeit, in der das Verbrechen immer mehr im Gewand der kommerziellen Organisation und als Massendelikt auftritt, noch nicht gerecht. Und solange die wirklichen Verhältnisse nicht durch die Zahlen der Statistik untermauert werden, ist eine größere Aufmerksamkeit des Gesetzgebers für diese Probleme kaum zu erwarten.

*

In neuerer Zeit zeichnet sich eine kleine Chance ab, daß Abgeordnete und Politiker auch ohne fadenscheinige Tricks, wie die Änderung der Statistik, mit der Not und Rechtlosigkeit der Geschädigten vertraut gemacht werden – wenngleich die Hoffnung, die man daran knüpfen darf, nicht frei von Zynismus ist. Sie basiert nämlich auf der Erkenntnis einer Reihe international tätiger Gauner, daß bei einer engumgrenzten gesellschaftlichen Gruppe in der Bundesrepublik ohne viel Aufwand große Summen abzuschöpfen sind. Diese Gruppe aber verfügt durch mehrere mächtige Verbände und eine stattliche Anzahl von Abgeordneten aus den eigenen Reihen über großen Einfluß in den Landtagen und im Bundestag. Mit fünf Berufsbildern ist die Gruppe und ihre gesellschaftliche Bedeutung recht genau zu umreißen: Ärzte, Zahnärzte, Rechtsanwälte, Ingenieure und Professoren.

So, wie die Melkmaschinenbetrüger die kleineren Landwirte und die Automatenringe nebenverdienstwillige Bürger, so werden hier die gehobenen freien Berufe und gutverdienende angestellte Akademiker als erfolgversprechende Opfer auserwählt. Auch sie waren – ähnlich wie die Kundschaft der Melkmaschinenfirmen oder der Automatenringe – in früheren Jahrzehnten relativ wenig gefährdet. Erst in neuerer Zeit, in der die Kriminalität immer mehr dazu übergeht, die Schwächen oder Nöte ganzer Gesellschaftsgruppen für sich auszunutzen, sind sie für Ganoven interessant geworden. Natürlich hat erst ein breitgestreuter Wohlstand die Voraussetzung für dieses Interesse geschaffen.

Bezeichnenderweise sind es vorwiegend ausländische oder zumindest international tätige Schwindler, die mit ihren besseren Vergleichsmöglichkeiten zuerst erkannt haben, daß und wo sich im Lande des Wohlstands neue Möglichkeiten aufgetan haben. Häufig verstecken sie sich hinter Firmen, die in der Schweiz oder im Fürstentum Liechtenstein ihren Sitz haben.

Vielen tausend Ärzten, Anwälten und anderen Angehörigen der gesellschaftlichen Mittelschichten haben sie in den vergangenen Jahren wertlose Aktien, Phantasiegrundstücke in Übersee, zweifelhafte Anteilscheine und Zertifikate aufgeschwatzt. Die Geprellten verfügen zwar durchweg über einen höheren Bildungsgrad als etwa die Opfer der Automatenringe. Das hat sie jedoch nicht davor geschützt, noch größere Summen zu verlieren. Die Schwindler verstanden es, genau jene Register zu ziehen, die notwendig sind, um einen in wirtschaftlichen Dingen wenig bewanderten Arzt oder Architekten zu übertölpeln. Viele Millionen haben sie damit bereits verdient. Im Bundeskriminalamt ist Anfang der sechziger Jahre ein neuer kriminologischer Begriff für diese Geschäfte geprägt worden: der Anlagebetrug.

*

Sechstes Kapitel

AKTIEN FÜR DEN HERRN PROFESSOR

Professor Dr. August Halder, Chefarzt eines städtischen Krankenhauses im Ruhrgebiet, findet im Frühjahr 1960 in seiner Post ein Angebot, den vertraulichen Informationsdienst *DEBÖRA* (Der Deutsche Börsenberater) zu abonnieren. In einem Anschreiben des Verlages heißt es, die Zeit sei nun für die breiten Schichten des gehobenen Mittelstandes reif, sich über die verschiedenen Möglichkeiten der Kapitalanlage auf dem Aktienmarkt zu orientieren.

Professor Halder gehört zu jenen Bürgern der Bundesrepublik, die Anfang der sechziger Jahre einen gewissen Abschluß im Aufbau ihrer materiellen Existenz erreicht haben. Das Haus ist nahezu bezahlt, die Ausbildung der Kinder abgeschlossen. Professor Halder fühlt sich angesprochen, als die erste große Aktienpopularisierungswelle über die Bundesrepublik hinwegrollt. Zu den bevorzugten Käufern von Volksaktien gehört er zwar nicht, dazu verdient er zuviel. Zur gleichen Zeit aber, zu der die Volksaktie auf dem deutschen Markt Furore macht, beginnen auch andere kleingestückelte Wertpapiere und Investment-Zertifikate in breiten sparwilligen Bevölkerungskreisen Einzug zu halten.

Das Wertpapier wird neben dem Auto und dem Eigenheim zum Inbegriff modernen Eigentums. Für die Angehörigen der freien Berufe, die sich gewöhnlich selbst eine Versorgung für das Alter schaffen müssen, übt es darüber hinaus noch eine besondere Anziehungskraft aus: Es gilt als wertbeständiger und idealer Versorgungsschein für den Lebensabend. Die Berichte, nach denen die Besitzer von Aktien ihre Vermögen unbeschadet über alle Kriegsfolgen retten konnten, sind in frischer Erinnerung. Und wer möchte es der einstmals auserwählten Klasse der Aktionäre nicht gleichtun in einer Zeit, in der der Drang nach Sicherheit so stark ist wie kaum jemals zuvor.

Professor Halder bestellt also den Börseninformationsdienst DEBÖRA und beginnt, sich für Kurse, Dividenden und Geschäftsberichte zu interessieren. Der Arzt versteht nicht viel von der Branche. Nach wenigen Wochen merkt er aber doch, daß ein Papier im ständigen Auf und Ab der vertraulichen Empfehlungen regelmäßig gut und zukunftsträchtig beurteilt wird: die Aktie der kanadischen Erzgesellschaft »Gull Lake Iron Mining Ltd«. Mehrfach ist von »enormen Verdienstmöglichkeiten mit diesen kanadischen Wachstumsaktien« die Rede.

Der Arzt wendet sich an den Herausgeber des Börsendienstes, einen Mann namens *Oskar Messner* in München, und bittet ihn um nähere Informationen über diese kanadischen Papiere. Als Antwort erhält er von der Schweizer Finanzgesellschaft »Credit- und Effekten-A.G. Baden b. Zürich« einen Brief mit mehreren Prospekten, in denen die kanadischen Erzaktien angepriesen werden. Überzeugend und logisch stehen die Argumente untereinander.

Eisenerz ist Weltmangelware.
Erz ist kein Rohprodukt, das spekulativen Schwankungen unterworfen ist.
Eine Eisenerz-Aktie ist ein ebenso wertbeständiger Besitz wie Eisenerz selbst.
Die amerikanische Stahlindustrie leidet bereits an der beginnenden Erschöpfung der amerikanischen Eisenerzvorkommen.
Deutschland verliert seine Roherzbezugsquellen an Rußland, das die schwedische und finnische Erzproduktion aufkauft.
Kanada allein ist der zukünftige Eisenerzlieferant der Welt.
Fünf Milliarden Tonnen Eisenerz liegen in Kanadas Boden.
Der gesamte Ostblock – einschließlich Rußlands und Chinas – besitzt nur 1,5 Milliarden Tonnen Eisenerzvorkommen.

Nach diesen allgemeinen Betrachtungen über die Zukunftsaussichten der kanadischen Eisenerze folgt auf der nächsten Seite das konkrete Angebot:

Gull Lake Iron Mining Ltd.
Toronto – Canada
Kapital: 5 Millionen Can. Dollar
Eine kanadische Eisenerz-Aktie
mit 100% Wertzuwachs-Erwartung in 12 Monaten
Wir bieten Ihnen die Stamm-Aktie mit DM 4,40 an, dem offiziellen Ausgabekurs der Aktie, das ist 1 Can. Dollar.
Die Gesellschaft – eine Tochtergesellschaft der großen und bekannten Minengesellschaft North American Rare Metals Ltd. Toronto, Canada, notiert an der Börse in Toronto – hat Eisenerzvorkommen von vielen Millionen Tonnen und für 100 Jahre gesicherte Produktion.
Die Gesellschaft wird produzierend einen Reingewinn von ca. 3 Millionen Can. Dollar per Jahr erzielen, der mit jedem neuen Schacht entsprechend steigt. Die GULL LAKE IRON MINING liegt nahe dem Lawrence-River-Gebiet – dem Gebiet, in dem Krupp Fuß fassen wollte.
Die GULL LAKE IRON MINING LTD. wird ihr Erz über den Lawrence-River-Wasserweg direkt nach Europa verschiffen

und so die Kruppschen Pläne aufnehmen. Es ist eine einmalige Gelegenheit, von einer kanadischen Erzgesellschaft Aktien zum Ausgabekurs kaufen zu können.
Das ist der Vorteil, den wir Ihnen bieten.
Sie können auch schon mit einem kleinen Kapital beginnen.
Auf Wunsch bestätigen wir unseren Kunden schriftlich, daß wir – falls die GULL-LAKE-AKTIEN bis 31. 12. 1960 den Preis von can. $ 1,50 nicht erreichen – diese zum Ankaufspreis des Kunden, d. h. 1$, zurückkaufen.

Professor Halder weiß inzwischen, daß es ein nahezu todsicheres Geschäft ist, wenn man in unserer Zeit junge Industrieaktien zum Ausgabekurs oder gar noch zum Nennwert erhält. Die Börsenkurse sind durchweg doppelt, mitunter aber auch sechsmal so hoch wie der Nennwert. In der Bundesrepublik ist der Bezug junger Aktien zum Ausgabekurs meist nur den Besitzern von Altaktien vorbehalten, da ihnen bei Kapitalerhöhungen fast immer ein Vorkaufsrecht eingeräumt wird. Und Kapitalerhöhungen sind in einem Land, in dem industrielle Neugründungen nicht mehr zur Tagesordnung gehören, der normale Anlaß für die Ausgabe junger Aktien. So erscheint dem Arzt auch die Rückkaufsgarantie, die von der Credit- und Effekten-A. G. angeboten wird, nicht ungewöhnlich. Unter den Ausgabekurs, so glaubt er zu wissen, können die Papiere angesichts der allgemeinen industriellen Entwicklung und des steigenden Bedarfs an Eisenerz kaum fallen.

Lediglich ein Argument aus dem Prospekt leuchtet Professor Halder noch nicht ein: der Hinweis auf das Scheitern der Kruppschen Pläne, am Lawrence-River Fuß zu fassen, und die damit verbundene Spekulation, die Gull-Lake-Aktionäre könnten an den Plänen verdienen, die die Firma Krupp nicht durchzuführen vermochte. Der Arzt erinnert sich zwar an Zeitungsberichte, in denen davon die Rede war, daß Krupp und auch andere Großfirmen der deutschen Schwerindustrie am Lawrence-Strom Zweigwerke errichten und Erz fördern wollten. Warum aber haben sie nun – wie es aus dem Prospekt hervorgeht – diese Pläne fallenlassen? Sollte da vielleicht doch ein Haar in der Suppe sein?

Wenige Tage nachdem Professor Halder den Prospekt erhalten hat, meldet ein gewisser Dr. Haslinger von der Credit- und Effekten-A. G. Baden b. Zürich seinen Besuch an. Ihm gelingt es, die Zweifel hinsichtlich des Krupp-Engagements, die den Arzt befallen hatten, auszuräumen. Der Besucher erklärt dem Professor, daß es in erster Linie politische Gründe gewesen seien, die die kanadische Regierung veranlaßt hätten, das Engagement der deutschen Firmen am Lawrence-Strom zu hintertreiben. Einige einflußreiche Wirtschaftsgruppen im Lande wären gegen die deutschen Unternehmen aufgetreten. Sie hätten lautstark vor den Expansionsgelüsten der deutschen Schwerindustrie, die doch immerhin an Hitlers Aufstieg nicht ganz unschuldig sei, gewarnt und bei der kanadischen Regierung schließlich Gehör gefunden.

Ob denn die gleichen Vorbehalte nicht auch gegenüber anderen deutschen Kapitalanlegern zu befürchten seien, fragt der Professor.

Nein, ganz und gar nicht, beteuert Dr. Haslinger. Deutsche Kleinaktionäre seien sehr willkommen. Von ihnen gehe ja keine politische Gefahr aus.

Der Besucher legt dem Professor Unterlagen über Bohrungen und Schürfungen am Lawrence-Strom vor. Er zeigt ihm auch eine Landkarte, auf der die Abbaugebiete der »Gull Lake Iron Mining« eingezeichnet sind. Professor Halder versteht von diesen technischen Dingen nichts, trotzdem bleibt die Vorlage der vielen Dokumente und Papiere nicht ohne Eindruck auf ihn. Da er sein eventuelles Risiko mehrfach abgesichert wähnt, zuletzt durch die Rückkaufsgarantie der »Credit- und Effekten-A. G.«, entschließt er sich schließlich zum Kauf eines größeren Paketes der angebotenen Erzaktien. Er bestellt 3000 Anteile zu je 1 Dollar Nennwert. Der Gesamtpreis beträgt 13 200,- DM.

Wenige Tage nachdem er den Bestellschein unterschrieben hat, überweist der Chefarzt den Betrag auf das vereinbarte Schweizer Konto. Die Zustellung der Papiere erfolgt prompt, per Einschreiben.

In der Folgezeit erhält Professor Halder von der »Credit- und Effekten-A. G.« einen Kurszettel, ein hektographiertes Stück Papier, auf dem zwischen den Notierungen international bekannter Werte auch jeweils der Kurs für »Gull Lake Iron Mining« vermerkt ist. Von Monat zu Monat steigen die Papiere um 10 Ct. an. Im Herbst 1960 erreicht die Notierung schließlich die 1,50-Dollar-Marke. Damit ist die von der »Credit- und Effekten-A. G.« übernommene Garantie eingelöst – glaubt Dr. Halder.

Der Chefarzt aus dem Ruhrgebiet ist so lange guten Glaubens, bis er im Herbst 1961 zufällig einen Zeitungsartikel in die Hände bekommt, in dem vor dem Ankauf dubioser kanadischer Erzaktien gewarnt wird. Jetzt zieht Professor Halder über seine Bank Erkundigungen nach dem Wert seiner Papiere und der Bonität der »Credit- und Effekten-A. G.« ein.

Wenige Tage später erfährt er, daß gegen die Firma zahlreiche Anzeigen wegen Betruges erstattet sind und die Schweizer Fremdenpolizei für die beiden Hauptaktionäre des Unternehmens, *Julius Geist* und *Lesli Albert Zekla*, sowie gegen den Geschäftsführer *Oskar Messner* Aufenthaltsverbot erlassen hat. Alle drei, so erfährt Professor Halder, halten sich vermutlich wieder an ihrem früheren Wohnort München auf.

Bevor der Professor nun zur Polizei geht, macht er noch eine Entdeckung: Der Geschäftsführer der Credit- und Effekten-A. G., Oskar Messner, ist identisch mit dem Herausgeber des Börseninformationsdienstes DEBÖRA. Der Chefarzt beginnt zu begreifen, daß er das Opfer eines von langer Hand vorbereiteten Schwindels geworden ist. Die vertraulichen Hinweise auf die kanadischen Papiere in dem »unabhängigen« Börseninformationsdienst waren die ersten Fäden des feingesponnenen Netzes.

*

Das Bayrische Landeskriminalamt ermittelt zu dieser Zeit bereits neun Monate gegen Zekla, Messner, Geist und einige Komplicen. Das Ermittlungsersuchen der Staatsanwaltschaft München stammt vom Juli 1960. Am 2. Januar 1961 wurde der Ermittlungsvorgang, wie es im Amtsdeutsch heißt, »in Bearbeitung genommen«.

Die Männer beim LKA haben keine leichte Arbeit: Es dauert anderthalb Jahre, bis sich die Zusammenhänge so weit erhellen, daß sie hoffen können, Betrug im strafrechtlichen Sinne nachweisen zu können. Unzählige Vernehmungen, Protokolle, Ermittlungsergebnisse und Vermutungen müssen fernschriftlich über Bundeskriminalamt und Interpol mit kanadischen und Schweizer Polizeibehörden ausgetauscht werden. Der Sachbearbeiter in München muß sich zuerst mit den Feinheiten des kanadischen Aktienrechts vertraut machen, bevor er darangehen kann, die Berichte aus Toronto auszuwerten. Er hat sich aber auch ständig mit der Gefahr herumzuschlagen, durch seine Ermittlungen an den Börsen Kursbewegungen oder andere Schädigungen des Publikums auszulösen, für die er später verantwortlich gemacht werden könnte. Alle Personen, gegen die ermittelt wird, verfügen über viel Geld. Sie bedienen sich teurer und prominenter Anwälte, die einem in ihren Augen unbedeutenden Kriminalmeister nichts schenken. Aber auch bei den Geschädigten erhält die Kripo oft keine Unterstützung. Die Opfer, meist angesehene Bürger ihrer Stadt, wünschten zum Schaden nicht auch noch den Spott.

Ermittlungen dieser Art leiden auch oft unter dem Übel, daß es sich »nur« um Betrug handelt. Betrug ist ein »Vergehen« und nur in besonders schweren Fällen oder im sogenannten Rückfall ein mit Zuchthaus bedrohtes »Verbrechen«. Der Einsatz der kriminalpolizeilichen Mittel richtet sich aber sowohl personell als auch materiell fast immer nach der Stufenleiter, in die die Straftaten eingeteilt sind: Übertretungen, Vergehen, Verbrechen.

Die Folgen dieser bürokratischen Regelung sind zum Teil grotesk: Eine über den Erdball gespannte Großbetrugsaktion wird nicht selten von einem einzigen Sachbearbeiter betreut, der sich dann natürlich Monate und Jahre damit abquält. Er darf zum Beispiel einen geflohenen Millionenbetrüger nicht mit einem Blitzfernschreiben verfolgen, sondern nur mit einem gewöhnlichen dringenden Fernschreiben. Diese Art Nachrichten werden langsam übermittelt und beim Empfänger natürlich auch nicht so schnell bearbeitet.

Jeder Handtaschenräuber ist eines Blitz-Fernschreibens würdig. Wo immer man hinsieht: Überall trifft man auf die Konsequenzen einer Strafrechtspflege, die sich in übermäßiger Weise der Abwehr des Gewaltverbrechens verschreibt.

Die Ermittlungen des Bayrischen Landeskriminalamtes waren zeitraubend. Aber am Ende hatten die Männer einen Vorgang in der Hand, der als Dokument einer modernen Großbetrügerei – ähnlich wie der Stammbaum der Frankfurter Automatenringe – in die Annalen der deutschen Kriminalgeschichte eingehen wird.

Der Anfang des gut getarnten Aktienschwindels, dem auch Professor Halder im Ruhrgebiet zum Opfer gefallen ist, geht zurück in das Jahr 1957. In die gleiche Zeit also, zu der auch Sidney Levine und Louis Lindzon, die Gründer des Frankfurter Automatenclans, erkannt haben, auf welch wunderliche Weise im Lande des Wohlstandes Geld zu verdienen ist.

*

Im Januar jenes Jahres gründete der österreichische Bankkaufmann *Friedrich Geistel* mit dem bereits genannten Wirtschaftsjournalisten Oskar Messner in München die Firma »Investogramm GmbH«. Am 29. Januar wurde sie ins Handelsregister des Amtsgerichtes eingetragen. Zweck des Unternehmens war die Herausgabe eines Börsen-, Finanz- und Wirtschafts-Informationsdienstes. Die Publikation erschien zum erstenmal im Frühjahr 1957. Sie trug den Namen der Firma: INVESTOGRAMM. Der Name verriet, was die Herausgeber beabsichtigen – genauer gesagt, was sie vorgaben zu beabsichtigen: Unterrichtung eines anlagefreudigen Publikums über gute Investitionsmöglichkeiten.

Die spätere Tätigkeit der Firma INVESTOGRAMM läßt jedoch den Schluß zu, daß es Geistel und Messner von Anbeginn darauf ankam, die Leser ihres Informationsdienstes zum Erwerb dubioser kanadischer Erdölaktien zu bewegen. Wie einige Jahre später in der Publikation DEBÖRA, so wurde auch in dem sich vertraulich, unabhängig und neutral gebenden Informationsdienst INVESTOGRAMM immer wieder auf die einmalig guten Aussichten der kanadischen Papiere hingewiesen.

Der schöne Zufall wollte es dann, daß die Männer der INVESTOGRAMM immer genau wußten, bei welcher Maklerfirma die kanadischen Papiere für deutsche Kunden zu beziehen waren: bei Louis C. Bresson & Co. GmbH, München. Diese Firma war erst im September 1957 gegründet worden, gerade rechtzeitig, um das Aktiengeschäft abwickeln zu können. Hauptgesellschafter und Geschäftsführer: Friedlich Geistel von der INVESTOGRAMM.

Zuvor hatte derselbe Friedrich Geistel es verstanden, eine kleine dubiose kanadische Ölfirma zur Ausgabe eines großen Paketes neuer Aktien zu bewegen. Die Papiere, die in Kanada ohnehin unverkäuflich gewesen wären, wurden nach München geschickt. »Louis C. Bresson & Co.« verkaufte sie dann zu Phantasiepreisen an deutsche Ärzte, Apotheker, Anwälte, Ingenieure und Professoren. Der Erlös wurde zwischen dem Inhaber der kanadischen Firma und der Gruppe Geistel geteilt. Hauptfigur in dieser Gruppe wurde sehr bald Julius Geist, ein Bruder des Firmengründers*. Geistel hatte ihn, als sich das Geschäft gut anließ, zusammen mit einem weiteren Landsmann, dem schon erwähnten Zekla, als Vertreter eingestellt.

Geist und Geistel sind ein bei Interpol seit vielen Jahren registriertes Betrügerpaar. In Kapstadt und Wien, Rio de Janeiro, Mailand und London haben sie Polizei und Gerichte beschäftigt. Seit jeher gehören dunkle Aktiengeschäfte und betrügerische Pleiten zu ihren Spezialitäten. Trotzdem konnten sie in München ungehindert neue Firmen gründen und ins Handelsregister eintragen lassen – Firmen, die sich ausschließlich mit Wertpapierangeboten beschäftigten. Kein Gewerbeamt oder dergleichen trat auf den Plan. Eine simple Anfrage bei der Polizei hätte Aufschluß über die »beruflichen Fähigkeiten« der Firmengründer geben können.

Geist, der ältere der beiden Brüder, ist beim Bundeskriminalamt mit fünf Alias-Namen registriert. Sein bevorzugter Falschname: Dr. Haslinger. Bei den an Wertpapieren interessierten Ärzten in der Bundesrepublik führte er sich oft als »Kollege« ein und hatte damit besonderen Erfolg.

Wieviel kanadische Erdölaktien das Betrügerquartett während dieses ersten Jahres abgesetzt hat, war später, als das Bayrische Landeskriminalamt die Ermittlungen aufnahm, nicht mehr festzustellen. Die Polizei konnte nur lückenhafte »Geschäftsunterlagen« beschlagnahmen, und bei den Geschädigten selbst ist die Neigung, sich zu offenbaren, wie gesagt sehr gering. Den Beamten des LKA gelang es, den Verkauf von 125 470 Erdölaktien zu rekonstruieren. Bruttoerlös für die Gruppe Geistel: 1 010 000,- DM.

---

* Geist hatte seinen in Österreich als jüdisch bekannten Familiennamen Geistel in Geist umändern lassen.

Ende 1958 kam es zwischen Geistel und seinen Mitarbeitern zum Streit über die Verteilung der Gewinne und Provisionen. Bruder Geist schlug sich auf die andere Seite und gründete mit Messner, Zekla und einem Schweizer Strohmann eine eigene Firma, die »Credit- und Effekten-A. G. Vaduz«, aus der später die »Credit- und Effekten-A. G. Baden bei Zürich« wurde. Die CEAG, wie sie sich abgekürzt nannte, brauchte natürlich auch einen unverdächtigen Seelenfänger. Bei Geistel spielte diese Rolle ja der Informationsdienst INVESTOGRAMM. Messner fand Ersatz in Gestalt des eingeführten Berliner Börsen- und Wirtschaftsdienstes DEBÖRA, bei dem er früher gearbeitet hatte. Durch den Tod des Herausgebers stand der Dienst zum Verkauf. Messner erwarb den wohlfeilen Firmentitel, verlegte ihn nach München und machte ihn fortan den Aktiengeschäften der CEAG nützlich.

In den ersten Monaten verkauften Geist und Messner ebenfalls kanadische Ölpapiere. Sie erhielten sie von derselben Ölgesellschaft, die auch Louis C. Bresson belieferte. Als der Nachschub jedoch zu stocken begann, suchten die CEAG-Männer einen neuen Lieferanten. Bald fanden sie ihn. Er hieß *Louis Caminsky*, von Beruf Effektenhändler, und wohnte in Toronto. Caminsky, jüdischer Einwanderer aus Polen, gilt als sehr vermögend, ist aber durch die Art seiner Geschäfte schlecht beleumdet. In einer Interpol-Auskunft über ihn heißt es:

». . . kann nur gesagt werden, daß man ihn für ein gerissenes Individuum hält und er sich in dieser Branche (gemeint ist der betrügerische Aktienhandel) seit 1934 betätigt. Er ist in den Kreisen des Effektenhandels bekannt. Man weiß, daß er mit üblen Börsenspekulanten zusammenarbeitet.«

Caminsky hatte bereits in den Jahren 1955/56 größere Mengen sogenannter NARM-Aktien, genannt nach der kanadischen Erzgesellschaft »North American Rare Metal« in Deutschland abgesetzt. Auch diese Papiere verloren bald ihren Wert.

Geist und Messner hatten von diesen Geschäften gehört und gingen Caminsky im Sommer 1959 nach neuen NARM-Aktien an. Da Caminsky die Papiere bereits alle verkauft hatte, gründete er in Toronto kurzerhand eine neue Erzgesellschaft, die GULL LAKE IRON MINING LTD. Caminsky brachte ein paar Grundstücke in der Nähe des Lawrence-Stroms, unter deren Oberfläche nach seinen Schilderungen große Erzvorkommen lagerten, in die Gesellschaft ein und ließ sich dafür 900 000 Aktien im Nennwert von je einem Dollar aushändigen.

Die Überwachungsvorschriften für Beteiligungsgesellschaften sind in Kanada nicht so scharf wie in der Bundesrepublik. So kann in der Provinz Ontario jedermann mit einem Gründungskapital von 5 Dollar eine Aktiengesellschaft ins Leben rufen, die dann ihrerseits für mehrere Millionen Dollar Wertpapiere ausgeben darf. Es gibt eine sogenannte Börsen-Aufsichtskommission, die ein lokkeres Auge auf die Aktiengeschäfte hält und auch ein Register über Beteiligungsgesellschaften führt. Eine Kontrolle zum Schutz der Aktionäre, wie sie in der Bundesrepublik durch mehrere aktienrechtliche Vorschriften gewährleistet wird, ist mit dieser Registrierung nicht verbunden.

Eingedenk seines schlechten Rufes bediente sich Caminsky trotzdem der Hilfe einiger besser beleumdeter Strohmänner, als er im August 1959 der Kommission den Gründungsprospekt der GULL LAKE IRON einreichte.

Bei den deutschen Kunden versuchten »Dr. Haslinger« und Zekla später den Eindruck zu erwecken, mit der Registrierung würden die Papiere an allen kanadischen Börsen notiert. In Wahrheit ist die GULL-LAKE-Aktie nie notiert, sondern nur gelegentlich im inoffiziellen Freiverkehr gehandelt worden – zu einem Fünftel oder Sechstel ihres Nennwertes. Caminsky hatte wohl auch nie die Absicht gehabt, die Papiere in Kanada abzusetzen. Der größte Teil wurde direkt von der Druckerei in Toronto an die CEAG, Vaduz, geschickt.

Viele tausend GULL-LAKE-Aktien waren bereits in Deutschland verkauft, bevor die Gesellschaft eine Bodenuntersuchung vornehmen ließ. Abbauarbeiten wurden nie begonnen; die Gesellschaft verfügte auch über kein Abbaugerät. Die Erschließung möglicher Erzfelder auf den Grundstücken der GULL LAKE Ltd. hätte sich als besonders kostspielig herausstellen müssen. Nach dem Bericht eines Bergbauingenieurs, der das Gelände besichtigt hat, befinden sich die angeblichen Minenfelder in einem verkehrsmäßig nicht erschlossenen Gebiet, das stark bewaldet und zerklüftet ist und darüber hinaus zwischen undurchdringlichen Sümpfen liegt. Es ist praktisch nur mit dem Wasserflugzeug oder mit Hubschraubern zu erreichen.

Die Millionengewinne, die Geist, Zekla und Messner in den GULL-LAKE-Prospekten versprachen, erwiesen sich damit als Täuschung. Die Kursnotierungen, auf denen das Garantieversprechen der CEAG, basierte, waren von Messner einfach erfunden. Da die Papiere an keiner Börse gehandelt wurden, gab es auch keinen offiziellen Kurs. Messner konnte also seinen eigenen machen. Der verfeindete Bruder Geistel sagte zum System der von Messner verschickten Kurszettel später bei der Polizei: »Es ist sehr heimtückisch, daß sich in den Kursblättern unter den 94 aufgeführten Wertpapieren 92 kanadische Spitzenwerte befinden, die von höchster Qualität und auch börsennotiert sind. Mitten zwischen diese 92 Werte hat man dann GULL LAKE und INTER-UNION (eine weitere Schwindelaktie des Trios Geist-Zekla-Messner) eingeschleust, so daß der Leser den Eindruck hat, daß auch diese beiden Werte an den kanadischen Börsen notiert sind und Spitzenwerte darstellen.«

*

Der Erfolg, den die Schwindler mit ihrem System aufzuweisen haben, ist verblüffend. Man möchte meinen, daß akademisch gebildete Bürger, für die der Umgang mit einer Bank nicht fremd ist, ein wenig Vorsicht walten lassen, bevor sie Tausende von Mark aus der Hand geben, noch zumal sie meist weder deutsches noch ausländisches Aktienrecht kennen. Die Praxis bestätigt diese Vermutung leider nicht. Ohne mit ihren Banken Rücksprache zu nehmen, kauften Tausende die wertlosen Schwindelpapiere. In einzelnen Fällen haben die Opfer beachtliche Vermögen hingegeben:

ein bekannter Stuttgarter Professor 212 000,- DM
ein Facharzt aus Heilbronn 120 000,- DM
ein Diplomingenieur aus der gleichen Stadt 56 000,- DM
ein in München lebender Städtebauer 96 000,- DM
ein Anwalt aus Düsseldorf 13 000,- DM.

In vielen Fällen haben sich die Geschädigten von »Dr. Haslinger« oder Zekla dazu überreden lassen, gute deutsche Papiere, wie etwa Feldmühle, Mannesmann, IG-Farben-Nachfolger, oder auch festverzinsliche Pfandbriefe gegen kanadische Öl- oder Eisenerzaktien einzutauschen.

Die guten Erfolge mit Öl- und Erzpapieren veranlaßten Geist, Messner und Zekla zu weiteren dubiosen Geschäften. Sie vertrieben Investmentpapiere unter den wohlklingenden Namen »Inter-Union« und »Technical Producers«. Auch in diesen Fällen befanden sich die angeblichen Industrieanlagen in Kanada, auch hier versprach Messner in DEBÖRA ausgezeichnete Entwicklungschancen.

Ihre Werbebriefe verschickten die CEAG-Männer mit Hilfe sogenannter Adressenverlage. Nach dem Aufblühen des Versandhandels und der direkt verschickten Werbung hat sich ein mitunter gespenstisch anmutender Adressenmarkt in der Bundesrepublik etabliert. Interessenten können dort die Anschriften aller »praktizierenden Ärzte« erwerben oder »10 000 Studenten vor dem Examen«, oft auch »20 000 unverheiratete Damen über 40 Jahre«.

Natürlich spezialisierten sich neben dem Kreis um Messner, Geist und Zekla bald noch mehr Geschäftemacher auf den Verkauf windiger Aktien. Nebulöse südafrikanische Goldminen, mittelamerikanische Landerschließungs-Gesellschaften fanden in der Bundesrepublik unzählige stille Miteigentümer. Eine besondere Variante führten Geist und Messner in die Branche ein, nachdem ihnen die Erz- und Ölpapiere ausgegangen waren: den Abschluß sogenannter Optionskontrakte. Hier geben die Opfer ihr Geld also lediglich für das »Vorrecht« aus, später als erste eventuell auf den Markt kommende Schwindelpapiere erwerben zu dürfen.

*

Das skurrilste ausländische Wertpapier, das in der Bundesrepublik seit Jahren, auch im Herbst 1965 noch, verkauft wird, trägt den Namen *tv-point*. Es beteiligt seine Besitzer an einer Firma gleichen Namens auf der britischen Kanalinsel Jersey. *tv-point Ltd., Jersey* verspricht ein neues Farbfernsehsystem zu entwikkeln und die dazu notwendigen Geräte später zu produzieren. Im Gegensatz zu den bekannten amerikanischen, französischen und deutschen Systemen NTSC., SECAM und PAL, bei denen für die Teilnehmer am Farbfernsehprogramm kostspielige neue Fernsehgeräte notwendig werden, glaubt »tv-point« mit einem kleinen Zusatzgerät und einer besonderen Wunderscheibe, die vor den Bildschirm gesteckt wird, auszukommen, um sowohl schwarzweiß als auch farbig empfangen zu können.

Die Zusatzgeräte sollen nur einen Bruchteil der bei den anderen Systemen notwendigen neuen Farbempfänger kosten. Man dürfe also erwarten, so versprach »tv-point« seinen hauptsächlich in der Bundesrepublik geworbenen Aktionären, daß dieses überlegene Farbfernsystem überall in Europa eingeführt und die Firma viele Millionen derartiger Zusatzgeräte für die Umrüstung alter Fernsehempfänger produzieren und verkaufen wird.

Gründer und Mehrheitsaktionär der »tv-point Ltd.« ist ein Mann, der sich z. Z. *Albert Nathanael Koperat* nennt. Koperat ist in mindestens neun Staaten nahezu aller Kontinente wegen Diebstahls, Betruges, Unterschlagung, Verkaufs ungültiger Wertpapiere und anderer Delikte bestraft. Bei Interpol sind nicht weniger als 12 Falschnamen registriert, unter denen Koperat aufgetreten ist. Zuletzt besaß der vermutlich aus Polen oder dem Gebiet der früheren österreichisch-ungarischen Monarchie stammende Mann einen kubanischen Paß.

Ende 1958 erwarb Koperat von einem anonymen Erfinder eine Reihe von Patenten, aus denen jenes verblüffend einfache Farbfernsehsystem zu entwickeln sein soll. Das bayrische Kriminalamt konnte im August 1964 über Interpol zwei Londoner Patentanwälte ermitteln, die bezeugen, Koperat habe die Patente für ganze 50 Pfund Sterling gekauft. Im Besitz dieser Patente reiste Koperat Anfang 1959 zusammen mit seinem aus Sofia stammenden, in Paris lebenden Schwiegersohn *Hais Bar Antar* auf die britische Kanalinsel Jersey, die ein ähnlich beliebtes Domizil für sogenannte Sitzgesellschaften ist wie Liechtenstein oder die Schweiz. Auf der Kanalinsel fanden die beiden bald ein paar angesehene englische Staatsbürger, die von den verlockenden Aussichten des tv-point-Fernsehsystems überzeugt waren und gegen eine winzige Beteiligung, so wie es das britische Gesetz forderte, ihren Namen für die Gründung der Gesellschaft hergaben.

Am 25. April 1959 wurde »tv-point Ltd.« ins Leben gerufen und gleichzeitig in das Handelsregister eingetragen. Das vorgesehene Nennkapital in Höhe von 200 000 Pfund soll durch die Ausgabe von 4 Millionen Aktien im Nennwert von je 1 Shilling aufgebracht werden. 3,5 von diesen 4 Millionen Aktien wurden Albert Koperat als Gegenwert für die eingebrachten Patente ausgeliefert. Keiner der Engländer erhob gegen die Bewertung der unbekannten Patente Einspruch. Alle waren offensichtlich glücklich darüber, ohne Einsatz eigener Mittel an einem sehr aussichtsreichen Geschäft beteiligt zu sein.

Die Bank von England stimmte im Juni 1959 der Ausgabe der 3,5 Millionen tv-point-Aktien an Bar Antar und Koperat zu. Eine Prüfung der Frage, ob der Preis der Aktien in einem angemessenen Verhältnis zu ihrem inneren Wert stand, war mit dieser Ausgabegenehmigung nicht verbunden. Sie wird nach englischen Gesetzen nur vorgenommen, wenn die Papiere an Einwohner des Vereinigten Königreichs verkauft werden sollen. Koperat und Bar Antar hatten aber vorher zugesagt, ihre Papiere, wenn überhaupt, nur in außerbritischen Gebieten weiterzuverkaufen.

Beim späteren Absatz der tv-point-Aktien in der Bundesrepublik – er begann im Frühjahr 1960 – erweckten die Verkäufer in ihrer Werbung dann aber stets den Eindruck, als sei nicht nur die Ausgabe der Papiere, sondern auch ihr angemessener Wert von der Bank von England geprüft und für gut befunden. Da die meisten Käufer weder das deutsche, geschweige denn das englische Aktienrecht kannten, mußten ihnen diese feinen, aber bedeutsamen Abweichungen von der Wahrheit verborgen bleiben.

Wie Geistel und Geist, so bedienten sich auch Koperat und Bar Antar mehrerer Maklerfirmen, die sie durch Mittelsmänner kontrollierten: »Arbinter S. A.« und »Penombra S. A« und die *Neuwert GmbH* in München. Auch sie wandten sich in erster Linie an Ärzte, Zahnärzte und andere Angehörige akademischer Berufe.

Auf einem prächtigen Prospekt lächelte eine zierliche Japanerin im Vierfarbendruck von einem Bildschirm herab.

»Das farbige Fernsehen ist da«, verhieß die graziöse Dame. »An erster Stelle – die bunte Welle. Darum erwirbt der vorausschauende Investor tv-point.«

Die Rolle des Zutreibers, die beim Verkauf der kanadischen Papiere von den »unabhängigen« Informationsdiensten gespielt wurde, übernahmen bei tv-point unfreiwillig einige Illustrierte und Fachzeitschriften.

Koperat und seine Genossen hatten es verstanden, über ihr Farbfernsehsystem, das von Fachleuten der Rundfunk- und Fernsehtechnik als Utopie bezeichnet wird, einige mit Skizzen und Formeln angereicherte Berichte zu lancieren. Nach Erscheinen ließen sie eine große Zahl von Sonderdrucken herstellen und benutzten sie für ihre Werbung. Bei den Empfängern entstand so der Eindruck, mehrere namhafte Zeitschriften hätten die technischen Qualitäten des tv-point-Systems geprüft und würden es empfehlen.

Koperats Verkäufer schreckten auch nicht davor zurück, die große Welle der Hilfsbereitschaft, die nach der norddeutschen Flutkatastrophe im Februar 1962 durch die Bundesrepublik rollte, für ihre Geschäfte auszunutzen. Kurz nach der Flut erhielten viele tv-point-Kunden ein Rundschreiben, das am besten für sich selbst spricht.

> »Deutsche tv-point-Aktionäre, die zu den Hochwassergeschädigten dieses Frühjahres gehören, müssen sich notdrungen von ihren tv-point-Anteilen trennen und wandten sich daher an uns mit dem Ersuchen, ihre Aktien unterzubringen.
> Obwohl wir generell von einem vorzeitigen Abstoßen der tv-point-Papiere entschieden abraten, da die Entwicklung zu den schönsten Hoffnungen berechtigt, so haben wir uns in diesem Härtefall selbstverständlich entschlossen, die Weitervermittlung zu übernehmen.
> Wir bieten Ihnen daher den genannten Posten ganz oder teilweise zum Erwerb an, falls Sie Ihren tv-point-Besitz günstig abrunden möchten. Die hochwassergeschädigten Aktionäre sind angesichts der Umstände bereit, sich von ihren Papieren zum Stückpreis von 12,- DM zu trennen. Unsere Vermittlung erfolgt im vorliegenden Falle ausnahmsweise spesen- und kommissionsfrei.«

Daß die mit diesem Rundschreiben an den Mann gebrachten tv-point-Aktien nicht von Flutgeschädigten, sondern aus dem noch nicht verkauften Besitz der Herren Koperat und Bar Antar stammten, versteht sich – leider – von selbst. Schier unbegreiflich bleibt jedoch der Preis, zu dem die tv-point-Männer ihre Papiere verkaufen konnten: 12,- bis 15,- DM für eine Aktie bedeutete den zwanzig- bis dreißigfachen Nennwert (1 Shilling = 56 Pfennig) für das Papier einer Gesellschaft, deren Produktionsbeginn für jedermann ersichtlich in einer unbestimmten Zukunft lag.

Deutsche Spitzenpapiere mit jahrelang gesicherter Dividende, wie etwa Daimler-Benz oder Siemens & Halske, wurden zur gleichen Zeit »nur« für den acht- bis zehnfachen Nennwert gehandelt!*

Als einige Schweizer tv-point-Kunden merkten, daß sie ihre Papiere nicht wieder verkaufen konnten und danach Anzeige erstatteten, erwirkten die Schweizer Behörden die Auflösung der in Genf ansässigen Vertriebsfirmen »Arbinter« und »Penombra«. Eine dritte neugegründete Firma, die *Dibeta AG* in Genf, ließen sie ungeschoren – durch Geschäfte dieser dritten Firma wurden Schweizer Bürger nicht geschädigt. Zum Schutz und im Interesse deutscher Aktienkunden hätten Schweizer Behörden nur eingreifen können, wenn ein deutsches Gericht die Tätigkeit der Dibeta eindeutig als Betrug im strafrechtlichen Sinne bezeichnet hätte. Koperat und Bar Antar hatten inzwischen in Genf eine kleine Werkstatt eingerichtet, in der angeblich die Forschungsarbeiten am tv-point-System vorangetrieben werden sollten. Zum Schutz ihrer eigenen Bürger erkannten die Schweizer Behörden sehr schnell und ohne Urteil, daß diese Werkstatt nicht ernsthaft arbeitete, sondern nur als Feigenblatt dienen sollte. Stellvertretend für die deutschen Behörden mochten sie sich jedoch nicht so eindeutig festlegen. Das hätte die Gefahr von Regreßansprüchen bedeutet, wenn ein deutsches Gericht die Maßnahmen später vielleicht nicht gedeckt hätte.

Die Dibeta AG konnte also so lange ungestört tv-point-Aktien in der Bundesrepublik verkaufen, wie es kein Gerichtsurteil gab.

Bis zum Herbst 1965 existierte noch kein solches Urteil. Das Bayrische Landeskriminalamt hat zwar anderthalb Jahre gegen Koperat ermittelt und eine umfangreiche Strafanzeige zusammengestellt – etwa 1100 Geschädigte und eine Schadenssumme von 1,3 Millionen DM konnten festgestellt werden –, die Staatsanwaltschaft München 1 hat aber keine Anklage erhoben. Sie will das Verfahren an die französischen Behörden abgeben.

Hais Bar Antar ist französischer Staatsbürger und kann als solcher entsprechend den Bestimmungen des deutsch-französischen Auslieferungsvertrages nicht zwangsweise in die Bundesrepublik

* Die Börsennotierung dieser beiden Aktien war am 15. 3. 1966 lt. Frankfurter Allgemeiner Zeitung: Daimler-Benz 514, Siemens & Halske 517.

geholt werden*. Ihm muß in Frankreich der Prozeß gemacht werden. Auch Koperats Auslieferung, die rein formell möglich wäre, ist wegen der bekannten Schwierigkeiten bei Wirtschaftstätern mehr als unsicher. Ein Verfahren in der Bundesrepublik – ohne Koperat und Bar Antar – gegen die deutschen Randfiguren des tv-point-Schwindels mußte, so fürchtete jedenfalls die Münchner Staatsanwaltschaft, ausgehen wie das Hornberger Schießen. Die Angeklagten konnten mit Erfolg die gesamte Schuld und Verantwortung auf die in Paris lebenden Hauptbeschuldigten schieben. Also war ein solches Verfahren kaum zu erwarten.

Ob es in Frankreich je zu einem Urteil gegen die Haupttäter kommt, darf angezweifelt werden. Die meisten Geschädigten wohnen in der Bundesrepublik. Französisches Aktienrecht ist dadurch nicht verletzt. Der Betrugstatbestand ist in Frankreich an andere Rechtsnormen gebunden als in der Bundesrepublik. Und die Aussicht, daß ein französisches Gericht das Schutzbedürfnis deutscher Bürger höher bewertet als das Risiko, sich auf schwankender Rechtsgrundlage vor einer Gruppe gutverteidigter Gauner zu blamieren, diese Aussicht ist nicht sehr groß.

*

Betrügerische Aktienverkäufe sind nur ein Teil des in den letzten Jahren in Mode gekommenen Anlagebetruges. Auf ähnlichem Boden bewegen sich eine Reihe der seit Jahren üppig ins Kraut schießenden ausländischen Grundstücksgesellschaften. Sie bieten Wochenendparzellen in Spanien, Apfelsinenplantagen in Süd- und Mittelamerika, Alterssitze in Kalifornien und Florida an. Sehr oft findet Interpol alte Bekannte, wenn sie einschlägigen Anzeigen nachgeht und die inneren Verhältnisse der Maklerfirmen überprüft. Die Traumplantagen entpuppen sich als unwegsames Sumpfgelände, die rosigen Geschäftsaussichten als Milchmädchenrechnungen, die lediglich mit internationalen Wortschöpfungen und dem Traum von der großen weiten Welt verbrämt sind.

Oft trägt zum Erfolg der Anlagebetrüger der Umstand bei, daß in der Bundesrepublik große Mengen sogenannter »schwarzer Gelder«, d. h. Gewinne, die dem Finanzamt gegenüber verschleiert werden konnten, im Umlauf sind. Immer wieder erleben es Kriminalbeamte, wenn sie in den Karteikästen von Schwindelunternehmen die Adressen vermeintlicher Opfer finden, daß die Entdeckten alles tun, um nicht als geschädigt zu gelten. Sie wollen ganz offensichtlich über die Herkunft des Geldes, das sie im Ausland sicher anzulegen wähnten, keine Auskünfte geben. Lieber nehmen sie den Schaden ohne Widerspruch hin, zumal ja durch

* Auch deutsche Staatsbürger können nicht nach Frankreich ausgeliefert werden.

eine Strafanzeige ihre Aussichten, das Geld zurückzubekommen, um keinen Deut besser werden. Im Gegenteil: Wenn sich die Schwindelfirma im Lande befindet, sind viele Geschädigte der Meinung, man müsse sie weiterarbeiten lassen, damit sie Gewinne erzielen und wenigstens einen Teil des angerichteten Schadens wiedergutmachen könne*.

Diese Fälle sind zwar häufig. Sie stechen in der kriminalpolizeilichen Praxis naturgemäß aus der alltäglichen Arbeit hervor. Gemessen an der Gesamtzahl der Anlagebetrügereien bleiben sie jedoch von minderer Bedeutung. Die Mehrheit der Geschädigten gehört auch hier breiten Volksschichten an, die ihr Wunsch nach Sicherheit und Erhaltung des erreichten materiellen Wohlstandes blind macht und in die Fänge von Betrügern treibt.

Man sollte nicht vergessen: Auch der schottische Textilkaufmann Jack Taylor, der unzähligen Bundesbürgern einredete, er könne sie zu erfolgreichen »Sesselfarmen« machen, gehört kriminologisch in die Gruppe der Anlagebetrüger. Taylor hatte nach einem in den USA erprobten Rezept in Frankfurt eine »Züchtereigesellschaft m.b.H.« gegründet und versprach in einer großangelegten Werbekampagne allen Menschen, die 1050,- DM auf sein Konto einzahlten, eine Zuchtsau zu füttern und Ferkel aufzuziehen. Die Einzahler sollten, so Taylor, zu Hause in ihren Sesseln sitzen und gemächlich darauf warten, daß sich ihr Kapitaleinsatz in vier Jahren – durch achtmaligen Wurf des Muttertieres – verdoppeln würde. Als die Züchtereigesellschaft bereits wenige Monate nach ihrer Gründung in Konkurs ging, hatte sie über eine Million Mark kassiert.

Alle paar Monate wird eine neue Masche dieser Gattung erfunden:

Da werden in großsprecherischen Zeitungsanzeigen lukrative Beteiligungen an automatischen Autowaschanlagen angepriesen und verkauft. Bei näherem Hinsehen merken die Kunden – meist, wenn es zu spät ist –, daß es sich nur um eine zeitlich begrenzte Umsatzbeteiligung und nicht um eine Eigentumsbeteiligung handelt. Ob das Unternehmen nennenswerte Umsätze macht oder genauso schnell vom Markt verschwindet wie zahlreiche andere Gründungen dieser Art steht bei Abschluß der entsprechenden Verträge in den Sternen.

Ein andermal sind es Autolackierereien, die überall im Lande errichtet werden sollen. Die Verkäufer der Anteilscheine machen dem Publikum weis, jeder Autobesitzer werde bald die Farbe seines Wagens so oft wechseln wie seine Anzüge. Deshalb seien die Ersparnisse nirgends so gut angelegt wie in einer Autolackiererei.

---

* Siehe auch Kapitel »Einsponbetrug«

Ein typisches Kriterium dieser Angebote von Schwindelfirmen ist, daß sie fast immer gezielt an Nichtfachleute abgegeben werden. Diese Beobachtung bestätigt sich beim Schreibmaschinen- und Automatenbetrug genauso wie bei der schwindelhaften Vorgabe von Auslieferungslagern und dem Verkauf unseriöser Beteiligungen. Kein Automatenopfer ließ sich zum Beispiel von der Ungereimtheit abschrecken, warum gerade ihm und nicht dem nächsten Zigarrenhändler die Zigarettenautomaten angeboten wurden. Die Unbefangenheit, mit der sich jeder Laie heute in fremde Sattel schwingt, hat zweifellos manche berufliche Karriere ermöglicht – aber sie trägt auch zur Ausbreitung der Kommerzkriminalität bei.

Die Bekämpfung der Anlagebetrügereien leidet auch unter dem Handikap, daß die Schädigung der Kunden fast immer erst bewiesen werden kann, wenn der Schaden eingetreten, d. h., wenn die kassierende »Firma« zusammengebrochen ist. Selbst dann fällt es Polzei und Gerichten schwer genug, nachzuweisen, daß die Firmeninhaber in betrügerischer Absicht gehandelt haben und nicht etwa, wie sie zu ihrer Entschuldigung meist vorbringen, Opfer kaufmännischen Ungeschicks geworden sind. Wehe dem kleinen Kriminalmeister, der sich in einer Ermittlungssache gegen eine solche »Firma« auch nur einen Zentimeter zu weit vorwagt – die Anwälte dieses Unternehmens ziehen sofort mit Dienstaufsichtsbeschwerden und drohenden Regreßansprüchen gegen ihn zu Felde. Und nicht jeder Vorgesetzte hat so viel Rückgrat, sich vor seine Beamten zu stellen oder sich in schnell lancierten Presseberichten und im Landtag als Befürworter des »Polizeistaates« beschimpfen zu lassen. Von bitterer Erfahrung belehrt, sind die Beamten deshalb gerade im Umgang mit Schwindelfirmen besonders zurückhaltend. Von einem Autodieb oder einem Einbrecher, der ein paar Kofferradios und eine Geldkassette mit 500,- DM gestohlen hat, haben sie derlei Ungemach nicht zu erwarten.

Immer wieder zeigt sich der Rechtsstaat nur schwer in der Lage, mit den Mitteln der herkömmlichen Strafrechtsbürokratie seine Bürger vor dem modernen Verbrechen zu schützen. Um des geschriebenen Rechts willen glaubt er erst einschreiten zu können, wemnn das im Brunnen liegende Kind den Beweis liefert, daß absichtlich Unrecht geschehen ist. Jede Vorbeugung stößt sich an dem Recht des einzelnen, die Kinder des Rechtsstaates so lange an den Rand des Brunnens führen zu dürfen, bis ihm üble Absicht zu beweisen ist. Das wiederum ist erst möglich, wenn . . . und so weiter und so weiter.

Nun ist es aber nicht nur *ein* Kind, das im Brunnen liegt. Es sind Jahr für Jahr mehrere hunderttausend – vermutlich sogar Millionen – anständige Bürger, die von Schwindelfirmen und Gaunern verwandter Art geschädigt werden. Bei kaum einem Schwindelfirmenkonkurs geht es unter 1000 Geschädigten ab. Das Leid und Elend, die Demütigung und das Unrecht, das diese Menschen tragen müssen, ist in keiner Statistik erfaßt. Auch nicht das Ausmaß an enttäuschtem Sicherheitsbedürfnis.

Das Anwachsen der kaufmännisch getarnten Kriminalität ist unter diesen Umständen nicht mehr als kriminologisches oder kriminalpolitisches Problem allein zu betrachten. Man kann nicht mehr mit dem Hinweis auf rechtsstaatliche Hemmnisse an einem Millionenheer von Geschädigten vorübergehen und allenfalls ein Achselzucken für die unbegreifliche Dummheit dieser Menschen aufbringen. Dummheit ist ein relativer Begriff. Wenn Millionen von Staatsbürgern den Gefahren, die eine freiheitliche und liberale Staatsform mit sich bringt, nicht gewachsen sind, dann hat man es mit einem Gesellschafts- und sozialpolitischen Problem erster Ordnung zu tun – auch mit einem Bildungsproblem, wenn man so will.

Der »Bildungsnotstand«, der sich hier bei großen Teilen eines ganzen Volkes offenbart, ist sicher nicht weniger akut als der, den Studenten, Professoren und politische Parteien lautstark durch Bundestagswahlkämpfe zu tragen pflegen. Gegen diesen Bildungsnotstand aber wird so gut wie nichts gewonnen*.

In einem Bundestagswahlkampf haben beide großen Parteien mit Parolen um Stimmen geworben, die ihnen in seltener Einmütigkeit von den demoskopischen Tiefenpsychologen nahegelegt worden sind: »Sicher ist sicher« und »Unsere Sicherheit«. Spätestens seit diesem Wahlkampf wissen die Parteien also, wie es um die Seele des Volkes bestellt ist. Sie wissen, daß der Bürger neben der äußeren Sicherheit nichts mehr wünscht als den weiteren Fortbestand seines materiellen Wohlergehens. Der Mut, mit dem die staatstragenden Parteien die mangelhaften Sicherungen gegen das anwachsende Verbrechen hinnehmen, ja sogar noch verschlechtern, dieser Mut kann nur der Mut des Selbstmörders sein. Was soll der Bürger von einer Partei halten, die das Wort »Sicherheit« als Wahlparole auf ihre Plakate schreibt und gleichzeitig den Bürger achselzuckend und ohne Schutz an unzählige Betrüger und Schwindelunternehmen ausliefert, die ihm gerade oft unter Ausnutzung dieses Wunsches nach mehr Sicherheit das Fell über die Ohren ziehen?

Wenn hier nichts geschieht, dann wird der Tag kommen, an dem die Parteien ihre Quittung für die Vernachlässigung dieses Wunsches nach Sicherheit bekommen werden. Die Wahlpropaganda der NPD, die Konsolidierung rechtsradikaler Gruppen oder die Vorgänge in Köln, wo 1964 ein paar undurchsichtige Wirr-

* Siehe auch 11. Kapitel: »Die Weber 65«.

köpfe eine politisch rechtsextrem ambitionierte »Bürgerwehr« gründeten und bei der Bevölkerung beachtlichen Anklang fanden, sollten den Parteizentralen zu denken geben. Nicht Staatsanwaltschaft und Polizei sind von Haus aus Feinde der Freiheit, sondern jene Träumer, die die wachsende Gefährdung des Volkes durch die Kriminalität so lange ignorieren, bis der Ruf des bedrohten Bürgers nach Ordnung und Sicherheit zur Hysterie wird und die um Stimmen besorgten Parlamentarier nichts Eiligeres zu tun haben, als das Pendel zur anderen Seite ausschlagen zu lassen*.

Die modernen Massenbetrüger, die in der Statistik so gut wie keinen Niederschlag finden, sind ja nicht etwa an die Stelle der Einzeltäter getreten. Sie sind eine zusätzliche Gefährdung, die dem anständigen Bürger in den letzten Jahren erwachsen ist. Daneben sind jene Betrugsdelikte, die von den Tätern herkömmlicher Art begangen werden, kaum weniger geworden. Sie sind nach wie vor unterwegs, die erfolgreichen Einzeltäter. Die Eleganz ihrer Tricks und Methoden, die nicht selten Bewunderung auslösen, sind nicht verblaßt. Der Betrüger mußte sich zwar in den letzten Jahrzehnten mehr als etwa der Dieb oder Einbrecher den gesellschaftlichen Veränderungen seiner Umwelt anpassen. Da er aber im allgemeinen zu den intelligentesten der Straftäter gehört, konnte ihm das nicht schwerfallen. Welches Maß an Geschicklichkeit viele Betrüger aufzubringen imstande sind, läßt sich an der Arbeitsmethode eines Mannes namens Hans Lanka ablesen, der vor einigen Jahren zum Schreckgespenst aller Kirchenbehörden im ganzen Bundesgebiet geworden war. Innerhalb weniger Wochen verstand er es, geistliche Herren von Bamberg bis Kiel in peinliche Verlegenheit und sich in den Besitz vieler tausend Mark zu bringen. Mit nur geringen Abweichungen entwikkelte sich sein Trick überall gleich. Auch im Landeskirchenamt in Kiel.

*

Siebtes Kapitel

DER »JUGENDFREUND« DES BISCHOFS

Es ist wenige Tage vor Weihnachten, 15. Dezember. Der Präses der holsteinischen Landeskirche muß an einer Sitzung des Evangelischen Hilfswerks in Hamburg teilnehmen. In einer Kieler Lokalzeitung hat zwei Tage vorher eine kurze Meldung über die Sitzung in Hamburg gestanden. Pünktlich um 8.30 Uhr fährt der schwarze Mercedes der Kirchenleitung vor dem Amt vor. Wenige

---

* Siehe auch 12. Kapitel: »Die unbewältigte Freiheit«.

Minuten später erscheint der Bischof im Eingang des Gebäudes. Er besteigt den Wagen. Der Chauffeur fährt ab.

Kaum ist das Fahrzeug verschwunden, löst sich aus einem gegenüberliegenden Hauseingang ein Mann, der die Abfahrt des Bischofs beobachtet hat. Er überquert die Straße und betritt das Landeskirchenamt.

Der Mann – es ist Hans Lanka – stellt sich dem Portier als »Dr. Schreiber, Bundestag« vor. »Ich möchte gern dem Bischof meine Aufwartung machen«, sagt er.

Der Portier nimmt den Zigarrenstummel aus dem Mund, auf dem er seit geraumer Zeit herumgekaut hat: »Da kommen Sie leider drei Minuten zu spät. Der Bischof ist gerade weggefahren.«

»Ach, das ist aber dumm«, sagt der angebliche Dr. Schreiber. »Morgen habe ich in Bonn schon wieder Ausschußsitzung. Ich habe den Bischof jetzt fünf Jahre nicht gesehen. Wissen Sie denn, wann er zurückkommt?«

Nein, der Portier weiß es leider nicht genau. Er hat auch nur von einer Reise nach Hamburg gehört. Er schickt den Besucher deshalb in das Vorzimmer des Bischofs, wo ihm die Sekretärin, Fräulein Junghans, sicher Auskunft geben könne. »Dr. Schreiber« tut, was ihm geraten. Bevor er jedoch in das Vorzimmer geht, zeigt er sich beim Pförtner mit einer guten Zigarre erkenntlich.

Die Sekretärin weiß nur, daß der Bischof am Abend zurückkommen will.

»Das ist sehr schade«, sagt »Dr. Schreiber« und klärt sie über den Zweck seines Besuches auf. »Wissen Sie, ich bin ein Jugendfreund des Bischofs. Wir haben zusammen die Schulbank gedrückt. Aber jetzt haben wir uns mindestens fünf Jahre nicht mehr gesehen. Ich bin gerade zufällig in Kiel. Leider nur für einen Tag. Da habe ich gedacht, schau mal rein, vielleicht triffst du ihn.«

Da er den Bischof nun leider nicht antrifft, verwickelt der »Bundestagsabgeordnete« die Sekretärin in ein kurzes Gespräch. Er erzählt ihr, daß er von der Klassengemeinschaft, die sich kürzlich getroffen habe, beauftragt worden sei, dem Bischof ein Geschenk zu überbringen. Er wisse zwar, daß der Bischof kein Freund von Geschenken sei. Wenn es von seinen alten Schulkameraden komme, werde er es aber wohl annehmen. Eine Kamera solle es werden.

Leider sei er in den letzten Tagen nicht dazu gekommen, den Apparat zu beschaffen. Deshalb wolle er ihn jetzt noch schnell besorgen. Ob sie ihm wohl behilflich sein und ihn freundlicherweise mit einem Fotogeschäft hier in der Stadt verbinden könne, fragt »Dr. Schreiber« die Sekretärin.

Fräulein Junghans sucht die Telefonnummer eines bekannten Fotogeschäftes in der Holstenstraße heraus. Sie ruft dort an, meldet sich mit Landeskirchenamt und sagt, daß Herr Dr. Schreiber gern den Inhaber des Geschäftes gesprochen hätte. Danach legt sie das Gespräch auf einen Nebenapparat, so daß der vermeintliche Schulfreund des Bischofs in Ruhe seine Bestellung aufgeben kann.

»Dr. Schreiber« merkt in dem Gespräch mit dem Geschäftsinhaber sehr bald, daß die Auswahl des richtigen Apparates am Telefon recht schwierig wird. Er entschließt sich deshalb, selbst in dem Geschäft vorzusprechen und verabredet einen Termin für den frühen Nachmittag.

Der Sekretärin, von der er sich den Weg zur Holstenstraße erklären läßt, sagt er, er werde sie am Nachmittag noch einmal anrufen, um zu erfahren, ob sie eventuell neues über die Heimkehr des Bischofs wisse. Falls der Bischof heute nicht mehr zu erreichen sein werde, so wolle er versuchen, seinen Aufenthalt in Kiel noch um einen Tag zu verlängern. Er werde seinen alten Freund dann am nächsten Morgen gleich vom Hotel aus anrufen, um ein Treffen zu verabreden.

Als »Dr. Schreiber« das Haus verläßt, wirft er noch einen Blick in die Pförtnerloge. Der alte Herr pafft genüßlich die ungewohnt gute Zigarre.

»Na, schmeckt's?« fragt der angebliche Bundestagsabgeordnete.

»Oh, ganz prima, Herr Doktor.«

»Dr. Schreiber« nimmt sein Zigarrenetui aus der Rocktasche und bietet dem Pförtner eine zweite Havanna an: »Auf einem Bein kann man ja schlecht stehen, wie?«

Verlegen greift der Pförtner zu. »Oh, vielen Dank, Herr Doktor, aber das ist doch nicht nötig.«

»Dr. Schreiber« überbrückt die Verlegenheit des alten Herrn mit einer jovialen Geste. »Macht nichts, mein Lieber, man muß sich auch mal etwas Gutes gönnen.«

Einen Augenblick beobachtet Schreiber die Reaktion seiner Worte im Gesicht des Pförtners, dann fährt er fort: »Übrigens, Sie könnten mir einen Gefallen tun.«

»Aber selbstverständlich, Herr Doktor, sehr gern. Um was geht's denn?«

Dr. Schreiber erklärt: »Passen Sie auf, ich wollte eigentlich heute nachmittag hier im Hause sein. Aber nun ist der Bischof nicht da. Jetzt werde ich einige andere Besorgungen erledigen. Es könnte sein, daß in meiner Abwesenheit hier ein Paket abgegeben wird. Würden Sie es bitte für mich annehmen? Ich kann es mir dann am späten Nachmittag oder morgen abholen, nicht wahr?«

Der Pförtner ist natürlich bereit, dem Besucher den Gefallen zu tun. Dr. Schreiber bedankt sich und geht.

Am frühen Nachmittag erscheint der vermeintliche Bundestagsabgeordnete wie verabredet in dem Fotogeschäft in der Holstenstraße. Auch jetzt fällt ihm die Auswahl des Apparates noch sichtlich schwer. Wenn es für ihn selbst wäre, dann wäre es natürlich einfach. Aber für einen Freund die Wahl zu treffen, bleibt immer problematisch. Vielleicht, sagt er, sollte er doch einmal hören, ob der Bischof inzwischen zurückgekommen sei.

Der Geschäftsinhaber wählt selbst die Nummer des Landeskirchenamtes, die ihm Dr. Schreiber sagt. Dann übergibt er dem Kunden den Telefonhörer. Der Mann verlangt Fräulein Junghans und fragt, ob der Bischof zurück sei. Er spricht mit der Sekretärin wie ein alter Bekannter. Der Geschäftsinhaber hat den Eindruck, er habe einen der leitenden Herren des Landeskirchenamtes vor sich. So ist es schließlich der Geschäftsmann selbst, der nach dem vergeblichen Telefongespräch den Vorschlag macht, eine Auswahl von Kameras mitzunehmen, sie dem Bischof vorzulegen und ihm die Entscheidung selbst zu überlassen.

Dr. Schreiber ist einverstanden. Er wählte eine »Leica M 3«, eine Voigtländer »Bessamatic« und eine Schmalfilmkamera Marke »Bolex« und bittet den Geschäftsinhaber, die Apparate ins Landeskirchenamt zu schicken. Beiläufig sagt er, schon in der Verabschiedung begriffen: »Ich muß jetzt noch ein paar kleinere Besorgungen machen. Es könnte sein, daß ich noch nicht im Amt bin, wenn der Bote kommt. Sie können das Paket beim Pförtner abgeben lassen, der weiß Bescheid. Ich werde Sie dann anrufen, wenn der Bischof seine Wahl getroffen hat.«

Der Rest der Geschichte versteht sich beinahe von selbst: Dr. Schreiber beobachtet vom gegenüberliegenden Hauseingang, in dem er auch am Morgen auf die Abfahrt des Bischofs gewartet hat, den Eingang des Landeskirchenamtes, bis der Lehrling aus dem Fotogeschäft kommt. Das Gesicht des Jungen hat er sich beim Besuch in der Holstenstraße lange genug eingeprägt. Der Lehrling trägt ein Paket unter dem Arm und kommt wenige Sekunden später ohne Paket wieder aus dem Haus.

Der vorgebliche Bundestagsabgeordnete wartet noch ein paar Minuten, dann betritt auch er wieder das Gebäude. Der Pförtner begrüßt ihn ehrfurchtsvoll und macht ihn darauf aufmerksam, daß gerade ein Paket für ihn abgegeben worden sei. Das passe ausgezeichnet, meint Dr. Schreiber, denn er wolle sowieso gerade in sein Hotel, um am anderen Morgen wiederzukommen. Der Pförtner erhält noch eine von den vorzüglichen Zigarren, und Herr Dr. Schreiber verschwindet – vom Portier auf das freundlichste verabschiedet – auf Nimmerwiedersehen.

*

Hans Lanka, geboren 1914, kannte sich im Umgangston kirchlicher Stellen gut aus. Unterschiede konfessioneller Art bereiteten ihm keine Schwierigkeiten. Er verstand es, das Vertrauen, das den Dienststellen beider Konfessionen entgegengebracht wird, für sich nutzbar zu machen. Bevor er beim evangelischen Kirchenamt in Kiel am 15. Dezember tätig wurde, bediente er sich am 10. 11. einer katholischen und am 16. 11. einer evangelischen Dienststelle in Hamburg. Drei Tage später, am 19. 11. ließ er sich die Kameras in das bischöfliche Palais zu Bamberg schicken. Am 3. Dezember begnügte er sich mit einer CDU-Dienststelle in Lübeck, und am 8. 12. wiederum erschien er in der bischöflichen Kanzlei in Osnabrück. Dort führte er als »Landtagsabgeordneter Dr. Schmitz« ein Gespräch mit der Hausangestellten des Bischofs und ließ sie die Rolle spielen, die in Kiel dem Portier zufiel. Von Kiel aus führte Hans Lanka sein Weg wieder in südliche Richtung. Sieben Tage später, am 22. 12., trat er mit Erfolg im bischöflichen Generalvikariat in Hildesheim auf.

Die Kameras versetzte der Betrüger in Leihhäusern der Großstädte. Den Eigentumsnachweis, den die meisten Leihhäuser heute bei Entgegenahme von Pfändern verlangen, lieferte Lanka auf einfache Art. Er hatte es verstanden, Briefbögen eines Berliner Fotogeschäfts in seinen Besitz zu bringen. Er ließ sich einen Stempel dazu anfertigen und stellte sich selbst Rechnungen über die entsprechenden Kameras mit den passenden Fabriknummern aus. Die Leihhäuser gaben dem Trickdieb durchweg 50 Prozent des Neuwertes der Geräte. Insgesamt hat Lanka Apparate für etwa 20 000,- Mark in seinen Besitz gebracht.

Eine noch erfolgreichere Reise durch der Ganoven Wunderland unternahm ein Mann mit dem Namen Manfred Bratschke. Kriminologisch ist er ebenfalls wie der »Jugendfreund des Bischofs« zu den Zimmerfallenschwindlern zu rechnen. Der Name dieser Betrugsart wird vom Kern des Tricks abgeleitet, bei dem immer ein bekannter Ort, ein Raum oder, wie gesagt, ein Zimmer herhalten muß, dem vom Opfer allgemeines Vertrauen entgegengebracht wird. Bratschkes Trick erwies sich als besonders erfolgreich, da er sich nicht nur des Vertrauen einflößenden Ortes, sondern auch noch einer weiteren in der Bundesrepublik recht einträglichen Komponente bediente: des unkritischen Respektes vor der Obrigkeit, vor Beamten, Uniformen, Behörden, Instituten und anderen öffentlichen Einrichtungen. Wie die Einkünfte des Betrügers beweisen, ist in Deutschland kaum ein Gegenstand besser dazu angetan, an anderer Leute Geld zu kommen, als ein Aktendeckel.

*

Achtes Kapitel

DER HAUPTMANN VON KÖPENICK IST NICHT TOT

Manfred Bratschke arbeitete meistens mit zwei Komplicinnen. Die Damen sind 21 bzw. 22 Jahre alt und heißen *Brigitte Düling* und *Ursula Niederrad*. Um Bratschkes Geschäft zu schildern, braucht man nur einen einzigen »Arbeitstag« aus seinem »Geschäftsleben« herausgreifen:

Der 25. April 1963 ist ein Freitag, ein Zahltag. Die Nassauische Sparkasse in der Rheinstraße in Wiesbaden öffnet um 9.00 Uhr ihre Pforten. In den ersten beiden Stunden herrscht in der Schalterhalle nicht viel Betrieb. Gegen 11.00 Uhr aber beginnt sich die Halle zu beleben.

Um diese Zeit beziehen Manfred Bratschke und seine beiden Begleiterinnen in der Sparkasse Posten. Der Betrüger selbst und Brigitte Düling, seine erste Gehilfin, mischen sich in der Schalterhalle unter die Leute. Ursula Niederrad, die zweite Helferin, begibt sich durch einen Niedergang in die 1. Etage des Gebäudes, wo sich die Büros der Sparkasse befinden. Sie setzt sich dort im Flur auf eine Bank. In der Hand hält sie einen Aktendeckel.

Die Uhr in der Schalterhalle springt auf 11.15 Uhr, als in der Kasse eine ältere Dame einen größeren Betrag abhebt. Manfred Bratschke, der die Frau genau beobachtet, erkennt mehrere Hundertmarkscheine. Unauffällig gibt er seiner Komplicin ein Zeichen und verläßt die Schalterhalle. Er geht hinauf in den 1. Stock zu seiner zweiten Gehilfin. Die Dame am Schalter steckt das Geld, es sind 700,- DM, in ihre Handtasche und geht ebenfalls aus der Halle. Auf der Straße wird sie wenige Meter neben dem Ausgang von einer jungen Dame, Brigitte Düling, eingeholt und angesprochen: »Entschuldigen Sie, meine Dame, Sie haben doch eben an der Kasse drei Geld bekommen, nicht wahr?«

»Ja, ja, ist irgend etwas nicht in Ordnung?«

Das junge Mädchen weiß es nicht genau. Es sagt: »Wahrscheinlich, der Leiter unserer Innenrevision hat mich hinter Ihnen hergeschickt. Kommen Sie doch bitte noch einmal mit herein, damit wir das in Ordnung bringen.«

Das Mädchen führt die Dame zurück in das Gebäude. Es geht aber nicht in die Schalterhalle, sondern führt die Dame über einen Seitenaufgang in den ersten Stock. An der Treppe steht ein Schild: »Zur Direktion«.

Auf dem Korridor vor den Büroräumen steht Manfred Bratschke mit dem anderen Mädchen. Jetzt hält er den Aktendeckel in der Hand. Als seine erste Gehilfin mit der Kundin herankommt, führt er mit Ursula Niederrad ein Gespräch, das den Eindruck erweckt, hier sei ebenfalls mit dem ausgezahlten Geld etwas nicht in Ordnung. Frl. Düling kommt mit der Dame, die sie am Ausgang der Kasse angesprochen hat, heran und wendet sich an Bratschke: »Herr Doktor, hier ist die Dame von der Kasse drei, die ich heraufbringen sollte.« Bratschke dreht sich zu der Frau: »Einen Augenblick, bitte«, sagt er, »ich muß erst die Dame hier abfertigen. Sie haben wahrscheinlich auch verkehrtes Geld bekommen. Ich bringe das gleich in Ordnung.«

Danach wendet er sich wieder seiner zweiten Komplicin zu. Er bittet sie um Ausweis, Sparkassenbuch und das Geld, das sie an der Kasse soeben bekommen habe. Er sagt, daß er die Angelegenheit prüfen wolle und daß er gleich zurückkommen werde. Selbstsicher betritt er dann eines der Büros.

Das Mädchen, das die Dame heraufgebracht hat, geht wieder hinunter in die Schalterhalle. Die zweite Gehilfin bleibt mit der Dame auf dem Flur zurück. Während sie auf die Rückkehr des Mannes warten, erzählt das Mädchen, daß es auch zurückgerufen worden sei.

Bratschke fragt unterdes im Büro den am Schreibtisch sitzenden Angestellten nach irgendeiner Belanglosigkeit. Etwa zwei Minuten redet er mit dem Mann und verläßt dann wieder das Zimmer. Draußen auf dem Flur gibt er Ursula Niederrad Geld, Sparkassenbuch und Ausweis zurück. Laut, so daß es auch die ältere Dame verstehen kann, sagt er, es sei tatsächlich Geld einer ungültigen Serie an der Kasse ausgegeben worden. Sie möge den Irrtum entschuldigen und sich mit dem Zettel, den er ihr gegeben habe, an der Kasse melden. Dort werde sie richtiges Geld erhalten.

Nun ist die ältere Dame an der Reihe. Der angebliche Herr Doktor von der Innenrevision bittet sie ebenfalls um Sparkassenbuch, Ausweis und um das Geld, das sie an der Kasse erhalten habe. Ohne zu zögern, händigt ihm die Frau alles aus. Wieder verschwindet Bratschke in das Zimmer. Wieder redet er mit dem Sparkassenangestellten ein paar Worte. Diesmal verläßt er jedoch schon nach einer halben Minute das Zimmer. Draußen auf dem Flur sagt er zu der Frau: »Sie müssen bitte noch einen kleinen Augenblick warten. Das Telefon in der Zentralstelle ist gerade belegt. Wir können die Sache deshalb im Augenblick nicht prüfen. Das wird aber nicht lange dauern. Ich bin gleich wieder zurück und werde dann noch einmal anrufen. Setzen Sie sich doch, bitte, da einen Augenblick hin.«

Seelenruhig verläßt der Schwindler das Bankgebäude. An der nächsten Straßenecke warten seine beiden Helferinnen mit einem Auto. Sofort fahren sie zur nächsten Filiale der Nassauischen Sparkasse und heben dort unter Vorlage des Personalausweises bis auf 100,- DM das restliche Sparguthaben der alten Dame ab.

Da Freitag ist und Zahltag, bleibt das Trio nach diesem Gewinn nicht untätig. Es fährt über die Autobahn von Wiesbaden nach Mannheim und nimmt dort am selben Nachmittag in der Städtischen Sparkasse einer anderen Frau 1500,- DM ab.

Manfred Bratschke betrieb sein Geschäft mit beispielloser Systematik. Über mehrere Jahre ist sein Reiseweg an den Tatorten abzulesen. Wenn er einmal besonders gute Kasse machte, legte er eine kleine Pause ein. Immer aber, wenn das Geld wieder zu Ende war, fuhren die Trickbetrüger zu einer neuen Sparkasse oder einem neuen Postamt und »hoben frisches Geld ab«.

So wurden sie im Jahre 1962 zum Beispiel

am 29.10. in Frankfurt a.M.,
am 30.10. in Neuwied und in Koblenz,
am 2.11. in Braunschweig,
am 4.11. in Berlin und
am 5.11. schon wieder in Herford tätig.

1963 begann am 1. April eine »erfolgreiche« Reise nach Saarbrücken,

am 5.4. erschienen sie in Stuttgart,
am 11.4. in Karlsruhe,
am 16.4. und 18.4. jeweils einmal in Gelsenkirchen,
am 19.4. in Heidelberg und
am 29.4. wieder in Stuttgart.

Am 22. Juni 1963 hat das Trio dann Pech. Beim Versuch, mit einem fremden Sparkassenbuch in Timmendorf/Ostsee Geld abzuheben, wird Manfred Bratschke festgenommen. Er erhält vom Amtsgericht in Berlin-Tiergarten vier Jahre Gefängnis zudiktiert. Seine beiden Komplicinnen bekommen zwölf und sechs Monate Gefängnis.

Der Sachbearbeiter in der Registratur des Bundeskriminalamtes schließt die Karteikarte »Bratschke u. a.« ab. Er glaubt, der Trick sei tot. Die Karte bleibt aber nur ein knappes Jahr unberührt im Karteikasten stecken.

Am 4. August 1964 wird eine der beiden Helferinnen aus der Haft entlassen. Zwei Tage später, am 6. August 1964, beginnt eine neue Serie gleichgearteter Straftaten in Mannheim. Einer Handwerkersfrau werden 1000,- DM abgenommen.

Am nächsten Tag der gleiche Trick in Karlsruhe.

Am 14. 8. in Münster: Beute 1300,- DM.

Am 21. 8. in Essen: 1500,- DM.

Und so geht es weiter. Fast immer ist Freitag, wenn die Täter zupacken.

*

Der außergewöhnliche Erfolg des Betrügertrios Bratschke stellte die Redaktion der Sendereihe »Vorsicht, Falle!« vor ein Problem. Wir hatten die Sendereihe als aktuellen Warndienst gestaltet. Dabei war es wichtig, daß die Zuschauer stets das Gefühl behielten, auch sie wären vielleicht auf einen der Tricks hereingefallen.

Hier war nun ein Fall, der so unglaubhaft erschien, daß viele Zuschauer die Gefahr vielleicht nicht ernst genommen hätten, wenn wir die Szenen mit Schauspielern nachgestellt hätten. Deshalb beschlossen wir, Bratschkes Trick in Form eines Experimentes nachzumachen. Wenn es uns selbst gelang, mit dieser Methode anderen Leuten das Geld abzunehmen und uns dabei mit versteckten Kameras zu filmen, dann müßten diese Szenen mehr Glaubwürdigkeit und somit einen größeren Warneffekt erzielen als unsere übrigen von Schauspielern dargestellten Fälle.

Um das Experiment ausführen zu können, brauchten wir zuerst eine Schalterhalle, in der wir unbemerkt filmen konnten. Wir mußten lange nach einem geeigneten Lokal suchen. Endlich war es gefunden: die Stadt- und Kreissparkasse in Darmstadt. Der Raum wurde durch ein großes Glasdach in taghelles Außenlicht getaucht. Wir konnten also ohne künstliche Beleuchtung operieren.

Für die Kameras bauten wir auf einer Balustrade, die im ersten Stock rund um die Schalterhalle führte, zwei kleine Kabinen, so daß sie vom Publikum nicht erkannt werden konnten. Mit einer UKW-Sprechfunkanlage, deren Mikrophon der Verfasser unter dem Schlips trug, ließen sich auch die Gespräche aufnehmen. Die Empfangsstation des Senders wurde im Sitzungssaal der Geschäftsleitung installiert. Die örtliche Kriminalpolizei leistete mit einem Beamten Schutz für unvorhergesehene Zwischenfälle. So konnten wir am 10. Juli 1964 – es war natürlich wieder ein Freitag – mit dem Unternehmen beginnen. Als »Komplicinnen« hatten wir eine Sekretärin des Zweiten Deutschen Fernsehens und die Wiesbadener Schauspielschülerin Susanne Schmidt engagiert.

Fräulein Schmidt hatte die »Zutreiberin« zu spielen, die Sekretärin agierte als »Vorgängerin«, die das Opfer in Sicherheit wiegen sollte. Aus technischen Gründen war es notwendig, die Gespräche mit den Opfern in der Halle zu führen. Der »Fluchtweg« sollte über die Treppe in den ersten Stock führen, wo die Büros der Sparkasse untergebracht waren, von wo man aber gleichzeitig über eine Treppe auf die Straße gelangen konnte.

Die Vorbereitungen waren alle vor Geschäftsbeginn getroffen worden. Keiner der Angestellten ahnte, was in der Schalterhalle vorging. Lediglich die Geschäftsleitung war informiert. Gespannt warteten wir auf unser erstes Opfer. Um 10.15 Uhr war es soweit: Eine Dame in einem hellen Sportkostüm, etwa 50 Jahre alt und mit leicht ergrautem Haar, legte ihren Kassencoupon auf den Schaltertisch der Kasse drei. Wir beobachteten sie aus angemessener Entfernung. Zur Tarnung trug der »Bratschke« des Experiments einen Aktendeckel mit der Aufschrift »Dr. Lange« unter dem Arm.

Der Kassierer zählte eine größere Summe auf die Marmorplatte, acht Hundertmarkscheine. Die Kundin legte das Geld in das Sparbuch und steckte alles zusammen in ihre Handtasche. Sie verweilte kurz vor einem Plakat, auf dem für Prämiensparen geworben wurde. Dann verließ sie die Schalterhalle.

Susanne folgte ihr.

Als die Schauspielschülerin mit der Frau zurückkam, stand ich bereits im »amtlichen« Gespräch mit der Sekretärin des ZDF. Die Dame lief aufgeregt, aber zielsicher auf die Kasse zu. Im letzten Augenblick konnte ich sie abfangen. Sie wurde gebeten, einen Moment zu warten. Dann lief alles wie bestellt. Ich nahm unserer Sekretärin Buch, Geld und Ausweise ab, kam nach kurzer Zeit über die Direktionstreppe zurück und wandte mich dann der Dame zu. Ohne zu zögern gab sie mir das gesamte Geld. Im Sparbuch war noch ein Guthaben von 600,- DM vermerkt.

Als ich mit Geld, Sparbuch und Ausweis in den Sitzungssaal im 1. Stock kam, schüttelte der Kriminalbeamte, der mit Kopfhörer das Gespräch genau mitgehört hatte, verzweifelt den Kopf. So einfach hatte er sich nicht vorgestellt. Wir baten das Opfer in den Sitzungssaal und gaben ihm das Geld zurück. Nachdem wir der Frau alles erklärt hatten, faßte sie sich erschrocken an den Kopf und sagte: »Um Gottes willen, da wäre mein ganzer Urlaub weg gewesen. Ich will nämlich nächste Woche in die Ferien fahren und habe das ganze Jahr darauf gespart.« Dann traf mich ein vorwurfsvoller, gleichzeitig aber um Vergebung bittender Blick: »Sie sahen aber doch wie ein richtiger Beamter aus. Und Sie hatten ja auch so ein Aktenstück in der Hand.«

In der Schalterhalle hatte niemand etwas bemerkt. Wir konnten unser Experiment fortführen. Diesmal wählten wir eine jüngere Frau aus. Das gleiche Ergebnis: 600,- DM in bar und auf dem Sparbuch ein Kontostand von 2200,- DM. Danach versuchten wir unser Glück bei einem Mann. Auch er gab das Geld ohne Umstände aus der Hand. Das nächste Opfer lieferte uns nicht nur das eigene, sondern auch noch Geld und Sparbücher von zwei Kollegen aus, für die es gerade etwas abgehoben hatte. Nach eineinhalb

Stunden brachen wir das Experiment ab. Wir hatten insgesamt 3700,- DM in bar und Sparbücher mit einem Guthaben von vielen tausend Mark »erbeutet«.

Die Erklärungen und Entschuldigungen lauteten immer gleich: »In der Bank denkt man doch an nichts Schlechtes, und Sie sahen so vertrauenerweckend aus mit Ihrer Akte unter dem Arm.«

*

Die Attribute, die einen Betrüger in Deutschland zur Amtsperson machen und ihm damit sein Gewerbe erleichtern, sind natürlich vielfältig. Sie reichen vom besagten Aktendeckel über eine undefinierbare Dienstmütze bis zu einem Schraubenzieher, mit dem sich ein Trickdieb in Bayern monatelang als Beauftragter des Elektrizitätswerkes legitimierte.

Zunächst der Trick mit der Dienstmütze. Der Erfinder dieser Masche ist nicht mehr mit Sicherheit festzustellen, denn der Täter hat alsbald nach einen ersten Erfolgen zahlreiche Nachahmer gefunden, die dann ihrerseits alle behaupteten, sie seien auf die Idee gekommen. Da Straftaten nicht urheberrechtlich geschützt werden, haben es die Staatsanwaltschaften dann später unterlassen, der Frage nach dem Erfinder nachzugehen.

Alfons Niederberg, ein ehemaliger Holzfäller aus dem Bayrischen Wald, gehört zu den ersten Personen, die mit dieser Arbeitsweise registriert und identifiziert werden konnten.

Sein Trick lief nach folgendem Schema ab:

Niederberg fuhr mit dem Omnibus in ein kleines Dorf, etwa zehn Bauernhöfe und eine Kirche. Er verstand es stets einzurichten, daß er entweder am zeitigen Vormittag oder am frühen Nachmittag ankam. Die Männer des Dorfes waren also gewöhnlich auf dem Feld. Bei seiner Ankunft trug Niederberg einen zerbeulten Hut auf dem Kopf. Über der Schulter hing ein Rucksack. Mit zielsicherem Schritt ging er auf einen etwas abgelegenen Hof zu. Im Schatten einer Scheune, die ihn nach allen Seiten abdeckte, nahm er eine Uniformmütze aus dem Rucksack, setzte sie auf und ließ dafür den Hut im Sack verschwinden. Die Mütze stammte aus Beständen der großdeutschen Wehrmacht. Niederberg hatte sie zur Faschingszeit in einem Kostümgeschäft erworben. An der Stelle, an der früher der Adler geprangt hatte, saß jetzt ein silberner bayrischer Löwe.

Mit der neuen Kopfbedeckung wurde Niederbergs Schritt noch um eine Spur zuversichtlicher und kräftiger. Man könnte sagen: amtlicher.

Er betrat den Hof und traf an der Haustür auf die Bäuerin. Auf die Frage nach dem Bauern erhielt er wie erwartet die Antwort, daß er auf dem Feld wäre.

»Dann müssen Sie mir halt die Stiege zum Speicher zeigen«, forderte Niederberg die Frau daraufhin auf. »Ich muß nämlich den Blitzableiter prüfen. Ich komme vom Bundesamt für Feuerschutz.«

»Feuerschutz? Ja, was wollen's dann da bei uns?«

»Nachsehen, ob auch alles sicher ist. Die nächsten Gelder aus dem Grünen Plan gibt's nämlich nur für Höfe, die geprüft sind. Das wird jetzt viel strenger wegen der EWG.«

»Was hat denn die EWG mit unserem Blitzableiter zu tun?« möchte die Bäuerin wissen.

»Na, Sie wissen doch, die ganze Landwirtschaft muß konkurrenzfähig gemacht werden, und dazu gehört halt auch ein besserer Feuerschutz.«

Der Hinweis auf den Grünen Plan genügt. Ohne weiteren Widerstand führt die Bäuerin den Besucher auf den Speicher. Der Weg zur Dachluke führt sie an der Räucherkammer vorbei. Der Herr Kontrolleur möchte natürlich auch dort einen Blick hineinwerfen. Es sei alles in Ordnung, meint er danach zu der Bäuerin, und die Frau weiß nicht recht, was er damit meint, ihre Fleisch- und Wurstvorräte oder den technischen Zustand der Räucherkammer.

Ob er ein Stück Geselchtes mitnehmen möchte, fragt die Bäuerin freundlich. Der Mann entrüstet sich: »Nein, ich bin im Dienst. Zu guter Letzt sagt mein Amtschef dann noch, daß ich wegen einem Stück Geselchten nicht streng genug kontrolliere.«

Das ist aber ein ganz Genauer, denkt die Bäuerin und gibt sich alle Mühe, den Mann nicht merken zu lassen, wie unangenehm ihr diese Prüfung ist. Mit freundlicher Miene sieht sie zu, wie der »Beamte« durch die Luke aufs Dach steigt und am Blitzableiter herumhantiert.

»Ja, Herrschaftszeiten!« hört sie ihn draußen schimpfen. »Das ist ja alles morsch. Da hält ja kein Haken mehr vernünftig.«

Während der Mann wieder auf den Dachboden hereinklettert, hält er der Bäuerin vor: »Wenn der Blitzableiter drunten im Hof auch so ausschaut, dann kann ich Ihnen, glaube ich, gar keine Bescheinigung geben. Ich muß das noch mal genau prüfen.«

»Ja, was denn für eine Bescheinigung, um Gottes willen?« fragt die Frau.

»Na, für die Beihilfen aus dem Grünen Plan. Jeder Bauer muß künftig vor weiteren Subventionierungen eine solche Bescheinigung bei der Landwirtschaftskammer vorlegen.«

Jetzt bekommt es die Bäuerin mit der Angst. Wenn ihr Mann wegen des Blitzableiters vielleicht Schwierigkeiten bekommen sollte, dann wird er seinen Ärger darüber bestimmt an ihr auslassen, denkt sie. Sie ist es ja gewesen, die dem Kontrolleur die schadhafte Anlage vorgeführt hat.

Niederberg tut so, als sähe er die Angst der Frau nicht. Ungerührt geht er wieder hinunter auf den Hof und beginnt die Steigleitungen des Blitzableiters mit einem Hammer, den er aus dem Rucksack geholt hat, abzuklopfen. Als er an einen Haken kommt, der ein wenig wackelt, bricht er die »Untersuchung« schroff ab: »Du meine Güte! Nein, da darf ich Ihnen die Genehmigung nicht geben. Das ist ja geradezu lebensgefährlich.«

Die Bäuerin sieht den Mann erschrocken an. »Um Gottes willen, was machen wir denn da?«

Der Mann steckt gelassen den Hammer in den Rucksack. Seine Stimme bleibt gleichgültig: »Sie müssen es halt schnell reparieren lassen.«

Umständlich schnürt er den Rucksack zu und fährt dann nach einer kleinen Pause zögernd fort: »Wenn Sie mir versprechen, daß Sie es noch in diesem Monat machen lassen, dann könnte ich Ihnen ja vielleicht die Bescheinigung im voraus geben. Ich müßte dann noch einmal vorbeischauen und mich davon überzeugen, daß alles in Ordnung ist.«

Die Bäuerin faßt neue Hoffnung. Zaghaft fragt sie: »Wenn Sie das tun könnten? Das wäre natürlich sehr nett von Ihnen.«

»Eigentlich darf ich's ja nicht. Aber ich kann mich ja darauf verlassen, nicht wahr, daß Sie es wirklich umgehend machen lassen?«

»Selbstverständlich. Gleich nächste Woche.«

Der Mann wirft seinen Rucksack wieder über die Schulter und zieht einen Quittungsblock aus der Rocktasche. Es ist ein Block, so wie er in jedem Schreibwarengeschäft zu kaufen ist. Mit einem Stempel, den er sich vor geraumer Zeit einmal hat anfertigen lassen, ist deutlich lesbar das Wort »Blitzschutzprüfung« diagonal über das Quittungsformular gedruckt. Der Mann füllt die Quittung aus und reicht sie der Bäuerin: »So, hier ist die Quittung – das macht fündundzwanzig Mark.«

»Was, fünfundzwanzig Mark, sofort?«

Die Frau ist zum zweitenmal zutiefst erschrocken.

Niederberg gibt sich wieder gelassen. »Sie brauchen es nicht zu zahlen, wenn Sie nicht wollen. Aber dann kann ich Ihnen die Genehmigung nicht geben. Dann muß ich den Schaden beim Amtsvorstand melden.«

Die Bäuerin wehrt entsetzt ab. »Nein, dann ist es schon besser, ich zahl' jetzt gleich, sonst kriegen wir am Ende doch noch Scherereien.«

Niederberg geht mit der Frau ins Haus. Sie holt 25,- DM aus ihrer Eierkasse und gibt sie dem vermeintlichen Beamten. Danach steckt sie ihm noch ein Stück Geräuchertes in den Rucksack. Diesmal gibt sich der Herr Beamte nicht so dienstlich. Er verabschiedet sich, nicht ohne den guten Rat zu geben: »Aber Sie müssen es nun auch wirklich reparieren lassen. Wenn ich das nächste Mal komme, dann muß alles in Ordnung sein.«

Ohne Hemmungen marschiert der Betrüger zum nächsten Hof. Eine Viertelstunde später hat er wieder 25,- DM und ein Stück Fleisch oder eine Wurst in der Tasche. Und so geht es den ganzen Tag. Während der Mittagszeit, zu der die Männer meist nach Hause kommen, fährt er in ein anderes Dorf und beginnt dann gegen 14 Uhr die »Nachmittagsschicht«.

Die Bayrische Landpolizei hat in den vergangenen Jahren etwa 70 Männer festgestellt, die mit diesem Trick arbeiten. Vielen ist es auch gelungen, neben den Prüfgebühren noch ansehnliche Beträge für angeblich durchgeführte Reparaturen zu kassieren. In einigen Fällen Summen bis zu 2000,- DM. In einem Dorf schaffte es ein Betrüger dieser Art sogar, vom Bürgermeister 87,50 DM für die Überprüfung der Blitzschutzanlagen aus der Gemeindekasse in Empfang zu nehmen.

Die Hauptleute von Köpenick brauchen in unseren zivilen Tagen aber nicht unbedingt ein Uniformstück aus der Requisitenkammer. Im Zeitalter der Technik tut es mitunter auch ein Schraubenzieher. Der Trick, von dem der Elektrikergeselle Johannes Becker aus dem Allgäu mehrere Monate wunderbar gelebt hat, beweist es. Beckers Methode baut neben dem an Hörigkeit grenzenden Vertrauen, das die meisten Menschen in Deutschland Ämtern und öffentlichen Einrichtungen entgegenbringen, auf eine weitere Eigenart unseres Volkscharakters: die verbreitete Unkenntnis über den Umgang mit elektrischen Anlagen und die Angst vor allem, was mit Elektrizität zu tun hat.

Immer wieder zeigt sich, daß der Täter die Mentalität seiner Opfer richtig einschätzte. Auch im Fall der Witwe Rosa Pfeiffer in Landsberg am Lech.

Die Frau betreibt in der Jesuitengasse ein kleines Geschäft, in dem sie Milch- und Molkereiprodukte verkauft. An einem ruhigen Montag im Herbst 1964 betritt ein junger Mann in blauer Monteurkluft und mit einer kleinen Werkzeugtasche unter dem Arm den Laden. In der Hand hält er einen Schraubenzieher.

Der Mann begrüßt die Frau hinter dem Ladentisch mit ihrem Namen: »Grüß Gott, Frau Pfeiffer!«

Die Frau erwidert den Gruß und fragt, was es denn sein dürfe.

»Gar nichts, Frau Pfeiffer, ich komme vom Elektrizitätswerk. Ich muß mal Ihre Leitungen und den Zähler nachschauen.«

»Ja, warum denn das?« will Frau Pfeiffer wissen. »Der Strom ist doch erst vorige Woche kontrolliert worden.«

»Das ist es ja eben«, sagt der Mann und verzieht dabei das Gesicht zu einer bedenklichen Miene. »Bei der letzten Zählerablesung hat sich herausgestellt, daß die ganze Straße zuviel Strom braucht. Dreimal soviel wie sonst.«

»Ja, wie gibt's denn das?« fragt die Frau.

Noch ist sie nicht sonderlich an diesem technischen Problem interessiert. Das wird sich aber gleich ändern. Denn nun bringt der Mann den ersten Kernsatz seines Tricks an: »Das wissen wir noch nicht. Das müssen wir eben herausfinden. Sonst müssen am Ende noch die Leute hier den Strom bezahlen, wenn wir nicht dahinterkommen, wo er bleibt. Sie auch, Frau Pfeiffer.«

»Ja, um Gottes willen, das wär' recht. Da schauen Sie nur, daß Sie sie erwischen – ihre Elektrizität.«

Die Sorge, Geld bezahlen zu müssen, macht Frau Pfeiffer sehr hilfsbereit. Sie zeigt dem jungen Mann den Zähler. Er befindet sich im Hausflur hinter dem Laden. Es müssen erst ein paar alte Kisten und Kartons weggeräumt werden, bevor Johannes Becker an den Zähler heran kann.

Der Monteur dreht die Sicherungen heraus und bittet Frau Pfeiffer, vorn im Laden nachzusehen, ob das Licht auch wirklich nicht mehr brenne. Die Frau betätigt den Schalter. Die Lampen bleiben dunkel.

»Jetzt versuchen Sie es mal mit der Ladentür!« ruft Becker nach vorn. »Ich muß sehen, ob die Ladenklingel auf demselben Stromkreis liegt.«

Die Frau öffnet die Tür. Auch die Ladenklingel bleibt stumm.

Der Mann kommt aus dem Flur zurück und weist Frau Pfeiffer an: »Lassen Sie die Tür bitte offen. Die Klingel darf jetzt nicht mehr betätigt werden.« Dann fragt er mit einem Blick auf die Kasse: »Sagen Sie, Frau Pfeiffer, könnten Sie mir vielleicht zwei Kupferpfennige leihen? Ich muß da zwei Kontakte überbrücken. Und Kupfer leitet den Strom so gut, wissen Sie.«

Die Frau gibt dem Mann die verlangten Münzen. Becker verschwindet wieder und macht sich erneut am Zähler zu schaffen. Er schraubt den Gehäusedeckel ab, nimmt zwei kurze Drahtenden und klemmt sie unter zwei tote Kontakte. Dann klebt er die beiden Kupferpfennige mit ein bißchen »Uhu« auf den Rahmen des Zählers. Jetzt ruft er die Geschäftsinhaberin und bittet sie, die beiden Drähte auf die Kupferpfennige zu halten. Er müsse vorn die Schalter aufschrauben und nachsehen, ob Strom drin sei, erklärt er der Frau.

»Krieg' ich da auch keinen Schlag?« fragt Frau Pfeiffer ängstlich.

»Ach wo, das ist ganz ungefährlich, wenn Sie so anfassen – da, sehen Sie, genau so.«

Becker nimmt die Drähte und drückt sie auf die Pfennige. »Sie dürfen eben nicht loslassen, weil sonst die Enden zusammenkommen, wenn sie herunterhängen.«

Franz Pfeiffer faßt vorsichtig und zögernd nach den Drähten. Der »Kontrolleur« ermuntert sie: »Nur keine Angst. Einfach zugepackt, es passiert Ihnen nichts.«

»Das sagen Sie so. Und wenn's dann doch blitzt?« Die Stimme der alten Dame zittert ein wenig.

»Nein, nein, Frau Pfeiffer, Sie können sich auf mich verlassen. Ja, so ist es richtig, und immer schön auf die Pfennige halten.«

Der Mann tätschelt der Frau vertrauensvoll auf die Schulter. Während er nach vorn geht, sagt er noch: »Es geht ganz schnell, höchstens zwei Minuten.«

Im Laden beschäftigt sich Johannes Becker jedoch nicht mit den Lichtschaltern. Er geht vielmehr hinter die Theke und öffnet leise die Kassenschublade. Mit flinken Fingern entnimmt er das gesamte Papiergeld und steckt es geräuschlos in die Tasche. Dann strebt er der Tür zu. Laut sagt er dabei, so daß es Frau Pfeiffer hinten im Flur hören kann: »Na, diese Schalter sind aber auch nicht mehr die jüngsten.«

»Ist was kaputt?« fragt die Frau nach vorn. Krampfhaft drückt sie dabei die beiden Drahtenden auf die Kupferpfennige.

»Nein, nein, die Schrauben sind nur ein bißchen eingerostet. Ich werd's aber gleich haben.« Bei den letzten Worten steht Johannes Becker bereits an der offenen Tür zur Straße. Blitzschnell verläßt er den Laden, hastet um eine Straßenecke und besteigt dort sein Auto.

Frau Pfeiffer hat von dem Verschwinden des jungen Mannes noch nichts gemerkt. Sie richtet ihre ganze Aufmerksamkeit auf die Aufgabe, die ihr übertragen ist. Ihre Arme werden zwar bereits müde, aber sie nimmt sich zusammen, um vor dem jungen Mann nicht als schwächlich zu erscheinen.

Im Laden pendelt indes die offene Tür zur Straße langsam im Wind. Der angebliche Elektrokontrolleur sitzt schon am Steuer seines Wagens und verläßt die Stadt. Er fährt zu einem anderen Ort, um dort seinen Trick zu wiederholen. Mitunter sucht er nach einem gelungenen Coup auch voll Selbstsicherheit mehrere Geschäfte am gleichen Ort heim. Selbstverständlich wählt er jeweils solche Läden aus, in denen er nur eine einzelne Person hinter dem Ladentisch erspähen kann. Die Beute, mit der der Dieb davonfährt, weist große Unterschiede auf. Einmal ergaunert er nur 20,- DM, ein anderes Mal 400,- DM. Mitunter findet er auch noch Schmuck und andere Wertgegenstände in der Ladenkasse.

Der Trick bleibt immer gleich: Zuerst jagt der Mann seinen Opfern einen Schreck ein. Dann nutzt er ihre Angst vor elektrischen

Anlagen aus. Die herausgeschraubten Sicherungen schützen ihn vor unerwartetem Klingeln, und die offene Tür sichert einen schnellen Rückzug. Auch die Bitte nach den Kupferpfennigen hat ihren tieferen Sinn. Der Dieb will sich vor dem Griff in die Kasse vergewissern, daß die Geldschublade nicht etwa automatisch klingelt.

Während Johannes Becker also bereits am Stadtrand ankommt, steht Frau Pfeiffer immer noch vor dem Elektrozähler. Die Arme schmerzen. Sie ruft nach vorn in den Laden, ob es denn noch lange dauere. Keine Antwort.

Allmählich spürt die Frau, daß mit dem Elektrokontrolleur etwas nicht in Ordnung ist. Sie möchte gern nachsehen. Aber sie wagt nicht, die Drähte loszulassen. Wenn die Drahtenden zusammenkommen, gibt es vielleicht noch ein Unglück, denkt sie.

So würde Rosa Pfeiffer in ihrer unglücklichen Stellung sicher noch lange verharren, wenn sie nicht bald vor einigen Kunden, die sich in ihrem Geschäft einfinden, entdeckt und befreit würde.

Nun beginnt die Jagd nach dem Dieb. Aber es ist zu spät. Johannes Becker ist verschwunden, so wie unzählige Male vor und auch nach diesem Trickdiebstahl in Landsberg.

*

Es sind nicht nur Männer, die in den Fußstapfen des Hauptmanns von Köpenick durch unser Land wandern. Seit Sommer 1960 geisterte eine Frau durch die norddeutschen Städte, die es geschafft hat, in fünf Jahren zu einer Art Schreckgepenst für fast alle Betrugssachbearbeiter der Kripo zu werden. Nach über 500 Trickbetrügereien war ihr Name noch nicht bekannt. Ein paar Hamburger Beamte haben sie »Pullover-Alma« getauft, und dieser Name stand auf Hunderten von Aktenstücken im Bundeskriminalamt und den Betrugsdezernaten von Hannover bis Kiel.

Der Trick, den die Täterin immer wieder anwendet, ist simpel und – wie am Erfolg abzulesen – leider genial. Was dem bayrischen Blitzableiterkontrolleur die Dienstmütze und Manfred Bratschke der Aktendeckel, das ist für »Pullover-Alma« ein weißer Kittel unter einem flüchtig übergezogenen und nicht zugeknöpften Mantel. In dieser Aufmachung geht sie in kleine Textilgeschäfte, Drogerien oder auch Apotheken. Dort gibt sie sich als Sprechstundenhilfe, Angestellte oder Verwandte eines in der Nachbarschaft ansässigen Arztes oder Geschäftsinhabers aus. Sie erzählt gewöhnlich, Frau Dr. X oder die Frau des Schlachtermeisters Y habe sie geschickt, um ein paar Pullover, Badeanzüge oder dergleichen zur Auswahl bzw. zur Anprobe abzuholen. Nach der

Auswahl, so erzählt sie mit großer Selbstsicherheit, würden die benötigten Waren gekauft, die nicht gewünschten Artikel wieder zurückgebracht werden. Bei Drogerien und Farbhandlungen gibt sie im Namen der bekannten Ärzte oder Geschäftsleute größere Bestellungen für Farben und Tapeten auf. Die Sachen würden abgeholt, erklärt sie. Eine Reihe kosmetischer Artikel solle sie aber sofort mitbringen. Offensichtlich solle der Ehemann der zitierten Auftraggeberin über diesen Teil des Einkaufs nicht so genau orientiert werden.

Zusammengefaßt hat »Pullover-Alma« mit diesem Trick in fünf Jahren für ca. 40 000,- DM Waren erbeutet.

Die Betrügerin zeigt sich über die persönlichen Verhältnisse ihrer angeblichen Auftraggeber fast immer verblüffend gut informiert. Offensichtlich besucht sie vorher die Wartezimmer der Ärzte oder die Geschäfte, auf die sie sich später berufen will. Dabei gelingt es ihr allem Anschein nach, ein paar Informationen über die persönlichen Verhältnisse der Betroffenen aufzuschnappen, die sie dann später geschickt mit gängigen Redensarten und Gemeinplätzen vermischt.

So hat sie z. B. in einem Textilgeschäft in Hamburg-Eppendorf erklärt, die Inhaberin der um die Ecke gelegenen Drogerie Neumeister schicke sie, um für ihren kranken Mann ein paar Pullover zur Auswahl zu holen. Herr Neumeister sei am Magen operiert worden und gerade aus dem Krankenhaus zurückgekehrt. Wegen des immer noch angegriffenen Gesundheitszustandes friere er aber sehr, deshalb wolle ihm seine Frau einen neuen Pullover schenken. Richtig an dieser Legende war, daß sich Herr Neumeister einer Magenoperation hatte unterziehen müssen. Daß er sich seit geraumer Zeit im Krankenhaus befand, wußte auch der Inhaber des Textilgeschäftes. »Pullover-Alma« hatte diese Tatsache offensichtlich in der Drogerie aufgeschnappt, in der die Bedienung wegen des fehlenden Chefs begreiflicherweise etwas länger dauerte. Die Entlassung aus dem Krankenhaus hat sie kurzerhand dazuerfunden und mit diesem Märchen Pullover im Werte von 270,- DM erbeutet.

Es war der Polizei in den Jahren, in denen sie nach »Pullover-Alma« fahndete, nicht gelungen, festzustellen, wohin die ergaunerten Waren gelangten. Sämtliche Leihhäuser und die sogenannten An- und Verkaufsgeschäfte sind mehrfach überprüft worden. Die Beamten des Hamburger Betrugsdezernates, in deren Bereich »Pullover-Alma« am konzentriertesten in Erscheinung trat, haben mehrfach alle bekannten ambulanten Händler und Händlerinnen überprüft, die ihre Waren auf den Wochenmärkten anboten. Alles ohne Erfolg. Die Beamten mußten sich in den vergangenen Jahren bei mehreren hundert Frauen, die aus den verschiedensten Gründen in die Reihe der Verdächtigen aufgenommen worden waren, nach einer negativ verlaufenen Überprüfung entschuldigen.

Nicht wenige Kriminalpolizisten empfanden die permanente Niederlage in Sachen »Pullover-Alma« bereits als persönliche Schmach. Mit der Verbissenheit des ewig Unterlegenen kämpften sie gegen die unbekannte Frau. Der Schaden, den »Pullover-Alma« auf diese Weise dem Staat »durch Bindung von Polizeikräften« zugefügt hat, ist zweifellos noch ein Vielfaches höher als der Wert der ergaunerten Waren.

Nach den nicht immer übereinstimmenden Angaben der geschädigten Geschäftsleute ist die Betrügerin etwa 35 Jahre alt und ca. 1,65 Meter groß. Sie ist schlank, hat ein ovales Gesicht, blondes Haar und blaue Augen, sie spricht hoch- und plattdeutsch. Neben dem weißen Kittel unter dem Mantel gehört häufig ein Kopftuch zu den Besonderheiten ihrer Personenbeschreibung.

Die Polizei hat nach den Aussagen der Zeugen eine Zeichnung der unbekannten Betrügerin anfertigen lassen. Dieses Porträt legte die Hamburger Kripo im April 1964 zusammen mit einer genauen Beschreibung der Arbeitsweise allen Textilgeschäften und Drogerien auf den Ladentisch. Erfolg dieser Warnung gleich Null. Wenige Tage nachdem die Zettel verteilt waren, lieferten die auf die »Pullover-Alma« aufmerksam gemachten Geschäftsleute der Betrügerin aufs neue ihre Waren aus.

Mehrere Male ging »Pullover-Alma« um Haaresbreite am Gefängnis vorbei. Ein Apotheker hatte sie im Sommer 1964 einmal auf frischer Tat überführt, sie bis zu einer Tankstelle verfolgt und dort zur Rede gestellt. Da sich in dieser Tankstelle aber kein Telefon befand, bat er den Tankwart, auf die Frau aufzupassen, und ging ins nächste Geschäft, um die Polizei anzurufen. Als der Apotheker zurückkam, war die Frau verschwunden. Sie hatte den Tankwart nach der Toilette gefragt und war von dort, während ein Auto an der Tankstelle abgefertigt wurde, entwischt.

Ein anderes Mal wurde sie wegen falschen Parkens von einem Schutzmann angehalten und gebührenpflichtig verwarnt. Etwas später wurde in derselben Straße von einem Textilgeschäft eine Anzeige wegen Trickbetruges nach dem bekannten Schema erstattet. Der Polizist erinnerte sich an die Frau im Auto. Die abgegebene Personenbeschreibung paßte, und der Beamte wußte sogar noch, daß eine Einkaufstüte mit der Reklameschrift der anzeigenden Firma im Wagen gelegen hatte. Er prüfte sofort seinen Quittungsblock, um die Autonummer, die bei den gebührenpflichtigen Verwarnungen notiert wird, herauszusuchen. Ausgerechnet bei dieser Verwarnung war das Kohlepapier im Quittungsblock verrutscht, das Kennzeichen nicht vollständig durchgeschrieben.

In den folgenden Tagen wurden mehrere kriminaltechnische Labors bemüht. Ein Beamter stellte in den Karteien der Kraftfahrzeugzulassungsstellen mathematische Kombinationsspiele mit den noch zu lesenden Buchstaben und Zahlen an. Alle Bemühungen aber waren vergebens. Die Autonummer konnte nicht mehr festgestellt werden. Ein schier unglaublicher Zufall hatte »Pullover-Alma« gerettet.

Eine Woche nach ihrer gebührenpflichtigen Verwarnung »erleichterte« die Betrügerin mit der gewohnten Sicherheit die nächsten Geschäfte um mehrere Pullover und Badeanzüge.

»Vorsicht, Falle!« hat die Arbeitsweise dieser Warenkreditbetrügerin in einem ihrer Experimente kopiert. Wir engagierten Emmi Kühnert, die Frau eines Hamburger Kriminalbeamten, und schickten sie in mehrere Geschäfte, um dem Verkaufspersonal und den Inhabern die Gefahr mit dokumentarischer Deutlichkeit vor Augen führen zu können. Wie bei anderen Experimenten waren die Kameras in Spezialautos versteckt. Die Gespräche wurden mit Hilfe eines kleinen Kurzwellensenders aufgenommen, den die Beamtenfrau am Körper trug. Die Wagen parkten vor den ausgewählten Geschäften und konnten durch die Schaufenster oder Glastüren den Auftritt der angeblichen Betrügerin verfolgen.

An zwei halben Tagen, an denen das Experiment lief, erbeutete »unsere« Pullover-Alma in sechs Geschäften Badeanzüge, Pullover und Strickjacken im Gesamtwert von 950,- DM. Generelle Vorsicht und Skepsis wurde ihr nur in Geschäften entgegengebracht, in denen die echte »Pullover-Alma« bereits früher einmal Erfolg gehabt hatte. Aber auch hier verhielten sich die Inhaber passiv. Die Polizei verständigte keiner.

Bei einem Herrenausstatter in der Hoheluftchaussee zeigte sich sehr deutlich, daß Dreistigkeit und sicheres Auftreten mehr Erfolg bringen als alle gutgemeinten Warnungen. Der Geschäftsführer hatte der Versuchs-Alma bereits drei Strickjacken eingepackt, da erinnerte er sich offensichtlich der Hinweise, die er von Polizei und seinem Fachverband erhalten hatte.

Unser Toningenieur, der im Wagen vor der Tür die Unterhaltung im Geschäft verfolgen konnte, glaubte seinen Ohren nicht zu trauen, als er den Mann sagen hörte: »Wissen Sie, eigentlich sollen wir ja so etwas nicht mehr machen. Da geht nämlich in unserer Branche eine Frau um, die läßt sich auch immer Sachen geben und bringt sie dann nicht wieder. Erst neulich stand etwas in unserer Fachzeitung. Die Frau soll schon Hunderte von Pullovern gestohlen haben.«

Textilhandelsverband }
Drogistenverband } Hamburg

F A H N D U N G S E R S U C H E N
der
K R I M I N A L P O L I Z E I

Betr.: U n b e k a n n t e W a r e n k r e d i t b e t r ü g e r i n
"P U L L O V E R - A L M A"

Vor dem Auftreten einer noch unbekannten Betrügerin wird mit allem Nachdruck gewarnt.

Die Täterin operiert mit dem simplen Trick, sie käme aus einem benachbarten Geschäft, um für dessen Inhaber ein Sortiment Pullover, Badeanzüge, Korselette, Hemden pp. zur Auswahl mitzubringen. Nach erfolgter Auswahl würden die benötigten Waren gekauft, die nicht gewünschten Artikel wieder zurückgebracht werden.

In Drogerien und Farbhandlungen erteilt die Betrügerin Aufträge auf Lieferung von Farben und Tapeten an bekannte Geschäftsleute. Im Rahmen einer solchen Bestellung läßt sich die Täterin gleich einen größeren Posten Kosmetika ohne Bezahlung mitgeben.

Die Betrügerin ist etwa 35 Jahre alt und ca. 165 cm groß. Sie ist schlank, hat ein ovales Gesicht, blondes Haar und blaue Augen; sie spricht Hoch - und Plattdeutsch.

N ach Angaben verschiedener Zeugen wurde die hier abgebildete Zeichnung der unbekannten Betrügerin gefertigt.

Bitte bei "Einkäufen" der geschilderten Art durch den angeblichen Nachbar-Kaufmann mit größter Vorsicht verfahren. Besteller möge sich im Zweifelsfall ausweisen. Vor Übergabe der Waren ohne Bezahlung sollte die angebliche Bestellung fernmündlich nachgeprüft werden.

J e d e r B ü r g e r i s t b e f u g t, d i e B e t r ü g e r i n f e s t z u n e h m e n, w e n n s i e a u f f r i s c h e r T a t b e t r o f f e n o d e r v e r f o l g t w i r d, w e n n s i e d e r F l u c h t v e r d ä c h t i g i s t o d e r i h r e P e r s ö n l i c h k e i t n i c h t f e s t s t e h t.

Bei erneutem Auftreten bitte sofort Polizei-Notrufnummer 110 wählen.

B E H Ö R D E F Ü R I N N E R E S
Der P o l i z e i p r ä s i d e n t
- Kriminalamt -

Hamburg, den 21.4.1964 KK II B 2 - 255/ 62

Der hier abgebildete Steckbrief wurde an alle Textilgeschäfte und Drogerien Hamburgs verteilt. Trotzdem gelang es nicht, »Pullover-Alma« zu fassen, obwohl sie weiter auftrat!

Unsere Versuchs-Alma ließ sich nicht schockieren. »Nein, sagen Sie, gibt es denn so was? Das ist ja gar nicht zu fassen«, entgegnete sie kaltblütig.

»Sie glauben gar nicht, was es für Leute gibt.« Der Geschäftsinhaber sah Emmi Kühnert forschend an. »Aber Sie machen einen ehrlichen Eindruck. Auf Sie kann ich mich ja verlassen, nicht wahr?«

»Aber natürlich, sowie Frau Hofstätter die passende Jacke ausgesucht hat, schickt sie die übrigen zurück.«

Der Geschäftsinhaber war beruhigt und ließ die Frau mit ihrem Paket von dannen ziehen. Als wir ihn wenige Minuten später aufklärten, daß seine Strickjacken verschwunden gewesen wären, wenn statt unserer Versuchsperson die echte »Pullover-Alma« zu ihm gekommen wäre, entschuldigte er seine Leichtfertigkeit. »Ja, wissen Sie, die Frau machte einen so ehrlichen Eindruck. Und sie trug doch einen weißen Kittel unter dem Mantel. Da habe ich gedacht, es wird schon stimmen, daß sie Verkäuferin bei Hofstätters ist.«

*

Viele Nachfolger des Schusters Voigt machen sich nicht einmal die Mühe, sich ein äußerlich sichtbares Attribut ihres angeblichen Auftraggebers zuzulegen. Immer noch genügt in Deutschland das bloße Wort »Ich komme von einem Amt« oder »von einer Behörde«, um den Verstand des Angesprochenen in Ehrfurcht erstarren zu lassen. Unter den unzähligen Gaunern, die sich auf dieser Basis einen Trick ausgedacht haben und damit durch die Lande ziehen, hat einer besonders traurige Berühmtheit erlangt: Theodor Humburg, geboren 11. 6. 1930 in Rahnsbach.

Der Trick dieses »Amtsanmaßers«, wie Leute seines Schlages im Behördendeutsch genannt werden, richtet sich speziell gegen alte alleinstehende Menschen. Der Mangel an Altersheimplätzen ist allgemein bekannt. Er liefert Theodor Humburg immer wieder den Ansatzpunkt für seine Betrügereien.

Der Täter geht zuerst in ein Lebensmittelgeschäft und fragt, wo in der Straße wohl eine alte Frau wohne, die Hilfe brauche. Er gibt sich als Beamter der Sozialbehörde aus und sagt, sein Amt sei angerufen und gebeten worden, sich um die Dame zu kümmern. Er habe aber nun leider den Zettel mit dem Namen im Büro vergessen und könne sich nur an die Straße erinnern.

Die Verkäuferinnen oder zufällig anwesende Kunden wissen gewöhnlich von einer alten alleinstehenden Frau, die auf die Beschreibung paßt. Diese Frauen sucht Theodor Humburg auf und gibt sich dort ebenfalls als Beamter der Sozialbehörde aus, mitunter auch als Pfarrer oder Beauftragter eines Altersheimes. Er sagt den Frauen, er bringe eine gute Nachricht: nun sei endlich ein Platz in einem stadtbekannten schönen Altersheim frei. Die Frauen, die meist schon mehrfach um die Aufnahme in ein solches Heim gebeten haben, nehmen die Nachricht mit großer Freude auf. Der Betrüger erscheint ihnen als Glücksbote. Die freudige Erregung vertreibt den letzten Rest von Vorsicht, falls sie überhaupt vorhanden gewesen sein sollte.

Der Mann, er nennt sich Dr. Berger, Dr. Becker oder Dr. Kempf, sitzt bald auf dem besten Platz, den die Dame in ihrem Zimmer anzubieten hat. Er bittet die Frau, ihre Rentenpapiere hervorzuholen, um zu prüfen, ob sie auch wirklich alle Voraussetzungen erfülle, die für die Aufnahme in das Altersheim notwendig seien. Er weiß natürlich, daß alte Damen fast immer eine Kassette oder eine Blechschachtel besitzen, in der sie Papiere, Urkunden und auch – soweit vorhanden – ihre Ersparnisse aufbewahren. Mit geübtem Blick erspäht er dann, wenn die Frauen nach den Rentenunterlagen suchen, jeweils den Briefumschlag, in dem die Ersparnisse stecken. Nach einer kurzen »Prüfung« des Rentenbescheides erklärt er der Frau, es sei alles in Ordnung, sie könne die Einweisung in das Altersheim bekommen. Allerdings müsse sie vorher noch zu einer ärztlichen Untersuchung. Der Doktor müsse bescheinigen, daß die Aufnahme in das Altersheim auch aus gesundheitlichen Gründen notwendig sei. Das gehe sehr schnell, versichert er der ängstlich werdenden Frau. Er habe ein Auto da, mit dem er sie zum Arzt bringen könne. Sie möge sich im Badezimmer nur schnell noch frische Wäsche anziehen; er werde gern noch den Augenblick warten.

Die Frau kommt dieser Aufforderung nach. Sie nimmt frische Wäsche und ihr bestes Kleid aus dem Schrank und geht damit ins Badezimmer. Wenn Theodor Humburg das Wasser plätschern hört, schleicht er zum Küchenschrank, nimmt die Kassette mit den Papieren und dem Geld heraus und steckt die gesamten Ersparnisse der Rentnerin ein. Dann klopft er an die Badezimmertür und ruft: »Ich muß eben mal hinunter zu meinem Auto. Ich brauche ein Formular, das wir noch zusammen ausfüllen müssen.«

Das ist das letzte, was die Frau von dem Trickdieb hört.

Theodor Humburg reist mit dieser Altersheimmasche seit 1961 durch die Bundesrepublik. Er geht mit einer sogar bei Betrügern seltenen Skrupellosigkeit zu Werke. Frauen, die sich nicht mehr selbst fortbewegen konnten, hat er eigenhändig auf die Toilette getragen und dann dort zurückgelassen. Er nimmt alles, was er bekommen kann, 1300,- DM Erspartes, aber auch die letzten 20,- DM, die eine Rentnerin für Lebensmittel bis zum nächsten Ersten braucht. Mitunter versteht er es auch, die Opfer dazu zu bringen, daß sie ihm das Geld selbst aushändigen – als »Anzahlung« für die Aufnahme ins Altersheim.

Alle Fahndungsmaßnahmen, die insbesondere vom hessischen Landeskriminalamt gegen Theodor Humburg eingeleitet worden sind, verliefen bis zum Sommer 1965 ohne Erfolg. So wie 100 000 andere Personen, die von den Strafverfolgungsbehörden der Bundesrepublik zur Festnahme oder Aufenthaltsermittlung gesucht werden, ist auch Theodor Humburg für die Behörden unauffindbar, obwohl sein Name bekannt ist und mehrere Lichtbilder vorhanden sind*.

Genügt also für einen Betrüger das bloße Wort, er komme von einem Amt oder einer Behörde, um das Opfer gefügig zu machen, so klettern die Erfolgschancen noch um einige Grade höher, wenn er gleichzeitig durchblicken läßt, er könne einen unerlaubten Vorteil verschaffen. Die Gesetzestreue der Bundesbürger und ihr Vertrauen in die Rechtsstaatlichkeit erscheinen in einem eigenartigen Licht, wenn man weiß, wieviel tausend Menschen Jahr für Jahr auf einen Betrüger hereinfallen, nur weil sie glauben, er könne ihnen ein illegales Geschäft vermitteln.

Die Tricks, die auf der angekränkelten Moral weiter Bevölkerungskreise beruhen, reichen von den Angeboten, die Ergebnisse angeblich vorher abgesprochener Pferderennen gegen Vorauskasse zu offenbaren bis zu den billigen Ramschuhren, die auf Bahnhöfen und Toiletten unter vorgehaltener Hand als »Schweizer Schmuggelware« angepriesen und verkauft werden. Die Käufer dieser Uhren glauben, ein zwar verbotenes, aber doch gutes Geschäft gemacht zu haben, und merken erst, wenn es zu spät ist, daß sie mindestens sechsmal so viel Geld für die Uhr ausgegeben haben, wie sie wirklich wert ist.

Keine Geschichte von angeblicher Korruption, durch die man eigene Vorteile wahrnehmen könne, ist zu grotesk, um nicht geglaubt zu werden. Beim Studium einschlägiger Polizeiakten wähnt man sich oft in das alte Rußland Gogolscher Prägung versetzt. Als besonders krasses Beispiel dieser Art darf jenes Gaunerstück gelten, das sich 1962 ein angeblicher Untersuchungsrichter namens Wagner in Rheine geleistet hat:

In dem kleinen Städtchen zwischen Osnabrück und der holländischen Grenze passieren nur selten weltbewegende Dinge. Es ist also nicht verwunderlich, daß die Lokalzeitung im Winter 1962 ausführlich über einen schweren Verkehrsunfall berichtet, den der Bauer Hans Steinbrückner aus einem Dorf der Umgebung verursacht hatte. Steinbrückner ist bis dahin ein angesehener Mann gewesen. Dann aber ist ihm der Alkohol zum Verhängnis

* Die für ein geordnetes Staatswesen recht blamablen Zustände auf dem Gebiet der Personenfahndung werden im 12. Kapitel »Die unbewältigte Freiheit« behandelt.

geworden. Nach einem feuchtfröhlichen Richtfest hatte er sich betrunken ans Steuer seines Wagens gesetzt und zwei Menschen totgefahren. Zwei weitere Opfer mußten schwerverletzt ins Krankenhaus gebracht werden.

Der Unfall löste auch eine kleine Familientragödie aus. Hans Steinbrückner war mit einer Bauerntochter aus Rheine verlobt. Würde er nun für längere Zeit eingesperrt, so erzählte man sich in den Wirtschaften, dann werde wohl aus der Hochzeit kaum was werden. Dann müßte Ursel, so hieß die Braut, sicher auf dem Hof des Vaters bleiben. Das wiederum konnte ihrem Bruder nicht besonders angenehm sein, der ebenfalls heiraten und den Hof übernehmen wollte.

In ländlichen Gebieten kommt einer solchen Verknüpfung menschlicher Schicksale immer noch große Bedeutung zu. Das muß man wissen, wenn man die folgende Geschichte nur annähernd verstehen will:

Wenige Tage vor der Gerichtsverhandlung erscheint auf dem Hof des künftigen Schwiegervaters ein Mann, der sich als Amtsgerichtsrat Wagner ausgibt. Er sagt zum Bauern und seiner Tochter Ursel, er leite die Untersuchung gegen Hans Steinbrückner und müsse noch einige Fragen stellen. Der Unfall sei eine schlimme Sache, die es erforderlich mache, alle Hintergründe aufzuklären, beteuert der »Herr Amtsrichter«. Er macht Ursel strenge Vorhaltungen: Warum sie denn nicht besser auf ihren Verlobten aufgepaßt habe. Nun werde sie wohl viele Jahre auf die Hochzeit warten müssen, denn, und bei diesen Worten hält der Mann Ursel und ihrem Vater ein Strafgesetzbuch vors Gesicht, »für jeden Toten gibt es mindestens drei Jahre; und für Trunkenheit am Steuer noch eine Portion extra.«

Unter dem Eindruck dieser Eröffnung bricht Ursel in Tränen aus. Der Vater schickt sie in ihr Zimmer. Auch er findet, daß dieses Strafmaß zu hart sei. Sechs Jahre oder noch mehr – nein, das habe der Hans nicht verdient, meint er.

»Die Toten verlangen Sühne«, belehrt ihn der Herr »Amtsrichter«, aber auch er zeigt sich vom Schicksal der unschuldigen Familie ergriffen. Er sei ebenfalls Bauernsohn, erklärte er, und es gehe ihm sehr nahe, wenn er zusehen müsse, wie wegen einiger Gläser Alkohol der Bauer dem Makel ausgesetzt würde, eine »sitzengebliebene Tochter« auf dem Hof zu haben. Er würde ja sehr gern helfen und für mildernde Umstände plädieren. Leider seien da aber ein paar Zeugen, die aussagen wollten, daß Hans Steinbrückner vorher noch von ein paar Freunden gewarnt, dann aber aus trotziger, böser Absicht doch in seinen Wagen gestiegen war.

»Jaja, die lieben Freunde«, schimpft der Bauer. »Erst saufen sie mit, und nachher fallen sie ihm noch in den Rücken.«

»Wenn man die Zeugen unter einen Hut bringen könnte«, überlegt der »Untersuchungsrichter« laut, »dann könnte man den Schwiegersohn wohl freibekommen.«

»Glauben Sie denn, daß das möglich wäre?« fragt der Bauer.

»So ohne weiteres natürlich nicht.« Der »Amtsrichter« sieht sich um, so als wolle er sich vergewissern, daß ihn auch niemand belauscht. Dann fährt er mit unterdrückter Stimme fort: »Man müßte ihnen natürlich schon etwas bieten können, damit sie hinterher auch den Mund halten.«

»Meinen Sie, daß so etwas geht? Und daß auch vom Gericht niemand etwas merkt?« fragt der Bauer zweifelnd.

»Amtsgerichtsrat Wagner« versucht, die Bedenken des Mannes zu zerstreuen. Mit dem Richter, der den Vorsitz gegen seinen Schwiegersohn führe, sei er gut befreundet, behauptet er. Mit dem könne er ganz offen reden. Der habe Verständnis für die Situation, denn er trinke auch ganz gern einen über den Durst. Was die Zeugen angehe, so wolle er sie als Untersuchungsrichter alle einzeln vorladen und ihnen unter vier Augen ins Gewissen reden. Wenn man ihnen dann noch eine ansehnliche Summe zustecken könne, dann werden sie wohl nicht nein sagen. Und wer das Geld erst einmal genommen habe, könne hinterher auch nicht mehr zurück.

Der Bauer glaubt dem angeblichen Amtsrichter jedes Wort. Er erinnert sich an viele Klatschgeschichten, in denen davon die Rede war, daß man mit Geld auf dieser Welt alles regeln könne. Und es gehört wohl zu den verbreiteten menschlichen Eigenschaften, anrüchige Geschichten über die Umwelt eher zu glauben als gute, allemal dann, wenn diese Geschichten den eigenen Wünschen nach Befreiung aus einer Zwangslage entgegenkommen.

Ohne Mißtrauen erkundigt sich der Bauer bei seinem Besucher, wieviel Geld er denn haben müsse, um seinen Schwiegersohn freizubekommen.

Da seien fünf Zeugen, erklärt der »Amtsrichter«. Wenn er für jeden 10 0000,- bekomme, dann werde seine Mission wohl gelingen.

Der Bauer erschrickt. 10 000,- DM für jeden? Das sind ja 50 000,- DM. So viel Geld hat er nicht.

Er habe nur 30 000,- DM auf der Kasse, erklärt er. Die seien für Ursel als Aussteuer zurückgelegt. Allenfalls könne er noch 10 000,- DM leihen. Mehr könne er aber keinesfalls zusammenbringen.

Nun, er wolle es trotzdem versuchen, sagt der »Untersuchungsrichter«. Dann könne eben jeder Zeuge nur 8000,- DM bekommen, und er, der Untersuchungsrichter, müsse ein wenig mehr

Überredungskunst aufbringen. Aber das wolle er gern tun, denn das Schicksal der Familie sei ihm doch sehr nahegegangen.

Der Rest der Geschichte versteht sich beinahe von selbst: Der Mann verabredet mit dem Bauern einen Termin am nächsten Tag, zu dem er das Geld abholen kann. Er ermahnt den Bauern, unbedingt Stillschweigen zu bewahren, denn sonst käme erstens der Schwiegersohn nicht frei, und obendrein müsse sowohl er, der Richter, als auch der Bauer mit Bestrafung rechnen. Die Sache müsse mit sehr viel Diskretion behandelt werden.

Am nächsten Tag kommt der Mann wieder auf den Hof. Wie verabredet, übergibt ihm der Bauer 40 000,- DM in bar. Der Besucher verspricht, nun werde der Schwiegersohn sicher glimpflich davonkommen. Er läßt sich noch mit einem guten Mittagessen bewirten und verschwindet.

Als Hans Steinbrückner wenige Tage später tatsächlich nur zu 18 Monaten Gefängnis verurteilt wird, hat der Täter sogar den Mut, noch einmal auf den Hof zu kommen. Er behauptet, das milde Urteil sei nur auf seine »vermittelnde Tätigkeit« zurückzuführen, aber er müsse nun noch einmal ein paar tausend Mark haben, um einen weiteren Mitwisser mundtot zu machen.

Nun erhält der Mann jedoch nichts mehr. Der Druck eines harten Urteils ist von der Familie genommen. Nicht ohne das, was der Volksmund als »Bauernschläue« bezeichnet, erklärt der Bauer dem angeblichen Amtsrichter, er solle den Mitwisser nur selbst beschwichtigen, schließlich hänge er auch in der Sache mit drin, deshalb könne er auch ruhig selbst bezahlen.

Die Kinder des Bauern ahnen, daß ihr Vater einem Schwindler aufgesessen ist. Sie dürfen jedoch nicht zur Polizei gehen. Der alte Bauer verbietet es. So erfährt die Kripo vom Auftreten des mysteriösen »Untersuchungsrichters« erst anderthalb Jahre später, nachdem der Bauer gestorben ist.

*

Man ist immer wieder verführt zu glauben, daß nur »Dumme« auf Gaunertricks und Köpenickiaden der geschilderten Art hereinfallen. Wenn diese These stimmen sollte – was sehr zu bezweifeln ist –, dann müssen die Opfer mit einer besonderen Dummheit behaftet sein, die in keiner Weise mit dem landläufigen Begriff identisch ist. Wie schon gesagt, clevere Unternehmer, Anwälte, Polizeibeamte, Journalisten und Professoren zählen zu den Opfern moderner Betrüger und Schwindler.

Der nächste Fall zeigt, daß selbst jene Kategorie Menschen nicht gegen die im Grunde simplen und biederen Tricks gefeit ist, die nach übereinstimmender Volksmeinung zu den klügsten und gerissensten Spezies unserer Gesellschaft gehören – die Viehhändler.

Der Fall trug sich am 10. März 1964 in dem lieblichen Städtchen Celle zu:

Der Ort macht im allgemeinen nur durch seine hübschen Fachwerkhäuser, ein baufälliges Zuchthaus, das Schloßparktheater und die Urteiler des Celler Oberlandesgerichtes von sich reden. Kurioserweise trug in der fraglichen Betrügerei gerade dieses Oberlandesgericht, genauer gesagt, das Gebäude des Gerichtes, zum Gelingen des Schwindels bei. Seit den Tagen des Herzogs von Celle hatte das ehrwürdige Haus der Gerechtigkeit gedient – und nun so eine Geschichte. Sie begann wenige hundert Meter vom Gerichtsgebäude entfernt in einer Telefonzelle vor der Hauptpost an der Stechbahn.

Gegen 14 Uhr betritt an dem besagten Tag ein älterer Herr von etwa 60 Jahren mit schütterem Haar und dunkler Hornbrille das Telefonhäuschen. Er sucht kurz im Telefonbuch und wählt dann die Nummer des Viehhändlers Albert Jansen.

Es meldet sich die Frau des Viehhändlers. Der Mann in der Telefonzelle stellt sich als »Dr. Holking, Oberlandesgericht« vor. Er möchte gern mit Herrn Jansen sprechen. Als Herr Jansen, von seiner Frau herbeigeholt, am Apparat ist, versichert sich Dr. Holking, ob Herr Jansen auch wirklich mit Vieh handele. Nein, das Vieh habe er aufgegeben, meint Herr Jansen. Dazu sei er zu alt. Er handelte nur noch mit Pferden.

»Ach, das ist aber schade«, sagt der Mann in der Telefonzelle, »aber vielleicht können Sie mir trotzdem helfen. Wir haben hier eine Erbschaftsauseinandersetzung über das Inventar von Gut Hagenstein. Sie wissen vielleicht, der alte Baron von Hagenstein ist im vorigen Monat gestorben.«

Ja, der Viehhändler Jansen hat von dem Todesfall gehört.

»Sehen Sie«, fährt der angebliche Dr. Holking fort, »und nun müssen wir dringend aus dieser Erbmasse ein paar Stück Vieh veräußern. Einer der beteiligten Verwandten muß nämlich bis heute abend eine größere Sicherheitsleistung bei der Gerichtskasse hinterlegen. Er hat leider nicht so viel Geld. Deshalb ist gestern der Beschluß ergangen, einen kleinen Teil der Erbschaft amtlich zu verkaufen.«

Obwohl Herr Jansen nicht mehr mit Vieh handelt, ist er nun doch interessiert. »Was ist denn das für Vieh?« fragt er.

»Es handelt sich um drei Rinder, eine Kuh und fünf Schweine. Die Tiere stehen zur Zeit bei der Tierärztlichen Hochschule in Hannover. Die Herdbuchbriefe für die Kuh und die Rinder haben wir hier in den Akten.«

Was denn das Ganze kosten solle, möchte Albert Jansen wissen. Das könne er ihm am Telefon natürlich nicht sagen, erwidert Dr. Holking. Auf jeden Fall sei es sehr preisgünstig, denn es müsse ja heute noch weg. Die Frage sei nun, ob er, Jansen, nicht vielleicht einen anderen Käufer wisse, wenn er selbst es nicht haben wolle.

Jansen überlegt einen Augenblick. Dann erinnert er sich an seinen Freund Heinrich Lambertz aus Müden, ein Dorf, wenige Kilometer außerhalb von Celle. »Der wird es wohl nehmen«, sagt Jansen, »wenn es nicht zu teuer ist natürlich.«

Dr. Holking bittet seinen Gesprächspartner, Herrn Lambertz anzurufen und ihm das Angebot zu übermitteln. Wenn er mit ihm gesprochen habe, möge er ihn gleich im Oberlandesgericht anrufen. Die Nummer sei 279. Dann könnten sie Näheres verabreden.

Albert Jansen willigt ein. Dr. Holking schärft ihm noch einmal die Telefonnummer ein: 279, Oberlandesgericht.

Während Albert Jansen seinen Freund und Kollegen in Müden anruft, geht der Mann, der sich Dr. Holking nennt, zum Oberlandesgericht. Bisher hat er den Eindruck erweckt, er sei Richter. In der Halle des Gerichtsgebäudes stellt er sich nun beim diensthabenden Wachtmeister, der Post- und Empfangsstelle in einer Person ist, als auswärtiger Rechtsanwalt vor. Er sagt, er komme aus Hannover und habe hier im Hause zu tun. Er erwarte aber noch einen Anruf und möchte deshalb darum bitten, das Gespräch, wenn es in der Zentrale anlaufe, in die Wachtmeisterei zu legen.

»Geht in Ordnung, Herr Doktor«, sagt der Beamte. Der Vorgang ist für ihn nicht ungewöhnlich. Die Herren Anwälte telefonieren oft bei ihm, und die Zentrale ist auch schon darauf eingestellt. Sie wird das Gespräch für Herrn Dr. Holking sofort in die Wachtmeisterei legen.

Dr. Holking vertreibt sich die Zeit mit der »Neuen juristischen Woche«. Er braucht jedoch nicht sehr lange zu warten. Etwa eine Viertelstunde nach seiner Ankunft kommt das Gespräch. Der Wachtmeister empfindet es nicht als ungewöhnlich, daß sich der Herr aus Hannover mit »Holking, Oberlandesgericht« meldet.

Am anderen Ende der Leitung spricht Albert Jansen. Er teilt mit, daß sein Freund Lambertz an dem Geschäft interessiert sei und in etwa zwei Stunden in Celle für weitere Verhandlungen zur Verfügung stehe.

Dann solle er doch mit dem Herrn um 18 Uhr ins Hotel »Celler Hof« kommen, schlägt Dr. Holking vor.

Jansen ist einverstanden.

Das Hotel »Celler Hof« ist das erste Haus am Platze. Fürsten, Industriekapitäne und der frühere Bundeskanzler Adenauer sind hier abgestiegen. Die Empfangshalle ist mit tiefbraunem Teak getäfelt. Auf dem Marmorfußboden liegen kostbare Orientteppiche. Die Kellner servieren im Frack und bewegen sich mit lautloser Eleganz.

Dr. Holking sitzt bereits in einem der tiefen schwarzen Ledersessel, als die beiden Viehhändler mit unsicheren Schritten durch die Drehtür kommen. Er sieht auf den ersten Blick, daß er gut daran getan hat, die Männer in dieses Haus zu bestellen. Die Unsicherheit, mit der sie sich in der ungewohnten Atmosphäre bewegen, kommt seinen Plänen sehr zustatten.

Nach einer kurzen Begrüßung, bei der Dr. Holking mit Absicht auf Distanz hält, unterbreitet der angebliche Nachlaßrichter noch einmal sein Angebot. Vor ihm auf dem Tisch liegt ein Stapel Akten. Mitunter liest er eine kurze Passage daraus vor. Jansen erkennt zwischen den Papieren auch zwei Herdbuchbriefe, Dokumente, die bei Kühen und Rindern eine ähnliche Funktion haben wie der Kfz-Brief beim Auto. Nachdem Dr. Holking jedes einzelne Stück Vieh noch einmal beschrieben hat, nennt er die Summe, für die alles zusammen verkauft werden soll, 4995,- DM. »Ich glaube«, schließt er sein Angebot, »das ist ein kulanter Preis.«

Heinrich Lambertz hat im geheimen schon gerechnet. Bei den Bauern muß er z. Z. für das Kilo Lebendgewicht 1,35 DM bezahlen. Hier käme er mit ca. 1,- DM davon. Trotzdem versucht er, seinen Geschäftspartner nach alter Viehhändlerart zu drücken. Er ergreift die Hand des Richters und sagt dabei: »Gut, ich nehme das Vieh – für viertausendfünfhundert.«

Dr. Holking scheint mit den Gepflogenheiten des Viehmarktes vertraut. Er faßt nicht zu, sondern zieht seine Hand aus der des Händlers. Mit vorwurfsvollem Ton sagt er: »Aber, Herr Lambertz, Sie können mit mir doch nicht handeln. Ich kann den Gerichtsbeschluß über den Mindestpreis nicht ändern.«

Lambertz zuckt mit den Achseln und ergreift dabei noch einmal die Hand des Richters. »Na gut, dann geben Sie her – für viertausendsechshundert.«

Nun wird Dr. Holking ungehalten. Diesmal entzieht er dem Händler die Hand mit einer energischen Bewegung. Seine Stimme klingt hart. »Ich muß doch sehr bitten, Herr Lambertz. Machen Sie keine solchen Späße mit mir. Ich bin im Dienst.«

Lambertz gibt klein bei. »Also gut, dann für viertausendneunhundertfünfundneunzig. Aber es ist eine reine Gefälligkeit. Ich verdiene da fast keinen Pfennig mehr dran.«

Jetzt schlägt auch Dr. Holking ein. Das Geschäft ist perfekt. Es folgen mehrere Runden handfester Getränke, bevor die Herren sich weiter über die Bezahlung unterhalten. Herr Lambertz möchte einen Scheck ausschreiben. Dr. Holking hält ihn jedoch davon ab. Er klärt den Käufer darüber auf, daß der Betrag heute abend noch in der Gerichtskasse einbezahlt werden müsse. Ein

Scheck könne erst nach Eingang des Geldes von der Bank verbucht werden, das bedeute aber in diesem Fall, daß die Einzahlungsfrist verstrichen sei.

Das Geschäft droht zu scheitern, denn Heinrich Lambertz kann das Geld an diesem Abend nicht mehr beibringen. Da springt sein Freund Albert Jansen ein. Er könne helfen, sagte er. Er habe so viel Geld im Hause, und er könne seine Frau anrufen und sie bitten, es herzubringen.

Gesagt, getan. Wenige Minuten später wissen die Männer, daß Frau Jansen mit dem Geld auf dem Wege zum Hotel ist. Was liegt näher, als daß sie den guten Ausgang des Geschäftes mit ein paar neuen Runden Doornkaat begießen.

Als Frau Jansen schließlich mit dem Geld kommt, haben die Männer eine ordentliche Zeche gemacht.

Jansen zählt das Geld noch einmal nach und übergibt es seinem Freund. Nun drängt Dr. Holking zur Eile. Der Kassierer in der Gerichtskasse wolle auch Feierabend machen, mahnt er. Er möchte mit Herrn Lambertz erst einmal zum Gericht hinübergehen und das Geld einzahlen. Man könne ja hinterher noch ein bißchen weiterfeiern.

Lambertz ist einverstanden. Er läßt sogar eine neue Runde Schnaps, die der Kellner gerade bringt, stehen und geht mit Dr. Holking hinüber zum Gericht. Der Weg ist nicht weit, knapp zwei Minuten. Als die Männer ankommen, ist die Tür des Oberlandesgerichtes jedoch schon verschlossen.

»Ach, das ist aber zu dumm«, entfährt es Dr. Holking, »ich habe dem Hausmeister extra gesagt, er soll offenlassen. Der Inspektor an der Kasse wartet nämlich mir zuliebe noch auf den Eingang des Geldes.«

»Was machen wir jetzt?« fragt Lambertz nervös.

»Ist nicht so schlimm«, beruhigt ihn der Richter. »Ich kann hinten rumgehen und Ihnen aufmachen. Geben Sie mal gleich das Geld her. Ich bringe es dem Inspektor rein, dann kann er inzwischen schon die Quittung ausschreiben, bis ich Ihnen aufmache.«

Ohne zu überlegen, greift Heinrich Lambertz in die Tasche und holt das Bündel Banknoten heraus. Er übergibt es Dr. Holking, vergißt jedoch nicht, ihn darauf aufmerksam zu machen, daß er noch 5,- DM ausbekomme.

»Selbstverständlich«, sagt der angebliche Richter, »der Inspektor hat auch die Wechselkasse noch offen.«

Mit schnellen Schritten geht er um das Haus herum, schwingt sich auf ein an der Rückseite des Gebäudes angelehntes Fahrrad und verschwindet.

Einige Minuten wartet Heinrich Lambertz geduldig vor dem Tor. Als aber immer mehr Zeit verstreicht, wird der Viehhändler unruhig. Er rüttelt an der verschlossenen Tür. Er ruft laut nach Dr. Holking.

Keine Antwort.

Lambertz läuft um das Gebäude herum. Vergeblich sucht er nach einer rückwärtigen Tür. Bald weiß er, daß es keine solche Tür gibt, und daß er sein Geld einem Schwindler gegeben hat.

Der vorgebliche Dr. Holking hat nicht nur diesen Viehhändler in Celle, sondern in anderen Städten noch eine ganze Anzahl Menschen in ähnlicher Art um teilweise noch höhere Beträge geschädigt! Ein Jahr nach seinem Auftreten in Celle konnte er im Frühsommer 1964 in Bremen festgenommen werden. Er hieß natürlich nicht Dr. Holking, sondern schlicht und einfach Heinrich Brandes. Bei den Vernehmungen durch Beamte des Niedersächsischen Kriminalpolizeiamtes gab er zu, mit diesem Trick insgesamt 27 000,- DM erbeutet zu haben. Ob dieser Betrag wirklich richtig ist, darf angezweifelt werden. Erfahrungsgemäß geben routinierte Straftäter – und ein solcher ist Brandes – nur zu, was ihnen ohnehin zu beweisen ist.

Man muß damit rechnen, daß sich mehrere Opfer dieses Nachlaßschwindlers nicht bei der Polizei gemeldet haben. Durch einen puren Zufall konnten die Beamten in Hannover zum Beispiel feststellen, daß Brandes im Frühjahr 1964, also zur selben Zeit, zu der er auch in Celle aufgetreten ist, im hannoverschen Amtsgericht von einem Mann 7000,- DM in Empfang genommen hat. Die Polizei fand nicht heraus, wer dieser Geschädigte ist. Es soll sich um einen Tankstellenbesitzer aus dem Raum Minden/Bielefeld handeln, der aufgrund eines Inserates in die Leinestadt gekommen ist. Brandes hatte es in einer hannoverschen Tageszeitung aufgegeben. Er hatte in dieser Annonce versprochen, »Autos billig zu verkaufen«. Und dann war offensichtlich alles nach dem gleichen Schema abgelaufen wie in Celle.

Die Aussicht auf materiellen Gewinn erwies sich seit jeher als vorzügliches Lockmittel für Schwindler und Betrüger aller Schattierungen. In unserer materiell betonten Zeit hat sich die Wirksamkeit dieses Lockmittels noch gesteigert.

Der versprochene Gewinn gehört also zum Standardwerkzeug des Betrügers. Mit ihm arbeiten auch jene Ganoven, die nicht unter die Nachfolger des Hauptmannes von Köpenick einzuordnen sind, da sie nicht auf unkritischen Untertanenrespekt vor Uniformen, Ämtern und Ärztekitteln spekulieren. Je höher der Gewinn ist, den der Betrüger verspricht, um so größer ist gewöhnlich seine Beute.

Ein Täter, der diese Zusammenhänge konsequent beherzigt, kann, wie die folgenden zwei Beispiele zeigen, in der Bundesrepublik in kurzer Zeit ein stattliches Vermögen zusammenbringen.

Er braucht nur, wie in diesen beiden Fällen, ein paar klassische Betrugsrezepte den Gegebenheiten unserer Zeit anzupassen.

*

Neuntes Kapitel

STOSS- UND EINSPONBETRÜGER

Das Protokoll einer der großen Stoßbetrügereien, die in der Bundesrepublik nach dem Zweiten Weltkrieg verübt worden sind, beginnt mit dem Datum 10. März 1963. An diesem Tag steigt auf dem Frankfurter Rhein-Main-Flughafen ein Mann namens Natan Orleans aus einem Flugzeug, das aus Südamerika kommt. Der Mann besitzt einen chilenischen Paß und ist danach am 12. 3. 1900 in Kiew/Ukraine geboren. Vermutlich ist er nach dem Zweiten Weltkrieg nach Amerika ausgewandert und in Chile eingebürgert worden. Aus seinem Paß, in dem sich ein Touristenvisum der Deutschen Botschaft in Santiago befindet, geht hervor, daß Orleans in den letzten zwei Jahren zwar niemals in der Bundesrepublik, jedoch sehr häufig in Paris gewesen ist.

Der Mann besteigt in Frankfurt einen F-Zug und fährt nach Hannover. In der niedersächsischen Hauptstadt logiert er sich in einem Hotel ein, wo er sich auch polizeilich anmeldet. Mit Hilfe eines Wohnungsmaklers beschafft sich Orleans in Hannover-Ricklingen eine kleine möblierte Wohnung und in der Herrenstraße 14, unweit des Bahnhofs, drei Büroräume. Wenige Tage später spricht er in der Ausländerstelle des Ordnungsamtes vor und beantragt die Eröffnung eines Gewerbes. Er sagt, er habe mehrere Bekannte in Deutschland gefunden, die er für tot gehalten habe, und er wolle deshalb in der Bundesrepublik bleiben. Er fügt seinem Antrag ein chilenisches Führungszeugnis bei, das von der Deutschen Botschaft in Santiago anerkannt und mit einer Übersetzung versehen ist. Nach diesem Zeugnis hat Orleans ein einwandfreies Leben geführt. Die Ordnungsbehörde sieht keinen Anlaß, dem Antrag zu widersprechen.

Zu den alten Bekannten, die Orleans »rein zufällig« getroffen hat, gehört auch der französische Staatsbürger René Gouverneur. Nach den Eintragungen in seinem Paß ist er am 21. 6. 1917 in Deville geboren und zuletzt in Paris, Rue de Rivoli Nr. 220, wohnhaft gewesen. In Hannover bezieht Gouverneur in der Nähe des von Orleans gemieteten Büros in einem Hotel in der Schumacherstraße Quartier – kurioserweise wenige Schritte vom Betrugsdezernat der hannoverschen Kripo entfernt.

Am 1. April gründen die beiden Männer die Firma »Pacific,

Import-Export-Großhandel«. Sitz des Unternehmens: Herrenstraße 14, die von Orleans gemieteten Büroräume. Orleans firmiert als Inhaber, Gouverneur als Geschäftsführer.

Bei der Zweigstelle der Commerzbank eröffnen sie ein Bank- und beim Postscheckamt ein Postscheckkonto.

Als sie ein paar Tage später Briefpapier der neuen Firma besitzen, beantragen sie darauf bei der Industrie- und Handelskammer die Eintragung in das Handelsregister. Am 19. April stellen sie ein 21jähriges Mädchen, Gunhild Herking, als Sekretärin ein.

In den nächsten Wochen begeben sich die Herren Orleans und Gouverneur auf Reisen. Sie suchen Geschäftspartner für ihre neugegründete Firma, in erster Linie Geschäftsleute, bei denen sie preiswerte Waren in möglichst großen Posten verkaufen können. Hier kommt ihnen der Umstand zustatten, daß ausgerechnet in den Branchen, in denen sie tätig werden wollen – Textilien und Elektrogeräte – der Markt von sehr starken Konkurrenzverhältnissen geprägt wird. Discountläden und andere Preisbrecher haben Unruhe verbreitet. Jedes am Markt beteiligte Unternehmen versucht, durch einen noch billigeren Preis seinen Umsatz zu halten oder zu erhöhen. Für den Verbraucher haben diese harten Konkurrenzverhältnisse manchen Vorteil, für die Geschäftswelt viele Veränderungen gebracht. Im Schatten der harten Preiskämpfe haben sich in den meisten großen Städten neben der eingesessenen Geschäftswelt neue, sogenannte Bargrossisten aufgetan. Sie kaufen und fragen nicht lange, wo die Ware herkommt, wenn sie nur billig ist. Wenn sie sehr billig ist, zahlen sie auch bar. Ihre Abnehmer sind in erster Linie Discountläden und andere unkonventionelle Verkaufseinrichtungen. Neben diesen Bargrossisten haben sich auch eine ganze Reihe von verarbeitenden Betrieben, wie etwa Hemden- und Blusenfabriken, auf die Belieferung des »billigen Marktes« eingestellt.

Es sind vor allem diese von traditionellen Geschäftsverbindungen nicht belasteten Kaufleute und Unternehmer, denen die beiden Pacific-Männer das Angebot machen, sie mit billigen Waren zu beliefern.

Noch verfügen Orleans und Gouverneur zwar nicht über solche Waren. Dieser Punkt ihres Planes bietet jedoch die geringsten Schwierigkeiten. Von einer ihrer Reisen bringen sie das große Branchenadreßbuch »Wer liefert was?« mit nach Hannover. Mit dieser Unterlage ausgerüstet, beginnen sie Anfang Mai mit vielen Firmen im Bundesgebiet rege Korrespondenz zu führen. Sie lassen sich Angebote über Textilien, Elektrogeräte, Silberbestecke und Kugelschreiberminen machen. Bestellungen geben sie in diesen Wochen nur zaghaft auf. Ihre Firma ist nicht eingeführt, und so verlangen die Lieferanten meist Barzahlung oder zumindest Wechsel.

Ein typisches Pacific-Geschäft aus dieser Zeit sind zum Beispiel 100 Elektrorasierer zum Stückpreis von ca. 50,- DM, die Orleans und Gouverneur von einer württembergischen Firma beziehen. Sie zahlen bei Lieferung 1000,- DM an und geben über die restlichen 4000,- DM ein Akzept mit einer Laufzeit von 4 Wochen. Mit den Rasierapparaten fährt Gouverneur zu einem Discounter nach Hamburg und verkauft sie dort für 48,- DM das Stück. Pacific hat an diesem Geschäft also nichts verdient. Im Gegenteil: Orleans und Gouverneur haben sogar 200,- DM zugesetzt. Das aber nehmen sie gern in Kauf. Ihnen kommt es darauf an, Umsatz zu machen. Der Umsatz schlägt sich auf ihrem Konto nieder. Die Commerzbank gewinnt Vertrauen zu ihrem neuen Kunden und räumt Herrn Orleans, als er im Juni zur Finanzierung größerer Exportgeschäfte Geld braucht, gern einen größeren Kredit ein.

Nun kann sich René Gouverneur, der die Geschäfte im wesentlichen führt, schon etwas besser bewegen. Er mietet in der Rotermundstraße 14 einen Lagerraum, kauft einen gebrauchten Opel-Blitz für die Warentransporte und für sich einen weißen 220 SE. Ein blauer Opel-Kapitän und ein »Direktionsfahrer« komplettieren schließlich die Ausrüstung der Firma »Pacific«.

In diesem neuen Gewand nehmen die Geschäfte des Unternehmens im Sommer 1963 allmählich größeren Umfang an. Im Prinzip laufen sie genauso ab wie früher: Die eingehenden Waren werden sofort wieder verschleudert – meist ohne Gewinn, aber zur Förderung der Kreditwürdigkeit. Bald finanziert die Commerzbank die Pacific-Geschäfte mit einem Darlehen in Höhe von 200 000,- DM. Damit kann die Firma ihre Rechnungen immer bezahlen. Daß sie mit ihren Verkäufen keine Gewinne macht, merkt vorerst niemand.

Nun geben Orleans und Gouverneur Bestellungen in großem Stil auf. Sie wenden sich dabei an die bekanntesten und namhaftesten Firmen der jeweiligen Branche. Sie erklären, sie hätten große Exportaufträge nach Südamerika und in die Ostblockstaaten, insbesondere nach Polen. Die Lieferungen an »Pacific« – es handelt sich jetzt jeweils um Ware im Werte von mehreren hunderttausend DM – sollen stufenweise abgewickelt werden. Zuerst im Herbst jeweils zwei kleinere Sendungen und dann im Winter und Frühjahr die Hauptlieferungen. Es gelingt René Gouverneur in Anbetracht der Größe des Auftrages, gute Verkaufsbedingungen, Rabatte und 60 Tage Zahlungsziel herauszuwirtschaften.

Natürlich möchten die Lieferanten Sicherheiten sehen. Gouverneur zeigt ihnen die bezahlten Rechnungen seiner früheren Lieferungen. Nicht ohne Respekt nehmen die Lieferfirmen zur

Kenntnis, daß »Pacific« auch mit ihren Konkurrenten Geschäfte in großem Umfang betreibt und offensichtlich reibungslos bezahlt. Fast alle Lieferfirmen wenden sich aber trotzdem noch an mehrere Auskunfteien, an die Commerzbank und die Industrie- und Handelskammer. Die Auskünfte sind durchweg befriedigend. Pacific hat seine Rechnungen immer bezahlt. Wechsel und Schecks sind nicht geplatzt. Das Unternehmen ist also offensichtlich zahlungskräftig. Die Industrie- und Handelskammer teilt mehreren Anfragern mit, daß der beantragten Eintragung in das Handelsregister nichts im Wege steht.

So beginnen im Spätsommer 1963 viele Textilfabriken, Webereien, eine Tonband- und eine Besteckfabrik für »Pacific«-Großaufträge zu arbeiten. Im Herbst erfolgen die ersten Lieferungen. Gouverneur versteht es, die Termine so zu setzen, daß er jeweils einen Posten der bei ihm lagernden Ware schnell und ohne Gewinn verkaufen kann, bevor eine neue Zahlung fällig wird. So kann er auch Rechnungen im Werte von mehreren hunderttausend DM begleichen.

Im Herbst fassen auch die vorsichtigsten Firmen zu Pacific Vertrauen. Sie haben ihre ersten Lieferungen anstandslos bezahlt bekommen. Also räumen nun auch sie 60 Tage Ziel und 3% Skonto ein.

Im Oktober und November dirigieren Orleans und Gouverneur für mehrere Millionen Mark Waren in ihr Lager in der Rotermundstraße. Fast täglich liefert eine Speditionsfirma umfangreiche Sendungen bei »Pacific« ab: 200 Tonbandgeräte, 50 Ballen Synthetikstoffe, 30 Ballen Seidentaft, große Kisten mit Silberbestecken usw. Große Mengen von Hemdenstoffen läßt Orleans bei mehreren Hemdenfabriken abliefern, die in seinem Auftrag mit der Produktion von Hemden und Blusen beginnen.

Noch während die Transporte der Lieferfirmen in das Lager Rotermundstraße rollen, ist der Lastwagen der »Pacific« pausenlos unterwegs, um die Waren nach München, Köln, Hamburg und Düsseldorf zu bringen, wohin Gouverneur sie – diesmal noch billiger als früher – verkauft hat. Den größten Teil der Verkäufe kassieren Orleans und Gouverneur bei ihren Kunden diesmal in bar.

Ende November werden Zahlungen in Höhe von mehreren Millionen Mark fällig. Orleans befindet sich zu diesem Zeitpunkt bereits nicht mehr in Deutschland. Er hat sich am 23. 11. mit seinem gesamten Gepäck nach Hamburg fahren lassen, dort ein Flugzeug bestiegen und die Bundesrepublik verlassen.

Gouverneur vollendet am 29. November den großen »Stoß«, wie dieses betrügerische Abstoßen fremder Ware in der Gaunerfachsprache genannt wird. Er läßt den Chauffeur die letzten 30

Stoffballen aus dem Lager aufladen und verkauft sie kurz entschlossen an eine Hemdenfabrik, bei der er vorher selbst hat arbeiten lassen. Gleichzeitig nimmt er die letzten 700 Hemden aus dieser Fabrikation in Empfang und verschwindet damit auf Nimmerwiedersehen.

Dieser 29. November ist ein Freitag. Am Sonnabend ist René Gouverneur mit seiner »Arbeit« fertig. Er stellt den leeren LKW auf den Parkplatz, engagiert einen Taxifahrer, den er von früheren Fahrten her kennt, und fährt mit ihm im firmeneigenen Mercedes über Zürich nach Genua. In Italien zahlt Gouverneur dem Fahrer seinen Lohn, gibt ihm das Reisegeld und schickt ihn mit der Eisenbahn in die Bundesrepublik zurück.

Als die Sekretärin Gunhild Herking am Montag früh ins Büro kommt, ahnt sie vom Verschwinden ihrer Chefs noch nichts. Die ersten Gläubiger, die an diesem Vormittag auftauchen, versucht sie noch hinzuhalten und zu beschwichtigen. Am Nachmittag entdeckt sie, daß die ohnehin mangelhaft geführte Buchhaltung und der größte Teil der Geschäftsunterlagen verschwunden sind. Den ganzen Umfang des Geschehens aber begreift Gunhild Herking noch nicht.

Die ersten, die die Situation überblicken, sind die Herren von der Commerzbank. Sie erscheinen am Dienstag vormittag bereits mit dem Gerichtsvollzieher in den Büroräumen der Pacific und lassen die restlichen Wertgegenstände pfänden, Schreibtische, Lampen, einen Teppich und eine Schreibmaschine.

Nun gibt es auch für die Gläubiger kein Halten mehr. Sie haben es nicht weit zur Kripo. Nur wenige hundert Meter brauchen sie zu gehen.

Die Beamten im Betrugskommissariat glauben ihren Ohren nicht zu trauen. Bald aber wissen sie, daß sie es mit einer der größten Stoßbetrügereien, die in der Bundesrepublik nach dem Kriege verübt worden sind, zu tun haben.

Der Zusammenbruch der »Pacific« geht wie ein Lauffeuer durch die Branche. Die Beamten können die Protokolle nicht so schnell aufnehmen, wie sich neue Geschädigte einfinden. Sie müssen Stühle auf den Flur und ins Treppenhaus stellen. Bald sitzen Inhaber oder Bevollmächtigte nahezu der gesamten deutschen Oberhemdenindustrie und namhafte Unternehmer aus anderen Wirtschaftszweigen in schimpfender Eintracht auf den harten Holzstühlen. Nach ein paar Tagen hat die Kripo eine Übersicht über den Schaden: etwa 2,5 Millionen Mark.

Interpol wird in die Fahndung nach den flüchtigen Betrügern eingeschaltet. Ohne Erfolg. Sie stellt lediglich fest, daß es sich bei Gouverneur um einen internationalen Betrüger handelt, der in

Wirklichkeit Gecel Kimelman heißt, am 7. 7. 1910 in Lodz/Polen geboren und seit vielen Jahren staatenlos ist.

Kimelman, der bereits unter mehreren Alias-Namen aufgetreten ist, wurde zuletzt am 16. 9. 1961, also anderthalb Jahre vor seiner Wiedereinreise in die Bundesrepublik, bei der Düsseldorfer Kripo erkennungsdienstlich behandelt und nach Frankreich abgeschoben. Obwohl er in England, Frankreich und in der Bundesrepublik zum Teil erheblich vorbestraft und mit Aufenthaltsverbot belegt ist, hat sich der Betrüger mit Hilfe falscher Pässe immer wieder in diesen Ländern aufgehalten.

Seit Jahren befand sich eine junge Französin namens Anne-Marie Gualtierie in seiner Begleitung. Die Frau wohnte auch während Kimelmans Aufenthalt in Hannover mit ihrem kleinen Sohn – ein Kind Kimelmans – in einem Hotel in Bad Harzburg. Wenige Tage vor seiner Flucht verfrachtete Kimelman alias Gouverneur die Dame vom Flugplatz Hannover in die Schweiz.

Anne-Marie Gualtierie wohnte – während dieses Buch geschrieben wurde – in Genf. Die Schweizer Kriminalpolizei war deshalb begreiflicherweise nervös. Denn bisher war immer in der Nähe ein großer Kimelman-Coup geplatzt, wenn die Gualtierie längere Zeit irgendwo wohnte.

Die Sorge erwies sich jedoch als unbegründet. Während die Polizei nach ihm in der Schweiz fahndete, hatte Kimelman, jetzt unter dem Namen Helmut Chellian, in Karlsruhe eine neue Firma gegründet, die »Olympiade«. Zweck dieser Firma war wiederum vorwiegend der Handel mit Textilien und Strickwaren. Im November 1965 gab es für die Geschäftspartner dieser neuen Firma die gleiche bittere Überraschung wie zwei Jahre vorher für die Lieferanten der »Pacific« in Hannover: Gecel Kimelman, alias Helmut Chellian, war plötzlich verschwunden und mit ihm alle unbezahlten Warenbestände . . .

*

Verwandte Züge mit den Stoßern weist eine andere Sorte von Gaunern auf: die Einsponbetrüger. Ihr Name leitet sich von dem raffiniert gesponnenen Netz ab, das sie rund um ihr künftiges Opfer auslegen, bevor sie es einfangen und zur Ader lassen. Die verwandtschaftlichen Züge liegen im Opferkreis begründet. Auch die Einsponbetrüger haben es in erster Linie auf die Inhaber großer Industrieunternehmen abgesehen. Viele bekannte Großunternehmer – ihre Namen zu nennen, wäre nach üblicher deutscher Rechtsprechung eine Verletzung der Intimsphäre – sind in den vergangenen Jahren von einer internationalen Bande solcher Einsponbetrüger geschröpft worden.

Das Beispiel des schwäbischen Industriellen, nennen wir ihn Dr. Herbert Frisch, spricht für viele:

Dr. Frisch besitzt eine Werkzeugmaschinenfabrik von internationalem Ruf. Die Firma exportiert in alle Welt. Der Inhaber, heute ein Mann Mitte Fünfzig, hat den Betrieb am Stadtrand von Stuttgart von seinem Vater übernommen. Privat bewohnt Dr. Frisch einen stattliche Villa auf der Anhöhe von Feuerbach.

Der Fabrikant zählt zu Westdeutschlands Wirtschaftswunderkindern. Sein Einkommen beträgt jährlich rund eine Million Mark. Der Betrieb ist gesund, Aufträge sind für ein Jahr im voraus gesichert.

Im Herbst 1959 lernt Dr. Frisch auf einer Maschinenbauausstellung in Brüssel einen österreichischen Industriemakler mit Namen Radenkovitz kennen. Bei einem abendlichen Gespräch in der Bar offeriert der Makler dem Stuttgarter Fabrikanten ein recht dubioses, aber außerordentlich gewinnträchtiges Geschäft. Es gehöre zwar nicht in die Branche, man könne aber sehr schnell viel Geld damit verdienen und dieses Geld sogar noch unauffällig im Ausland anlegen, meint der Österreicher. Ein schwerreicher brasilianischer Kaffeeplantagenbesitzer komme in den nächsten Tagen nach Deutschland, um unter anderem mehrere wertvolle Gemälde zu kaufen und mit mit nach Rio de Janeiro zu nehmen. Der Brasilianer sei durch allerlei Spekulationsgeschäfte in den vergangenen Jahrzehnten so vermögend geworden, daß er praktisch nicht wisse, wohin mit dem Geld. Und nun habe er seine Leidenschaft für alte europäische Kunst entdeckt.

Der österreichische Makler berichtet weiter, daß er auch einen Kunsthändler in München kenne, der in der Lage sei, wertvolle Gemälde aus Adelsbesitz zu verhältnismäßig günstigen Kaufbedingungen zu vermitteln. Aber man dürfe doch dem Brasilianer die Bilder nicht einfach so billig überlassen. Der Mann würde zweifellos den doppelten oder gar dreifachen Preis bezahlen, wenn ihm die Kunstwerke in der entsprechenden Form angeboten und vorgeführt würden. In Südamerika seien die Preise viel höher. Leider könne man aber eine solche »Präsentation« mit dem Münchner Kunsthändler nicht auf die Beine stellen. Der Mann komme aus kleinen Verhältnissen und sei schon ein wenig »vertrottelt«.

Das genau ist nun der Punkt, an dem Makler Radenkovitz den Stuttgarter Fabrikanten in die Transaktion einschalten möchte. Dr. Frisch solle sich, so schlägt der Österreicher vor, von dem Münchner Kunsthändler ein unverbindliches Angebot machen und ein paar Bilder in seiner Villa »zur Ansicht« aufhängen lassen. Während der Probezeit, die den Fabrikanten zu nichts verpflichte, wolle er, Radenkovitz, dann den Brasilianer bei Dr.

Frisch in Stuttgart mit dem Hinweis einführen, er habe gehört, der Industrielle wolle sich unter Umständen von einigen seiner wertvollen Bilder trennen. Wenn der Plantagenbesitzer an den Gemälden Gefallen finde, was ziemlich sicher sei, dann könne Dr. Frisch gut und gern den doppelten Preis verlangen, den er an den Kunsthändler zu zahlen habe. Den so erzielten Gewinn müsse er jedoch mit ihm, dem Makler, teilen.

Dr. Frisch hat solche Geschäfte eigentlich nicht nötig. Trotzdem kann er sich dem Reiz, schnell und risikolos vielleicht eine halbe Million zu verdienen, nicht entziehen. Von besonderem Interesse ist für ihn auch die von Radenkovitz aufgezeigte Möglichkeit, den Betrag, den der Plantagenbesitzer zu zahlen hat, gar nicht nach Deutschland zu transferieren, sondern im Ausland, möglichst in der Schweiz, unauffällig und sicher anzulegen.

Geheimer ausländischer Besitz übt auf ihn – wie auf viele Wirtschaftsgrößen – große Anziehungskraft aus.

So kommt es zu Dr. Frischs Einwilligung, bei dem lukrativen Spiel mitzumachen. Er solle sich, wenn der Kunsthändler ihn aufsuche, ruhig etwas zurückhaltend geben, damit der Einstandspreis nicht zu hoch ausfalle, rät ihm der Österreicher.

Die Aktion rollt dann wie geplant ab: Der Münchner Kunsthändler kommt mit einer Auswahl wertvoller Gemälde nach Stuttgart. Nach längeren Verhandlungen läßt er sich tatsächlich dazu bewegen, dem Fabrikanten vier der schönsten und wertvollsten Bilder für ein paar Tage zur weiteren Prüfung zu überlassen. Sie repräsentieren zusammen einen Wert von 520 000,- Mark. Für diesen Preis will sie der Händler verkaufen.

Der Österreicher empfiehlt dem Fabrikanten, sich zuerst einen Überblick über den wahren Wert der Kunstwerke zu verschaffen. Im Auftrage Dr. Frischs bestellt er einen Sachverständigen. Das Ergebnis der Untersuchung bringt eine Überraschung. Der Sachverständige hält die Bilder für weit kostbarer, als sie dem Fabrikanten angeboten sind. Mindestens eine Million Mark, sagt der Experte. Das kann uns nur recht sein, denken Dr. Frisch und der Österreicher.

Zwei Tage später führt der Makler Radenkovitz Senor Corasero, den Plantagenbesitzer, in Dr. Frischs Stuttgarter Villa ein. Nach einer kurzen Betrachtung bereits ist der temperamentvolle Südamerikaner von den Kunstwerken entzückt. Er möchte alles kaufen, verkündet er, der Preis spiele keine Rolle.

Am nächsten Morgen ist allerdings die erste Begeisterung verflogen. Corasero möchte die Bilder nun doch schätzen lassen, bevor er sie kauft. Er verspricht dem Fabrikanten, am folgenden Tag wiederzukommen und einen Kunstexperten mitzubringen. Dr. Frisch ist einverstanden.

Pünktlich zur verabredeten Zeit findet sich der Plantagenbesitzer mit dem Experten ein. Der Mann nennt sich Dr. Preisfelder. Er sagt, er komme aus Frankfurt, wo er ein Antiquitätengeschäft betreibe und darüber hinaus am Gericht als Gutachter tätig sei. Nach einer kurzen Besichtigung der Bilder fragt Dr. Preisfelder den Fabrikanten, zu welchem Preis er die Bilder abgeben wolle. Dr. Frisch nimmt all seinen Mut zusammen und sagt: »1,5 Millionen.«

Der Gutachter nickt vielsagend. In seinem Gesicht ist zu lesen, was er denkt. Etwa: Na, ich brauch' sie ja nicht zu kaufen. Still und gewissenhaft geht er an die Arbeit. Er untersucht die Farbzusammensetzung, das Alter der Leinwand und die Maltechnik der Künstler. Zwei Stunden später ist er fertig. Sein Urteil: Die Bilder sind allesamt echt. Sie stellen nach deutschen Marktverhältnissen einen Wert von einer bis 1,2 Millionen Mark dar. Der geforderte Preis von 1,5 Millionen erscheine ihm ein wenig hoch. Wenn Senor Corasero allerdings südamerikanische Maßstäbe anlege, sei der Preis ungefähr gerechtfertigt.

Nun beginnt ein hartes Feilschen. Der Plantagenbesitzer möchte die Gemälde für eine Million kaufen. Aber auch in Dr. Frisch ist der Kaufmann erwacht. Er glaubt, den Südamerikaner fest an der Angel zu haben und gibt nur um hunderttausend nach.

Senor Corasero gibt sich verzweifelt. Beschwörend redet er auf den Fabrikanten ein. Aber Dr. Frisch bleibt hart.

Nach langem und zähem Ringen einigen sich die beiden Männer schließlich auf einen Preis von 1,3 Millionen Mark. Der Plantagenbesitzer will den Betrag auf ein Konto in der Schweiz einzahlen, über das nur Dr. Frisch verfügen kann. Sobald das Geld dort eingegangen ist, sollen die Gemälde in Stuttgart abgeholt und nach Brasilien verschifft werden. Senor Corasero greift in die Brieftasche und übergibt dem Fabrikanten 5000 US-Dollar als Anzahlung.

»Damit ist das Geschäft perfekt«, sagt er. »Nun kann mir niemand mehr dazwischenkommen.«

Dr. Frisch überschlägt im stillen seinen Gewinn. Fast 800 000,- Mark hat er verdient. Er muß zwar noch mit dem Österreicher teilen. Was bleibt, ist aber immer noch beachtlich. Kein Wunder also, daß der Fabrikant seinen südamerikanischen Gast in bester Stimmung verabschiedet.

Zwei Tage nachdem Senor Corasero abgereist ist, erscheint der Münchner Kunsthändler in der Fabrikantenvilla. Nur mühsam kann er seine Nervosität verbergen. Er müsse leider sofort die Bilder abholen, erklärt er. Er sagt zwar nicht direkt, warum er es so plötzlich so eilig habe. Dr. Frisch glaubt, den Grund der Nervosität aber deutlich zu spüren. Offensichtlich hat der Händler einen Käufer, der einen besseren Preis als er zahlen will. Also eröffnet

Dr. Frisch dem Händler, daß er von dem ihm gemachten Angebot Gebrauch machen und die Bilder zu dem vereinbarten Preis kaufen wolle. Der Händler erschrickt. Er windet sich – und versucht Dr. Frisch umzustimmen. Vergeblich. Der Fabrikant bleibt bei seinem Entschluß. Um ganz sicher zu gehen, schreibt er sofort einen Scheck über 520 000,- Mark aus und übergibt ihn dem Kunsthändler. Dr. Frisch betrachtet das Geschäft damit als abgeschlossen. Der Händler fügt sich schließlich und fährt ohne Bilder nach München zurück.

Noch am gleichen Tag wird der Scheck eingelöst. 520 000,- Mark werden vom Konto der Firma Frisch abgebucht.

Der Kontoauszug, 5000 Dollar und vier Bilder, die – wie spätere Untersuchungen ergeben – etwa 3000,- Mark wert sind, bleiben dem Fabrikanten als Andenken an ein dubioses Abenteuer. Zu spät merkt er, daß alle Beteiligten, der Österreicher, der Kunsthändler, die beiden »Experten« und der Brasilianer, Mitglieder einer internationalen Bande sind, die sich in verschiedenen Rollen die Bälle zuspielen.

Der Stuttgarter Fabrikant ist nur einer von vielen Industriellen und Kaufleuten, die in den vergangenen Jahren auf mehrere Einsponbanden hereingefallen sind. Vielfach verstanden es die Betrüger, ihren Opfern auch noch große Beträge für angebliche Transportkosten und Versicherung abzuhandeln – in einem Fall 40 000,- Mark.

Der große Erfolg der Einsponer basiert ähnlich wie der der Anlagebetrüger, die Schwindelaktien und Traumgrundstücke verkaufen, oft auf der Tatsache, daß viele Geschäftsleute und Unternehmer über beträchtliche »schwarze Gelder« verfügen. Es ist also nicht nur der lockende neue Verdienst, der die Opfer in die Hände der Betrüger treibt, sondern der Wunsch, diese vor der Steuer geretteten Gelder in Sicherheit zu bringen, ohne daß das Finanzamt etwas merkt. Man kann in manchen dieser Fälle also den betrogenen Betrüger vermuten.

Die Einsponbetrüger gehören nicht zu den typischen Neuerscheinungen bundesdeutscher Nachkriegskriminalität. Das Grundmuster, das sich hinter all diesen Fällen verbirgt, ist zu den klassischen Betrugsrezepten zu rechnen. Zur Bekämpfung dieser Straftaten kommt es im wesentlichen darauf an, den Täterkreis auszuschalten. Nach der Verhaftung von 6 oder 8 »Spezialisten« dieses Genres verschwindet der Trick gewöhnlich für eine längere Zeit. Er ist zu eng mit den Fähigkeiten und Kenntnissen der Täter verknüpft, als daß er in größerem Stil Nachahmer finden könnte.

Anders im nächsten Fall. Hier handelt es sich wieder um eine typisch moderne Form, in der nach den ersten Erfolgen der Keim zur kriminellen Epidemie sichtbar wird. Die Opfer rekrutieren sich wieder aus fest umrissenen Gesellschaftsschichten, die mit der Zunahme des allgemeinen Wohlstandes und des Gruppendenkens für den illegalen Gelderwerb interessant geworden sind.

*

Zehntes Kapitel

DIE »PFENNIGJÄGER«

Am 30. September 1963 haben fast alle Landbriefträger in Bayern, Hessen und Baden-Württemberg mehrere gleichaussehende Nachnahmebriefe in ihren Taschen. Sie sollen gegen eine Gebühr von 6,90 DM an die Empfänger ausgeliefert werden. Die Empfänger sind ausschließlich Landwirte. Die Briefträger wundern sich nicht über die einheitliche Empfängergruppe. Denn an der Stelle des Briefumschlages, an dem gewöhnlich der Absender steht, ist in großen fettgedruckten Buchstaben zu lesen: »Vom Grünen Plan«. Darunter steht etwas kleiner: »Auszüge aus dem Ministerialblatt des Bundesministeriums für Ernährung«. Und wieder groß und fett: »Landwirtschaft und Forsten in Bonn«. Unter einem dicken Strich kann man noch kleingedruckt lesen: Prana, 4967 Bückeburg, Postfach.

Die meisten Bauern drehen den Brief ratlos in der Hand. Sie sind zwar sehr für den Grünen Plan. Aber selbst Geld ausgeben? Nein, das geht ihnen gegen das Naturell. So verweigern viele die Annahme; der Brief geht zurück.

Etwa jeder Fünfte jedoch löst den Brief ein. Oft sind auch die Frauen allein auf dem Hof, wenn der Briefträger kommt. Sie möchten nichts verkehrt machen, holen 6,90 DM aus ihrer Haushaltskasse und legen den Brief für den Bauern auf den Tisch.

Wenn die Männer die Briefe später öffnen, erleben sie eine Überraschung. Der Inhalt ist ein Blatt Papier, bedruckt mit Auszügen aus dem Landwirtschaftsgesetz vom 5. September 1955 und einigen Ausführungsbestimmungen. Die Bauern sind ratlos. Die meisten von ihnen verstehen die juristisch abgefaßten Gesetzestexte überhaupt nicht. Vor allem aber wissen sie nicht, was sie damit anfangen sollen. Genauso unerklärlich bleibt ihnen, wer ihnen die Nachnahme ins Haus geschickt hat.

Nur wer sich Zeit nimmt, das Blatt Papier genau zu studieren, findet schließlich den Hinweis: »Herausgegeben: Prana-Informationsdienst – 3 Hannover 1 – Postfach 4825«. Neben diesem Impressum steht ein kleiner Kasten mit einem Text, der so winzig gedruckt ist, daß man eine Lupe nehmen muß, um ihn zu lesen:

> »Wir haben uns entschlossen, dem deutschen Landwirt in der schwersten strukturellen Krise seiner Existenz seit der Agrar-

Reform des Freiherrn vom Stein durch ausgewählte Informationen die lebensnotwendigen Grundlagen-Kenntnisse zu übermitteln, die im Zuge der auf uns zukommenden EWG-Politik ein Überleben und Prosperieren gewährleisten. Wenn der Bauer stirbt, verdorrt der Staat. Aber der Staat hat für den deutschen Landwirt umfangreiche Gesetzgebungen und Hilfsmaßnahmen vorbereitet und durchgeführt. Der einzelne Landwirt muß sich dieser gesetzlichen Mittel, die für ihn geschaffen wurden, bedienen. Die Möglichkeiten dazu geben wir ihm mit unseren in unregelmäßigen Abständen verbreiteten Grundsatz-Informationen. Diese Arbeit ist mit erheblichen Kosten verbunden, deshalb haben Sie bitte Verständnis dafür, wenn wir die Kostendeckung zur Vereinfachung des Abwicklungsverfahrens als Nachnahmesendung abwickeln.«

Die Bauern haben natürlich kein Verständnis dafür. Aber sie wissen meist nicht, wie sie sich verhalten sollen. Sollen sie wegen 6,90 DM zur Polizei gehen? Man wird sie vermutlich auslachen. Also bleibt es dabei, daß die meisten hereingelegten Bauern am nächsten Tag den Postboten beschimpfen und von ihm die Rücknahme der Sendung verlangen. Da sie mit diesem Wunsch nicht durchdringen, gehen sie bald über die leidige Angelegenheit zur Tagesordnung über. Einige der Betroffenen erstatten aber doch Anzeige, entweder bei ihrem Bauernverband, beim Bürgermeister oder auch bei der Polizei.

So landen bei Hauptkommissar Luis Ewers, Leiter der III. Inspektion (Betrug und verwandte Delikte) der Kripo Hannover, und seinem Spezialisten für kaufmännische Vergehen, Kommissar Günter Paul, Anfang Oktober die ersten Anfragen über den Prana-Informationsdienst.

Bald meldet sich auch das Ministerium für Ernährung, Landwirtschaft und Forsten aus Bonn. Die Aufmachung der Briefumschläge, genauer gesagt, das, was die Männer des Prana-Informationsdienstes später als Deklarierung des Inhalts verstanden wissen wollten, was in Wirklichkeit aber wie der Absender wirkte, diese Aufmachung also hat selbst die meisten Briefträger getäuscht. Sie haben die verweigerten Nachnahmesendungen nicht in das Bückeburger Postfach der Firma Prana, sondern zum Landwirtschaftsministerium nach Bonn zurückgeschickt. Damit wenden sich die Nachnahmen »Vom Grünen Plan« wie ein Bumerang gegen ihre Initiatoren: Die Beschwerden aus der Bundeshauptstadt treiben die polizeilichen Ermittlungen in Hannover naturgemäß an.

Als die Männer der Inspektion III den Anzeigen nachgehen, finden sie als Geschäftsführer und Gesellschafter der »Prana-

GmbH« mehrere Bekannte: Geschäftsführer *Horst Braun* und die Gesellschafter *Weil* und *Lebrecht* sind früher bereits mehrfach durch unlautere Geschäfte mit »Büstenformungsmitteln« und dergleichen aufgefallen.

Mit der Nachnahmeaktion dieser Größenordnung können sie jedoch den Ruhm für sich in Anspruch nehmen, eine Neuheit in die deutsche Kriminalgeschichte eingeführt zu haben. Was Ewers' Leute bei einer Durchsuchung der Prana-Geschäftsräume und der Überprüfung des Postscheckkontos feststellen, läßt ihnen die Haare zu Berge stehen:

590 000 Nachnahmesendungen »Vom Grünen Plan« haben Braun und seine Freunde drucken und versandfertig machen lassen. Das entspricht etwa der Zahl von landwirtschaftlichen Betrieben, die bei einigen Adressenverlagen registriert sind. Alle deutschen Bauern sollten also mit den Prana-Informationen beglückt werden. 30 000 dieser Nachnahmesendungen sind, als die Polizei einschreitet, bereits beim Hauptpostamt in Hannover aufgegeben. Über 5000 Bauern haben die Sendung eingelöst. Die Beamten finden auf dem Prana-Postscheckkonto annähernd 40 000,- Mark.

Sie möchten das Geld beschlagnahmen, erreichen jedoch ohne Gerichtsurteil über die Frage, ob es sich hier wirklich um Betrug im strafrechtlichen Sinne handelt oder nicht, nur eine kurzfristige Sperrung. Braun kann daher nach wenigen Tagen das Geld abholen.

Die Beamten sind aber nicht nur über den Umfang der Bauernaktion erschrocken, sie finden auch die Beweisstücke für den nächsten, nicht weniger beängstigenden Coup: »Prana« möchte mittels einer bereits gedruckten Nachnahmesendung »Ergänzung zum Stammbuch und Auszügen aus dem Familienrecht und der Ehegesetzgebung für die Bundesrepublik« zum Preis von 6,90 DM alle jungen Ehepaare der Bundesrepublik überraschen. Die Worte »Stammbuch« und »Bundesrepublik« sind wieder groß und fett gedruckt, so daß sie einer jungen Ehefrau an der Haustür als vermeintliche Absender ins Auge springen.

30 000 Sendungen dieser Art hat »Prana« vorerst drucken lassen. Als die Polizei wegen der Anzeigen in Sachen »Grüner Plan« einschreitet, ist bereits eine »Testsendung« an 1000 junge Ehepaare verschickt.

Da im Falle Prana der Täterkreis noch eng begrenzt ist, hat es die Staatsanwaltschaft relativ einfach. Etwa ein Jahr nach dem Einschreiten der Kripo ist die Anklageschrift fertig. Sie wirft Horst Braun und seinen Mitgesellschaftern Betrug vor. Die Angeklagten haben, so heißt es, durch die optische Aufmachung der

Briefumschläge die Empfänger bewußt über die Herkunft der Briefe getäuscht und sie um den Nachnahmebetrag geschädigt.

Noch während die Prana-Männer auf den Prozeß warten, sie sind zwischen 22 und 27 Jahre alt, verfeinern und verbessern sie ihren Trick in einigen wichtigen Punkten. Sie verschicken nun, ebenfalls unaufgefordert, einen Speiseplan für 28 Tage, der einer Hausfrau sagen soll, was sie kochen kann. Der Plan ist ebenso wertlos wie die Gesetzestexte aus den Bauern- und Ehepaaraktionen. Prana kassiert dafür per Nachnahme 6,95 DM. Aber die Täuschung auf dem Briefumschlag ist nun nicht mehr so einwandfrei gegeben. Der Aufdruck ist in einheitlicher Größe gehalten und lautet: »Ein Spezialspeiseplan für 28 Tage des Prana-Informationsdienstes, 3 Hannover, Postfach 4826«.

Alle Empfänger, die diese Nachnahme nun noch annehmen, müssen sich zweifellos Leichtfertigkeit vorwerfen lassen. Die Praxis aber zeigt, daß die Zahl dieser Leichtfertigen eben doch sehr groß ist. Vor allem nehmen immer wieder Verwandte, Bekannte oder Nachbarn die Sendungen in dem Glauben an, sie seien vom Adressaten bestellt. Braun versucht diesen Eindruck noch mittels einer neuen Masche zu verstärken: Er drückt einen Stempel auf seine Umschläge: »Betrifft: Nachricht vom 23. 7.«. Eine solche Nachricht ist beim Empfänger natürlich nie eingegangen – aber sie läßt einen Nachbarn glauben, hier sei eine Bestellung vorausgegangen.

Der Staatsanwalt in Hannover hat den verfeinerten Trick mit dem Magenfahrplan nicht mit in die Anklage aufgenommen. Angesichts der Gefahr, daß in diesem Punkt ein Freispruch herauskommen könnte, hofft er, daß ein kräftiger Denkzettel aus der Bauern- und Ehepaaraktion die Prana-Leute von weiteren Unternehmen dieser Art abhalten wird.

Im Oktober 1964 werden Braun und seine Mitgesellschafter in 1. Instanz in Hannover verurteilt. Braun erhält 1 Jahr Gefängnis, die beiden Mitgesellschafter 7 Monate mit Bewährung und 2000,- Mark Geldbuße. Die Angeklagten haben Berufung eingelegt, und so wird ein höheres Gericht über die Sache befinden müssen.

Die Bundespost versucht, die Frage, ob sie hier nicht etwa Mithelfer und infolge ihrer Portoeinnahmen Nutznießer strafbarer oder zumindest unlauterer Handlungen werde, überhaupt nicht aufkommen zu lassen. Sie verweist auf ihre Verpflichtung zur Annahme sämtlicher Postsendungen, die den Bestimmungen entsprechen. Sie betrachtet sich in diesem Zusammenhang als Inkassoinstitut. Die sich immer mehr einbürgernde Einziehung von Beiträgen, Steuern und Abgaben durch die Post sieht sie als Bestätigung dieser Funktion an. Prana-Geschäftsführer Braun behauptet, das Heer der Briefträger sei ein Verkaufsapparat, und er beauftrage durch Entrichtung der Vorzeigegebühr die Post, seine Informationen bei den Empfängern zum Verkauf »anzubieten«. Diese These findet bei der Bundespost Unterstützung. Der Sprecher der Oberpostdirektion Frankfurt sagte in der zweiten Sendung der Reihe »Vorsicht, Falle!«:

»In der Tat, so ist es. Die Post kann von jedem beliebigen Absender beauftragt werden, Sendungen nach Einzug des Nachnahmebetrages dem Empfänger auszuhändigen. Es liegt im Ermessen des Empfängers, ob er die ihm vorgezeigte Sendung annehmen will oder nicht. Nimmt er sie an und zahlt den Nachnahmebetrag, so ist ein Kaufvertrag zustande gekommen, wie in einem Ladengeschäft. Die Erklärung des Briefträgers, hier ist eine Nachnahme für Sie, muß als Offerte des Verkäufers, hier des Absenders der Nachnahmesendung, entsprechend den Bestimmungen des bürgerlichen Rechts angesehen werden. Löst der Wohnungsnachbar oder ein anderer die Sendung ein, so handelt er, wenn er vom Empfänger nicht beauftragt ist, auf eigenes Risiko.«

Als typische »Jäger auf die kleine Summe« versuchen Männer wie Braun ihre Tricks nicht nur an der Grenze der Legalität anzusiedeln. Sie spekulieren auch auf die Bequemlichkeit ihrer Opfer. Für 6,90 DM prozessiert am Ende doch niemand. Auch die Bereitschaft zu einer Anzeige ist bei einem Schaden in dieser Höhe nicht groß. Die Erfolgsrechnung dieser modernen Massentäter sieht aber keineswegs schlechter aus als etwa die der Stoßbetrüger. Wenn den Prana-Männern die Polizei nicht außergewöhnlich schnell ins Gehege gekommen wäre, hätten sie an den Aktionen »Grüner Plan« und »Junge Ehepaare« mindestens eine halbe Million Mark verdienen können.

*

Einen noch größeren Gewinn schreiben Betrugsexperten der deutschen und norwegischen Kriminalpolizei den Initiatoren der sogenannten »Nato-Inserate« zu. Diese Inserate erschienen im Juni 1964 schlagartig in Hunderten von Zeitungen der Bundesrepublik, der Schweiz, Dänemarks, Norwegens und Schwedens. In der Bundesrepublik lockten sie die Aufmerksamkeit der Leser mit fettgedruckter Überschrift:

»DM 26 500 000 000«

Überschüssiges Natomaterial im Werte dieser astronomischen Summe (also 26 Milliarden 500 Millionen), so verhießen die Inserate, könnte zu Spottpreisen erworben werden.

50 Preisbeispiele waren angeben; etwa:

ein Militär-Jeep DM 350,-
ein Omnibus für 45 Personen DM 440,-
ein Kühlschrank DM 180,-
ein Viermann-Zelt DM 10,-
ein Feldstecher DM 10,-
eine Schreibmaschine DM 20,-
1000 Sack Zement DM 700,-
ein Benzintraktor DM 140,-
ein Fahrrad DM 5,-
eine Schmalfilmkamera DM 40,-
eine Rechenmaschine DM 35,-

»Ein vollständiger Katalog«, so versprach das Inserat weiter, »über alle Lager und Depots von Überschußmaterial mit Angabe der Bestimmungen über Verkauf und weitere Verfügung von militärischem Material und anderen Waren, sowie über das Angebot und Registrierschreiben kann gegen Nachnahme oder portofrei gegen Einzahlung folgender Beträge bestellt werden:
in der Bundesrepublik DM 4,- an Postscheckkonto 6033 Hamburg;
in der Schweiz zu sfr. 5,- an Postscheckkonto 33759 Basel;
in Dänemark dkr. 7,- an Postscheckkonto 34934 Kopenhagen;
in Norwegen nkr. 7,- an Postscheckkonto 20 0753 Oslo;
in Schweden skr. 5,- an Postscheckkonto 545282 Stockholm.«
Unterschrieben war das Inserat mit »DSAS MARI, Box 41, Grefsen Oslo 4, Norwegen.«
Zehntausende von Zeitungslesern waren an dieser billigen Einkaufsquelle interessiert. Als sie die DM 4,- bezahlt hatten, erhielten sie ein paar hektographierte Papierbogen, auf denen in der Tat die Lager und Depots von Überschußmaterial angegeben waren. Beim Studium der Verkaufsbestimmungen mußten die Interessenten jedoch feststellen, daß sich die Preise nicht auf Einzelstücke bezogen, sondern nur für die Abnehmer umfangreicher Armeebestände galten. So konnten zum Beispiel die Militärjeeps nur hundertstückweise verkauft werden. Das Inserat hatte zwar nichts Falsches versprochen, es hatte aber unterlassen, auf diese bedeutsame Kleinigkeit hinzuweisen.

*

Inserate ähnlicher Art finden sich fast täglich in allen deutschen Zeitungen. Da werden »billige« Fahrrad-Kilometerzähler angepriesen, die sich später als Abziehbilder entpuppen. Der Käufer soll sie auf sein Fahrrad aufkleben und sich der Illusion hingeben, einen Kilometerzähler zu besitzen. Auch auf diesem Sektor wird sehr oft der Wunsch nach einem Nebenverdienst für unreelle Geschäfte ausgenutzt. Hinter den diversen Angeboten dieser Richtung stecken dann meist nur wertlose »Vorschläge«, was man alles unternehmen könnte, um zu zusätzlichen Einnahmen zu kommen. Eine echte Arbeit oder ein echter Verdienst wird meist nicht nachgewiesen.

Als besonders zugkräftig erweisen sich auch Inserate, in denen »freimütige Darstellungen in Wort und Bild« angepriesen werden. Wenn sich die Empfänger dieser Artikel später enttäuscht fühlen, so scheuen sie sich verständlicherweise, Beschwerde zu führen oder gar Anzeige zu erstatten. Zu einer Ware, die man unter der Zusicherung »diskrete Verpackung« bestellt, möchte man sich natürlich nicht öffentlich bekennen. Die Initiatoren des nur scheinbar erregenden »Sexual-Angebots« haben also nicht viel zu fürchten.

Einen besonders ausgefallenen Trick auf diesem Gebiet hat sich ein Mann namens *Rades* in Berlin einfallen lassen. Sein Inserat, das er vorwiegend in Frauenzeitschriften veröffentlicht, trägt die Überschrift »Betrunken« und als Blickfang die Fratze eines betrunkenen Mannes. Der Text der Anzeige lautet:

> »Alkohol – Trinker hören auf, sich zu betrinken!!! Die Weltgesundheitsorganisation (WHO) stellt fest, daß regelmäßiger und übermäßiger Alkoholgenuß Mund-, Kehlkopf-, Speiseröhren- und Magenkrebs verursachen kann. Die Relations-Trinkerentwöhnung ›ALKOPHIN‹ mit dem hohen Wirkungsgrad erzeugt selbst in schwersten Fällen auf neue gefahrlose Art eine dauernde Abneigung gegen alkoholische Getränke. Kein Medikament. (Auch ohne Wissen des Trinkers anwendbar.) Schon in relativ kurzer Zeit erste Erfolge. Dem Trinker schmeckt sein bisheriges alkoholisches Getränk einfach nicht mehr. Verblüffende Dauerwirkung. Unter Umständen sogar Entwöhnung auf Lebenszeit. Für Trinker aller Altersklassen. Individuell verwendbar. Original Trinkerentwöhnung ›ALKOPHIN‹ – nur DM 19,80 plus Versand-Spesen.«

Alle Frauen, die bei Rades die Entwöhnungskur bestellten, erhielten zehn Blatt hektographierten Text. Die »Kur« bestand aus zweifelhaften Ratschlägen wie etwa: »Mischen Sie Ihrem Mann, ohne, daß er es merkt, 4 Wochen lang in jedes Essen 5 Tropfen seines Lieblingsgetränks. Er wird aufhören, es zu trinken.«

Der Alkophin-Trick ist ein typisches Beispiel dafür, wie sich die Kriminalität unserer Zeit immer mehr gegen die sozial schwachen

Volksschichten richtet. Vorbei ist die Zeit, in der Karl Marx die Thesen aufstellen konnte, das Verbrechen erhebe sich aus dem sozialen Elend und richte sich mit einer gewissen Berechtigung gegen die besitzenden Klassen, die die Armen ausbeuten und unterdrücken. Mackie Messer, der personifizierte Held dieser Ideen, wird dem Bild der modernen Kriminalität nicht mehr gerecht. Der Betrüger des Massenzeitalters holt sich überall seine Beute, auch bei den Ärmsten der Armen. Nicht selten hat er sich gerade auf sie spezialisiert. Denn heute ist auch bei ihnen reiche Beute zu holen, vorausgesetzt, man erfaßt sie im Stil der Zeit in genügend großer Zahl. Folgt man den Wegen dieser Spezialisten, so steht man bald vor der Erkenntnis, daß sie die Marxschen Theorien auf den Kopf stellen: Aus gesicherten Verhältnissen kommend, beuten sie mit Hilfe des Verbrechens die Armen und sozial Schwachen aus. Die Hilflosigkeit, mit der diese Opfer den ungewohnten Angriffen auf ihre kleinen – aber nicht leeren – Geldbeutel gegenüberstehen, erinnert nicht selten an Hauptmannsche Webergestalten.

Jedes Zeitalter hat seine Tabus: Entwicklungen oder Erscheinungen, die es nicht sieht – oder nicht sehen will. Zu den Tabus unserer Zeit gehört es ganz offensichtlich, nicht zu erkennen, wo sich in unserer Wohlstandsgesellschaft Hunderttausende »Sozial Entrechteter« ansammeln – in den Karteikästen der modernen Massenbetrüger.

*

Elftes Kapitel

DIE WEBER 65

Gelsenkirchen, Dienstag, 7. April 1964. Pünktlich um 14 Uhr heulen die Werkssirenen zum Schichtwechsel in der Zeche Graf Bismarck – Schacht 2-6-9. Wenige Minuten später strömen die Arbeiter und Kumpels aus dem Werktor. Bevor sie auseinanderlaufen, drücken zwei Studenten jedem der Männer einen Zettel in die Hand. Einen Werbezettel, wie täglich viele verteilt werden.

Auch Klaus Schubert, ein junger Mechaniker von 23 Jahren, erhält einen solchen Zettel. Ein wenig verärgert will Klaus Schubert das Stück Papier wegwerfen. Automatisch wirft er vorher noch einen kurzen Blick darauf.

»Haben Sie Geldsorgen? Wir helfen Ihnen!«

Groß und fettgedruckt springen Klaus Schubert die Worte entgegen. Interessiert liest er weiter:

»Haben Sie Zahlungsverpflichtungen, die Sie zusammenfassen möchten? (Durch Ratenrückstände, Rückbelastungen, Zahlungsbefehle usw.) Dann wenden Sie sich noch heute an uns! Sie können ohne Sorgen leben, denn ab sofort zahlen Sie nur noch an eine Stelle! Zudem sind Sie gegen alle Wechselfälle des Lebens durch die Übergabe an uns versichert, wodurch Ihre Ratenverpflichtungen auch bei Krankheit, Unfall oder Tod stets abgesichert sind und weiterlaufen. Ihre monatliche Gesamtrate an uns kann Ihrem Einkommen angepaßt werden, sie kann also niedriger sein als bisher.«

Klaus Schubert wirft den Zettel nicht weg. Er fühlt sich angesprochen, denn er hat Geldsorgen – große sogar. Er verdient zwar recht gut hier auf der Zeche: 850,- DM. Trotzdem hat er Schulden, über 8000,- DM.

Der junge Mann ist nicht etwa besonders leichtsinnig. Abzahlungsverpflichtungen in dieser Höhe oder auch doppelt so hoch findet man bei jungen Familienvätern in der Bundesrepublik öfter, als man glauben möchte. Man heiratet jung in Deutschland, meist ohne nennenswerte Ersparnisse. Wo sollten sie auch herkommen?

Die traditionelle Mitgift ist in den Jahren nach dem Kriege selten geworden. Die jungen Leute legen auch nicht mehr so großen Wert darauf wie in früheren Zeiten. Sie wollen sich selbt ein Zuhause schaffen und nicht lange danke schön sagen müssen. Sie rechnen den Verdienst von Mann und Frau zusammen und bauen auf dieser meist recht ansehnlichen Summe die Kalkulation für ihre Zukunft auf.

Die materiellen Ansprüche, die sie an diese Zukunft stellen, sind nicht gering. Eine moderne Wohnung, neue Möbel, Rundfunk-, Fernsehgerät, Kühlschrank und gute Kleidung sind zum selbstverständlichen Bestandteil eines jungen Haushalts geworden. Überall locken die Angebote, in den Schaufenstern und Zeitungsinseraten. »Erst kaufen – dann zahlen«, ist nicht nur ein Werbeslogan für Teilzahlungsgeschäfte. Es ist für Hunderttausende junger Ehepaare die Basis, auf der ihr Hausstand ruht.

Sicher, bei der Mehrzahl der so gegründeten jungen Familien geht es gut. Sie verzichten zunächst auf Kinder und arbeiten im übrigen für ihre Raten.

In zahlreichen Fällen aber geht es eben nicht gut. Hunderttausende übernehmen Abzahlungsverpflichtungen, mit denen sie nicht oder nur unter großen Schwierigkeiten fertig werden.

Auch Klaus Schubert gehört zu diesem Personenkreis. Er hat vor anderthalb Jahren geheiratet und in der ersten Zeit seiner Ehe zusammen mit dem Gehalt seiner Frau monatlich etwa 1200,- Mark nach Hause gebracht. Für die knappe Hälfte, für etwa 600,-

Mark, ist das junge Paar Abzahlungsverpflichtungen eingegangen. Dann kam früher als erwartet das erste Kind. Irene Schubert mußte aufhören zu arbeiten, denn sie fand niemand, der sich des Kindes hätte annehmen können. Vor der Geburt mußten noch die Babyausstattung und ein Kinderwagen gekauft werden, so daß sich die Abzahlungsverpflichtungen auf über 700,- DM erhöhten. Drei Monate nach der Geburt, nachdem die Lohnfortzahlungsfrist des Mutterschutzgesetzes abgelaufen war, verfügte die junge Familie plötzlich nur noch über 850,- DM Einkommen.

In den ersten Monaten halfen Eltern und Schwiegereltern mit ein paar hundert Mark aus. Dann aber verstrickte sich das junge Paar zwangsläufig sehr schnell in seinen Schulden. Mahnungen und Zahlungsbefehle trieben es immer mehr in die Enge.

Das ist die Situation, als Klaus Schubert an jenem 7. April den Werbezettel des Schreib- und Vermittlungsinstitutes »Machill & Lovranits« zugesteckt bekommt. Der junge Mann faßt neuen Mut. Er bespricht sich mit seiner Frau und setzt sich mit dem Institut in Verbindung. Bereits 3 Tage später erscheint ein Vertreter von M. & L. in der Wohnung der Schuberts. Er läßt sich sämtliche Unterlagen über die eingegangenen Teilzahlungsverpflichtungen vorlegen und füllt mit Klaus eine sogenannte Selbstauskunft aus. Diese Selbstauskunft, die wie ein Fragebogen aussieht, ist in Wirklichkeit bereits der Auftrag an die Firma Machill & Lovranits, ein sogenanntes Schuldzusammenfassungsverfahren durchzuführen.

Schubert liest wie die meisten anderen Kunden des Entschuldungsbüros die vielen kleingedruckten Texte auf der Vorder- und Rückseite des Formulares nicht durch. Er kennt also die Verpflichtungen nicht, die er mit seiner Unterschrift auf der Selbstauskunft eingeht. Aber selbst wenn er das Formular genau gelesen und auch verstanden hätte, wäre er bestimmt zur Unterschrift bereit gewesen. Die Versprechungen, die der Vertreter dem jungen Mann macht, sind so verlockend, daß dieser in jedem Fall nach dem vermeintlichen Strohhalm gegriffen hätte.

»Wir übernehmen Ihre Schulden«, sagt der Vertreter. »Sie brauchen dann künftig nur noch an eine Stelle zu zahlen, und, was das Wichtigste ist, wir können Ihnen die Raten bis zur Hälfte ermäßigen. Es dauert dann zwar entsprechend länger, bis Sie die Gesamtsumme abgestottert haben, aber Sie sind damit erst einmal aus den Schwierigkeiten heraus.«

Bevor der Mann die näheren Einzelheiten des Planes mit Klaus Schubert bespricht, verlangt er eine Antragsgebühr von 20,- Mark. Klaus kratzt sein letztes Geld zusammen und läßt sich einen Rest von seiner Frau aus der Wirtschaftskasse geben. An diesen 20,- DM soll schließlich ihre Rettung nicht scheitern.

Nachdem Klaus gezahlt hat, gehen die weiteren Verhandlungen sehr schnell. Der Vertreter sagt, daß Klaus nun künftig nur noch 400,- DM anstelle der bisherigen 750,- DM an die Firma Machill & Lovranits zu zahlen haben.

Die neue Rate wird in dem Schuldenzusammenfassungsvertrag vermerkt. Aber Klaus müsse diese neue Rate nun wirklich prompt und pünktlich bezahlen, mahnt der Vertreter. Das sei Bedingung für das Gelingen der Aktion. Wenn er in Rückstand komme, müsse Machill & Lovranits den Auftrag zurückgeben.

Als Honorar für die gesamte Entschuldungsaktion stehen Machill & Lovranits nach dem Vertrag, den Klaus Schubert unterschreiben soll, zehn Prozent der Schuldsumme zu. »Und sollte unsere Entschuldungsaktion hinfällig werden«, erklärt der Vertreter einen weiteren Passus des Vertrages, »dann kostet Sie die ganze Geschichte nur fünf Prozent. Das wäre also der Fall, wenn Sie Ihre Raten nicht zahlen, oder wenn Sie uns etwa nicht mehr brauchen sollten, weil Sie im Lotto gewonnen haben.«

Im Vertragsformular selbst ist dieser Punkt natürlich ein wenig anders formuliert. Dort steht: »Das Umschuldungsinstitut erhält 5% der Schuldsumme, wenn es nach Vertragsabschluß seine Bemühungen aus Gründen einstellen muß, die es nicht zu vertreten hat.«

Auch wenn Klaus Schubert diesen Absatz gelesen hätte, wäre ihm sicher nichts Verdächtiges aufgefallen. Wie vielen tausend anderen Hilfesuchenden werden ihm die verhängnisvollen Konsequenzen dieser Vertragsparagraphen erst klarwerden, wenn es zu spät ist. Vorerst ist er noch davon überzeugt, daß ihm die Firma Machill & Lovranits aus seinen Schwierigkeiten heraushelfen wird. Er glaubt dem Vertreter jedes Wort, und er ist dankbar gerührt, als der Mann sagt: »Damit nichts schiefgeht und Ihre Familie nicht in Not kommt, falls Ihnen was passieren sollte, schließen wir noch eine kleine Lebensversicherung in Höhe der Schuldsumme ab. Der Form halber brauchen wir dazu Ihre Einwilligung.« Die Betonung liegt auf wir. *Wir* schließen ab, damit *Sie* nicht in Not kommen. Klaus Schubert kommt gar nicht auf den Gedanken, daß ihm mit dieser Lebensversicherung neue Lasten entstehen könnten. Ohne Argwohn unterschreibt er deshalb das Formular, das ihm der Mann vorlegt.

Er unterschreibt auch noch einen Wechsel in Höhe der ersten Rate, also 400,- DM. Das müsse leider sein, sagt der Vertreter achselzuckend, sonst könne die Firma Machill & Lovranits den Umschuldungsplan nicht finanzieren. Der Wechsel solle nur als Sicherheit dienen; bei Einzahlung der ersten Rate werde er zurückgegeben.

Nachdem der Vertreter gegangen ist, ist das junge Paar seit Wochen zum erstenmal wieder froh. Es sieht einen Silberstreifen am Horizont seiner wirtschaftlichen Misere. Gewiß, es wird nun länger dauern, bis alle bezahlt ist. Aber das wollen Schuberts gern auf sich nehmen. Sie wären vielleicht nicht so zufrieden, wüßten sie, was bei der Firma Machill & Lovranits nun geschieht.

Fürs erste nämlich nichts. Das Umschuldungsbüro, das gleichzeitig eine Versicherungsagentur betreibt, reicht Schuberts Lebensversicherungsantrag ein und kassiert dafür die Provision. Dann wartet es darauf, daß Klaus Schubert seine erste Rate bezahlt. Sie kommt pünktlich. Nun schickt Machill & Lovranits an sämtliche Gläubigerfirmen, die Klaus Schubert in der Selbstauskunft angegeben hat, einen vorgedruckten Brief. In dem Schreiben, dem man ansieht, daß es zu Tausenden verschickt wird, teilen Machill & Lovranits mit, daß sie beauftragt seien, die Schulden des jungen Paares zusammenzufassen: Herr Schubert verpflichte sich, in Zukunft pünktlich und korrekt einen Betrag zu zahlen, der etwa halb so groß ist wie die bisherigen Verpflichtungen. In dem Schreiben wird nicht etwa gebeten, künftig weniger zahlen zu dürfen. Das Umschuldungsinstitut teilt den Gläubigern vielmehr im Tone einer selbstherrlichen Entscheidung mit, daß ihr Klient künftig weniger zahlen werde.

Die Reaktion der angeschriebenen Firmen ist klar. Sie denken nicht daran, auf den Vorschlag des Entschuldungsbüros einzugehen. Sie sind im Besitz einklagfähiger Titel gegen ihren Schuldner, und sie würden ihre Rechtsposition ohne Grund verschlechtern, wollten sie plötzlich anderen Zahlungsbedingungen zustimmen. Wer soll z. B. die Zinsen für den längeren Teilzahlungskredit zahlen? Diese Frage ist im Vorschlag des Entschuldungsbüros überhaupt nicht berührt. Somit lassen sich die Lieferfirmen nicht auf den Vorschlag des Entschuldungsbüros ein. Sie halten sich weiterhin an ihren Schuldner Klaus Schubert. Da er seine Zahlungen inzwischen in halber Höhe nur an Machill & Lovranits abgeführt hat, ist er noch weiter in Rückstand geraten. Die Firmen gehen also mit Zahlungsbefehlen und anderen Zwangsmaßnahmen gegen ihn vor.

Für das Entschuldungsbüro wird es nun Zeit, sich aus der Affäre zu ziehen. Es läßt Klaus Schubert wissen, daß es die Entschuldigungsaktion leider einstellen müsse, da sich die Lieferfirmen weigerten, bei der Aktion mitzumachen. Damit sei leider einer der in Punkt 6 der allgemeinen Vertragsbedingungen fixierten Einstellungsgründe gegeben, für den die Entschuldungsfirma nicht verantwortlich sei. Das für diesen Fall vorgesehene Honorar von 5% der Schuldsumme stimme zufällig gerade mit der Höhe der ersten Rate überein und werde mit dieser verrechnet. Die weiteren Prämien für die von ihm abgeschlossene Lebensversicherung möge er freundlicherweise künftig selbst an die Versicherung bezahlen. Die Police werde ihm in den nächsten Tagen zugeschickt.

Über das junge Paar bricht die Katastrophe herein. An Stelle der erhofften Erleichterung hat es jetzt noch mehr Schulden, noch höhere Zahlungsrückstände und noch mehr verärgerte und drängende Gläubiger.

Lediglich die Firma Machill & Lovranits hat ihr Schäflein im trocknen.

Bei Schuberts werden der Kühlschrank, das Fernsehgerät und diverse Möbelstücke von den Lieferfirmen abgeholt. Der Gerichtsvollzieher pfändet sämtliche Gegenstände, die in der Wohnung noch zu pfänden sind, und läßt sie zur Versteigerung abholen. Auf der Zeche bekommt Klaus fortan nur noch einen Teil seines bisherigen Lohnes, der Rest verfällt der Lohn- und Gehaltspfändung. Die Schuberts sind damit nicht nur wirtschaftlich am Ende, auch ihr Ansehen bei Nachbarn, Arbeitskollegen und den Vorgesetzten im Betrieb ist in Mitleidenschaft gezogen.

Klaus Schubert und seine Frau sind Strandgut der Wohlstandsgesellschaft geworden: rechtlos, schutzlos, gedemütigt. Gewiß, sie sind an ihrem Unglück nicht ganz unschuldig. Sie haben leichtsinnig hohe Ratenverpflichtungen auf sich geladen. Vielleicht aber wären sie vorsichtiger gewesen, wären sie besser über die Gefahren aufgeklärt worden, zwischen denen sie sich wie Hunderttausende anderer junger Paare bewegen.

Wo bleibt hier die Erwachsenenbildung und die staatsbürgerliche Bildung, über die sowohl Bundes- als auch Länderregierungen, die Gewerkschaften, die Kirchen und die Volkshochschulen so viel Aufhebens machen? Darf man diesen Begriff wirklich nur auf die Vermittlung rein politischen Wissens beschränken? Gehörte es nicht zur Aufgabe der staatsbürgerlichen Bildung, junge Menschen deutlicher auf die wirtschaftlichen Gefahren aufmerksam zu machen, die eine liberale Gesellschaftsordnung mit sich bringt? Aufklärung und Immunisierung der möglichen Opfer müßte doch das Gebot der Stunde sein, wenn man erkennt, daß mit den Mitteln der herkömmlichen Strafrechtspflege die moderne Wirtschaftskriminalität nur sehr unzulänglich vorbeugend zu bekämpfen ist. Oder glauben die Verantwortlichen der Volksbildung, ein Schicksal wie das des Ehepaares Schubert sei eine Ausnahme, die den Einsatz breiter Volksbildungsmittel nicht lohne? Ein Blick in die naturgemäß immer zu spät beschlagnahmten Karteien der Schwindelfirmen sollte genügen, die verheerenden Auswirkungen dieser in der Kriminal-Statistik kaum hervortretenden Verbrechen zu erkennen.

Im Umschuldungsbüro der Firma Machill & Lovranits fand die Polizei zum Beispiel die Anschriften von nicht weniger als 4000

Geschädigten vor. Ganz offensichtlich ist diese Kartei nicht vollständig gewesen.

Neben Machill & Lovranits betätigten sich zur gleichen Zeit in der Bundesrepublik noch zwölf weitere gleichartige Firmen. In einer (nicht vollständigen) Sonderbeilage zum Bundeskriminalblatt vom März 1964 sind nicht wenger als 156 namentlich erfaßte Personen aufgeführt, die von der Vermittlung betrügerischer Umschuldungsverträge leben. Eine für Januar 1966 vorbereitete Zusammenstellung enthielt bereits 300 neue Täternamen. Mehrere dieser Firmen hatten im gesamten Bundesgebiet Filialen eröffnet. Nach Schätzungen von Fachleuten des Bundeskriminalamtes sind in den vergangenen Jahren etwa 80 000 Menschen von solchen betrügerischen Umschuldungsbüros geschädigt worden.

Wer sich einen Eindruck von den »Erfolgen« dieser modernen Leichenfledderer machen will, braucht nur durch die Notunterkünfte der Sozialbehörden zu gehen, in denen jene Menschen wohnen, die wegen Mietrückständen aus ihren Wohnungen geklagt worden sind. Immer wieder wird er auf Familien stoßen, bei denen ein Umschulder den letzten Anstoß zum finanziellen Ruin und zum sozialen Abstieg gegeben hat.

Die strafrechtliche Bilanz in der Bekämpfung dieses seit 1958 in der Bundesrepublik auftretenden Gewerbes ist ähnlich mager wie beim Automatenschwindel oder bei dem betrügerischen Schreibmaschinenverkauf: Zum Jahresende 1965 lag ein einziges rechtskräftiges Urteil vor.

Lange bevor die Justiz den Komplex Umschuldung bewältigt hat, haben sich einige der angeschuldigten Firmeninhaber bereits auf einen neuen Trick umgestellt. Sie bieten etwa seit Jahresbeginn 1965 demselben Publikum zur Lösung ihrer Abzahlungsprobleme sogenannte Aval- (Bürgschafts-) Kredite an. Ähnlich wie die Umschuldner versprechen sie ihren in Zahlungsschwierigkeiten steckenden Kunden die Ablösung der bestehenden Verbindlichkeiten und darüber hinaus die Übernahme einer Bürgschaft. Bei genauem Studium der Vertragsformulare ergibt sich jedoch, daß sie nur in der Höhe eines Teilbetrages bürgen, den der Kunde vorher einzuzahlen hat. Nur der kaufmännisch Versierte kann das erkennen. Für die »Leistung« stehen ihnen nach dem Vertrag 7% der Schuldsumme zu.

Wenn man unterstellt, daß der Trick mit dem Avalkredit in Mode kommt und eine ähnliche Entwicklung erlebt wie all die anderen Maschen, dann darf man folgenden Ablauf prophezeien: Ende 1966 erereicht die betrügerische Vergabe sogenannter Avalkredite durch etwa ein Dutzend über das gesamte Bundesgebiet gespannte Vertreternetze ihren ersten Höhepunkt. Bis zu diesem Zeitpunkt haben sich die Anzeigen einzelner sich geschädigt fühlender Personen in den verschiedenen Ländern so massiert, daß bei einem Landeskriminalamt oder auch beim Bundeskriminalamt besondere Maßnahmen zur Bekämpfung des Avalkreditunwesens eingeleitet werden. Die Ermittlungen in dieser komplizierten und auch regional sehr zersplitterten Materie dauern mindestens 2 Jahre, bis sie zur Anklagereife gerinnen. Mit den ersten Anklagen war also zur Jahreswende 1968 und mit den ersten rechtskräftigen Urteilen kaum vor 1970/71 zu rechnen. Bis dahin konnte es nicht möglich sein, die Tätigkeit der Avalkreditfirmen zu unterbinden. Man darf jedoch annehmen, daß, wie auch bei anderen Tricks, »der Markt« sich bis dahin erschöpft hat. Normalerweise treten die Ermüdungserscheinungen des Marktes stets zu der Zeit ein, zu der auch die ersten Urteile gesprochen werden. Zur gleichen Zeit sollte die Zahl der Geschädigten auf etwa 100 000 anwachsen.

Der Zeitplan des Auf- und Ablaufes dieser kriminellen Modewellen zeigt sehr deutlich, wie wenig mit verfolgenden Maßnahmen im nachhinein auszurichten ist, besonders dann, wenn sie an die Garantien des Rechtsstaates gebunden sind.

Vorbeugung ist die einzige erfolgversprechende Bekämpfungsmethode. Es wird zwar allenthalben von der Notwendigkeit einer verstärkten Vorbeugung gesprochen, in der Praxis geschieht jedoch sehr wenig. Der Grad der Unwissenheit ist oft so beängstigend, daß sich Bildungs- und Sozialpolitiker angespornt fühlen müßten, selbst wenn mit dieser Aufklärungsarbeit kein kriminalpolitischer Nutzeffekt verbunden wäre.

Da ist zum Beispiel die leidige Frage des Wechselrechts. Mit der Währungsreform im Jahre 1948 und dem danach aufblühenden Teilzahlungsgeschäft hielt der Wechsel, mit dem bis dahin nur Kaufleute umzugehen gewohnt waren, Einzug in breite Volks- und Verbraucherschichten. Millionen Bürger unterschrieben in den folgenden Jahren Wechsel, ohne die finanzpolitischen Möglichkeiten und Gefahren des Papiers zu kennen. Sie sahen es meist nur als Zahlungsverpflichtung von der Art eines normalen Teilzahlungsvertrages an. Begriffe wie »Wechselstrenge« und »Abstraktion des Wechsels« waren ihnen fremd. Sie wußten nicht, daß man einen Wechsel einlösen muß, auch wenn die gekaufte Ware schlecht oder überhaupt nicht geliefert wird. Genausowenig hatten sie davon gehört, daß man sich einen Wechsel quittiert zurückgeben läßt, wenn man die mit dem Akzept verbundenen Raten bezahlt hat. Ob das Verlangen nach einem Wechsel bei einem speziellen Geschäft überhaupt gerechtfertigt war, vermochten sie natürlich auch nicht zu beurteilen. Sie unterschrieben arglos alles, was ihnen vorgelegt wurde, bis dann oft – mitunter nach Jahren – eine herbe Überraschung über sie hereinbrach.

Das Beispiel des Hamburger Maschinenschlossers *Horst Hubschmidt* ist eines von unzähligen.

*

Horst Hubschmidt arbeitet in einer Hamburger Werft. Er ist fleißig und sparsam. Seine Arbeitskollegen und Vorgesetzten schätzen ihn. Im Sommer 1960 hat er geheiratet und eine Neubauwohnung am Rande der Stadt bezogen. Ein Jahr darauf bekamen Hubschmidts eine Tochter. Sie brachte das Sparprogramm der Eltern zwar ein wenig durcheinander, aber trotzdem: im Herbst 1963 konnte sich das junge Ehepaar einen lange gehegten Wunsch erfüllen, ein Auto. Es wurde bei einem Gebrauchtwagenhändler in Barmbek für 3100,- DM erstanden. Etwa ein Drittel des Betrages hatten die jungen Leute im letzten Jahr angespart. Die Restkaufsumme von 2000,- DM, so bot ihnen der Händler an, durften sie in 20 Monatsraten abzahlen.

Horst Hubschmidt schloß einen entsprechenden Teilzahlungsvertrag und akzeptierte dann, wie es der Händler von ihm verlangte, zwei Wechsel zu je 1000,- DM. Das sei nur ein »Sicherheitswechsel«, erklärte ihm der Verkäufer. Er, Hubschmidt, habe ja keine weiteren Sicherheiten zu bieten; bei der Bank sei er auch nicht bekannt, deshalb könne das Geschäft nur über Wechsel finanziert werden.

Horst Hubschmidt ahnte nicht, daß der Händler nicht berechtigt war, Wechsel zu verlangen. Der Händler konnte die Restkaufsumme für sich nun zweimal beschaffen: mit Hilfe des Teilzahlungsvertrages bei der Teilzahlungsbank und mit den Wechseln bei seinen Lieferanten oder jeder anderen Bank, mit der er zusammenarbeitete. Auch die Tatsache, daß der Wechsel zu dem Zeitpunkt, an dem er die letzte Rate zu entrichten hatte, in voller Höhe eingelöst werden sollte, störte Horst Hubschmidt nicht. Er nahm an, daß mit Bezahlung der Raten auch die Wechselschuld getilgt werde.

Horst Hubschmidt zahlte also pünktlich seine Raten. Er fühlte sich als glücklicher Autobesitzer. Das Leben der jungen Familie wurde angenehmer und reichhaltiger.

So ging alles gut, bis nach 18 Monaten, also 8 Wochen vor Fälligkeit seiner letzten Rate, der Geldbriefträger an Hubschmidts Tür kam und ihm zwei Wechsel in Höhe von je 1000,- DM präsentierte. Nach den geltenden Bestimmungen hatte Horst Hubschmidt den Betrag innerhalb von 2 Tagen zu zahlen, wenn der Wechsel nicht zu Protest gehen sollte.

In der einziehenden Bank, die Horst Hubschmidt sofort aufsuchte, erfuhr der junge Maschinenschlosser, daß der Autohändler in Konkurs gegangen war und etwa 250 Kunden ähnlich wie Herr Hubschmidt noch einmal für die volle Wechselschuld aufkommen mußten. Sie hatten nur die Raten bezahlt und sich um die Wechsel nicht weiter gekümmert.

Der Wechsel sei, so erklärte ein Bankbeamter dem jungen Mann, ein abstraktes Kreditpapier, das strenggenommen mit dem Geschäft, das ihm zugrunde liege, nichts zu tun habe. Es könne von Kaufleuten beinahe so freizügig wie Bargeld weitergegeben, sprich verkauft, werden. Um die gutgläubigen Erwerber dieser Papiere zu schützen, sei die sogenannte Wechselstrenge nötig. Der Akzeptant müsse in jedem Falle zahlen, unabhängig davon, ob er etwa gegen den Aussteller, in diesem Falle den Gebrauchtwagenhändler, Ersatzansprüche habe oder nicht.

Angesichts der besonderen Notsituation bot die Bank Horst Hubschmidt zwar einen Kredit an. Auf den Anspruch aus den Wechseln verzichtete sie begreiflicherweise nicht. Horst Hubschmidt mußte noch einmal zwanzig Monate lang je hundert Mark und die entstehenden Zinsen entrichten.

So wie das junge Ehepaar Hubschmidt haben in den Jahren seit der Währungsreform viele tausend Abzahlungskäufer ihre mangelnden Kenntnisse über die Gefahren des Wechsels teuer bezahlen müssen.

Vielen Geschäftsleuten und Firmen mangelte es am nötigen Eigenkapital. Sie nahmen dann oft zu den verschiedensten Arten der gesetzwidrigen Kreditbeschaffung mit Hilfe von Wechseln Zuflucht. Nicht immer hatten sie von vornherein die Absicht, ihre Kunden, von denen sie sich unberechtigt Wechsel geben ließen, zu schädigen. Häufig gaben sie sich der Hoffnung hin, die Wechsel als Aussteller selbst einlösen zu können. Die Kunden merkten bei diesem System der illegalen Kreditschöpfung überhaupt nicht, wozu ihre Wechsel benutzt wurden. In vielen Fällen ging es dann aber schief. Die Firmen konnten die Wechsel nicht mehr einlösen, sie brachen zusammen, und die Masse der ahnungslosen Akzeptanten mußte zahlen.

Die Hamburger Kripo hat einen besonders drastischen Fall zu verzeichnen. Ein mehrfach vorbestrafter Unternehmer betätigte sich im sogenannten Hausbockgewerbe. Er zog mit mehreren Vertretern durch die Stadt, kündigte Hausbesitzern den Verfall ihrer Häuser an und versprach Abhilfe durch eine Behandlung mit seinem Hausbockmittel. Bei Vertragsabschluß ließ er sich sofort Wechsel querschreiben. Mehrere Monate sammelte er auf diese Weise Aufträge und Wechsel, ohne je eine einzige Behandlung durchzuführen. Als ihm der Boden zu heiß wurde, setzte er sich ab in die Schweiz und ließ durch einen Mittelsmann, dem nicht zu widerlegen war, daß er die Papiere gutgläubig erworben hatte, sämtliche Wechsel bei den Opfern in Deutschland präsentieren. Anderthalb Jahre lang kassierte der Betrüger Monat für Monat riesige Beträge, ohne daß die Polizei ihm das Handwerk legen konnte.

Millionen leichtfertig gegebener Unterschriften dokumentieren immer wieder, daß der Normalbürger unserer Zeit den intellektuellen Anforderungen einer modernen, überwiegend bargeldlos funktionierenden Konsumgesellschaft nicht gewachsen ist. Obwohl er lesen und schreiben gelernt hat, vertraut er fast nur auf das gesprochene Wort. Eine der häufigsten Erklärungen vor deutschen Gerichten, wenn ein Richter der Ursache nach einer leichtfertig gegebenen Unterschrift nachspürt, heißt: Der Vertreter hat gesagt, ich könne das ruhig unterschreiben, was da stehe, sei nur eine Formsache. In Wirklichkeit sei es eben doch so, wie er, der Vertreter, erzählt habe.

Der Bürger hat auch nicht begriffen, daß er in einer liberalen Gesellschaftsordnung lebt. Nach dem Zusammenbruch des Dritten Reiches ist ihm zwar die Freiheit geschenkt worden, die staatstragenden Kräfte, die dieser Freiheit Gestalt gaben – Besatzungsmächte, Parteien, Regierungen, Kirchen und Gewerkschaften – versäumten aber, dem Bürger zu sagen, daß diese Freiheit ein größeres Risiko gegenüber dem Verbrechen bedeutet. Die gleichen Freiheiten, die man dem anständigen Menschen gern gönnt, genießen schließlich auch kriminelle und asoziale Mitglieder der Gesellschaft.

Das zuzugestehen und daraus vielleicht gewisse Konsequenzen zu ziehen – etwa ein breitgestreutes Aufklärungs- und Vorbeugungsprogramm –, hätte für die Verkünder der Demokratie bedeutet, ein paar bittere Tropfen in den süßen Wein der Freiheit zu träufeln.

Der Gerechtigkeit halber sei daran erinnert, daß sie einigen Grund zur Zurückhaltung hatten. Niemand wußte in den ersten Jahren nach 1945, wie dieses Volk die Segnungen einer freiheitlichen Demokratie aufnehmen würde. Ob die Zurückhaltung jedoch zwanzig Jahre lang angebracht war, darf angezweifelt werden.

Mittlerweile erwächst nämlich dieser Gesellschaft Jahr für Jahr ein kaum noch abzuschätzender Schaden, weil der Normalbürger immer noch nicht weiß, daß größere Freiheit größeres Risiko bedeutet.

Er hat zwar – wenn auch in bescheidenem Umfang – gelernt, sich von der »Obrigkeit« nicht mehr alles bieten zu lassen. Im Umgang mit seinem Mitmenschen aber ist er immer noch der absolute deutsche Untertan, der »zu Kaisers Zeiten« – und das wird oft vergessen – nicht nur stärker gegängelt, sondern auch besser geschützt war als der Bürger eines liberalen Staates. Im geheimen wähnt der Bürger auch heute noch einen preußischen Gendarm an der Straßenecke, der darüber wacht, daß nicht sein kann, was nicht sein darf. Er ist schockiert und erstaunt, wenn er bei peinlicher Gelegenheit entdeckt, daß es diesen strengen Gendarm nicht mehr gibt.

Bund, Länder und die großen Organisationen wenden Jahr für Jahr viele Millionen Mark für die »staatsbürgerliche Bildung« auf. Die Parteienfinanzierung durch den Staat wird mit diesem Schlagwort motiviert. Film- und Vortragsprogramme werden finanziert, Reisen und Lehrgänge unterstützt, und nicht selten steht der Erfolg in einem fragwürdigen Verhältnis zum Aufwand.

Es ist sicher nicht verkehrt, wenn der Bürger mit den Funktionen der politischen Parteien und dem Wirken Friedrich Eberts oder Jakob Kaisers bekannt gemacht wird. Genauso wichtig wäre aber auch für ihn, zu wissen, wie er sich in einer freien Gesellschaft gegen den Griff in seine Tasche schützt.

Auf diesem Sektor der Volksbildung ist seit Gründung der Bundesrepublik sehr wenig geschehen. Die polizeilichen Beratungsstellen, die in manchen Städten eingerichtet worden sind, fristen meist ein kümmerliches Dasein in Boden- und Kellerräumen. Nicht selten beschränken sie sich auf die Ausstellung von Schlössern und Einbruchsicherungen. Ihre Existenz ist weitgehend unbekannt. Die Besucherzahlen sind entsprechend gering. Namhafte Soziologen weisen seit Jahren darauf hin, daß vorbeugende Aufklärung nur Erfolg haben kann, wenn sie aktiv an die Bevölkerung herangetragen wird. Über einige Ansatzpunkte hinaus, etwa wenn das Bayrische Landeskriminalamt mit einer Wanderausstellung über die Volksfeste und Jahrmärkte zieht oder alle Landeskriminalämter monatlich ein Merkblatt an die Presse geben, ist bisher nichts geschehen.

Einem liebevoll gepflegten Vorurteil zufolge, ist der Erfolg der Vorbeugung nicht meßbar und deshalb auch nicht geeignet, in Rechenschaftsberichten niedergelegt zu werden. »Neue Planstellen oder Mittel lassen sich damit viel schwerer rechtfertigen als mit einer erhöhten Aufklärungsquote in der Statistik*.« Da die Polizei aber schon mit der repressiven Verbrechensbekämpfung nicht mehr fertig wird, bleibt für die mittels statistischer Erfolgszahlen nicht als notwendig erweisbare Vorbeugung fast keine Zeit.

Auch außerpolizeiliche Institutionen finden kaum öffentliche Förderung. In Hamburg vegetiert zum Beispiel die »Deutsche Zentralstelle zur Bekämpfung der Schwindelfirmen« mit einem Jahresetat von 27 000,- DM. Dieser gemeinnützige Verein, ein

* Kriminalrat Rolf Weinberger, München, auf der 17. Arbeitstagung für Kriminalistik und Kriminologie in Hiltrup.

geradezu ideales Instrument gegen die Erscheinungsformen der modernen Kommerzkriminalität, wurde 1911 als eine Abteilung des Verbandes der Rechtsauskunftsstellen gegründet. Er verfügt über ein erstklassiges Archiv und könnte mit Niederlassungen in den großen Städten bei relativ kleinem Etat jährlich viele Millionen Mark Schaden abwenden. Außerhalb Hamburgs ist die Zentralstelle jedoch kaum bekannt. Die Finanznot zwingt sie, bei schriftlichen Anfragen Rückporto zu verlangen. In einem kümmerlichen Büroraum werden von ehrenamtlichen Helfern die beschriebenen Briefumschläge der eingehenden Post gewendet, damit sie im internen Schriftverkehr noch einmal benutzt werden können. Finanzielle Träger des Vereins, an den sich jeder Bürger kostenlos wenden kann, sind neben der Hansestadt Hamburg in erster Linie Handelskammern und Gewerbevereine. Sie zahlen Beiträge zwischen 50,- und 300,- DM jährlich (Hansestadt Hamburg: 10 000,- DM). Weder der Bund noch ein anderes Bundesland geben für diesen kriminalpolitisch so bedeutenden Beratungsdienst einen Pfennig. Die löbliche Einsicht, der Bundesbürger müsse dringend mit den persönlichen Risiken und Gefahren einer liberalen Gesellschaft vertraut gemacht werden, bleibt seit Jahren Stoff für akademische Gespräche auf Arbeitstagungen und Kongressen.

Im Gegensatz zu seinem englischen oder amerikanischen Bruder, der mit den Tücken eines freiheitlichen Staates groß geworden ist wie mit den Kinderkrankheiten, kennt der deutsche Normalbürger der Gefahren nicht, die ihm die Freiheit beschert hat. Der Grad der Unwissenheit drängt den Kriminalisten oft die Frage auf, ob etwa die Deutschen dümmer seien als die Bürger anderer Länder. In der Tat darf man bezweifeln, ob sich ein Trick wie der sogenannte Währungsschwindel in einem unserer westlichen Nachbarländer so lange gehalten hätte wie in der Bundesrepublik. Ähnlich wie bei der Umschuldung rekrutierten sich die Opfer fast ausnahmslos aus einfachen Volksschichten. Die Täter – meist Frauen – erzielen verblüffende Erfolge, weil sie es fertigbringen, mit Gelassenheit vor den Augen der Opfer einen Geldschein zu zerreißen.

*

Paula Brunner stammt aus Oppeln. Seit Kriegsende lebt sie in Karlsruhe. Sie ist oft allein. Ihr Mann, Obersekretär bei der Bundesbahn, starb im Herbst 1959. An manchen Tagen ist Peter, der gesprächige Wellensittich, das einzige Lebewesen, mit dem sich Paula Brunner unterhalten kann.

Am Freitag, dem 22. September 1963, klingelt es unerwartet an Frau Brunners Wohnungstür.

Eine Hausiererin bietet der alten Frau wortreich echte Klöppelspitzen aus dem Erzgebirge an.

»Klöppelspitzen?« fragt Frau Brunner, »die brauche ich nicht.«

»Der Pfarrer hat mir aber verraten, daß Sie solche Sachen so gern haben.«

»Ja, der Herr Pfarrer ist ein guter Mensch«, sagt Paula Brunner. »Der denkt immer an mich. Das stimmt schon, ich hab solche Handarbeiten recht gern. Früher in der Heimat habe ich viele solche Deckchen gehabt. Aber heute bin ich alt und allein. Da brauche ich sie nicht mehr.«

Die Hausiererin merkt, daß Paula Brunner schlesischen Dialekt spricht. Sofort gibt auch sie ihrer Aussprache einen ostdeutschen Klang.

»Ach, Sie sind auch aus Schlesien? Woher denn da?« fragt sie.

»Aus Oppeln.«

Die Händlerin schlägt die Hände über der Brust zusammen: »Ach herrje, aus Oppeln, das kenne ich. War Ihr Mann da nicht bei der Stadt?«

»Nein, mein Mann war bei der Eisenbahn«, antwortet Paula Brunner.

Die Hausiererin redet unbekümmert weiter: »Damals ging es uns allen noch gut. Wir hatten ein Geschäft in Gleiwitz, Textilien en gros. Herrje, wenn ich daran denke. Da haben wir fast jeden Tag Baumkuchen gegessen.«

»Aus dem mache ich mir nicht so viel«, sagt die Witwe. »Aber von Kaffee konnte ich nie genug kriegen. Der hat mir immer geschmeckt. Na, und dann auch noch die gute Schokolade, zartbitter.«

Paula Brunner merkt nicht, daß die Hausiererin es darauf anlegt, sie auszuhorchen. Bereitwillig geht sie auf den Plausch über die Heimat ein. Die Hausiererin springt von einem Thema zum andern. Und immer erfährt sie von Frau Brunner einige wissenswerte Details aus dem Leben der Witwe. Bald weiß sie, daß Paulas Mann auf dem Stellwerk tätig war, daß er einen Freund namens Emil Kowalski gehabt hatte, der am Fahrkartenschalter Dienst tat. Sie kennt Paulas Lieblingsblumen: rote Nelken.

Was die Frau aus Paula Brunner nicht herauskitzeln kann, das erfährt sie wenige Minuten später bei den Nachbarn. Die wissenswerte Tatsache zum Beispiel, daß die Heimatvertriebene Paula Brunner vor geraumer Zeit einen größeren Betrag – man munkelt zwischen 4000,- und 5000,- DM – vom Lastenausgleichsamt erhalten hat.

Die Hausiererin verkauft kaum von ihren Klöppelspitzen. Das stört sie wenig. Sie besitzt Informationen, die mehr wert sind als der Verdienst von ein paar Tischdecken.

Etwa vier Wochen nach dem Besuch der Hausiererin erscheint eine zweite Frau im Haus der Witwe Brunner. Sie kommt mit einem Auto. Typ: Opel-Kapitän. Am Steuer sitzt ein Mann mit südländischem Aussehen. Er wartet mit dem Wagen in einer Nebenstraße.

Die Frau klingelt an Paula Brunners Tür. In der Hand hält sie einen Blumenstrauß und zwei Päckchen: Kaffee und Schokolade.

Als die Witwe öffnet, geht die Besucherin freudig auf sie zu: »Tag, Paula! Ist das eine Freude, daß ich dich endlich wiedersehe nach all den langen Jahren.«

»Ja, aber . . .«, beginnt die Witwe verwirrt.

Die Besucherin packt Frau Brunner bei den Händen: »Ist das schön, Paula. Mir kommen vor Freude beinahe die Tränen. Wie geht es denn deinem Franz?«

Die Witwe weiß noch immer nicht, wie ihr geschieht. Verstört und unsicher fragt sie: »Ja, aber – wieso kennen Sie mich? Woher? Wer sind Sie denn?«

»Aber Paula, kennst du mich denn nicht mehr? Ich bin doch die Anna aus Oppeln.« Auf dem Gesicht der Besucherin zeigt sich Enttäuschung.

Die Witwe wird unsicher. »Ach, aus Oppeln? Aus der Heimat?« fragt sie.

»Ja, aus der Heimat«, erwidert die Besucherin und nimmt Paula mit beiden Händen an den Schultern. Ihre Stimme ist von aufdringlicher Überzeugungskraft. »Ich bin doch die Anna Kowalski. Mein Emil war doch bei der Eisenbahn, am Fahrkartenschalter, und dein Franz beim Stellwerk.«

Paula Brunner erinnert sich zwar nicht, die Frau schon einmal gesehen zu haben. Aber sie weiß, daß sie in der letzten Zeit alt geworden ist. Ihr Gedächtnis ist nicht mehr sehr zuverlässig. An Emil Kowalski vom Fahrkartenschalter erinnert sie sich recht gut. So wird wohl auch stimmen, daß sie, so wie es ihr die Frau erzählt, mit Anna Kowalski oft im Eisenbahnerverein Kaffee getrunken hat. Anna erinnert sich sogar noch an Paulas Lieblingskuchen und an die Schokoladenmarke, die sie stets bevorzugt hat: zartbitter. Sie hat ihr eine Tafel davon mitgebracht. Als sie zur Begrüßung schließlich auch noch einen Strauß roter Nelken auswickelt, ist die Witwe so gerührt, daß sie nun wirklich glaubt, eine alte Freundin vor sich zu haben.

Paula Brunner bittet die vermeintliche Anna Kowalski in die Wohnung. Sie setzt Kaffeewasser auf und ist froh, endlich wieder einmal einen Menschen zu haben, mit dem sie ausführlich über die gute alte Zeit in der Heimat reden kann. Die Besucherin versteht es geschickt, während des Gespräches neue persönliche Informationen aus Paula herauszulocken, die sie dann wenige Minuten später als eigenes Wissen anbringt. Die Witwe Brunner hat bald jeglichen Argwohn verloren und schwimmt auf einer Woge glücklicher Erinnerungen.

Der Emil und sie gingen jetzt nach Amerika, erzählt Anna. Sie hätten eine Erbschaft gemacht, und nun läge endlich all das Unglück hinter ihnen, das damals mit der Flucht begonnen hatte. Vorher wolle sie aber noch einen Schwur erfüllen.

Was denn für einen Schwur? möchte die Witwe wissen.

Ja, damals, als es ihr so schlecht ging, da habe sie sich geschworen, ein wirklich gutes Werk zu tun, falls es ihr wieder einmal besser gehen und sie wieder genügend Geld haben sollte, erklärte Anna.

Wie die meisten alten Menschen, so geht auch der Witwe die edle Gesinnung eines Mitmenschen ans Herz. Als ihr Anna nun auch noch offenbart, daß sie, Paula Brunner, die Auserwählte sei, die sie mit einem großen Geschenk bedenken wolle, steigen der alten Dame Tränen der Rührung in die Augen.

Als Geschenk hat Anna ihre Nähmaschine vorgesehen. Sie könne sie ohnehin nicht mit nach Amerika nehmen, meint sie. Das würde zuviel Fracht kosten. Die Maschine sei im Augenblick zwar nicht ganz in Ordnung, aber Paula solle natürlich auch das Geldl für die Reparatur erhalten.

Anna Kowalski holt einen Fünfzigmarkschein aus der Tasche und legt ihn vor die Witwe auf den Tisch: »Hier, das wird reichen.«

Paula Brunner sieht staunend, ein wenig ungläubig und auch verlegen zuerst auf den Geldschein und dann auf die Freundin aus der Heimat.

Während Paula Brunner noch nach Worten sucht, greift Anna Kowalski mit einer resignierenden Gebärde wieder nach dem Geld. »Ach, das hat jetzt doch alles keinen Zweck mehr«, sagt sie – und reißt den Fünfzigmarkschein entzwei. Langsam flattern die Papierstücke vor den aufgerissenen Augen der Witwe auf den Tisch.

Paula Brunner ist vor Schreck wie gelähmt. Instinktiv schlägt sie mit der rechten Hand das Kreuz über der Brust. Dann sagt sie mit erregter Stimme: »Aber, Anna, um Gottes willen, was ist denn? Das Geld . . .«

»Das ist jetzt wieder alles hin«, erwidert Anna Kowalski gelassen. »Übermorgen gibt es eine neue Währungsreform.«

»Eine Währungsform?« Paula Brunners Gesicht wird aschfahl.

»Ja, übermorgen«, erklärt Anna Kowalski. »Ich weiß es genau. Ich habe eine Freundin beim Erhard in der Kanzlei. Man hat das ja schon lange gemerkt. Es ist dauernd alles teurer geworden, und seit Adenauer weg ist, weiß der Erhard keinen anderen Ausweg.«

Paula Brunner starrt vor sich hin. Das verhängnisvolle Wort ist gefallen: Währungsreform. Das Schreckenswort einer Generation, die zweimal durch eine Inflation und eine anschließende Währungsreform ihre Ersparnisse verloren hat. Paula Brunners Gedanken gehen zurück in das Jahr 1948. Soll es wieder so kommen? In den Zeitungen haben sie ja schon oft über die ständig steigenden Preise und über die »schleichende Inflation« geschrieben. so hat es jedesmal angefangen: nach dem ersten und nach dem zweiten Krieg.

Die Blicke der alten Frau tasten wieder zur Tischplatte hinüber. Dort liegt es, wertloses, zerrissenes Papier, genau wie damals nach der ersten und zweiten Inflation.

»Oh, mein Gott, was mache ich nur?« stöhnt Frau Brunner.

»Hast du denn auch was zu verlieren?« fragt die Freundin. »Deine Rente kriegst du doch weiter.«

»Die Rente schon, aber ich habe auch vom Lastenausgleich bekommen.«

»Wieviel denn?« Die Augen der Besucherin sind lauernd auf die Witwe gerichtet.

»Über dreitausend Mark. Das soll für einen schönen Grabstein für den Franz und für mich sein.«

»Daraus wird nun wohl nichts mehr werden«, sagt die angebliche Anna Kowalski. Sie selbst habe ja dank der Beziehung zu Erhards Kanzlei ihr Geld gerade noch rechtzeitig auf einer Schweizer Bank in amerikanische Dollar umtauschen können. Das gleiche habe sie im übrigen auch für einen Pfarrer und ihren Bürgermeister getan. Bei diesen Worten hält sie der verstörten Witwe ein Bündel ausländischer Banknoten vors Gesicht.

Paulas Frage, ob Anna denn nicht auch ihr Geld noch umtauschen könne, ist naheliegend.

Eigentlich sei das ja verboten, meint Anna treuherzig. Aber wenn Paula Brunner zu schweigen verstehe, dann wolle sie noch einmal eine Ausnahme machen. Es müsse aber sehr schnell gehen, da heute nacht der letzte Bote von Frankfurt in die Schweiz reise. Der müsse Paulas Geld mitnehmen.

Die Witwe überlegt nicht lange. Sie ist von dem Gehörten so schockiert, daß sie kaum noch zu denken vermag. Willenlos tut sie alles, was die »Freundin« empfiehlt. Sie geht zur Sparkasse, hebt ihr gesamtes Geld ab und händigt es der angeblichen Anna Kowalski aus, damit sie es in amerikanische Dollar umtauschen kann.

Der Währungsschwindel zählt zu den langlebigsten Betrugsmethoden der deutschen Nachkriegszeit. Anfang der fünfziger Jahre wurde der Trick von einer Zigeunersippe erfunden und eingeführt. Mit jeder Zeitungsschlagzeile über steigende Preise und Inflationsgefahr erhielt er neuen Nährboden, so daß mit diesem Trick trotz zahlreicher Sonderaktionen und Aufklärungskampagnen der Polizei immer noch neue Opfer gefunden werden.

In erster Linie sind es Zigeuner oder artverwandte, nicht seßhafte Wanderfamilien, die – meist des Schreibens und Lesens unkundig – mit dem Währungsschwindel beachtliche Vermögen verdienen. Bei den Opfern treten gewöhnlich nur die Frauen in Erscheinung. Die Männer betätigen sich als Kraftfahrer oder gelegentlich als Leibwache.

Zwei Namen sind mit der Geschichte des Tricks besonderes eng verbunden: Amalie Ernst und Anna Hartmann. Sie zogen mit je einer Zigeunergruppe, genannt »Tiroler Wanderbühne«, durch das Land und erfreuten das Publikum mit Musik und Gesang. Sie tauchen heute hier auf, morgen da. Die Truppe schickte auch Hausiererinnen aus und sammelte auf diese Weise die notwendigen Informationen für den Währungsschwindel. Später erschienen dann Anna Hartmann oder Amalie Ernst einzeln bei den ausgewählten Opfern und holten das Geld.

Bald hatten sie eine so erstaunliche Perfektion erreicht, daß sie sogar in Altersheime und Krankenhäuser eindrangen. Sie erkundigten sich beim Pförtner nach alten Frauen und brachten es fertig, ihre Opfer glauben zu machen, sie seien gute, längst totgeglaubte Verwandte. Den beiden Zigeunerinnen kam bei diesem Geschäft eine schier unglaubliche Verwandlungskunst zustatten. Anna Hartmann trug stets mehrere Perücken bei sich. Sie wechselte die Haarfarbe, Frisur und Kleidung nach jedem Auftritt, so daß ihre Identifizierung in unzähligen Fällen nicht möglich war. Die Betrügerinnen erbeuteten in Einzelfällen bis zu 8500,- DM. Sie hatten aber auch keine Skrupel, vielen alten Menschen die letzte Mark für das Essen der nächsten Woche abzunehmen.

In ihrer Blütezeit, Mitte der Fünfziger Jahre, hatten auch Anna Hartmann und Amalie Ernst die Bundesrepublik in Interessensphären aufgeteilt: Die Ernst bekam Niedersachsen, Nordrhein-Westfalen und alles, was nördlich davon liegt. Die Hartmann »graste« den süddeutschen Raum ab.

Die Zahl der Zigeuner, die den Trick der Hartmann und Ernst kopierten und damit durch die Lande zogen, wuchs immer mehr an. Im Sommer 1956 wurde schließlich beim Landeskriminalamt in Düsseldorf eine Sonderkommission »Währungsschwindel« gegründet. Es wurden alle bekanntgewordenen Fälle registriert. Die Beamten versuchten, die Marschrouten der verschiedenen Zigeunertrupps zu ergründen. Doch dieses Bemühungen erwiesen sich als äußerst kompliziert.

Es gibt keine Bevölkerungsgruppe in der Bundesrepublik, die trotz aller internen Streitigkeiten so einmütig und erfolgreich zusammensteht wie die Zigeuner, wenn es darum geht, Polizei und Behörden zu täuschen. Die meisten »Landfahrer«, wie sie im Behördendeutsch seit 1945 genannt werden – die Bezeichnung Zigeuner gilt bei Ämtern und Behörden seit Auschwitz und Oranienburg als rassische Eingruppierung und somit als diffamierend –, empfinden es auch als ihr naturgegebenes Recht, die Festnahme eines Sippenmitgliedes mit List oder Gewalt zu unterbinden.

Lautstark beschimpfen sie jeden Beamten, der gegen sie vorgehen will, als »SS-Mörder« oder »Gestapo-Knecht«. Genauso ergeht es Staatsanwälten und Richtern. Solange die öffentliche Meinung vom schlechten Gewissen der Nation gegenüber den Zigeunern, die unter Hitler ähnlich wie die Juden schlimmstem Unrecht ausgesetzt waren, geprägt wird, bringen deutsche Richter, vor allem, wenn sie älteren Jahrgängen angehören und auch während des Dritten Reiches auf einem Richterstuhl saßen, kriminellen Zigeunern oft weit mehr Nachsicht entgegen, als es der Gerechtigkeit dienlich ist.

Zweimal wurde Anna Hartmann von den Beamten der Düsseldorfer Sonderkommission gestellt. Beide Male lieferte ihre »Artistengruppe« den Polizisten eine solche Schlacht, daß die Chefin im allgemeinen Getümmel entwischen konnte. Einmal haben die Männer der »Tiroler Wanderbühne« die Hartmann sogar mit Waffengewalt herausgepaukt. Resultat: ein paar kurzfristige Festnahmen. Bestrafungen erfolgten nicht.

Ein Sachbearbeiter der Sonderkommission schrieb die Untaten der Hartmann der besseren Übersicht halber auf einer langen Papierrolle auf. Bald reichte diese Liste im Büro des Beamten vom Fußboden bis an die Decke.

Am 30. April 1958 gelang einem verstärkten Polizeikommando morgens gegen 5.30 Uhr auf einem Wohnwagenplatz in Ütter am südwestlichen Stadtrand von Düsseldorf dann der entscheidende Fang. Wieder gab es eine harte Schlacht. Die Zigeuner hetzten Hunde auf die Beamten. Es gab viel Lärm und Geschrei und ein zerrissenes Federbett, mit dem ein Kriminalkommissar in einem Wohnwagen »eingenebelt« werden sollte. Zu guter Letzt blieb die Polizei Sieger. Anna Hartmann wurde verhaftet.

Das Landgericht Hannover verurteilte Amalie Ernst, die der Polizei schon vor der Hartmann ins Netz gegangen war, zu sechs Jahren Zuchthaus. Anna Hartmann erhielt vom Landgericht Düsseldorf ebenfalls sechs Jahre Zuchthaus. Die strengen Urteile haben offensichtlich auch auf die übrigen Täter eine abschreckende Wirkung. Einige Zeit wurde es stiller um das Delikt Währungsschwindel. Im Sommer 1963 wurde Anna Hartmann wegen guter Führung vorzeitig aus der Haft entlassen. Es dauerte nicht lange, und die Zahl der Anzeigen schnellte wieder in die Höhe. Die Ermittlungen ergaben, daß diesmal vorwiegend jüngere Zigeunerinnen auftraten, die ganz offensichtlich von Anna Hartmann angelernt worden waren.

Seit dieser Zeit breitet sich der Währungsschwindel erneut aus. Im Jahre 1964 griff die Betrugsform auch auf Österreich über. Im Frühjahr 1965 konnte die österreichische Polizei Anna Hartmann festnehmen. Ein Nachlassen der Währungsbetrugswelle ist jedoch seitdem weder in Österreich noch in der Bundesrepublik zu spüren. Allein in einem Bundesland, in Nordrhein-Westfalen, wurden in den Jahren 1962 bis 1965 insgesamt 95 Fälle mit einem Gesamtschaden von rund 70 000,- DM gemeldet. Die Zahl der Opfer, die mit diesem Betrugstrick hereingelegt worden sind – mehrere alte Menschen nahmen sich nach dem Verlust ihrer Ersparnisse das Leben –, dürfte inzwischen die Zehntausendermarke überschritten haben.

*

Die Zigeunerkriminalität in der Bundesrepublik ist von besonderer Problematik. Die öffentliche Meinung mit ihrem romantisch verklärten Blick des fahrenden Volkes und das bereits zitierte schlechte Gewissen der Nation läßt strenge Verfolgungsmaßnahmen gegen verbrecherische Zigeuner kaum zu. Die Straftaten der Landfahrer sind aber in Größenordnungen aufgerückt, die eine konzentrierte Bekämpfung notwendig machten.

Sie geben sich heute nicht mehr mit Hühnerstalldiebstahl oder betrügerischem Wahrsagen zufrieden. Nur die wenigsten der von ihnen verübten Straftaten, wie etwa die Einschleichdiebstähle, sind noch zu den klassischen Zigeunerdelikten zu zählen.

Auch die Zigeuner sind mit der Zeit gegangen und bedienen sich, soweit sie kriminell in Erscheinung treten, moderner Methoden. Neben dem Währungsschwindel ist vor allem der betrügerische Teppich- und Stoffhandel nach ihrem Geschmack.

Einige Sippen haben es damit zu Wohlstand und Ansehen gebracht. Nicht selten wird dieser Wohlstand, der sich im Besitz fester Häuser und Wohnungen manifestiert, als Erfolg der offiziellen Bemühungen um die gesellschaftliche Eingliederung der Zigeuner gewertet. Viele mit den Zigeunern beschäftigte Sozialbeamte sehen im Wandergewerbe die einzige Möglichkeit, den Landfahrern in der durchorganisierten Industriegesellschaft einen Platz zu sichern. Die Hoffnungen, sie zu bodenständiger Arbeit bewegen zu können, würden aufgegeben. Der ambulante Handel aber entspricht ihren Neigungen. So ist es heute das Ziel vieler Sozialpolitiker, den Zigeunern eine feste Wohnung als Stammquartier zu schaffen, wo die Kinder wenigstens zeitweise die Schule besuchen können. Solange die Wohnungen nicht vorhanden sind, sollen die Wohnwagenplätze diese Funktion erfüllen. Die erwachsenen Familienmitglieder sollen von dieser Heimstatt aus, bei der sie auch polizeilich gemeldet sind, ihrem Gewerbe nachgehen. Unzählige Reisegewerbekarten und Straßensteuerhefte, die Landratsämter und Finanzämter an Zigeuner ausgeben, zeugen von diesen Bemühungen. Auf fast allen Genehmigungen ist die Art des Handels genau angegeben: »Feilbieten von Teppichen, Decken und Textilien.«

Jeder Eingeweihte weiß, daß ein reeller Verkauf dieser Artikel an der Wohnungstür nahezu unmöglich ist. Da es durch die besonderen Schwierigkeiten, der Zigeuner habhaft zu werden, und die mangelnde Bereitschaft der Richter und Staatsanwälte, sich mit ihnen anzulegen, nur sehr selten zu Verurteilungen kommt, rückt ein betrügerisches Gewerbe in die Bereiche der stillschweigenden Duldung und der scheinbaren Legalität auf. Jahr für Jahr werden viele tausend Menschen von diesem Gewerbe um Millionenbeträge geschädigt. Sie werden die Opfer einer Kriminalität, die gewissermaßen als Akt der Wiedergutmachung von NS-Unrecht hingenommen wird.

Wie sieht es nun aus, dieses Gewerbe, das in manchen deutschen Sozialbehörden als legales und erfolgreiches Mittel zur Seßhaftmachung der Zigeuner akzeptiert wird? An einem Beispiel wird die Geschäftsmethode deutlich:

Am Montag, dem 21. Juni 1965, fährt der 36jährige Zigeuner *Berthold Rutzika* mit seinem hellgrauen Mercedes 220 S vor dem Seitenausgang des Mainzer Hauptbahnhofes vor. Er geht zum Expreßgutschalter und holt sechs zusammengerollte Teppiche ab, die für ihn nach Mainz geschickt worden sind. Berthold Rutzika verstaut die Teppiche im Kofferraum seines Wagens und fährt nach Rüsselsheim. Gemächlich lenkt er das Fahrzeug durch die Straßen der Opel-Stadt. Mit kritischen Blicken mustert er die Bauten links und rechts des Weges. Vor einem Miethaus in der Waldstraße hält er den Wagen an. Mit einem Teppich aus dem Kofferraum betritt er das Haus. Im ersten Stock klingelt er bei Schneider. Da sich niemand meldet, wendet er sich und klingelt bei der Nachbarin, Frau Fuchs.

Gabriele Fuchs ist vorsichtig, als sie plötzlich dem südländisch aussehenden Mann gegenübersteht. Berthold Rutzika fragt, wann Frau Schneider nach Hause komme. Als er die Antwort erhält, das werde sicher erst gegen Abend sein, zeigt er sich bestürzt. Er erzählt Frau Fuchs in gebrochenem Deutsch, er sei Perser und müsse heute nachmittag bereits zurückfliegen nach Teheran. Frau Schneider habe bei ihm einen Teppich bestellt, und nun wisse er nicht, was er damit anfangen solle. Er könnte ihn natürlich nicht mitnehmen. Der Teppich sei ein wertvolles Stück aus seiner Heimat. Er koste etwa 1500,- DM. Frau Schneider sollte ihn aber für 1200,- DM haben, da er die Teppiche an Bekannte stets zum Großhandelspreis abgebe.

Ob sie denn nicht auch einen Teppich gebrauchen könne, fragt der Mann Frau Fuchs. Natürlich, das schon, meint die Frau, sie habe aber nicht so viel Geld, um sich einen echten Orientteppich leisten zu können.

Der Mann überschüttet die Frau mit einem Redeschwall. Es sei nicht gut, deutsche Maschinenteppiche zu kaufen. Die würden sehr schnell ihren Wert verlieren, wogegen echte Orientteppiche mit zunehmendem Alter immer kostbarer würden. Sie solle es sich ruhig einmal ansehen, wie sehr eine Wohnung gewinne, in der ein solcher Teppich läge.

Bei diesen Worten macht Rutzika einen Schritt nach vorn und geht an der unwillkürlich zurückweichenden Frau vorbei in die Wohnung. So, als sei es die selbstverständlichste Sache der Welt, öffnet er die Wohnzimmertür, rückt Tische und Stühle beiseite und breitet den Teppich im Wohnzimmer der Familie Fuchs aus. Ohne Pause redet er dabei auf die Frau ein. Sie könne nun doch selbst sehen, daß ihr Zimmer mit dem Teppich viel besser aussehe.

Nein, bei diesen schönen Möbeln dürfte sie keinen maschinengewebten Teppich auslegen. Hier sei etwas Echtes erforderlich. Und dieses Stück passe ja nun wirklich so vorzüglich, als sei es extra für diesen Raum angefertigt.

Gabriele Fuchs wehrt ab und beteuert noch einmal, daß sie sich einen so teuren Teppich nicht leisten könne.

Um Geld, so erklärt Berthold Rutzika gestenreich, brauche sie sich keine Sorgen zu machen. Da komme er ihr schon entgegen. Wichtig sei, daß sie sich diese gute Gelegenheit nicht entgehen lasse. Er selbst sitze ja leider in der Klemme. Er könne den Teppich nicht mit zurücknehmen nach Persien. Das würde viel Fracht und Zoll kosten. Dieses Geld könne er lieber ihr schenken. Also, kurzer Rede langer Sinn: Sie könne diesen wunderbaren Teppich für 700,- DM haben. Das sei so gut wie geschenkt, eine einmalige Gelegenheit. Sie solle nur zugreifen, sonst verschenke er das gute Stück an eine Nachbarin.

Als die Frau unschlüssig bleibt, geht Berthold noch einmal um hundert Mark herunter. Es sei geradezu unfair, so wirft er der Frau vor, seine Notlage so auszunutzen. 600,- DM, das sei erheblich weniger, als er für einen deutschen Maschinenteppich ausgeben müsse.

Gabriele Fuchs zeigt immer noch keine Kauflust. Da rollt Berthold Rutzika den Teppich zusammen und hebt ihn auf. Er könne schließlich niemand zu seinem Glück zwingen, meint er.

Dieser Trick zieht. Frau Fuchs hatte sich schon lange überlegt, wie sie die einmalige Chance ausnutzen könnte. Lediglich der Umstand, daß sie das Geld nicht im Hause hat, läßt sie noch zögern. Berthold Rutzika erweist sich aber als hilfreicher Mensch. Er fährt Frau Fuchs mit seinem Wagen zur Sparkasse, empfängt vor der Tür seine 600,- DM und braust davon. Den nächsten Teppich bietet er eine Stunde später in Mannheim an.

Der Zigeuner Berthold Rutzika hat an dem Teppich, den er Gabriele Fuchs angedreht hat, nicht weniger als 547,- DM verdient. Mit einem echten Orientteppich hatte das Stück natürlich nichts gemein. Es handelte sich um billigstes Jutegewebe, das von der Firma *NAPA*, Köln, zum Großhandelspreis von 53,- DM an die Zigeunersippe Rutzika geliefert wird.

Der Vertrieb dieser Ramschteppiche ist glänzend organisiert. Mehrere tausend Landfahrer sind tagaus, tagein mit ihren schnellen Autos (bevorzugte Marken: Mercedes 220 und Opel Kapitän) in der Bundesrepublik unterwegs, um billige Jutegewebe als echte Orientteppiche zu verkaufen. Das Grundmuster des geschilderten Verkaufstricks – mit dem auch andere Textilien abgesetzt werden – erfährt vielerlei Variationen. Fast immer aber läuft es darauf hinaus, den Wunsch nach wertbeständigen, vom Flair der großen Welt angehauchten Zivilisationsgütern auszunutzen. Bewußt meiden die Händler jene Wohngegenden, in denen sie breiter gestreute Sachkanntnis über Teppiche oder Stoffe vermuten.

In den Häusern, die sich einige Landfahrersippen mit Hilfe dieses lukrativen Teppichhandels verdient haben, kann der Besucher durchaus echte und wertvolle Orientteppiche bewundern. Die Übertölpelung fremder, nicht zur Sippe gehörender Menschen gilt bei Zigeunern nicht als verwerflich. Sie scheuen sich auch nicht, ihren neu gewonnenen Reichtum zur Schau zu stellen und gesellschaftliche Forderungen davon abzuleiten.

»Wir sind alle reiche Leute, die schöne Wagen fahren und viel Geld verdienen mit unserem Geschäft«, verkündete im April 1960 der in Frankfurt ansässige Stoff- und Teppichhändler Walter Strauß vor der Presse. »Warum sollen wir es uns gefallen lassen, daß man uns als Menschen zweiter Klasses betrachtet?«

Strauß hatte gerade unter Assistenz des »Verbandes für Freiheit und Menschenwürde« ein »Zentralkomitee der Zigeuner e. V.« ins Leben gerufen mit Satzungen, Vorstand und beratendem Justitiar. Vor der geladenen Presse beklagte er den Argwohn der Ämter und Behörden und den Umstand, daß den Zigeunern, die unter Hitler Verfolgungen ausgesetzt waren, nicht automatisch alle Rechte als deutsche Staatsbürger zugestanden würden.

Alle besonderen Einrichtungen und Vorschriften, wie etwa die Zigeuner-Zentralkarteien bei manchen Polizeiämtern oder die bayrische Landfahrerordnung* trügen diskriminierenden Charakter und müßten beseitigt werden.

In der für die deutsche Meinung typischen Mischung von romantischem Mitgefühl und nicht bewältigtem Schuldkomplex brachten die meisten der geladenen Zeitungen Verständnis für diese Forderungen auf. Für den Strafregisterauszug des Vorsitzenden, der ganz nebenbei verlangte, vor Gericht endlich als Sachverständiger in allen Zigeunerfragen anerkannt zu werden, interessierte sich niemand. Auch die naheliegende Frage, wie denn viele der Geschäfte aussähen, die Walter Strauß und seine Stammesgenossen vermögend gemacht hätten, fand in den Berichten keinen Platz.

Neben den Landfahrern, die ihre billigen Ramschteppiche mit levantinischen Betrügertricks verkaufen, verdienen natürlich auch die Herstellerwerke und Teppichgroßhändler recht gut an diesem Gewerbe. Diese vertreiben ihre Ware mit Hilfe sogenannter Verkaufsfahrer. Mehrmals in der Woche holen die Verkaufsfahrer in Auslieferungslagern der Firmen eine Ladung Teppiche ab. Damit fahren sie die Lagerplätze der Zigeuner ab. Sie wissen genau, wann und wo sie die einzelnen Familienmitglieder Verkaufssippen antreffen. Die Ware wird auf dem Wohnwagenplatz sofort bar bezahlt, und der Verkaufsfahrer führt den schreibunkundigen Zigeunern sogar meist noch die »Geschäftsbücher«, so die Straßensteuerhefte, die die Zigeuner in größeren Abständen den Finanzämtern vorlegen. In den Steuerheften ist von Riesengewinnen nichts zu finden. Die Händler geben gewöhnlich nur Gewinnspannen von 50% oder 80% an.

Die Polizei sieht dem Treiben seit mehreren Jahren zu. Sie ist recht genau über den Ablauf und Umfang der Geschäfte orientiert. Nachdem sie sich vor den Gerichten aber einige Abfuhren geholt hat, tritt sie in Sachen Landfahrer besonders kurz. Vorbeugend etwas gegen Teppichhändler zu unternehmen, hat sich nicht ausbezahlt. Und im nachhinein ist so gut wie nie festzustellen, welcher der schnellbeweglichen Zigeuner wo aufgetreten ist. In ihrem einheitlich südländischen Aussehen werden sie von den betroffenen Zeugen nur schwer identifiziert. Sie wechseln auch oft absichtlich ihr Äußeres und tauschen darüber hinaus Fahrzeuge und Begleitpersonen untereinander aus.

Die Lieferfirmen der Teppiche geben sich ähnlich wie die Schreibmaschinenhersteller im Zusammenhang mit dem betrüge-

* Bayern hat als einziges Land der Bundesrepublik eine besondere Ordnung für Personen erlassen, die ohne feste Beschäftigung und ohne festen Wohnsitz im Land umherziehen. Sie bietet den Behörden eine – meist nur theoretische – Möglichkeit, diesen Personenkreis besonders zu kontrollieren.

rischen Schreibmaschinenhandel kaum eine Blöße. Ihnen nachzuweisen, daß sie oder ihre Verkaufsfahrer wüßten, auf welche Art und Weise die vielen billigen Teppiche abgesetzt werden, ist schlechterdings unmöglich. Das Argument, daß niemand mit reellen Methoden so viele Teppiche in so kurzer Zeit verkaufen könne, tun sie als schlichte Vermutung ab.

Selbst die Finanzämter, deren Steuerfahndung mit den übrigen Bürgern nicht allzu zimperlich umgeht, üben im Umgang mit Zigeunern vornehme Zurückhaltung. Nahezu widersprchslos akzeptieren sie die Aufzeichnungen über Einnahmen und Umsätze, die die Händler von den Verkaufsfahrern in ihren Straßensteuerheften vornehmen lassen. Obwohl es für die Steuerbehörden mit Hilfe des Bundeskriminalblattes und der Landeskriminalblätter relativ einfach wäre, sich über die Geschäftsmethoden der Teppichhändler zu unterrichten, ist von Bemühungen der Finanzämter, die echten »Gewinnspannen« in diesem Gewerbe zu ermitteln und sie entsprechend zu versteuern, so gut wie nichts bekannt. Daß man mit einem Einkommen von 800,- oder 1000,- DM eine vielköpfige Familie und einen dauernd laufenden Mercedes 220 inklusive Wohnwagen kaum unterhalten und dazu noch Vermögen bilden kann, wird geflissentlich übersehen.

Es ist daher kaum verwunderlich, wenn sich auch bei der Polizei gegenüber kriminellen Landfahrern Resignation breitmacht. Wie soll ein Polizist seine Arbeit ernst nehmen, wenn es ihm ergeht wie jenen Beamten, die im Frühjahr 1965 alles daransetzten, die sogenannte Liebe-Bande zur Strecke zu bringen?

Mehrere Angehörige der beiden Landfahrersippen Liebe und Müller hatten sich im Sommer 1964 auf einen neuen Trick spezialisiert. Sie erschienen als angebliche Beamte der Baubehörde in älteren Häusern, in denen betagte Bürger wohnen. Sie erklärten, die Häuser müßten auf Baufälligkeit untersucht und gegebenenfalls abgerissen werden. Einer der »Beamten« nahm mit den Bewohnern eine Besichtigung des Hauses vor, während der andere vorgab, im Wohnraum noch ein Formular ausfüllen zu müssen. Sowie er allein war, begann er Kästen und Schränke zu durchsuchen und fand auch meist, was er suchte: Bargeld, Sparbücher und Wertsachen. Wenn in Wohnräumen nichts zu finden war, so verstand es der »Besichtiger«, im Schlafzimmer die Begleitpersonen für einen kurzen Augenblick wegzuschicken. Mit sicherem Griff fand er dann die Ersparnisse im Wäscheschrank oder im Nachttisch.

Oft traten die Täter auch als Beamte des Sozialamtes auf. Sie überbrachten den betagten Hausbewohnern die Nachricht, daß ihre Rente aufgebessert würde, und überreichten einen Fünfzigmarkschein als »Anzahlung«. Arglos holten die Opfer ihre Geldkassette hervor, um den Schein zu verwahren. Wieder folgte eine Hausbesichtigung. Sie war angeblich notwendig, um sich einen Überblick über die sozialen Verhältnisse der Rentner zu beschaffen. Nach bewährtem Muster blieb einer der Täter in dem Raum zurück, in dem die Geldkassette aufbewahrt war, und stahl den gesamten Inhalt.

Die Opfer der Liebe-Bande, die in wenigen Monaten in 230 bekanntgewordenen Fällen über 130 000,- DM erbeutete, waren überwiegend betagte Rentner und andere hilflose Personen. Als sich die Anzeigen massierten – allein im Bereich Bonn wurden im Zeitraum von wenigen Wochen 23 Diebstähle dieser Art gemeldet –, setzte der nordrhein-westfälische Innenminister beim Landeskriminalamt in Düsseldorf eine Sonderkommission gegen die Trickdiebe ein. Die Beamten hatten früher Erfolg, als sie nach den gängigen Spielregeln mit kriminellen Zigeunern annehmen durften.

Am 23. April 1965 wurden in Köln drei Mitglieder der Liebe-Bande festgenommen. Wenige Tage später erschien beim Haftrichter die Mutter des Landfahrers Dominik Liebe, eines der festgenommenen Bandenmitglieder. Die Zigeunerin legte dem Haftrichter 10 000,- DM Kaution auf den Tisch und bettelte um die Freilassung ihres Sohnes. Der Richter gab der Frau die Hälfte zurück und meinte, 5000,- DM täten es auch. Er ließ Dominik Liebe wieder frei mit der Auflage, dem Gericht eine Übersicht derjenigen Messen und Märkte zusammenzustellen, auf denen der Landfahrer in den nächsten Monaten als Schausteller aufzutreten gedachte. Der Haftrichter wollte damit gewährleistet wissen, daß Domnik jederzeit eine Vorladung zugestellt werden konnte.

Die paradiesischen Freiheiten, die in der Bundesrepublik auch notorisch kriminellen Zeitgenossen geboten werden, verfehlen ihre Wirkung nicht. Aus Frankreich und Italien, aus Ägypten, Algerien und Marokko brechen neben vielen anderen Einzelgängern auch große Zigeunersippen auf, um im deutschen Wunderland ihr großes Geschäft zu machen. Mit meisterhaftem Geschick verstehen sie, sich lästigen Einreiseformalitäten und Kontrollen zu entziehen. Unerkannt reihen sie sich in das Heer der Teppich- und Deckenhändler oder der Wechselfallendiebe (Etwa 500, oft auf »Familienschulen« speziell ausgebildete Wechselfallenschwindler und -diebe reisen in der Bundesrepublik umher und ergaunern beim Geldwechseln in Einzelhandelsgeschäften oder auch an Bankschaltern Beträge bis zu 10 000,- Mark.)

Selbst aus den Ostblockländern finden sie den Weg ins Paradies – nicht selten von den dortigen Behörden inoffiziell gefördert. Die jugoslawische Regierung stattete zum Beispiel im Sommer 1962 über hundert unliebsame Zigeuner mit Pässen aus und ließ sie als »Touristen« nach Frankreich reisen. Die französische Botschaft in Belgrad erteilte als Sachwalterin deutscher Interessen* ein Durchreisevisum, ganz offensichtlich in der weisen und später zutreffenden Voraussicht, daß keiner der Reisenden die deutsch-französische Grenze je überschreiten würde.

Allein in den acht Monaten von Oktober 1964 bis Juni 1965 sind, wie das Bundeskriminalamt feststellen konnte, aus Polen 45 Landfahrer illegal in die Bundesrepublik eingereist. Sie meldeten sich in Nordrhein-Westfalen bei der Polizei und stellten Asylanträge als politische Flüchtlinge. Die Anträge wurden abgelehnt, aber noch bevor die Zigeuner abgeschoben werden konnten, begaben sie sich mit unbekanntem Ziel auf Wanderschaft. Ihre Stammesbrüder hatten sie inzwischen mit gefälschten Papieren ausgerüstet und nach Ablehnung der Asylanträge in die Armee der Teppichhändler eingereiht.

*

Es gibt eine Reihe von Indizien, die die Annahme zulassen, daß beim betrügerischen Teppichhandel die Initiativen von den Zigeunern ausgehen und die Lieferfirmen das böse Spiel nur mitmachen. Wenn damit die Verantwortung der Lieferanten auch nicht geschmälert wird, so unterscheidet sich ihr Handeln doch von jenen Firmen, die ihrerseits den Vertretern nicht nur kriminelle Tricks beibringen, sondern sie darüber hinaus nötigen und erpressen, diese Tricks anzuwenden. Die Kripo konnte in den letzten Jahren mehrfach solche Betrugskomplexe ausleuchten. Zur Strecke gebracht hat sie die Hintermänner jedoch nicht. Die Gerichte begnügten sich jeweils damit, die Vertreter zu bestrafen. Rein formal waren sie und nicht ihre Chefs die Täter.

Besonders deutlich wurden die kriminalpolitisch so alarmierenden Verhältnisse bei Ermittlungen gegen das sogenannte »Verblitzergewerbe«. Auch hier ist es in erster Linie die verbreitete Unwissenheit über geschäftliche, politische und gesellschaftliche Zusammenhänge unseres Alltags, die die Opfer wie eine führerlose Schafherde dem genormten Betrugssystem ausliefert:

13. Juni 1960. Zwei Vertreter der Nürnberger Firma *Lang & Co.* erscheinen mit einem alten Opel-Rekord in einem kleinen Ort bei Ahlen in Westfalen. Der Jüngere trägt einen blauen Monteuranzug, der Ältere ist großstädtisch gekleidet: hellgrauer Anzug, weißes Hemd und dezent gemusterte Krawatte. Die beiden schikken sich an, das Dorf zu »verblitzen«, das heißt, Blitzableiter zu verkaufen.

Vor einem kleinen Bauernhof, an dem sie keine Blitzschutzan-

---

* Die Bundesrepublik unterhält zu Jugoslawien keine diplomatischen Beziehungen.

lage sehen, halten sie den Wagen an. *Hermann Fröhlich,* der Jüngere, nimmt aus dem Wagen ein Meßband und mehrere rot-weiße Fluchtstangen, wie sie auf den Baustellen und von Landvermessern benutzt werden. Mit wichtiger Miene beginnt er an der Grenze des Grundstücks entlangzuschreiten, steckt etwa alle 10 Meter eine Fluchtstange in die Erde, hantiert mit dem Meßband und ruft *Gustav Tietgen,* seinem älteren Kollegen, einige imaginäre Zahlen zu.

Tietgen hat inzwischen einen Schnellhefter mit zahlreichen Formularen und einem Skizzenblock in der Hand. Er notiert die Zahlen und ruft zurück: »Jetzt bitte mal die Maße bis zur Hauswand.«

»Ja, ist gut, Herr Baurat«, antwortet Fröhlich und geht auf das fremde Grundstück. Ungeniert beginnt er, an dem Gebäude herumzumessen, zieht das Meßband durch ein Blumenbeet und tut ganz so, als sei er hier zu Hause.

Es dauert nicht lange, und die Bäuerin entdeckt den fremden Mann auf ihrem Hof. »Hallo, Sie, was machen Sie denn da?« ruft sie.

»Wir messen nur den Abstand der Häuser. Wir sind von der Feuersozietät.«

Die »Feuersozietät« in Münster ist die öffentlich-rechtliche Landesbrandkasse für Westfalen, bei der die meisten Gebäude des Landes obligatorisch versichert sind. Als gemeinnützige Anstalt genießt die »Feuersozietät« großes Ansehen im Lande. Ihre Vertreter und Inspektoren werden gemeinhin respektiert wie Beamte.

Die Stimme der Bäuerin wird um einige Grade freundlicher, als sie weiterfragt: »Von der ›Feuersozietät‹? Was wollen Sie denn da mit unserem Haus?«

»Es ist vielleicht nicht richtig gebaut worden hier in der Gegend. Ich meine nach den Vorschriften«, antwortet Fröhlich und hantiert dabei ungestört mit seinen Meßinstrumenten weiter.

In diesem Augenblick kommt der Bauer aus der Haustür. »Was höre ich da?« fragt er interessiert. »Nicht richtig gebaut?«

Der junge Mann im blauen Monteuranzug beschwichtigt: »Ich will nichts gesagt haben. Sie können ja mit dem Baurat reden, der versteht mehr davon.« Bei diesen Worten zeigt er auf Tietgen, der nun ebenfalls auf das Grundstück kommt und das Ehepaar begrüßt.

»Entschuldigen Sie, wenn wir hier so eindringen. Ich dachte, es sei niemand zu Hause. Mein Name ist Tietgen. Wir kommen von der ›Feuersozietät‹ in Münster. Wir müssen hier die effektive Bebauungsdichte feststellen.«

»Wieso, ist was nicht in Ordnung?« möchte der Bauer wissen.

»Wahrscheinlich nicht«, antwortet Tietgen. »Das heißt, genaugenommen nur im Hinblick auf die neuen Vorschriften nicht.«

Der Bauer runzelt die Stirn. »Neue Vorschriften?« fragt er.

Gustav Tietgen erklärt dem Bauern nun, daß im Bundestag ein neues Gesetz in Arbeit sei, das eine erhebliche Verschärfung der Feuerschutzbestimmungen mit sich bringe. Er sei beauftragt, die Bebauungsdichte festzustellen. Auf die Frage des Bauern, was dann die Folge der neuen Bestimmungen sein könnte, meint Tietgen beiläufig: »Nun, schlimmstenfalls müsse mit der Abbruchverfügung für besonders gefährdete Gebäude gerechnet werden. Aber dazu werde es wohl kaum kommen, wenn die Hausbesitzer vorher vernünftig genug seien und verstärkte Schutzeinrichtungen, vor allem Blitzschutzanlagen, an ihren Häusern anbringen ließen.«

Hier auf dem Hof sei eine solche Blitzschutzanlage auch angebracht, meint der Baurat. Und jetzt, solange das Gesetz noch nicht in Kraft sei, könne der Bauer auch noch einen Zuschuß von der »Feuersozietät« in Höhe von 25% der Anlagekosten erhalten. Später werde dieser Zuschuß sicher wegfallen. Denn wenn das Gesetz ohnehin alle Hausbesitzer zum Bau einer Blitzschutzanlage verpflichte, habe es die Feuersozietät natürlich nicht mehr nötig, für besseren Feuerschutz zu werben.

Bald sitzt Gustav Tietgen mit dem Bauern und seiner Frau in der Wohnstube. Der Gehilfe im Monteuranzug nimmt draußen bereits Maß für den Blitzableiter. Der »Baurat« berichtet indessen, daß er rein zufällig in der Lage sei, dem Bauern zu einem preiswerten und guten Blitzableiter zu verhelfen. Um die Bezahlung brauche er sich keine Sorgen zu machen. Der Betrag könne so langfristig abbezahlt werden wie Hypotheken. In den ersten zwei Jahren würden für die Stundung der Anlagekosten auch keine Zinsen erhoben. Und 25% der Kosten trage, wie gesagt, ohnehin die »Feuersozietät«.

Das Angebot erscheint verlockend. Trotzdem ist der Bauer nicht bereit, einen Blitzableiter zu bestellen. Er glaubt, eine solche Einrichtung sei auf seinem relativ kleinen Haus nicht notwendig. Darüber hinaus bedrängt ihn seine Frau seit Monaten, endlich eine Waschmaschine anzuschaffen. Wenn er ihr diesen Wunsch jetzt bald erfüllen will, dann möchte er nicht gleichzeitig weitere Belastungen übernehmen.

Gustav Tietgen ist seit mehreren Jahren in diesem Geschäft tätig. Er kennt die Mentalität seiner Kundschaft. Deshalb hat er auch nicht damit gerechnet, daß der Bauer jetzt schon einschlägt. Er hat noch einen gewichtigen Trumpf in der Hinterhand. Als die Bäuerin sagt, ihre Waschmaschine sei erst einmal wichtiger, spielt er ihn aus:

»Also, hören Sie, liebe Frau«, sagt er, »das würde ich mir aber doch überlegen.«

Gustav Tietgen öffnet das Ringbuch, das er bisher immer unter dem Formularblock getragen hat. Es enthält eine makabre Sammlung von Unglücksmeldungen, Zeitungsberichten über Großbrände, Bilder von brennenden Häusern usw.

Tietgen schiebt das Buch dicht vor die Eheleute. Langsam blättert er die Seiten um. Eine dramatische Zeichnung, die ein Gehöft zeigt, in das gerade der Blitz einschlägt und aus dem Mensch und Tier in panischer Angst fliehen, kommentiert er pathetisch: »Ja, das Unglück schreitet schnell.« Zum Foto einer Menschenansammlung, die ratlos um die rauchenden Trümmer eines Hauses herumsteht, sagt er: »Die Leute hier haben auch nicht damit gerechnet, daß es sie treffen würde. Sie hatten auch keinen Blitzableiter auf dem Haus.«

Beim nächsten Bild deutet Tietgens Zeigefinger auf eine Gruppe Verzweifelter: »Diese Hausbesitzer hier müssen jetzt noch Rente für eine fremde Familie bezahlen. In ihrem Haus ist ein Mann umgekommen, der gerade zu Besuch war.«

Die Bäuerin starrt stumm auf die Fotos. Die Angst, die in ihr aufkommt, steht ihr im Gesicht geschrieben.

Ungerührt blättert Gustav Tietgen weiter. Bilder und Berichte werden immer drastischer. Berge von toten Schweinen, angekohlte Rinderleichen und schließlich aufgebahrte Kinder und der blutüberströmte Kopf einer Frauenleiche. Darunter der Hinweis: »Diese vom Blitz getötete Mutter hinterließ drei unmündige Kinder.«

Der Bäuerin entringt sich ein Stöhnen: »Mein Gott, das ist ja schrecklich!«

Der »Baurat« klappt die »Blitzfibel«, wie das Schreckensbuch unter den Vertretern genannt wird, zu und erläutert seelenruhig das letzte Bild: »Die Kinder der Frau leben heute im Waisenhaus.« Nach einer Kunstpause fragt er: »Na, jetzt wollen Sie doch wohl einen Blitzableiter, wie?«

Gustav Tietgen hat es geschafft. Das Ehepaar ist bereit, die Blitzschutzanlage zu bestellen. Preis ca. 620,- DM.

Genau zum richtigen Zeitpunkt kommt der junge Mann im Monteuranzug in die Wohnstube. Er bringt die Maße des Hauses, die auf dem Bestellschein notiert werden müssen.

Das Geschäft hat eine halbe Stunde gedauert. Gustav Tietgen und sein Gehilfe haben daran etwa 120,- DM verdient. Die beiden Vertreter setzen sich in ihr Auto und fahren zum nächsten Gehöft, das keinen Blitzableiter besitzt. Im Laufe des Tages »verblitzt« das Paar noch vier Bauernhöfe und drei Einfamilienhäuser.

Gustav Tietgen weiß, daß es in wenigen Wochen für seine Kunden ein bitteres Erwachen geben wird. Wenn nämlich die Montagekolonne der Firma Lang im Dorf erscheint, werden die Hausbesitzer erfahren, daß sie nach dem Vertrag, den sie unterschrieben haben, den Preis für die fertige Blitzschutzanlage im Zeitraum von 6 Monaten bezahlen müssen. Sie werden fernerhin merken, daß die notwendigen Erdarbeiten besonders berechnet oder nicht ausgeführt werden. Der Montageleiter wird den Hereingelegten weiter offenbaren, daß sie natürlich, wenn sie unbedingt wollten, von dem Vertrag zurücktreten könnten. In diesem Falle müßten sie aber entsprechend der einschlägigen Bestimmungen des Vertrages und des Bürgerlichen Gesetzbuches 40% der Vertragssumme für »entgangenen Gewinn« bezahlen.

Angesichts dieser Zwangslage werden sich dann die meisten Hausbesitzer entschließen, den Blitzableiter montieren zu lassen. Sie werden sich sagen, ein Blitzableiter auf dem Dach ist besser, als 40% der Kaufsumme in den Schornstein zu schreiben.

Gustav Tietgen ist nur einer von etwa 250 betrügerischen Blitzableitervertretern, die eine Sonderkommission »Blitzschutz« beim Landeskriminalamt in Düsseldorf Anfang der sechziger Jahre festgestellt hat. Leiter der Kommission war Oberkommissar Jakob Bons. Etwa 1000 Geschädigte konnte er allein im Bereich des Landes Nordrhein-Westfalen und den angrenzenden Gebieten in Niedersachsen und Hessen feststellen. Die echte Zahl der Geschädigten ist aber auch hier um ein Vielfaches größer. Die Mehrzahl der Hereingelegten, die zu guter Letzt die Blitzschutzanlage doch genommen haben, wollte sich nicht auch noch mit einer Anzeige belasten.

Im Laufe der Zeit erfuhr der Trick manche individuelle Abwandlung. Mehrere Vertreter glaubten besonderen Erfolg zu haben, wenn sie den Hausbesitzern erzählten, die Brandversicherung würde bei eventuellen Schadensfällen künftig nicht mehr bezahlen, wenn die Häuser nicht mit Blitzschutzanlagen ausgerüstet seien. Andere Vertreter versprachen »Zuschüsse vom Grünen Plan« oder auch »Beiträge von der AOK«.

Eine Blitzschutzfirma ließ sich einen besonderen Trick einfallen: Sie druckte blaue Handzettel in der Form von Antragsformularen, adressiert an eine der Landesbrandkassen. Darunter stand »Antrag auf Gewährung einer Beihilfe zum Bau einer Blitzschutzanlage«. Die Vertreter ließen diese Zettel von einem Vorreiter verteilen. Später erschien dann der Hauptvertreter bei den Hausbesitzern und fragte, ob bereits jemand von der Landesbrandkasse dagewesen sei und einen blauen Gutschein abgegeben habe. Wurde dem Vertreter nun der Zettel gezeigt, behauptete er, seine Firma würde diese Gutscheine einlösen, das heißt, bei Bestellung einer Blitzschutzanlage mit 25% der Bausumme in Zahlung nehmen.

In den meisten Fällen wurden diese blauen Anträge überhaupt nicht weitergegeben. Sie wanderten in die Kundenakten der Blitzschutzfirmen. Die Anträge hätten auch kaum den gewünschten Erfolg gehabt, denn die Versprechungen der Vertreter hinsichtlich der Zuschüsse der Feuerversicherungen waren wie die meisten anderen Zusicherungen falsch.

Es ist zwar richtig, daß einige Brandversicherungen – also durchaus nicht alle – den Bau von Blitzschutzanlagen fördern. Ein Zuschuß ist jedoch stets auf die Höhe einer Jahresprämie beschränkt. Und auch diese Zuschüsse werden gewöhnlich nur gewährt, wenn sie vor Bestellung der Blitzschutzanlage bei der Feuerversicherung beantragt sind und die Versicherung die Notwendigkeit der Anlage im Einzelfalle geprüft hat.

Die Frage der Nützlichkeit von Blitzschutzanlagen wird von neutralen, also kommerziell nicht interessierten Fachleuten nicht einheitlich beantwortet. Einigkeit besteht lediglich darüber, daß an besonders hohen, herausragenden und einzeln stehenden Bauwerken, wie etwa Türmen, Hochhäusern oder Masten gutgebaute Blitzableiter eine echte Schutzfunktion erfüllen. In bebauten Siedlungsgebieten wird die Notwendigkeit von Blitzableitern für normale Häuser von den meisten Experten verneint. Eine nicht fachgemäß angelegte Anlage – nicht selten waren gerade die Blitzschutzanlagen jener Schwindelfirmen nachlässig und unfachmännisch montiert – kann jedoch eine besondere Gefährdung für ein Gebäude bedeuten. Daß unter diesen Umständen entgegen der Behauptung der Blitzschutzvertreter kein deutscher Gesetzgeber daran denkt, die obligatorische Ausrüstung aller Gebäude mit Blitzschutzanlagen zu verfügen, versteht sich von selbst.

Oft kamen die Hausbesitzer durch die unvorhergesehenen Zahlungsverpflichtungen in große finanzielle Schwierigkeiten. Die Montageleiter verstanden es, ihnen nach dem Anbau der Blitzschutzanlagen Wechselunterschriften abzuluchsen, so daß ein weiterer Zahlungsaufschub unmöglich wurde.

Die Männer der Düsseldorfer Sonderkommission kamen in diesem Zusammenhang einem Trick auf die Spur, der wieder einmal mehr offenbarte, wie die verheerende Unwissenheit über die einfachsten kaufmännischen Regeln und Gepflogenheiten immer wieder zur Wurzel krimineller Seuchen wird.

Die Montageleiter sagten zu den Bauern am Ende ihrer Arbeit: »So, nun müssen Sie uns noch ein Akzept geben.«

»Ein Akzept?« fragte der Angesprochene gewöhnlich. »Was ist denn das?«

»Wissen Sie denn das nicht?« fragte der Montageleiter großspurig. »Das kommt aus dem Lateinischen, acceptare (!) (richtig. Accipere, aber in dieser Form hat das Wort natürlich nicht die gleiche »Wirkung«.), das heißt soviel wie angenommen.« Der Montageleiter zeigte dem Hausbesitzer ein Wechselformular und deutete mit dem Zeigefinger auf das quergedruckte Wort »angenommen«, das den Unterschriftenraum des Akzeptanten markiert. »Hier müssen Sie jetzt unterschreiben zum Zeichen, daß Sie die Anlage erhalten und angenommen haben.«

Ohne zu wissen, was ein Wechselakzept für sie bedeutet, unterschrieben die meisten Kunden. Die Blitzableiterfirmen waren nun im Besitz einer Vertragsunterschrift und des dazugehörenden Wechsels. Sie konnten jederzeit die volle Vertragssumme eintreiben. Jeder Zivilrichter würde den Kunden zur Zahlung verurteilen, falls er Schwierigkeiten machen sollte.

Einige Firmen verfeinerten das System noch um einige Grade: Sie rüsteten die Bautrupps mit Formularblocks aus, bei denen jeweils in der Erstschrift eine Ecke ausgespart war. Unter der Erstschrift lag fein säuberlich geknickt ein Wechselformular, das nur mit dem Unterschriftsraum für den Akzeptanten und dem Wörtchen »angenommen« unter der ausgesparten Ecke hervorschaute. Die Kunden bekamen den ganzen Block zur Unterschrift gereicht. Ohne je ein Wechselformular, das sie wegen seiner typisch langgestreckten rechteckigen Form vielleicht erkannt hätten, zu Gesicht bekommen zu haben, gaben sie den Montageleitern ein Blankoakzept. Die Firmen konnten die Wechselformulare später ausfüllen, wie sie wollten.

Auf dieselbe Weise wurde vielen Bauern und Hausbesitzern auch die Rückseite eines Wechselformulars zur Unterschrift dargeboten. Sie verlängerten oder – wie der Fachmann sagt – sie prolongierten damit einen fremden Wechsel, für den sie später unter Umständen geradestehen mußten. Die Männer der Düsseldorfer Sonderkommission fanden unzählige Eifelbauern, die nicht nur ihre eigenen, sondern auch noch Blitzableiter fremder Kunden hatten bezahlen müssen.

Obwohl Jakob Bons und seine Männer die von den Firmen ausgegebenen Formulare beschlagnahmen konnten, wurden die Firmeninhaber nicht verurteilt. Sie saßen zwar zusammen mit ihren Vertretern auf der Anklagebank. Nach bewährter Manier verstanden sie es aber, die Schuld an allen betrügerischen Manipulationen auf die Vertreter abzuwälzen. Sie behaupteten, die Vertreter hätten alle Tricks aus eigenem Antrieb angewandt, um in den Besitz der Provisionen zu kommen. Die Tatsache, daß die Firmen ihre Vertreter und Montageleiter mit sämtlichen Formularen ausgerüstet hatten, daß sie auch die »Blitzfibeln« angefertigt und gegen eine Rückbelastung von 100,- DM an die Vertreter ausgegeben hatten, genügte den Richtern nicht, die Betrugsabsicht der Firmeninhaber als erwiesen anzusehen.

*

Gustav Tietgen ist einer der Blitzschutzvertreter, der für die Betrügereien eine wenn auch gelinde Quittung erhalten hat. Er wurde vom Landgericht Bonn im September 1962 in zweiter Instanz zu zehn Monaten Gefängnis verurteilt. Der Staatsanwalt hatte sich der Einfachheit halber in der Anklage auf neun einwandfreie Fälle beschränkt.

Auch Gustav Tietgens Vernehmungen bestätigten den Männern der Sonderkommission, was sie seit geraumer Zeit wußten: daß nämlich die meisten Vertreter nach einem ausgeklügelten System von den Blitzschutzfirmen sehr schnell in Abhängigkeit gebracht und zu ihrer weiteren Tätigkeit genötigt wurden. Das Zauberwort, mit dem die Firmen ihre Vertreter gefügig machten, hieß: Schulden.

Ohne es zu merken, hatte sich fast jeder neueingestellte Vertreter sehr schnell in diesem Schuldensystem verfangen. Es funktionierte nach folgendem Prinzip:

Die Vertreter hatten bei Annahme des Auftrages für einen Blitzableiter nach den Maßen des Hauses und der Preisliste der Firma einen für den Kunden verbindlichen »Festpreis« für die Blitzschutzanlage zu ermitteln und im Kaufvertrat zu verankern. Die Montagekolonnen hingegen mußten der Firma ihre eigenen »Endpreise« aufgeben. Sie berechneten sie nach der Anzahl der Arbeitsstunden und der Menge des verbrauchten Materials. Da diese Preise nur der internen Abrechnung dienten, brauchten sie den Kunden nicht vorgelegt zu werden. Ergaben sich nun Differenzen zwischen dem »Festpreis« der Vertreter – nur den brauchte der Kunde zu bezahlen – und dem »Endpreis« der Montagekolonnen, so wurde die Hälfte der Differenz dem Vertreter abgezogen bzw. gutgeschrieben.

Ohne Argwohn hatten sich die Vertreter bei ihrer Einstellung in einem entsprechenden Mitarbeitervertrag mit dieser Regelung einverstanden erklärt. Erst wenn es zu spät war, meist erst nach der ersten Quartalsabrechnung, erkannten sie die verhängnisvollen Folgen dieser Vertragsklausel. Plötzlich standen sie nämlich nach dieser Abrechnung mit 3000,- oder 4000,- DM bei der Firma in der Kreide.

Des Rätsels Lösung: Die Montagekolonnen erhielten Erfolgsprämien, die sich nach der Höhe ihrer Endpreise richteten. Mit anderen Worten: Je mehr Material sie verbrauchten und je mehr Stunden sie verbuchten, um so höher war ihr Wochenverdienst.

Die logische Folge dieser Abrechnungssystems: Die »Endpreise« der Montagekolonnen waren fast immer höher als die von den Vertretern errechneten »Festpreise«, die die Kunden zu bezahlen hatten. Die Vertreter hatten zwar ihre zwanzigprozentige Provision erhalten. Sie wurden nach Erstellung der Anlage aber regelmäßig um die Hälfte der von den Montageleitern verursachten Differenz rückbelastet.

Die Firmen legten ihren Vertretern nahe, durch eine Steigerung ihrer Vertragsabschlüsse das Schuldenkonto allmählich auszugleichen. Eine höhere Anzahl von Verträgen zu erreichen, sei erfahrungsgemäß nicht schwer, sie brauchten die bekannten Tricks nur energisch genug anzuwenden.

Äußerte ein Vertreter die Absicht, aus dem Gewerbe auszusteigen, oder brachte er – infolge korrekteren Auftretens – zuwenig Aufträge zustande, drohten die Firmen unverhohlen mit Zahlungsbefehlen und Zivilprozessen. Solange ein Vertreter bei seiner Firma ein Schuldkonto besaß, mußte er bei einem eventuellen Ausscheiden auch stets befürchten, daß die Firmen kurzerhand die letzten Provisionen zur Abdeckung ihrer vermeintlichen Ansprüche einbehielten.

Immer öfter konnte die Polizei in den letzten Jahren auch in den anderen Branchen ähnliche Verhältnisse feststellen. In einem Fall gelang es der Kripo, einige Kolonnenführer und Generalvertreter eines Direktverkaufsapparates festzustellen, die sich mehrmals in der Woche zwischen 10 und 11 Uhr in einer Gastwirtschaft unweit des Portals eines westfälischen Gefängnisses aufhielten.

Die Männer suchten Vertreter für den Absatz von Schreibmaschinen. Der Verkauf dieser Maschinen war mit einem Maschinenschreibkursus für Kinder gekoppelt. Die Vertreter traten fälschlich als Beauftragte der Schulen auf, sie versprachen den Eltern bessere Leistungen ihrer Kinder und größere berufliche Erfolgschancen, wenn sie das Kind durch einen »Förderkurs« ihres Institutes laufen ließen. Ähnlich wie bei Blitzableitern, Automaten und Melkmaschinen mußten die Vertreter mit faustdicken Lügen und Täuschungsmanövern arbeiten, wenn sie genügend Verträge zusammenbringen wollten, um von diesem Geschäft so leben zu können, wie sie sich das Leben vorstellten. Die weniger skrupellosen Vertreter kamen erfahrungsgemäß nicht auf ihre Kosten und wanderten wieder ab.

Generalvertreter und Kolonnenführer mußten sich somit stets um »Nachwuchs« bemühen. Sie fanden ihn morgens zwischen 10 und 11 Uhr, zur Entlassungsstunde, vor dem Gefängnistor. Immer, wenn ein Mann aus der kleinen Seitentür herauskam, der nach Kleidung und Habitus ein entlassener Betrüger sein konnte, sprachen sie ihn an und schleppten ihn in die Wirtschaft. Sie hielten ihn frei und boten ihm an, mit ihren Schreibmaschinen viel Geld zu verdienen. Es könne ihm nichts passieren, versicherten sie. Die Sache sei legal, und ihr Handel würde von erstklassigen Anwälten beschützt.

Nahm der Mann an, so gaben sie ihm einen kleinen Vorschuß und schickten ihn zu einer entlegenen Vertreterkolonne in die Lehre. Der entlassene Strafgefangene wohnte fortan im Gasthaus, führte ein aufwendiges Leben, aber er verdiente so gut wie nichts, denn er war nicht »eingearbeitet«.

Wenn er genug Schulden hatte, eröffnete ihm der Generalvertreter, nun sei die Zeit reif und er müsse anständig verdienen. Schließlich sei die Firma kein Wohlfahrtsinstitut. Er solle also nicht zimperlich sein. Wie man zu Aufträgen komme, habe er ja nun gelernt. Wollte der Mann nicht, drohte der Generalvertreter, ihn wieder ins Gefängnis zu bringen. Er habe hier im Gasthof Schulden gemacht. Das sei Zechbetrug, er gelte somit als Rückfalltäter, was automatisch eine höhere Bestrafung nach sich zöge.

In etlichen Fällen machte der Generalvertreter seine Drohung wahr. Er zeigte mehrere seiner Vertreter wegen Zechbetruges, Verletzung der Unterhaltspflicht und dergleichen an.

Die Ermittlungen gegen ihn selbst endeten wie viele Ermittlungen dieser Art ohne Anklage. Für den Fall, daß sie selbst beschuldigt würden, hatten die leitenden Herren solcher Schwindelfirmen stets mehrere schriftliche »Anweisungen« zur Hand, mit denen sie die Vertreter angeblich zur korrekten Handhabung ihres Geschäftes aufgefordert haben wollten.

Daß gerade diese Anweisungen sehr oft dazu dienen, frisch eingestellte Vertreter auf noch unbekannte Tricks aufmerksam zu machen, ist in der Branche der Direktverkäufer ein offenes Geheimnis. Trotzdem schützen diese Persilscheine die hauptamtlichen Hintermänner vor Bestrafung.

Da heißt es zum Beispiel in einer der Anweisungen, die sich die genannte Schreibmaschinenfirma von ihren Vertretern quittieren ließ: »Sagen Sie bei einem Kunden nie, daß Sie im Auftrag der Schule kommen. Sie würden mit diesem Argument zwar leichter einen Auftrag erhalten, den Kunden damit aber täuschen, und das ist nicht gestattet.«

Jeder Staatsanwalt, der vor Gericht – zutreffenderweise – ausführen würde, hier handle es sich in Wirklichkeit um eine Aufforderung zu eben der besagten Täuschung, müßten sich vom Verteidiger des Angeschuldigten fragen lassen, ob er denn der deutschen Sprache nicht mehr mächtig sei. Das geschriebene Wort müsse doch mehr Gewicht behalten als derartige Vermutungen, noch zumal wenn sie in einem Strafverfahren gegen einen Angeklagten vorgebracht würden. Schließlich gelte immer noch der alte Grundsatz: »Im Zweifelsfalle für den Angeklagten.«

Kein Staatsanwalt verbrennt sich da gern die Finger.

Den Trick mit der mißverstandenen Dienstanweisung haben einige Schwindelfirmen in neuerer Zeit auch auf die Kunden ausgeweitet.

So setzten die besagten Schreibmaschinenfirmen heute in ihre Verkaufsformulare den Satz: »Der Beauftragte der Firma . . . hat sich bei mir nicht als Vertreter der Schule oder einer Behörde ausgegeben.«

In der Gewißheit, daß die Kunden die Formulare nie gründlich lesen und einem geschickten Vertreter notfalls immer noch eine glaubwürdige Ausrede einfällt, erteilen die Opfer den Firmen zu allem nun noch die Bestätigung, daß sie auf legale, strafrechtlich nicht angreifbare Weise geschröpft worden sind.

Der Richter, sollte er angerufen werden, wird später nicht glauben, daß sich das Verkaufsgespräch genauso zugetragen hat, wie es die schriftliche Bestätigung des Kunden ausdrücklich verneint.

Kripo und Strafverfolgungsorgane werden also weiterhin an den Randsymptomen dieser Art Kriminalität herumlaborieren. Sie werden mit unendlich viel Aufwand versuchen, die Tätigkeit einzelner Vertreter in strafrechtliche Tatbestände zu fassen. An den Kern des Verbrechens kommen sie nicht, jedenfalls nicht so lange, wie der Gesetzgeber nicht Mittel und Wege findet, mit denen diesen modernen Formen asozialen Verhaltens besser begegnet werden kann.

Die Effektivität der Polizei wird notgedrungen immer weiter zurückgehen. Mit der Effektivität wird auch das Vertrauen in die Leistungsfähigkeit der Polizei weiter abnehmen. Damit wird aber der anständige Bürger noch mehr dem Verbrechen ausgeliefert. Denn das Vertrauen der Bevölkerung ist eine entscheidende Plattform für die Erfolge eines Polizeiapparates im Kampf gegen das Verbrechen.

Wie schnell es gerade organisierten Betrügerinnen gelingt, ganze Bevölkerungskreise fest in die Hand zu bekommen, wenn es am Vertrauen zu den Behörden mangelt, konnte die Redaktion »Vorsicht, Falle!« bereits nach ihrer ersten Sendung feststellen. Ein Zuschauer aus dem kleinen Ort Zewen bei Trier gab uns einen vertraulichen Hinweis auf zwei Vertreter, die mit einem unglaublich niederträchtigen Trick in Zewen ihre Geschäfte gemacht hatten. Wir gingen der Angelegenheit nach, recherchierten in Zewen und in den umliegenden Dörfern, befragten alle zuständigen Behörden, starteten schließlich mit Hilfe des rheinland-pfälzischen Gemeindetages eine Umfrage bei allen Bürgermeistern des Landes und standen dann plötzlich vor einem beängstigenden Tatbestand:

Viele tausend Kriegerwitwen und Angehörige von Gefallenen des letzten Weltkrieges waren seit Jahren von mehreren Schwindelfirmen genötigt und betrogen worden, ohne daß die Behörden von den Vorgängen Kenntnis erhalten hatten.

Die Geschichte, makaber von der ersten bis zur letzten Zeile, begann auf dem Friedhof.

*

Zewen ist ein Ort mit 3000 Einwohnern. Zur luxemburgischen Grenze sind es nur wenige Kilometer. Der Friedhof des Ortes liegt am Fuß der Berge, die das Moseltal begrenzen. Er wird vom Kriegerdenkmal überragt, das die Gemeinde für die Toten und Vermißten beider Kriege errichtet hat.

An einem trüben Sommertag des Jahres 1962 hält ein Auto mit einer Münchener Nummer vor dem Eingang des Friedhofes. Zwei Männer steigen aus und gehen zielstrebig auf das Denkmal zu. Einer zückt ein Notizbuch und beginnt die Namen der Gefallenen und Vermißten aufzuschreiben. 163 Bürger des Ortes Zewen sind nach dem Zweiten Weltkrieg nicht heimgekommen, 163 Namen für das Notizbuch der beiden Männer.

Mitwisser sind nicht erwünscht: Als eine alte Frau mit Gießkanne und Harke zwischen den Grabkreuzen auftaucht, verwandeln sich die beiden in andächtige Besucher.

Die Männer stehen nicht zum erstenmal vor einem Kriegerdenkmal. Sie wissen, daß es nicht schwer ist, in einem kleinen Ort die Hinterbliebenen und Familienangehörigen der Gefallenen zu finden, wenn man nur ihre Namen hat. Zunächst gehen die Männer zum Bürgermeisteramt.

Sie stellen sich als Vertreter des Münchener *Spitz-Verlages* vor und unterbreiten dem Bürgermeister das Angebot, für die Gemeinde Zewen ein Ehrenbuch anzufertigen, in das alle Gefallenen aufgenommen werden sollen. Das Buch sei dann öffentlich in der Gemeinde auszulegen, so daß jeder Besucher sehen könne, welche Opfer der Ort während des letzten Krieges gebracht habe.

Zewen habe doch ein schönes Kriegerdenkmal, meint der Bürgermeister.

»Ja, aber doch auf dem Friedhof«, erwidert einer der Männer. »Dort kommen doch auswärtige Besucher nur selten hin.« Deshalb habe sich der Spitz-Verlag entschlossen, Abhilfe zu schaffen. Viele Orte hier in der Umgebung hätten schon ein solches Buch bestellt, und es sei doch sicher nur nützlich, wenn auch Zewen ein solches Buch erhalte. Und, wie gesagt, Unkosten entstünden der Gemeinde überhaupt nicht.

Der Bürgermeister ist ein vorsichtiger Mann. Wie sie denn auf ihre Kosten kommen wollten, möchte er wissen. Schließlich habe doch auch ihr Verlag nichts zu verschenken.

Die beiden Männer sind aufeinander eingespielt. Sie haben ihren Spruch schon bei Hunderten von Bürgermeistern aufgesagt, und sie wissen, wie man ein Dorfoberhaupt zu nehmen hat. Es sei zwar richtig, der Herr Bürgermeister habe vollkommen recht, auch sie hätten nichts zu verschenken, beteuern sie. Das Ehrenbuch finanziere sich aber praktisch nebenbei, da sie gleichzeitig noch die Angehörigen der Gefallenen Erinnerungsmappen verkaufen wollten, auf rein freiwilliger Basis, versteht sich. Das Ganze sei gewissermaßen in doppelter Hinsicht ein gutes Werk: Erstens bekämen die Angehörigen ein bleibendes Andenken, und zweitens erhielte die Gemeinde ein repräsentatives Ehrenbuch.

Nun, wenn es wirklich nichts koste, meint der Bürgermeister schließlich, so wolle er der Sache nicht im Wege stehen. Und nachdem er einmal A gesagt hat, sagt er auch B, als ihn die Männer bitten, eine Bestätigung zu unterschreiben, die sie bei den Angehörigen der Toten vorlegen wollen.

Die Männer haben das Papier schon in doppelter Ausfertigung bereit. Der Text lautet: »Der Spitz-Verlag, München, wird für die Gemeinde Zewen ein Ehrenbuch für die Gefallenen und Vermißten des letzten Weltkrieges herstellen. Hiermit bestätige ich, daß die persönlichen Angaben über die Gefallenen diesem Ehrenbuch dienen, das im Bürgermeisteramt ausgelegt werden soll. Der Bürgermeister.«

Nachdem das Dorfoberhaupt die beiden Bescheinigungen unterschrieben und auch noch das Amtssiegel daraufgedrückt hat, trennen sich die Wege der beiden Vertreter. Einzeln suchen sie die Angehörigen der Gefallenen auf.

Auch an Maria Kusenichs Haustür klingelt es an diesem Morgen. Sie war in erster Ehe mit einem Mann namens Peter Lukasch verheiratet. Er ist bei Stalingrad gefallen, sein Name steht auf dem Kriegerdenkmal.

Der Vertreter stellt sich als *Adolf Wonz* vor. Er sagt, er käme von der Gemeinde, und er wolle sie wegen ihres gefallenen Mannes sprechen. Nachdem ihn die Frau eingelassen hat, erklärt er, die Gemeinde wolle ein Ehrenbuch für die Gefallenen des letzten Krieges einrichten, und da sollte natürlich auch ihr früherer Mann aufgenommen werden.

Selbstsicher und prüfend sieht sich der Vertreter im Raum um.

Auf der Kommode stehen mehrere Bilder, darunter auch ein Soldat in der Uniform der deutschen Wehrmacht.

»Ist er das?« fragt Adolf Wonz und nimmt das Bild in die Hand.

»Ja, das war im letzten Urlaub«, antwortet die Frau.

»Könnten Sie uns das Bild für ein paar Tage überlassen? Sie bekommen es nämlich noch eine Urkunde. Da können wir das Bild gleich verwenden.«

Frau Kusenich ist unsicher. »Ich weiß nicht«, sagt sie, »er war doch nur Gefreiter. Soll er denn da überhaupt mit hinein?«

Adolf Wonz holt zu einer großzügigen Geste aus. »Aber ich bitte Sie, Frau Kusenich, der Dienstgrad spielt doch gar keine Rolle. Ihr Mann ist genauso für das Vaterland gefallen wie ein General. In unserem Ehrenbuch sind alle gleich.«

Er holt einen Formularblock aus der Tasche und fragt weiter: »Also, Gefreiter war Ihr Mann? Ich muß das nämlich aufschreiben. Wir wollen ja nichts Wichtiges vergessen. Hatte Ihr Mann denn auch Auszeichnungen?«

»Auszeichnungen?« Maria Kusenich weiß nicht, was sie antworten soll.

»Na ja, ich meine Eisernes Kreuz, Verwundetenabzeichen oder so.«

»Ja, verwundet war er zweimal, einmal in Frankreich und dann in Rußland.«

Adolf Wonz läßt sich noch viel aus dem Leben des Gefallenen Peter Lukasch berichten: wann er eingezogen wurde, bei welcher Truppe er gedient und auf welchen Kriegsschauplätzen er gekämpft hat. Er notiert alles, und dann kommt er schließlich auf die Hauptsache:

»Sie bekommen also eine Urkunde, Frau Kusenich. Da steht dann alles drin, was Ihr Mann gewesen ist und was er durchgemacht hat. Und das Ehrenbuch, in das er aufgenommen wird, liegt dann in der Gemeinde aus. So, und wenn Sie nun eine kleine Anzahlung machen würden, zehn Mark, meine ich, wären angebracht.«

»Anzahlung? Kostet das denn was?« Maria Kusenich wird skeptisch.

»Ja, natürlich, Frau Kusenich. Sehen Sie, wir haben doch Kosten. Der Graphiker muß bezahlt werden und so weiter.«

Die Frau setzt sich zur Wehr: »Sie sagten doch, das macht die Gemeinde.«

»Nun ja, die Gemeinde ist an dem Buch interessiert. Sehen Sie her, hier ist die Bescheinigung vom Bürgermeister.« Wonz reicht der Frau das Papier, das er sich im Gemeindebüro hat unterschreiben lassen. Dabei erklärt er: »Der amtliche Stempel ist auch drauf.«

»Ja, ich sehe schon«, wehrt die Frau ab. »Aber weshalb soll ich dafür Geld ausgeben?« fragt sie unbefangen.

Die Stimme des Mannes wird drängend. »Na, hören Sie mal. Ist Ihnen denn das Ihr gefallener Mann nicht wert?«

»Das schon«, sagt die Frau, »aber so dick haben wir es ja auch nicht. Was kostet denn das alles? Sie sagen, das sei erst die Anzahlung?«

»Vierzig Mark.«

»Was? Vierzig Mark?« Frau Kusenich ist erschrocken. »Um Gottes willen, das ist ja fast mein ganzes Wirtschaftsgeld für eine Woche.«

Der Vertreter läuft zu einer theatralischen Geste auf. »Also, wissen Sie«, sagt er mit vorwurfsvoller Stimme, »Ihr Mann läßt sein Leben, und Sie jammern um eine Woche Wirtschaftsgeld? Was sollen denn die Leute hier im Dorf denken, wenn alle Gefallenen aufgeführt sind und ausgerechnet Ihr Mann nicht?«

Maria Kusenich erschrickt. Etwas kleinlaut sagt sie: »Das geht doch die Leute nichts an.«

»Das glauben Sie doch selbst nicht«, entgegnet Adolf Wonz. »Sie wissen doch, wie die Leute sind. Die machen sich so ihre Gedanken. Sie sind ja auch wieder verheiratet, nicht wahr?«

Frau Kusenich versteht nicht, worauf der Mann hinaus will. »Was hat denn das damit zu tun?« fragt sie.

»Ist doch klar. Die Leute sagen einfach: Die hat für ihren ersten Mann schon lange nichts mehr übrig gehabt. Wer weiß, wahrscheinlich hat sie den zweiten auch schon früher gekannt, als der erste noch im Feld war.«

Nun versteht Maria Kusenich. Die Empörung verschlägt ihr den Atem. Nur mühsam bringt sie die Worte hervor: »Hören Sie, das ist ja niederträchtig. So was . . .«

»Ja, wissen Sie denn nicht, wie niederträchtig die Leute sind?« Adolf Wonz gibt sich wieder ganz gelassen. Für ihn ist die Situation nicht neu. Er erlebt diese Szene mehrmals am Tag. Seine Stimme ist an dieser Stelle des Gespräches immer besonders mitfühlend.

Maria Kusenich überlegt. »Nun ja, da haben Sie eigentlich recht«, sagt sie zögernd, »die Leute sind wirklich niederträchtig.«

Adolf Wonz weiß, daß er gewonnen hat. Er schiebt der Frau den Auftragsblock zur Unterschrift zu. Dabei sagt er: »Na also, dann verschmerzen Sie mal die vierzig Mark. Sie tun ein gutes Werk, und Sie werden nicht scheel angesehen.«

Nach einer halben Stunde »Bearbeitung« durch Adolf Wonz unterschreibt Frau Kusenich eine Bestellung für die Aufnahme ihres Mannes in das Ehrenbuch.

Der andere Vertreter ist nicht weniger erfolgreich. Er arbeitet nach dem gleichen Muster. Als Adolf Wonz Frau Kusenichs Wohnung verläßt, hat er schon die zweite Kundin in der Zange.

Mit hinterhältiger Routine kämpfen die beiden Männer etwaigen Widerstand nieder. Sie schmeicheln und drohen. Wenn nichts anderes mehr hilft – der Hinweis auf die klatschenden Nachbarn zieht fast immer. Im Zeitraum von zwei Tagen bringen die Vertreter in Zewen insgesamt 47 Unterschriften zusammen.

47 Familien erhalten dann nach wenigen Wochen einen umfangreichen Brief, per Nachnahme, versteht sich. Der Inhalt ist überall gleich: zwei Bogen Papier in einer billigen Plastikhülle.

Auf den einen Bogen sind mit verschnörkelten gotischen Buchstaben sieben Worte gedruckt:

»Urkunde über die Teilnahme am Zweiten Weltkrieg.«

Keine Unterschrift, kein Siegel, nichts. Jeder Mensch kann sich so viele solcher Urkunden ausstellen, wie er will. Auf dem zweiten Bogen ist ein Ausschnitt jenes Bildes aufgeklebt, das der Vertreter bei der Entgegennahme des Auftrages mitgenommen hatte. Darunter hat ein Schriftgraphiker jeweils den Namen, das Geburts- und Sterbedatum und einige Stationen aus dem Lebensweg des Gefallenen aufgeführt.

Das Ganze sind die »Erinnerungsmappen«, von denen die Vertreter auf dem Gemeindebüro gesprochen hatten. Jede einzelne dieser Mappen repräsentiert einen rein materiellen Wert von höchstens fünf Mark, inklusive aller Druck- und Schreibarbeiten. Für die Angehörigen besitzen sie praktisch keinen Wert. Mappe und Urkunde machen einen derart naiven und auch primitiven Eindruck, daß sie sich kaum als ehrenvolles Erinnerungsstück an einen Toten eignen.

Noch schlimmer stehen die Dinge um das sogenannte »Ehrenbuch«, das nach einigen Monaten tatsächlich auf dem Gemeindebüro in Zewen eintrifft. Es handelt sich um einen schlichten Aktenordner, auf dessen Plastikdeckel das Wort »Ehrenbuch« geprägt ist. Analog zu den 47 bezahlten Mappen enthält der Aktenordner je ein Blatt, praktisch eine Zweitschrift aus der Erinnerungsmappe, jedoch ohne Bild. Die 116 übrigen Gefallen und Vermißten des Ortes sind auf mehrere Blätter alphabetisch aufgeführt, so wie die Vertreter sie am Kriegerdenkmal abgeschrieben haben.

In dem Ordner steckt inklusive aller Druck- und Schreibarbeiten ein Herstellungswert von höchstens 150,- DM. Zusammen mit 47 Erinnerungsmappen sind dem Spitz-Verlag in Zewen also etwa 400,- DM Materialkosten entstanden.

2000,- DM aber haben die Vertreter aus der Gemeinde herausgeholt. Der Gegenwert, den die Opfer erhalten haben, ist gleich Null.

Überall, wo wir uns auf die Spur der Vertreter setzten, fanden wir das gleiche Bild, in den Dörfern an der Mosel, im Hunsrück und in der Eifel: Die Bürgermeister holten zwischen verstaubten Gemeindeakten – oft auch aus Abstellräumen – die Ehrenbücher des Spitz-Verlages hervor. Mitunter hatte auch der Pfarrer die Rolle des Bürgermeisters übernommen und sich nach Hergabe entsprechender Empfehlungsschreiben die Ehrenbücher für die Angehörigen der Gefallenen andrehen lassen.

Die geschädigten Angehörigen schimpften ein wenig, je nach Temperament laut oder unterdrückt. Anzeige hatte keiner erstattet. Alle schämten sie sich, wegen 40,- DM das Andenken an einen Toten anzutasten. Wenn man schon einmal hereingefallen sei, so dachten die meisten, dann müsse einem die Ruhe eines Toten 40,- DM wert sein.

Die Polizei wußte von den Vorgängen nichts. Der Dorfpolizist nicht, die Kreisbehörde und auch das Landeskriminalamt nicht. Selbst zu den Kriegsopferverbänden war von den seit 15 Jahren betriebenen Geschäften nichts gedrungen. Als wir bei der Godesberger Zentrale des »Reichsbundes für Kriegs- und Zivilbeschädigte« anfragten, begann der Verband seinerseits Ermittlungen anzustellen. Er kam zu verblüffenden Ergebnissen:

Es waren nicht nur der Münchener Spitz-Verlag, sondern auch noch zwei weitere Unternehmen mit dieser Ehrenbuchmasche unterwegs. Die Vertreter waren oft erst vor wenigen Wochen aufgetreten. Daraus ließ sich der Schluß ziehen, daß die Schwindelverlage in bestimmten Regionen gerade zu neuen Aktivitäten ansetzten. In einigen Ortschaften Norddeutschlands hatten sich sogar Ortsvorsitzende des Reichsbundes von den Betrügern in das Geschäft einspannen lassen und die Rolle des Ehrenbuchempfängers übernommen. Zweihundert Eintragungen erwiesen sich in einer solchen Gemeinde als Durchschnitt.

Genau wie die mißbrauchten Bürgermeister und Pfarrer mochten auch die Verbandsfunktionäre die Vorfälle später nicht weitermelden. Erst als sie von der Bundesleitung gefragt wurden, rückten sie mit der Sprache heraus.

Wir wollten uns einen Überblick verschaffen, wie viele Menschen von den Ehrenbuchvertretern betrogen worden waren. Mit Hilfe des rheinland-pfälzischen Gemeindetages organisierten wir eine Umfrage bei sämtlichen Bürgermeisterämtern des Landes.

Ergebnis: Beinahe in jedem zehnten Dorf war ein »Ehrenbuch« vorhanden.

Stichproben aus anderen Bundesländern lassen die Vermutung zu, daß dort die Verhältnisse ähnlich sind. Setzt man also voraus,

Urkunde
über
die Teilnahme am
zweiten Weltkrieg
1939–1945

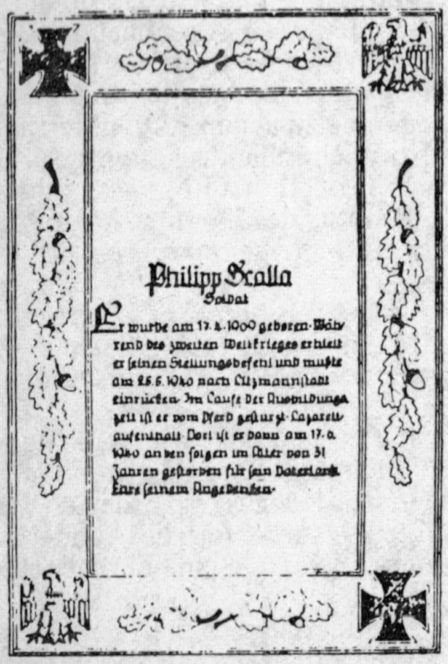

Philipp Scolla
Soldat

Er wurde am 17. 4. 1909 geboren. Während des zweiten Weltkrieges erhielt er seinen Stellungsbefehl und mußte am 25. 6. 1940 nach Litzmannstadt einrücken. Im Laufe der Ausbildungszeit ist er vom Pferd gestürzt. Lazarettaufenthalt. Dort ist er dann am 17. 8. 1940 an den Folgen im Alter von 31 Jahren gestorben für sein Vaterland. Ehre seinem Angedenken.

So sehen die »Ehrenurkunden« aus. Kein offizieller Stempel, keine Unterschrift, kein Hinweis auf die ausstellende Behörde (die ja auch nicht existiert!), nicht einmal eine würdevolle Aufmachung.

daß dieser Betrugstrick vorwiegend auf dem flachen Lande angewandt wird und daß in der Bundesrepublik 24 000 Gemeinden existieren, so kommt man zu dem Schluß, daß in etwa 2400 westdeutschen Gemeindebüros ein solches »Ehrenbuch« liegt. Bei einer durchschnittlichen Zahl von 50 Eintragungen bedeutet das nicht weniger als 120 000 Opfer.

120 000 Bürger sind demnach von einer Schar rücksichtsloser Gauner betrogen, genötigt und gedemütigt worden, ohne daß die Organe der Strafrechtspflege davon Notiz nehmen konnten*. Von 120 000 Geprellten hat keiner das notwendige Vertrauen zur Polizei aufgebracht, um eine Anzeige zu erstatten.

*

Zwölftes Kapitel

DIE UNBEWÄLTIGTE FREIHEIT

Das schwindende Vertrauen in die vom Staat installierte Schutzeinrichtung »Polizei« ist nur ein Bestandteil eines verhängnisvollen Kreislaufes: mehr Verbrechen – weniger Aufklärung – geringeres Vertrauen zur Polizei – und damit automatisch noch weniger Aufklärung und noch mehr Verbrechen.

Ausgelöst wurde dieser Circulus vitiosus durch ein großes Mißverständnis, das jene politischen Kräfte, die der Bundesrepublik nach dem Zusammenbruch des Dritten Reiches Gestalt gaben, unter das Volk brachten und zwei Jahrzehnte lang außerordentlich gut pflegten: den Glauben nämlich, man brauche nur das Werkzeug des Staates, mit dem er den Bürger während der NS-Zeit belästigt hatte, möglichst stumpf zu machen, um damit automatisch die demokratischen Manieren des neuen Staates zu garantieren.

Die Väter der neuen Gesellschaft übersahen, daß nicht die Schärfe des Instrumentes Polizei schlechthin den Polizeistaat ausmacht. Der Polizeistaat entsteht erst durch den Mißbrauch dieses Instrumentes durch eine Staatsführung in Bereichen, die mit den eigentlichen Aufgaben der Polizei, nämlich nichts mehr zu tun haben.

Das große Mißverständnis in Sachen Polizei basiert auf der irrigen Annahme, auch in einer liberalen Gesellschaft habe es die verbrechensbekämpfende Polizei – und nur von ihr, nicht etwa von der Verkehrspolizei oder den verschiedenen, politischen po-

---

* In den ersten Jahren nach dem Krieg kam es zu ein paar kleinen Einzelprozessen gegen Vertreter, die mit diesem Trick arbeiteten. Die kriminelle Seuche der späteren Jahre blieb jedoch unentdeckt.

lizeiähnlichen Organisationen soll hier die Rede sein – vorwiegend mit anständigen Bürgern zu tun. Wäre das der Fall, so könnte man nicht nur zu sämtlichen die Polizei behindernden »Neuerungen« uneingeschränkt ja sagen. Man dürfte sogar die Abschaffung der Polizei fordern und ihre Funktionen durch ein Ordnungsamt wahrnehmen lassen.

Da sich eine unpolitische Polizei in einer freiheitlichen Gesellschaft jedoch automatisch mehr als in einer totalitären auf den kriminellen Bürger konzentriert, muß es zu dem verhängnisvollen Kreislauf führen, wenn man in Verwechslung von Ursache und Wirkung das äußerlich sichtbare Instrument und nicht den Staat als natürlichen Gegenpol der individuellen Freiheit kennzeichnet.

Nicht die Polizei ist von Haus aus der »Feind der Freiheit«. Sie kann wohl von einem autoritären Staat dazu mißbraucht werden. In einer liberalen Gesellschaftsordnung aber – und ob eine Gesellschaft totalitär oder liberal funktioniert, das hängt schließlich nicht vom Instrument Polizei ab, in einer solchen liberalen Gesellschaftsordnung ist der Bürger weitaus größeren Gefahren durch Mitbürger ausgesetzt, die seine Rechte nicht respektieren, als durch den Staat – müßte also die Polizei sogar besonders schlagkräftig sein, um den Bürger vor den Angriffen seiner asozialen Mitbürger zu schützen.

Die Politiker der ersten Nachkriegsjahre sahen die Dinge einfacher. Sie erklärten das Werkzeug zur Wurzel des Übels und meinten, man brauche der Polizei nur ihre Schlagkraft zu nehmen, dann könne eine Regierung mit diesem Instrument keinen Unfug anrichten.

Sie reagierten damit wie jeder Hund, der zuerst die Hand beißt, die ihn schlägt. Auch er vermag nicht einzusehen, daß die Hand im Kopf des Schlägers gesteuert wird – und ihn folglich ebensogut streicheln, füttern oder beschützen könnte.

Man darf bei der Würdigung dieser ersten Jahre nach dem Krieg natürlich den Einfluß der alliierten Besatzungsmächte nicht vergessen. Ihr Bild von der deutschen Polizei war weitgehend von Organisationen von der Art der »Gestapo«, des »SD« und vor allem auch jener im besetzten Ausland operierenden »Einsatzkommandos geprägt worden. Mit der Bekämpfung des normalen Verbrechens hatten diese Einheiten als typische Instrumente eines totalitären Staates kaum etwas zu tun. Auf ihre Tätigkeit aber traf der Begriff »Polizeistaat« zu, und sie veranlaßten die Siegermächte bereits auf der Konferenz in Jalta im Winter 1944/45 zu dem Beschluß, das gesamte deutsche Polizeisystem nach Beendigung der Feindseligkeiten zu »demokratisieren und entmilitarisieren«.

Das Unrecht, das mit Hilfe der Polizei im Dritten Reich verübt worden ist, soll hier keineswegs bagatellisiert werden. Trotzdem kommt der Kenner der Materie nicht an der Feststellung vorbei, daß die Väter des neuen Staates in ihren sicher recht wohlgemeinten Bestrebungen, die Rechte und Möglichkeiten der Polizei, wo immer es nur ging, zu beschneiden, das Kind mit dem Bade ausgeschüttet haben.

Das vorgebliche Ziel, nämlich für alle Zeit zu verhindern, daß dieses Instrument des Staates erneut gegen die bürgerlichen Freiheiten mißbraucht werde, haben sie jedoch nicht erreicht. Telefonabhörskandale und »Spiegel«-Affäre sind nur einige Beispiele, die es beweisen.

In den Bereichen der politischen Strafrechtspflege, die den demokratischen Freiheiten bekanntermaßen am ehesten gefährlich wird, haben die Organe des Staates – Verfassungsschutz, politische Polizei, Sicherungsgruppe und militärischer Abschirmdienst – relativ wenig Federn lassen müssen. Hier ist nach wie vor genug Geld für die Arbeit da. Die modernste technische Ausrüstung ist selbstverständlich. Hier verlangt der oberste Dienstherr von seinen Beamten nicht, daß sie das Grundgesetz ständig unter dem Arm tragen. Hier genügen ein paar diskrete Telefongespräche und ein Wink an einen beflissenen Ermittlungsrichter, um eine Nacht- und Nebelaktion auszulösen, die in ihren äußeren Formen an die finstersten Zeiten des Polizeistaates erinnert.

Ist es den Vätern des neuen Staates also nicht gelungen, die Bürger vor mißbräuchlichem Einsatz der Polizei und der polizeiähnlichen Schutzorgane durch den Staat zu sichern, so haben sie mit ihren Bemühungen am untauglichen Objekt, nämlich bei der die allgemeine Kriminalität bekämpfenden Polizei, großen Erfolg gehabt: Diese Waffe gegen das Verbrechen ist heute so stumpf wie kaum jemals zuvor in der neueren deutschen Geschichte.

Auch für diese Erfolge an der falschen Front, unter denen die Kriminalität blühen und gedeihen konnte, gibt es einen plausiblen Grund: In den ersten Nachkriegsjahren, in denen die Architekten des neuen Staates mit frisch aufgetanktem oder neu erworbenem demokratischem Gewissen ans Werk gingen, wurde die politische Strafrechtspflege von den alliierten Besatzungsmächten wahrgenommen. Es existierten gar keine deutschen Instanzen, denen man wegen der Gefahr politischen Mißbrauchs die Flügel stutzen mußte.

Das Interesse der Politiker richtete sich also zwangsläufig auf die allgemeine Polizei. Sie hatte für die Verbrechen der Gestapo, der Einsatzkommandos und anderer Sondereinheiten die Zeche zu zahlen.

Als später dann in der Bundesrepublik auch wieder politische Schutzorganisationen – mit hübschen demokratischen Namen – aufgebaut wurden, war der Freiheitsrausch der ersten Jahre verflogen. Er hatte angesichts der kommunistischen Bedrohung realem Sicherheitsdenken Platz gemacht.

In der Einstellung zur allgemeinen Polizei änderte sich aber nicht viel. Sie blieb nach wie vor der Prügelknabe für die Sünden der Vergangenheit, und mit ihren Namen verband sich auch weiterhin der Begriff »Polizeistaat«. Daß inzwischen die weitaus beobachtungswürdigeren Instanzen der politischen Strafrechtspflege wieder über viel größere Möglichkeiten verfügten als die allgemeine Polizei, daß ihnen zuliebe das Strafgesetzbuch mehrfach novelliert wurde, das störte die Politiker und auch viele Träger der öffentlichen Meinung wenig. Wer trennt sich schon leichten Herzens von liebgewonnenen Vorurteilen?

Natürlich sind auch der allgemeinen Polizei – wie allen anderen Behörden – eine Reihe demokratischer Bremseinrichtungen ganz gut bekommen. Manches Relikt, das aus dem preußischen Obrigkeitsstaat übernommen oder auch während der zwölf braunen Jahre hängengeblieben war, paßte in der Tat nicht mehr in die demokratische Landschaft. Aber die Gründer des neuen Staates taten ganz einfach – am verkehrten Ende – zuviel.

In einer Zeit, in der in fast allen westlichen Demokratien, insbesondere auch im großen Freiheitsvorbild USA, die wachsende Mobilität des Verbrechens den Aufbau großer, überregional arbeitender Spezialapparate, wie des FBI, notwendig machte, zerstückelten die westdeutschen Staatsgründer unsere Schutzpolizei und – was viel schlimmere Folgen hatte – auch die unter Weimar mühevoll zusammengewachsene Kripo nicht nur in Ländern –, sondern zum Teil auch auf Kreis- und Gemeindegrößen. Jeder Bürgermeister wollte möglichst über seine eigene Polizei herrschen. In manchen Gegenden hatten es die Ganoven bald nicht mehr mit Polizisten, sondern mit einer Schar gutmütiger Gemeindediener zu tun. Die zum Teil grotesken Folgen dieser Zerstückelung sind bis auf den heutigen Tag erhalten: überall Kompetenzreibereien, unsinnige Mehrarbeit und oft Erfolglosigkeit. Verbrecher halten sich nun einmal nicht an Kreis- und Gemeindegrenzen.

Der Vorsprung, der Ganoven durch diese komplizierten Zuständigkeiten oft geboten wird, läßt sich sehr gut am Beispiel der Wohngemeinde des Autos im Landkreis Mainz demonstrieren: Der Ort ist 7 Kilometer vom Zentrum der Landeshauptstadt entfernt und an das Telefonnetz von Mainz angeschlossen. Er verfügt über eine kleine, mit drei Beamten besetzte Gendarmeriestation. Ihre vorgesetzte Instanz sitzt nicht etwa in Mainz, sondern im 30 Kilometer entfernten – nur über Mainz zu erreichenden – Oppenheim.

Nach jeder Beschwerde, wenn die Gemeindegendarmerie im

Notfall wieder einmal nicht zu erreichen war, kann man im Polizeibericht des Ortes, wie z. B. im April 1965, lesen:

> »In diesem Zusammenhang macht die Gendarmerie darauf aufmerksam, daß die Station in den Abendstunden nur mit einem Bereitschaftsdienst versehen ist. Werden also die Anrufe nicht gehört, dann ist im Ernstfalle unverzüglich die Gendarmerie in Oppenheim zu verständigen. Die Telefonnummern sind: Oppenheim 0 61 33/24 16 oder 23 21. Die Bevölkerung, insbesondere aber das gastronomische Gewerbe, wird gebeten, sich diese Telefonnummern genau zu merken.«

Die motorisierte Gendarmerie von Oppenheim muß, sollte sie sich nicht gerade in einer anderen Ecke des Landkreises aufhalten, ihren Weg über Mainz nehmen. Die Funkstreife der Landeshauptstadt wäre nicht nur früher am gerufenen Ort, sondern auch ohne komplizierte Vorwahl über das Ortstelefonnetz mit Hilfe der mühsam eingebürgerten Notrufnummer 110 einfacher zu erreichen. Sie ist jedoch nicht zuständig.

Ähnlich ungünstig hat sich die Abtrennung der Einwohnermeldeämter vom Polizeiapparat auf die Verbrechensbekämpfung ausgewirkt. Die Besatzungsmächte und die Politiker der ersten Nachkriegsjahre legten Wert darauf, möglichst viele Aufgaben auf zivile Behörden zu übertragen. So entstanden in den meisten Ländern selbständige Ordnungsämter, denen die Einwohnermeldeämter in der Regel angegliedert wurden. Auf dem Land wurden meist die Bürgermeistereien mit der Führung des Melderegisters betraut.

Viele Politiker sind noch heute stolz auf diese Reform. Sie glauben nach wie vor an den in den ersten Nachkriegsjahren vielleicht verständlichen Grundsatz: Eine populäre Polizei kann nur eine schwache Polizei sein.

Betrachtet man sich die kriminalpolitischen Folgen der Abtrennung des Meldedienstes vom Polizeiapparat, so kann man diese Selbstzufriedenheit kaum teilen. Das deutsche Einwohnermelderegister – einst ein scharfes Instrument der polizeilichen Fahndung – hat selbst für steckbrieflich gesuchte Verbrecher seinen Schrecken verloren. Rein theoretisch ist zwar eine Zusammenarbeit (während der Dienststunden!) zwischen den Meldebehörden und der Polizei vorgesehen (Nacht- und Wochenendauskünfte sind nur in wenigen Großstädten möglich). Die Meldeämter bekommen das Fahndungsbuch und sollen ihre Karteien nach gesuchten Personen überprüfen. Aber es ist offensichtlich ein Unterschied, ob Polizeibeamte, die ständig mit Straftätern umgehen, eine Meldekartei betreuen, oder ob diese Vergleichsarbeit von

Kommunalangestellten als lästige Nebenbeschäftigung verlangt wird.

Sie führen diese Arbeit mit so wenig Erfolg aus, daß sich Tausende, mit Haftbefehl ausgeschriebene Kriminelle nicht scheuen, nach einem Wohnungswechsel der Aufforderung ihres Vermieters nachzukommen und sich behördlich anmelden.

Als dem Kölner Polizeipräsidenten Theodor Hochstein im Winter 1965 die Vorwürfe seiner Stadtväter, er tue nicht genug gegen die in Köln versammelte Unterwelt, zuviel wurden, verlangte er eine Überprüfung der Kölner Meldekartei. Die Ordnungsbehörde hatte nicht genug Beamte, die Arbeit zu übernehmen. Deshalb rückten in der Nacht vom 17. zum 18. Februar 110 Polizisten an. Zwölf Stunden lang durchforsteten sie die Karteikästen. Am nächsten Morgen hielten sie ein schier unbegreifliches Resultat in den Händen: 1173 in Köln ordnungsgemäß gemeldete Personen waren im deutschen Fahndungsbuch zur Festnahme ausgeschrieben. Die Haftbefehle schlummerten zum Teil seit Jahren in den Aktenschränken des Bundeskriminalamtes.

Die Polizei brauchte in den nächsten Tagen nur mit Omnibussen durch die Stadt zu fahren und ihre »Schäflein« einzuladen.

Unter solchen Umständen darf man sich nicht wundern, wenn das deutsche Fahndungsbuch von Jahr zu Jahr dickleibiger wird. Ende 1965 waren etwa hunderttausend namentlich bekannte Menschen zur Festnahme oder Aufenthaltsermittlung ausgeschrieben. Die Zahl der nicht vollstreckbaren Haftbefehle, die das Bundeskriminalamt aufbewahrt, war zu diesem Zeitpunkt auf mehr als vierzigtausend geklettert.

Hunderttausend Menschen schlafen jede Nacht in irgendeinem Bett, sie essen, kaufen Lebensmittel, und ein großer Teil von ihnen geht sicher auch einer Arbeit nach, ohne daß es den Hütern unseres geordneten Staatswesens möglich ist, ihrer habhaft zu werden. (Wenn sich die Gesuchten nach einer geheimen Absprache plötzlich alle meldeten, wäre das Chaos allerdings noch größer.)

Die Bemühungen der Politiker, aus der Polizei eine Verwaltungsbehörde zu machen, haben den Apparat mit einer Bürokratie riesigen Ausmaßes überzogen, unter der die Effektivität der Verbrechensbekämpfung von Jahr zu Jahr mehr leidet.

Werner Kuhlmann, Vorsitzender der »Gewerkschaft der Polizei«, gab auf einer Pressekonferenz im Sommer 1965 unumwunden zu, daß die bürokratischen Anforderungen, die mit der steigenden Zahl von Delikten an die Beamten gestellt werden, seit langem dazu geführt haben, daß das Verbrechen in großen Bereichen nur noch verwaltet und nicht mehr bekämpft wird. Er sagte: »Wenn der Bürger, der heute der Kriminalpolizei einen Diebstahl meldet, der Meinung ist, daß sich dann bei der Kriminalpolizei viel tut, so irrt er, weil die Kriminalpolizei überhaupt nicht in der Lage ist, seiner Anzeige im Einzelfall nachzugehen. Der Beamte läßt die Anzeige oft nur 6 Wochen auf dem Aktenbock liegen, dann macht er einen Abschlußbericht, in dem alle möglichen Handlungen erfunden werden, die überhaupt nicht stattgefunden haben. Das ist ja auch zu verstehen. Denn irgendwie muß man sich ja aus der unerquicklichen Situation herausmogeln.«

Auch im Umgang mit Verbrechern muß sich die Polizei heute eines bürokratischen Stils bedienen, der nicht selten jeder kriminalistischen Erfahrung hohnspricht. Ein Beispiel aus der Arbeit der bereits zitierten Sonderkommission »Liebe-Bande«.

Friedrich Liebe, einer der Haupttäter der achtzehnköpfigen Bande, den der Haftrichter nach seiner Festnahme in Köln hinter Schloß und Riegel behalten hatte, war von einigen in Freiheit befindlichen Komplicen auf geheimen Kanälen davon unterrichtet worden, daß er mehreren Opfern zur Identifizierung gegenübergestellt werden sollte. Kurzerhand ließ er, wie es ihm als U-Häftling zustand, den Friseur rufen und ordnete an, ihn von seinem gesamten Kopfschmuck zu befreien.

Als die Kriminalbeamten mit den Geschädigten im Untersuchungsgefängnis erschienen, konnten sie sich nur noch resignierend zurückziehen. Das Bild des Inhaftierten hatte sich so grob verändert, daß keiner der Zeugen den Mann erkannt hätte. Wäre er ihnen vorgeführt worden, so hätte nur ein negatives Ergebnis herauskommen können, was für den Angeschuldigten ungerechterweise einen großen Vorteil bedeutet hätte.

Einer der Beamten fragte den Häftling, warum er sich denn die Haare habe abschneiden lassen. Friedrich Liebe antwortete grinsend: »Na, was wollen Sie, ist doch gut für den Haarwuchs, nicht wahr?«

Den Beamten blieb nichts anderes übrig, als einen langen Schriftsatz zu verfassen und auf dem Dienstweg über den Staatsanwalt einen förmlichen Gerichtsbeschluß zu erwirken, wonach dem Untersuchungsgefangenen Liebe künftig nur nach richterlichen Weisungen die Haare geschnitten werden durften.

Die Gegenüberstellung war damit mindestens um ein Vierteljahr aufgeschoben, und die Beamten liefen darüber hinaus auch noch Gefahr, daß ihnen Liebe, der sich schon einige Wochen in Haft befand, beim nächsten Haftprüfungstermin wieder entwischte. Nach den Richtlinien der neuen Strafprozeßordnung dürfen Untersuchungsgefangene nur in ganz besonderen Ausnahmefällen länger als sechs Monate festgehalten werden. Durch den Gerichtsbeschluß war im übrigen der weitere Haarwuchs des Untersuchungsgefangenen Liebe noch nicht gesichert. Wenige Wochen nach dem Beschluß erhielt der Staatsanwalt eine Beschwerde der »Liga für Menschenrechte«, in der gegen den »Eingriff in die Persönlichkeitsrechte« des U-Häftlings Liebe protestiert wurde. Dessen Mutter hatte es verstanden, die Liga zu mobilisieren.

Es ist nicht zu bestreiten, daß auch die Polizei ein gerüttelt Maß Schuld an diesen Zuständen trifft. Allzu willfährig gaben viele örtliche Polizeichefs und auch manche Kripoleiter den Wünschen der auf Optik bedachten Politiker nach. Von dem guten Verhältnis zu den vorgesetzten Politikern hingen schließlich so entscheidende Fakten wie Beförderungen und Versetzungen ab.

Der gewichtige Vorwurf, der der Polizei als Ganzes in diesem Zusammenhang zu machen ist, ist jedoch der, daß sie es nicht verstanden hat, sich der Klaviatur moderner Öffentlichkeitsarbeit zu bedienen. Sie hätte damit ihr Ansehen und auch ihre Stellung in der neuen westdeutschen Gesellschaft spürbar verbessern können. Wenn die Polizei heute noch als »Feind der Freiheit« gilt, wenn sie in großen Bereichen immer noch unzulänglich ausgerüstet und vielfach schlecht besoldet ist, wenn sie darüber hinaus auch noch oft als »Knüppelgarde« gilt und jede persönliche Verfehlung eines einzelnen Beamten bundesweite Schlagzeilen macht, so ist das zum größten Teil auf ein und denselben Mangel zurückzuführen: Die Polizei hat, von wenigen hoffnungsvollen Ansätzen in Hamburg und München abgesehen, immer noch nicht gelernt, sich und ihre Probleme erfolgreich zu »verkaufen«. Jede Ölgesellschaft, jede Gewerkschaft und auch die Bundeswehr, also alles Institutionen, die unter ähnlich schlechten Voraussetzungen in die deutsche Nachkriegsöffentlichkeit eingetreten sind, erwiesen sich der Polizei in diesem Punkt haushoch überlegen.

Natürlich besteht ein Apparat von 120 000 Beamten, noch zumal wenn er solch vergleichsweise geringen Verdienstmöglichkeiten bietet wie unsere Polizei, nicht nur aus Musterexemplaren fachlicher und menschlicher Größe. Natürlich gibt es dumme Polizisten, gibt es kleine Geister, die nicht wissen, wo ihre Kompetenzen aufhören – und die Polizei hat in Hugo Alffke auch einen »tüchtigen« Bankräuber hervorgebracht. Was aber in jeder anderen Organisation dieser Größenordnung durch eine systematische und aktive Öffentlichkeitspflege auf das zurückgeschraubt wird, was es ist, nämlich die persönliche Fehlleistung einzelner Mitglieder des Apparates – das wird, wenn es sich um die Polizei handelt, durch die verbreitete, aus dem großen Mißverständnis und der Verkehrsmisere herrührende Allergie zum Symptom allgemeiner polizeilicher Dummheit oder Willkür.

Man mag über den moralischen Gehalt der in Mode gekommenen Selbstbeweihräucherung streiten. Man kommt aber nicht an den Realitäten vorbei. Eine Instutition, die von ihrer Aufgabenstellung her über so viele Reibungsflächen mit dem Bürger verfügt, muß in einer parlamentarisch gesteuerten Massengesellschaft hoffnungslos unter die Räder kommen, wenn sie in diesem Punkte so enthaltsam ist wie die Polizei der Bundesrepublik. Das hat man, von den berühmten Ausnahmen abgesehen, weder in den Polizeipräsidien der Städte noch in den Ämtern der Länder und des Bundes bisher begriffen.

In einigen Häusern arbeiten zwar sogenannte »Pressestellen«. Sie bedienen die lokale Tagespresse mit einem Polizeibericht, bearbeiten Anfragen und ringen sich auch einmal zu einer Pressekonferenz durch, wenn ein spektakulärer Anlaß es erforderlich macht. Meist sind die Beamten dieser Pressestellen noch mit anderen Aufgaben betraut. Mitunter bringen sie für ihre Arbeit so wenig Voraussetzungen mit, daß sie sich bei Zeitungs- und Rundfunkleuten den Titel »Presseabwehrreferenten« einhandeln. Bemühungen, die man ernsthaft als umfassende, polizeieigene Aktivitäten zu einem Gespräch mit der deutschen Öffentlichkeit um die Probleme unserer Sicherheit werten könnte, gibt es nicht.

Bezeichnenderweise wird der einzige Versuch, eine breite deutsche Öffentlichkeit mittels eines zweitätigen Gesprächs »Presse und Polizei« mit den drängenden Sorgen unseres Schutzdienstes vertraut zu machen, nicht etwa von den Polizeichefs oder den Innenministern, sondern von der GdP, also der »Gewerkschaft der Polizei«, unternommen – alle zwei Jahre einmal. Auch die einzige Anerkennung für Verdienste um das Verhältnis Polizei-Öffentlichkeit wird in der Form einer Medaille von dieser Arbeitnehmerorganisation und nicht vom eigentlich zuständigen »Unternehmer« ausgesprochen, ebenfalls alle zwei Jahre.

Die Behörden selbst unterrichten sich lediglich gegenseitig mit Hilfe der Fachliteratur und auf internen Arbeitstagungen und Kongressen. An die breite Öffentlichkeit dringt von den so gewonnenen Erkenntnissen nur wenig.

Der Grund hierfür ist nicht etwa im mangelnden Interesse des Publikums zu finden. Die Vorliebe, mit der es »kriminalistische« Materie aufnimmt, ist mehr als einmal beklagt.

Alle Probleme, die in diesem Buch naturgemäß nur gestreift werden können, sind in Fachkreisen seit Jahren bekannt. Sie vermodern in Bergen von Fachliteratur. Die Polizei hätte sich sicher manche Beschneidung, manche Schlappe und manches Mißverständnis ersparen können, wenn diese Probleme rechtzeitig einer breiten Öffentlichkeit vorgestellt worden wären.

Warum ist es ausgerechnet bei der Polizei niemandem gelungen, hier einen entscheidenden Wandel herbeizuführen? Alle Ansätze für eine progressive Öffentlichkeitsarbeit und auch sämtliche Versuche, der Beamtenschaft mehr Verständnis für die Seele des Volkes zu vermitteln, kamen bemerkenswert spät. Sie sind bis heute Ansätze geblieben. Zwangsläufig erhebt sich die Frage, ob es sich um eine penetrante Verknüpfung unglücklicher Umstände handelt oder etwa um ein Charakteristikum des Apparates.

Wie dem auch sei: Sicher ist soviel, daß die Polizei sich und auch ihrer Aufgabe einen großen Dienst erwiesen hätte, wenn sie die Bedeutung der öffentlichen Meinung in einer parlamentarisch gesteuerten Gesellschaft und der Art und Weise, wie diese öffentliche Meinung zustande kommt, ein wenig mehr beachtet hätte. Es genügt in dieser Gesellschaft ganz einfach nicht, bis zur Erschöpfung zu arbeiten und sich dann beleidigt und mißverstanden in die Resignation zurückzuziehen, wenn man statt Anerkennung Undank erntet. Das Verkaufen der eigenen Leistung ist in dieser Gesellschaftsordnung – man mag es beklagen – beinahe genauso wichtig wie das Erbringen der Leistung selbst. Der falsche Stolz, nicht auf die Straße gehen zu wollen, mimosenhafte Empfindlichkeit und Geheimniskrämerei sind die schlimmsten Feinde eines solchen Verkaufserfolges.

Natürlich ist die Klaviatur der modernen Öffentlichkeitsarbeit ein sensibles Instrument, das mit Gefühl und Fachverstand bedient sein will. Ein Beamter, der sich vor der Presse darüber beklagt, daß ihm die neue Strafprozeßordnung die Arbeit erschwere, darf sich nicht wundern. Wenn am nächsten Tag in der Zeitung steht, die Polizei strebe aus Bequemlichkeit zu polizeistaatlichen Methoden zurück. Hätte der Beamte von den Schicksalen und der Vielzahl der Geschädigten gesprochen, die nach der Strafprozeßnovelle noch weniger als früher zu ihrem Recht kämen, der Niederschlag in der Presse wäre für ihn, für seine Institution und für die Aufgaben der Polizei besser gewesen.

Den »Geschädigten« als Typ und Vertreter einer Millionengruppe unserer Gesellschaft bisher nicht entdeckt zu haben, das ist zweifellos eines der großen Versäumnisse der Polizei und ihrer vorgesetzten Instanzen. Nicht minder verhängnisvoll wirkt sich das Fehlen einer Schadensstatistik aus. Wenn die Polizei, und sei es nur in geschätzten Werten, die jährlichen Beträge vorrechnen würde, die unseren Bürgern und dem Staat durch die Kriminalität und ihre Bekämpfung verlorengehen – die Zahl der Politiker, die sich um das Wohl und Wehe der Geschädigten zu kümmern begännen, würde sicherlich rapide ansteigen*.

All das hat die Führung der Polizei bisher nicht verstanden. Statt dessen läßt sie die Organisation und ihr Image im ständig wachsenden Verkehrschaos verschleißen. Hunderttausende von

---

* Siehe auch Kapitel »Postkutsche gegen Düsenflugzeug«.

Bürgern fühlen sich täglich im Straßenverkehr belästigt und behindert. Sie erhalten Verwarnungen und Strafzettel. In vielen Fällen vermögen sie die Strafwürdigkeit ihres Handelns nicht einzusehen. Ihr Groll richtet sich in erster Linie gegen die Polizei, die an den Zuständen auf der Straße im Grunde genommen unschuldig ist.

Wenn es neben dem Wunsch des Volkes nach einem vierrädrigen Untersatz und der Automobilindustrie, die diesen Wunsch bereitwillig erfüllt, überhaupt Schuldige gibt, so sind sie bei den Straßenbau- und Verkehrsbehörden zu suchen. Während die Leiter dieser Behörden aber meist nur bei freudigen Einweihungsanlässen mit der goldenen Schere vor die Öffentlichkeit treten, müssen zigtausend Polizisten tagtäglich im lawinenhaft angeschwollenen Straßenverkehr die Kastanien aus dem Feuer holen.

Wer hätte nicht schon mal einen Autofahrer schimpfen hören: »Mit dem Strafzettel, ja, da sind sie schnell bei der Hand. Aber die Verbrecher lassen sie frei herumlaufen.«

Der Staatsbürger glaubt, daß die Polizei doch zumindest Einfluß nehme auf Straßenbau, Verkehrsplanung und dergleichen. In manchen Städten und Gemeinden trifft dieses auch zu. Vielerorts ist der praktische Rat der Polizei bei den Straßenbaubehörden jedoch alles andere als gern gehört. Eifersüchteleien und Kompetenzstreitigkeiten sind auch hier an der Tagesordnung. Mehrere leitende Polizeibeamte aus den Verkehrsabteilungen sind in den vergangenen Jahren ihres Postens enthoben worden, da sie den Verkehrsingenieuren der Straßenbauämter mit ihren Bitten, Ratschlägen und Kritiken lästig geworden waren.

Der Ruf vieler Kriminalbeamter, die Kollegen der Schutzpolizei sollten das Straßenverkehrsdilemma den Tiefbaubehörden endlich vor die Füße werfen und sich mit ihrer ganzen Kraft wieder der Verbrechensbekämpfung widmen, ist sicher nicht realisierbar. Er erinnert aber an einen Grund, der für das Ansteigen der deutschen Nachkriegskriminalität mitverantwortlich ist: die wachsende Überlastung der Schutzpolizei durch den Straßenverkehr. Etwa 85% aller Schutzpolizeikräfte sind heute vom Verkehrsgeschehen absorbiert. Sie fallen somit für die Verbrechensbekämpfung aus.

Auch für diesen fehlenden Schutz der Bürger haben die staatstragenden Kräfte der Bundesrepublik keinen Ersatz bereitgestellt. Der Weizen der Ganoven konnte ungehindert aufblühen. Die Politiker glaubten nach wie vor an das große in den ersten Nachkriegsjahren installierte Mißverständnis. Sie mochten sich von der Vorstellung, daß die Tätigkeit der Polizei unpopulär sei, nicht trennen. Das hinter vorgehaltener Hand viel kolportierte Wort eines Landesministers an den Polizeipräsidenten seiner

Landeshauptstadt verdeutlicht die Situation: »Nun lassen Sie uns doch bitte mit Ihrem ewigen Gerede von der Sicherheit in Ruhe«, sagte der Minister. »Wir können uns von Ihrem Wunsch nach Sicherheit nicht die Landwirtschaftspolitik kaputtmachen lassen. Die bringt uns bei jeder Wahl eine Million Stimmen.«

Dieses Wort stammt nicht aus dem Jahre 1948. Es wurde 1962 gesprochen.

Ein Jahr vorher hatte die deutsche Kripo gerade eine neue Beschneidung ihrer ohnehin stark reduzierten Fahndungsmöglichkeiten hinnehmen müssen: die sogenannte Liberalisierung des Hotelmeldewesens. Alle deutschen Bundesländer schafften damals auf Drängen des Gaststättengewerbes die Ausweispflicht und – mit Ausnahme von Bremen und Baden-Württemberg – auch den polizeilichen Hotelmeldezettel ab. Die Hoteliers hatten ihre Verpflichtung, die Kundschaft um eine Legitimation zu bitten und damit auch oft peinliche Fragen nach den Begleitern stellen zu müssen, als polizeistaatliche Zumutung in Verruf gebracht.

Noch im Jahr zuvor konnte allein die Kripo Frankfurt 400 000 Meldezettel kontrollieren und danach 1500 gesuchte Verbrecher festnehmen. Die Abgeordneten der deutschen Länderparlamente ließen sich von solchen Zahlen nicht beeindrucken. Für sie war die Ausweispflicht eine politische Frage geworden, die sie politisch entschieden. Die Kriminalpolizei bekam in der Folgezeit, gewissermaßen als Trostpflaster, eine Anzahl neuer Planstellen genehmigt. Die verlorengegangene Effektivität konnte sie, wie die Statistik deutlich zeigt, damit jedoch nicht ausgleichen.

Es ist zweifellos recht angenehm, wenn man in jedem Hotel absteigen kann, ohne einen Ausweis vorzuzeigen. Für den anständigen Bürger ist das jedoch nur eine Frage der Bequemlichkeit. Bedenkt man, daß die deutsche Kripo mit der Neuregelung ihrer letzten Möglichkeiten beraubt worden ist, jährlich etwa 10 000 gesuchte Verbrecher festzunehmen, so muß man fragen, ob der eingehandelte Nutzen im Verhältnis zum Preis steht. Die Gesuchten haben in ihrer illegalen Existenz oft gar keine andere Möglichkeit, als ihr Leben durch neue Straftaten zu fristen. Neben den 10 000 Ganoven haben nur wenige einen echten Vorteil. Für sie hätte die Abschaffung der Sparte »Ehefrau« auf dem Hotelmeldezettel sicherlich den gleichen – allerdings offenkundigen – Nutzeffekt gebracht. Offenheit ist in solchen Fragen jedoch nicht geschätzt. So mußte die Ausweispflicht abgeschafft und das schöne Wort Freiheit wieder einmal mißbraucht werden.

Daß es der Kriminalpolizei unter diesen Umständen immer noch gelingt, Jahr für Jahr eine steigende Zahl von Verbrechen aufzuklären – im statistisch abgeschlossenen Jahr 1964 waren es

961 827 Fälle –, darf man als beachtungswerte Leistung würdigen*.

Dieser Erfolg ist nur möglich, da die meisten Beamten trotz aller Behinderungen und trotz aller Ansätze zur Resignation immer noch mehr arbeiten, als der Staat als Arbeitgeber nach den Tarifverträgen verlangen kann. Freilich geraten viele Beamte, die den Generalauftrag, den Bürger vor dem Verbrechen zu schützen, ernst nehmen, sehr oft in die widersinnigsten Situationen:

Ein Kriminalobermeister aus einem hessischen Betrugskommissariat hatte zum Beispiel im Sommer 1963 die Anzeige gegen einen Schwindelunternehmer abgeschlossen und an die Staatsanwaltschaft abgegeben. Das Verfahren zog sich wie üblich in die Länge. Währenddessen reiste der Angeschuldigte mit seinem Verkaufstrick weiter durch die Lande und legte Tag für Tag neue Opfer herein. Auf dem Tisch des Kriminalbeamten landeten immer neue Anzeigen. Sie führten aber zu keinem Erfolg.

Gemäß Paragraph 154 der Strafprozeßordnung ** wurden die neuen Verfahren eingestellt, da sie im Verhältnis zu der bereits behandelten Hauptstrafsache geringfügig und unwichtig erschienen. Die Geschädigten erhielten einen entsprechenden Einstellungsbescheid. Das hatte zur Folge, daß sie voller Empörung am Schreibtisch des Kriminalbeamten erschienen.

Als der Mann die Klagen der Opfer nicht mehr hören konnte, sann er auf Abhilfe.

Er hatte herausgefunden, daß dem umherreisenden Betrüger bei einem Verkehrsvergehen der Führerschein abgenommen worden war. Bei jeder neuen Anzeige fragte der Beamte nun per Fernschreiben am Wohnort der Geschädigten an, ob der Angeschuldigte selbst mit dem Auto gefahren war oder ob er sich von seiner Begleiterin hatte fahren lassen. Sechsmal gelang es dem Beamten, den reisenden Betrüger mit diesem Trick für vier bis sechs Wochen hinter Schloß und Riegel zu bringen. Das Fahren ohne Führerschein – damals noch eine Übertreibung – wurde stets schnell erledigt. Für vier bis sechs Wochen waren potentielle Opfer vor dem Betrüger geschützt.

Ein zwar erfolgreicher, aber sicher nicht unproblematischer Akt der Notwehr. Er sollte dem Gesetzgeber zu denken geben.

Oft führen derartige Notwehraktionen, zu denen die Beamten

---

* Nicht zu verwechseln mit der seit Jahren rückläufigen »Aufklärungsquote«, die die aufgeklärten Fälle in Beziehung zur gesamten bekanntgewordenen Kriminalität setzt. Da die Zahl der Straftaten (ohne Verkehrsdelikte) schneller zunimmt als die wachsenden Aufklärungserfolge der Kripo, wird die Aufklärungsquote ungünstiger.

** Fallen einzelne abtrennbare Teile einer Tat oder einzelne von mehreren Gesetzesvorlagen, die durch eine und dieselbe Handlung begangen worden sind, für die zu erwartende Strafe oder Maßregel der Sicherung und Besserung nicht ins Gewicht, so kann die Staatsanwaltschaft die Verfolgung auf die übrigen Teile der Tat oder die übrigen Gesetzesverletzungen beschränken.

in Ermangelung wirksamerer Bekämpfungsmöglichkeiten greifen, auch zu bedenklicher Verdrängung der Kriminalität. Dr. Bernd Wehner, Düsseldorfs Kripo-Chef, berichtete zum Beispiel im Frühjahr 1964 auf einer Arbeitstagung des Bundeskriminalamtes von den Praktiken, die erfahrene Kriminalbeamte in den Landbezirken anwenden, wenn etwa größere Gruppen von Landfahrern sich anschicken, sich niederzulassen.

Die Beamten fahren auf die Lagerplätze, so berichtete Wehner, und verkündete den Landfahrern, daß sie sich in den nächsten Tagen für eine größere Personen- und Sachkontrolle bereithalten möchten, die von den vorgesetzten Behörden angeordnet worden sei. Das Resultat ist klar: Am nächsten Morgen sind sämtliche Autos und Wohnwagen aus dem Bezirk verschwunden. Der Kripo-Chef im Nachbarbezirk, bei dem die unliebsamen Gäste nun auftauchen, ist über die Praktiken seines Kollegen durchaus nicht erbost. Er handelt seinerseits genauso.

Ähnliche Verhältnisse bürgern sich auch immer mehr im Umgang mit Schwindelfirmen ein. Da die Rechtsstaatsbürokratie ihnen die Hände bindet, beginnt eine wachsende Zahl von Kriminalbeamten mit der sogenannten »Belästigungsmasche« gegen die Inhaber der Schwindelfirmen vorzugehen. Die Beamten erscheinen – eigentlich ohne Grund – unerwartet in den Büroräumen oder an den Orten, an denen sich die Gauner mit ihren Kunden, also mit ihren künftigen Opfern treffen reden laut von »Polizei«, stellen auffällige Fragen und erreichen damit, daß die Gauner unsicher und nervös werden. Viele Kunden springen ab, wenn sie merken, daß sich die Polizei für ihren in Aussicht genommenen Geschäftspartner interessiert. Für ihren örtlichen Bereich können die Beamten mit dieser Belästigungspolitik oft beachtliche Erfolge erzielen: Die Schwindelfirmen verlegen ihre Geschäftssitze in kleine Städte und Ortschaften der Landkreise.

Diese Entwicklung ist jedoch nicht ungefährlich. Die Kräfte, welche die Polizei der modernen Kommerzkriminalität entgegensetzen kann, sind schon in den Städten ungenügend. Auf dem Land gibt es praktisch überhaupt keine Gegner für die Ganoven. Dort sind die Kripo-Dienststellen in der Regel viel zu klein, um etwa Betrugs- oder gar Wirtschaftsspezialisten herangebildet zu haben. Oft ist für die Bearbeitung der Anzeigen auch noch nicht einmal die Kripo, sondern die Dorfgendarmen zuständig.

Die Belästigungsmasche zeigt noch weitere Tücken: Die Beamten laufen zum Beispiel immer Gefahr, sich der Geschäftsschädigung schuldig zu machen oder sich gar in den Maschen des Strafgesetzbuches zu verfangen. Ein Kriminalobermeister in einer Stadt des Mittelrheingebietes hat sogar das Risiko einer eigenen

Strafverfolgung auf sich genommen, um seine Mitbürger vor einem Schwindler aus dem Automatengewerbe zu schützen.

Dem Betrüger war in Frankfurt der Boden zu heiß geworden. Er hatte den Sitz seiner Firma in die besagte Stadt verlegt. Von dort prellte er Woche für Woche unter den Augen der Polizei neue Opfer. Die Ermittlungen waren abgeschlossen. Das Verfahren kam aber wie üblich nicht voran. Der Kripo-Sachbearbeiter konnte sich ausrechnen, wie viele hundert Geschädigte am Ende vor der leeren Kasse der Schwindelfirma warten würden. Tagtäglich bestürmten ihn die Opfer, doch endlich etwas gegen den Betrüger zu »unternehmen«.

Zu guter Letzt wußte sich der Beamte keinen Rat mehr. Er suchte den Betrüger eines Nachts in seinem nur der Polizei bekannten Privatquartier auf und kündigte ihm unter vier Augen an, daß ihm in einer Woche mindestens 20 Geschädigte mit Knüppeln auflauern würden. Der Polizei wird es später dann kaum möglich sein, die Schläger ausfindig zu machen. Er, der Betrüger, könne sich dieser Kur nur entziehen, wenn er innerhalb einer Woche die Stadt und die nähere Umgebung verlasse.

Auch hier blieb der Erfolg nicht aus: Schon wenige Tage nach dem nächtlichen Besuch verlegte der Betrüger seinen Wohnsitz in eine andere Stadt der Bundesrepublik.

Bei allem Verständnis, das man für die Handlungsweise des Beamten vielleicht aufzubringen vermag, sie ist natürlich nicht gutzuheißen. Aber was ist das für ein Staat, fragt man sich unwillkürlich, der den Schutz seiner Bürger auf eine Weise ausübt, die einen Kriminalobermeister (mit relativ geringem Einkommen) in die Situation bringt, sich selbst strafbar zu machen, wenn er seinen Mitbürgern mangels besserer Möglichkeiten helfen will?

Die staatstragenden Kräfte der Bundesrepublik hätten die verheerenden Folgen der Reduzierung polizeilicher Schlagkraft sicher vermeiden können, wenn sie sich dazu entschlossen hätten, dem Bürger offen zu sagen, daß er in einer liberalen Gesellschaft in punkto Kriminalität größeren Gefahren ausgesetzt ist als etwa im Kaiserreich oder während der NS-Zeit. Für den fehlenden Schutz durch eine starke Polizei hätten sie ihm dann allerdings ein Äquivalent bieten müssen. Ein Vorbeugungs- und Aufklärungsprogramm hätte viele der neuen Gefahren gemindert.

Nicht umsonst wird gerade in den alten westlichen Demokratien das Wort »Vorbeugung« besonders groß geschrieben. In Frankreich, den Vereinigten Staaten und vor allem aber im Mutterland parlamentarischer Gesellschaftsordnung, in England, wird viel Mühe und Geld für die öffentliche Vorbeugung verwandt.

Scotland Yard führt unter der Regie einer eigenen Forschungs-

und Planungsabteilung sowie der Presse- und Informationsabteilung einen regelrechten Werbefeldzug gegen das Verbrechen durch. Schwerpunkt: »Crime Prevention«. Ein Stab von »Prevention-Officers« steuert oder unterstützt eine umfangreiche Palette von Maßnahmen, die alle dem Ziel dienen, die Bevölkerung mit den Gefahren der Kriminalität vertraut zu machen. Die Skala dieser Vorbeugungsarbeit reicht von täglichen kurzen Warnsendungen im Rundfunk und wöchentlicher Aufklärung durch eine populäre Fernsehsendung über Zeitungsserien, große Plakataktionen und ein ständig auf Hochtouren laufendes Ausstellungssystem bis zu einem Kriminalquiz für Schulkinder. Die Kinos erhalten ein kontinuierliches Beifilmprogramm. Nirgends wird der erhobene Zeigefinger deutlich. Überall spürt man die behutsame Hand der Publizisten, der Psychologen, Pädagogen und Werbefachleute. Großflächige Plakate, die von den Hauswänden auf die Passanten heruntersehen, erinnern an die Werbung der Markenartikelindustrie. Das Wort »Polizei« oder der Begriff »Verbrechensverhütung« tritt kaum in Erscheinung. Die Träger der Aufklärungsaktionen nehmen damit Rücksicht auf die Gefühle jener Bevölkerungsteile, die gegen die deutliche Hervorkehrung des Gemeinwohls allergisch sind. Auch in England gibt es sie.

Wie glänzend es die Präventionsfachleute verstehen, die Seele des Volkes zu treffen, zeigt ein einziges Beispiel: Bei einer Ausstellung, die im Frühjahr 1965, also kurz vor Beginn der Feriensaison, in einem der größten Kaufhäuser Englands gezeigt wurde, stand die Verhütung von Wohnungseinbrüchen im Mittelpunkt. Zwei »von Einbrechern verwüstete Zimmer« schockierten die Besucher. Die Veranstalter hatten das Interesse eines Publikums, das sein Wohnzimmer als unverletzliche Intimsphäre betrachtete, geweckt (my home is my castle). Die Sicherungsmöglichkeiten wurden genau studiert.

Wenn die englische Polizei, verkörpert durch Scotland Yard und den Bobby, auf der ganzen Welt Ruhm und Ansehen genießt und auch zu Hause auf der britischen Insel über ein intaktes Verhältnis zur Bevölkerung verfügt, dann liegt das nicht zuletzt an dieser hervorragenden Öffentlichkeitsarbeit. Jeder Bürger spürt, daß sich die Polizei um ihn und nicht nur um eine anonyme Allgemeinheit sorgt.

Und in der Bundesrepublik?

Hier haben die Polizei und die politisch vorgesetzten Innenminister das weite und wichtige Feld der Öffentlichkeitsarbeit anderen überlassen: Probleme der Kriminalität, der Strafrechtspflege und des natürlichen Konfliktes zwischen dem einzelnen Bürger und dem staatlichen Gemeinwesen werden in der westdeutschen Öffentlichkeit – gemeint sind nicht die zahlreichen, internen

Fachzirkel – fast ausschließlich von einer einzigen an dieser Materie interessierten Gruppe vorgetragen und behandelt: den Strafverteidigern und Rechtsanwälten.

*

Dreizehntes Kapitel

DIE VERHÄNGNISVOLLE ROLLE DER ANWALTSCHAFT

Es muß wohl – zumindest in Deutschland – als logisch gelten, wenn nach der Epoche des Dritten Reiches, in der sich der Staat gegenüber seinem Bürger in vielfältiger Weise ins Unrecht gesetzt hat, das Pendel der Rechtspflege erst einmal kräftig zur anderen Seite ausgeholt hat. Der ersten großen Publikationswelle, die den Bürger des neuen Staates mit den Unrechtstaten des alten schokkierte, folgte automatisch die zweite Welle, in der allenthalben nach Versuchen des neuen Staates geforscht wurde, in die Fußstapfen seines Vorgängers zu treten. Die aufkommenden Massenmedien, Presse, Funk, Film und später auch das Fernsehen, übernahmen die ihnen gebotene Wächterrolle mit großem Eifer, zumal sich sehr bald herausstellte, daß »die Verteidigung der Bürgerrechte« ein populäres und erfolgversprechendes »Anliegen« geworden war. Die Rechte einer vermeintlichen Allgemeinheit hatten zwölf Jahre lang zu sehr im Vordergrund gestanden.

Keine Berufsgruppe hat von dieser Publizitätswelle wider die Staatsgewalt – will man von den Trägern der Massenmedien selbst absehen – mehr profitiert als die Anwaltschaft. Der Strafverteidiger und Rechtsanwalt wurde zum »Helden der Zeit«, zum Idol einer Gesellschaft, der ständig klargemacht wurde, daß sie bedroht ist. (Als sie es während der vergangenen »tausend Jahre« in viel stärkerem Umfang war, hatte es ihr kaum jemand gesagt).

In illustrierten Zeitungen brachten »Memoiren eines Strafverteidigers«, nicht abreißende Serien von »Justizirrtümern« und beherzte »Auflehnung gegen Ämter und Behörden« Auflagenrekorde. Viele Jahre sicherte das Filmklischee des uneigennützigen und edelmütigen Rechtsanwalts, der seinen Mandanten gegen die unfairen Angriffe des Staatsanwalts im Schutz nahm, den Kinos volle Kassen. Auch im Hörfunk und Fernsehen brachte die Not des von den Staatsorganen verfolgten Bürgers stets hohe Einschaltquoten.

Um nun nicht mißverstanden zu werden: Die Publizitätswelle gegen Rest oder Neuauflagen selbstherrlicher Obrigkeit war sicher nützlich und notwendig. Auch der Ritt der Anwaltschaft auf dieser Welle in die Reiche der Popularität darf in einer Gesellschaft, in der jede Gruppe auf einen möglichst günstigen Platz drängt, durchaus als legitim gelten. Das Fehlen eines geeigneten Gegengewichts ließ die Anwaltschaft jedoch in den Bereichen der Strafrechtspflege nicht vor der Versuchung haltmachen, sozialethische Forderungen mit eigennützigen berufsständischen Interessen zu vermengen.

Jahrelang ließen Anwälte, insbesondere Strafverteidiger, kaum eine Gelegenheit verstreichen, der deutschen Öffentlichkeit und jedem einzelnen Staatsbürger den Eindruck zu vermitteln, als sei die Bundesrepublik ein Staat, der besonders dazu neige, Unschuldige zu verfolgen. Deshalb müsse, so war in allen Publikationen zumindest unterschwellig zu spüren, die Anwaltschaft stark gemacht werden, damit sie dem Bürger besser beistehen könne. Sie stempelten jede Panne und jeden Fehler bei Polizei und Justiz zum »Symptom eines ungerechten Systems«.

»Niemand ist in der Bundesrepublik vor Verhaftung und Verfolgung sicher. Jeder Bürger kann zwischen die Mühlsteine einer unzulänglichen Justiz geraten.« So lauteten bald die Schlagworte einer sorgfältig gepflegten Angstpsychose.

Dieser diskret und auch lautstark vermittelte Eindruck hält einer objektiven Prüfung nicht stand. Es gibt im internationalen Vergleich keine stichhaltigen Hinweise dafür, daß in der Bundesrepublik etwa mehr Justizirrtümer oder mehr Fälle zu verzeichnen sind, in denen Unschuldige unzumutbaren Verfolgungsmaßnahmen ausgesetzt worden sind, als in anderen demokratisch regierten Ländern. Natürlich hat jedes von Menschen entwickelte System der Rechtsfindung seine Vorzüge und seine Schattenseiten. Keines ist frei von Tücken. Und die absolute Gerechtigkeit wird wohl ein Wunschtraum bleiben, solange Menschen über Menschen richten.

Zu den Mängeln der deutschen Strafrechtspflege gehörte – nach der Auffassung der Anwaltschaft – bis zum April 1965, daß die Verteidiger zu wenig Rechte und Möglichkeiten gegenüber dem Gericht und Staatsanwaltschaft besaßen. Manche davon abgeleitete Forderung erweckt den Eindruck, als stünde das wachsende Prestigebedürfnis einer populären Berufsgruppe dahinter, die erkannt hat, daß ihr weiterer gesellschaftlicher und auch wirtschaftlicher Aufstieg recht stark von ihren Möglichkeiten und Erfolgen bei der Verteidigung von Straftätern abhängt.

Vom obersten Begriff jeglicher Rechtspflege, der »Wahrheitsfindung«, war bei den meisten dieser Forderungen der Strafverteidiger wenig die Rede. Dafür um so häufiger von Begriffen wie »Stellung des Verteidigers im Strafverfahren« und »Chancengleichheit mit der Staatsanwaltschaft«. Daß diese sogenannte

Chancengleichheit, wie die Anwaltschaft sie – aus dem englisch-amerikanischen Strafprozeß entliehen – verstand, im deutschen Strafrecht eine erhebliche Verschiebung des Gleichgewichts zugunsten des Angeklagten bedeutete, da ja der deutsche Staatsanwalt weit mehr als sein englischer und amerikanische Kollege zur Objektivität und zur Prüfung auch der entlastenden Gesichtspunkte verpflichtet ist, wurde übersehen*.

Auch der Umstand, daß jeder einzelne Staatsbürger, dem nach dieser Argumentation in erster Linie von Polizei und Justiz Gefahren drohen, der tausendfach größeren Gefahr ausgesetzt ist, von einem Rechtsbrecher geschädigt zu werden, fand kaum Berücksichtigung. Im Gegenteil: Die jahrelange Kampagne hat noch zur größeren Gefährdung der Bürger beigetragen. Unter ihrem Druck wurden die Verfolgungsorgane ständig mehr beschnitten. Die sinkenden Erfolge in der Verbrechensbekämpfung sind ein unmittelbares Resultat**.

Wenn mit den Beschneidungen das ostentativ vorgetragene Ziel, nämlich: »Größere Sicherheit vor unschuldiger Verfolgung«, erreicht worden wäre, man könnte wenigtens darüber diskutieren, ob sich Nutzeffekt und Schaden die Waage halten. Dem ist leider nicht so. Den wirklichen Nutzen aus dem Strafprozeßordnungsänderungsgesetz ziehen heute in erster Linie routinierte Gauner, berufsmäßige Betrüger und vermögende Wirtschaftstäter. Nur einige von unzähligen Beispielen: Ein 17jähriger Autoknacker wird mehrfach auf frischer Tat ertappt und dem Haftrichter fünfmal nacheinander vorgeführt: am 7. Juni, am 27. Juni, am 1. August und am 15. August 1965. Jedesmal legt er ein Geständnis ab, jedesmal wird er wieder auf freien Fuß gesetzt. Es liegt keiner der Haftgründe vor, die nach der neuen Strafprozeßordnung verlangt werden.

Ein etwa dreißigjähriger Mann verübt aus Gründen abartiger Veranlagung Brandstiftung. Nach langwierigen Ermittlungen wird er von der Polizei gefaßt und dem Richter vorgeführt. Der Brandstifter legt ein Geständnis ab – und wird wieder entlassen. Zwei Wochen später steckt er das nächste Haus an.

---

* Landgerichtsrat Dr. Frohwein, Marburg, auf der vom Bundeskriminalamt veranstalteten Tagung »Strafrechtspflege und Strafrechtsreform«: »Der Richter, der Staatsanwalt und der Kriminalbeamte sind nicht Diener eines einzelnen oder einer Gruppe, sondern Diener der höchsten Gemeinschaft, die wir kennen, nämlich des Volkes und des Staates, des Staatsvolkes im ganzen. Sie wollen den Rechtsbrecher ausmerzen, vorbeugend die von ihm ausgehenden Gefahren beseitigen und ihn – soweit notwendig – der gerechten Strafe zuführen. Der Anwalt hat demgegenüber sicherlich ebenfalls eine hohe Funktion bei der Mitwirkung am Recht; aber er ist doch gleichzeitig – das kann wohl nicht geleugnet werden – der bezahlte Vertreter einer Partei.«

** Senatspräsident Dr. Rotberg, Bundesgerichtshof Karlsruhe, auf der bereits erwähnten BKA-Tagung zu der Forderung der Anwaltschaft, Beschuldigte nur in Gegenwart eines Anwaltes von der Polizei vernehmen zu lassen: »Sie bedeutet für die Ermittlungsorgane eine solche Minderung der Chance, die Wahrheit zu finden, daß man sich ernstlich überlegen sollte, ob dieses Verlangen der Anwaltschaft wirklich zu rechtfertigen ist.«

Nach monatelanger Jagd, die immerhin das Geld des Steuerzahlers kostet, gelingt es der Polizei, den sogenannten »Mittagseinbrecher« festzunehmen. »Mittagseinbrecher« deshalb, weil er seine Einbrüche in Verkaufsgeschäfte während der Mittagspause auszuführen pflegte. 300 Straftaten dieser Art stehen auf seinem Konto. Er wird vom Richter mit der Auflage entlassen, sich täglich zweimal bei der Polizei zu melden. Das geschieht auch – einige Tage. Dann schickt der lange gesuchte und endlich gefaßte Einbrecher Ostergrüße aus der Ostzone.

Wolfram Sangmeister, Jurist und Kriminalpraktiker von hohem Grade, hat die Folgen der Strafprozeßnovelle untersucht. Er sieht in dem neuen Gesetz eine inkonsequente Verklittung deutscher und englischer Rechtsprinzipien, bei der in einseitiger Weise die taktischen Pluspunkte des Verteidigers aus beiden Systemen addiert worden sind. Trotzdem kommt er in der überzeugenden Studie zu der Prognose, »daß das geänderte Strafprozeßrecht in keinem Fall einen einzigen Unschuldigen vor einem Justizirrtum bewahren kann, dem dieser nach bisherigem Recht zum Opfer gefallen wäre. Das neue Recht wird aber zur Nichtaufklärung bisher aufklärbarer Verbrechen beitragen.

Selbst wenn sich die Voraussage dieses Experten nicht erfüllen und das neue Srafprozeßrecht wirklich ein paar hundert Ungerechtigkeiten in Amtsstuben und Gerichtssälen verhindern sollte, muß dieser Nutzeffekt fragwürdig bleiben. Während der gleichen Zeit werden nämlich durch die erneut abgebaute Effektivität der Strafrechtspflege mehrere zehntausend Bürger zusätzlich von kriminellen Mitbürgern geschädigt. Der Schaden, der diesen Opfern zugefügt wird, hätte mit großer Wahrscheinlichkeit vermieden werden können, wenn einige Beschneidungen der Strafverfolgungsorgane unterblieben wären. Man muß sich somit fragen, ob der Staat das Recht hat, von einer zugegebenermaßen kleinen Zahl von Bürgern möglichst Unrecht abzuwenden, dabei aber gleichzeitig eine weitaus größere Gruppe der Gesellschaft neuen Gefahren auszusetzen. Die Opfer der Kriminalität sind schließlich genauso unschuldig wie die möglichen Opfer einer unzulänglichen Justiz. Die Leiden der einen sind nicht leichter als die der anderen.

Von Begleiterscheinungen dieser Art ließen sich die Verfechter des »Anwaltsgesetzes« wenig beeindrucken. Beharrlich suggerierten sie der deutschen Öffentlichkeit das Schreckensbild des vom Staat vergewaltigten Bürgers, um ihr Ziel – mehr Macht und Einfluß im Strafprozeß – zu erreichen. Das Fehlen einer aktiven Öffentlichkeitsarbeit von der Gegenseite und das seit Jahren am Leben erhaltene Mißverständnis wirkten sich aus. Politiker und Publizisten rückten immer mehr auf die Seite der vermeintlichen

Gerechtigkeit und unterstützten schließlich en bloc vorgebrachten Forderungen der Anwaltschaft.

Auch in den Parlamenten fanden die Wünsche der Strafverteidiger kein ernstzunehmendes Gegengewicht. Von einem Bundestag, in dem zwar viele Rechtsanwälte, aber kein einziger Polizeibeamter sitzen, kann man kaum erwarten, daß er bei der Diskussion dieser Probleme den oft gelobten goldenen Mittelweg findet. In den Länderparlamenten, die auf dem Umweg über Landesregierungen und Bundesrat ebenfalls am Zustandekommen der Strafprozeßnovelle beteiligt waren, ist das Mißververhältnis zwischen Vertretern der Verbrechensbekämpfung und den Strafverteidigern ähnlich.

Ein Teil der deutschen Anwaltschaft konnte durch die wachsende Kriminalität ein vielfaches System von Einnahmequellen erschließen und zu beachtlichen Wohlstand kommen. Jede vor Gericht gebrachte Straftat zieht in der Regel nicht nur ein Honorar für die Strafverteidigung, sondern auch für zivilgerichtliche Auseinandersetzungen nach sich, für die Anwälte gebraucht werden. Bedenkt man diesen Umstand, so ist wohl zu verstehen, daß schlecht besoldete Polizeibeamte auf den Gedanken kommen können, hinter der ganzen Kampagne gegen die »Bedrohung der Freiheit« stecke am Ende doch nicht viel mehr als der gesteigerte Appetit eines bestimmten Teiles der Anwaltschaft nach noch mehr irdischen Gütern.

Diese Gedanken werden natürlich nicht offen ausgesprochen. Der Verdacht ist nicht zu beweisen, und es ist für einen Beamten, gleich welcher Größenordnung, nicht ungefährlich, sich den Zorn einiger einflußreicher Anwälte zuzuziehen.

Offenkundig und von jedem Meinungsforschungsinstitut zu prüfen ist indes eine nicht minder bedenkliche Folge der Anwaltskampagne: die völlige Umkehrung der Positionen in unserem Rechtsleben. Der Staatsanwalt ist bei Meinungsumfragen heute der böse Bube. Vor ihm gilt es, sich in acht zu nehmen. Die Mehrheit eines Volkes denkt also wie ein notorischer Rechtsbrecher. Sie sieht im Staatsanwalt nicht mehr ihren Beschützer, sie erhofft sich vielmehr vom Strafverteidiger Rettung aus der möglichen Not.

Wo bleiben hier die schönen Rechts- und sozialethischen Grundsätze, von denen in den Streitschriften vieler Anwaltsfunktionäre die Rede ist? Wäre es nicht Aufgabe der Kammern gewesen, ein Gefühl für Fairneß gegenüber dieser Gesellschaft zu entwickeln? Wenn schon Polizei, Innenminister, Justizminister, oder wer auch immer für die Schaffung eines Gegengewichtes zuständig gewesen wäre, diese wichtige Aufgabe versäumt zu haben, hätten dann nicht wenigstens die Anwaltskammern dafür sorgen müssen, daß die Bemühungen einiger ihrer übereifrigen Mitglieder nicht zum Zusammenbruch des gesamten Rechtsgefüges führen? Oder wie anders soll man es nennen, wenn einem Volk die Denkweise von Verbrechern eingeimpft wird, um dann anschließend Gesetze zu verlangen, die es ermöglichen, jeden Rechtsbrecher vor Strafe zu schützen?

Diese letzten Sätze sind sicher überspitzt. Sie mußten der Deutlichkeit halber aber einmal so überspitzt werden, nicht zuletzt im Interesse der gesamten Anwaltschaft. Denn offensichtlich haben die Kammern bisher nicht bedacht, daß allzu zügellose Interessenvertretung den Namen einer Berufsgruppe sehr schnell ruinieren kann. Wenn heute der Anwaltschaft mancherorts übertriebene und sicher unbedingte Vorwürfe gemacht werden, so trifft die Kammern daran sehr viel Schuld. Sie haben es zugelassen, daß eine Reihe von Vertretern ihres Berufsstandes allzu hemmungslos an ihren persönlichen Erfolg dachten und das Unterste nach oben gekehrt haben.

Auch in einem anderen Bereich kann man den Anwaltsvereinigungen den Vorwurf nicht ersparen, aus kurzsichtigem Eigeninteresse die Erfordernisse der Zeit nicht erkannt zu haben: beim Problem der öffentlichen – also kostenlosen – Rechtsberatung.

Die fortschreitende Kommerzialisierung des Lebens und die wachsende Notwendigkeit für jeden einzelnen Staatsbürger, im Alltag mit Vorschriften, Gesetzen und Rechtsproblemen fertig zu werden, führten um die Jahrhundertwende zur Gründung sogenannter öffentlicher Rechtsauskunftstellen für die minderbemittelte Bevölkerung. Die Standesehre der Rechtsanwälte verbot es in jener Zeit noch, unentgeltlich Rechtsberatungen vorzunehmen. Ohne Beanstandung durch die Anwaltschaft übernahm diese Aufgabe nun der Staat. Pensionierte Richter, Staatsanwälte, aber auch Anwälte, die in ihrer Praxis nicht ausgelastet waren, wurden für diesen Zweck stundenweise verpflichtet. Bald arbeiteten mehrere hundert Beratungsstellen im gesamten Reichsgebiet.

Obwohl diese öffentlichen Rechtsauskunftstellen heute um ein Vielfaches nötiger wären als während der Zeit vor und nach dem Ersten Weltkrieg, existieren sie nur noch in zwei Städten, in Hamburg und in Lübeck.

1933 wurden die Beratungsbüros, die wie viele Sozialeinrichtungen jener Zeit sehr deutlich einen sozialdemokratischen Stempel trugen, von der NS-Regierung geschlossen. Ihre Aufgabe sollte in Beratungsstunden des »NS-Rechtswahrerbundes« erfüllt werden.

Nichts wäre logischer gewesen, als nach dem Zusammenbruch des Dritten Reiches die Rechtsauskunftstellen wieder zu eröffnen.

Der Widerstand der Anwaltschaft war jedoch überall so groß, daß es, wie gesagt, nur in Hamburg und Lübeck gelungen ist.

Die Kammern hatten die Statuten ihres Ehrenkodex inzwischen geändert, so daß es dem einzelnen Anwalt nun erlaubt war, an Minderbemittelte auch unentgeltlich Rechtsauskünfte zu erteilen. Sicher werden einige Anwälte von dieser Möglichkeit Gebrauch machen. Genauso sicher ist aber auch, daß jährlich viele tausend Bürger aus den einfachen Volksschichten einschneidende Nachteile in Rechtsangelegenheiten hinnehmen müssen, weil sie sich wegen der Honorarfrage scheuen, zu einem Anwalt zu gehen, und weil eine öffentliche Rechtsauskunftsstelle für sie nicht existiert.

Die Redaktion »Vorsicht, Falle!« erhält nach jeder Sendung unzählige Anfragen von Betrogenen und Hereingelegten, wie sie sich in diesem oder jenem Falle verhalten sollen. Häufig berichten diese Zuschauer in seitenlangen Briefen den ganzen Ablauf des Falles. Die oft ungeübte Ausdrucksweise beweist, wie schwer ihnen das Schreiben gefallen sein muß. Das Zweite Deutsche Fernsehen kann in all diesen Fällen – selbst wenn es arbeitsmäßig dazu in der Lage wäre – den Zuschauern nur mitteilen, daß ein Gesetz verbietet, derartige Auskünfte in Einzelfällen zu erteilen. Die Anwaltschaft hat nämlich nicht nur das Wiederaufleben der öffentlichen Rechtsauskunftstellen verhindert, sie hat auch das sogenannte »Rechtsberatungsmißbrauchsgesetz« durchgesetzt, das ihr ein Monopol für ihre Tätigkeit sichert.

Obwohl ihnen die Notlage vieler Menschen bekannt sein muß, machen die Anwaltskammern von den Möglichkeiten, die ihnen dieses im Dezember 1933 erlassene Gesetz bietet, rigoros Gebrauch. Ein Beispiel: Die Stuttgarter Warentestzeitung »DM«, die sich ähnlich wie die Sendereihe »Vorsicht, Falle!« mit dem Treiben und den Geschäftspraktiken von Schwindelfirmen befaßt, erhält naturgemäß auch eine große Zahl von Zuschriften mit der Bitte um Rechtsauskünfte. Die Zeitschrift engagierte einen Juristen, der im Namen des Verlages für den Ratsuchenden kostenlos Auskünfte erteilte. Folge: Die Anwaltskammer Stuttgart erwirkte eine einstweilige Verfügung, die dem Verlag seine unerlaubte Rechtsberatung untersagte.

Man möchte den Anwaltskammern nur wünschen, daß sie den sozialen Belangen dieser Gesellschaft bei ihren berufsständischen Bemühungen ein wenig mehr Verständnis entgegenbringen. Es könnte der Tag kommen, an dem der Gedanke von der verhängnisvollen Rolle der Anwaltschaft, der heute noch mehr oder weniger unausgesprochen in den Köpfen von Polizeibeamten und Staatsjuristen beheimat ist, Allgemeingut wird*.

*

Vierzehntes Kapitel

AKTUELLER AUSKLANG

Der fünfte Deutsche Bundestag hat gleich zu Beginn seiner Legislaturperiode, im Januar 1966, zu erkennen gegeben, daß es ihm mit der Verabschiedung der großen Strafrechtsreform in den nächsten vier Jahren nun endgültig Ernst sei. Einen bedenklichen Trend hat bereits die erste Lesung erkennen lassen. Die Parteien werden sich wieder an Fragen festbeißen, die mit schwerem weltanschaulichem Gepäck belastet sind und an denen sich folglich die Geister scheiden: Ehebruch, Homosexualität, Schwangerschaftsunterbrechung nach Vergewaltigung, politisches Strafrecht und Vollzugsfragen, wie etwa »Gefängnis *und* Zuchthaus« oder »Einheitsstrafe«.

Die Gefahr, daß beim Streit um diese Themen andere, weit wichtigere Fragen zu kurz kommen, ist leider sehr akut, etwa das Problem, wie man mit Hilfe der großen Strafrechtsreform den Wandlungen der Kriminalität Rechnung trägt und zu effektiveren Bekämpfungsmethoden findet. Schon der dem Parlament vorgelegte Entwurf läßt erkennen, daß der Gesetzgeber der gewachsenen Gefährdung der Bürger durch die Wirtschaftskriminalität nicht genug entgegegensetzen wird. Bei den Beratungen in den zuständigen Ausschüssen, in denen naturgemäß die Anwaltschaft als stärkste »Fachgruppe« vertreten ist, werden die Forderungen dieses Standes wieder breiten Raum einnehmen.

In den vergangenen Jahren ist oft über das Problem diskutiert worden, ob die fortschreitende Verlagerung der Parlamentsarbeit in die Ausschüsse schädlich oder nützlich sei. Im Zusammenhang mit der großen Strafrechtsreform konnte man die Abgeordneten des Deutschen Bundestages, die nicht in den mit der Reform befaßten Ausschüssen saßen, nicht deutlich genug an ihre Pflicht erinnern, sich mit der Thematik vertraut zu machen und das Geschäft nicht völlig der Mehrheit der »Fachleute« zu überlassen.

Zweifellos würden viele in diesem Buch angeschnittene Fragen von der großen Strafrechtsreform nicht oder nur sekundär be-

* Der im zweiten Kapitel mehrfach zitierte Frankfurter Wirtschaftskriminologe Dr. Otto Terstegen: »Der Stand als solcher müßte auch nachdrücklicher darauf dringen, daß die in Deutschland mehr und mehr um sich greifende Identifizierung des Verteidigers mit dem Angeklagten, die vor allem in Prominentenprozessen zu beobachten ist, wieder verschwindet.«

rührt. Trotzdem hätte jeder Abgeordnete, der durch seine Stimme dieses wichtige Gesetzgebungswerk beeinflußte, über den Stand der Kriminalität im Ganoven-Wunderland unterrichtet sein müssen.

Die wichtigsten Punkte:

1. Die Kriminalität ist ein gesellschaftspolitisches Problem ersten Ranges geworden. Sie bedroht die freiheitliche Ordnung in der Bundesrepublik, da sie den vom Grundgesetz garantierten Schutz des persönlichen Eigentums zur Fiktion macht und den Ruf nach neuer (polizeistaatlicher) Ordnung nährt.

2. Kriminalität wird weiter und beschleunigt anwachsen. Schon heute schädigt sie jährlich mehrere Millionen Menschen direkt um viele Milliarden Mark. Der Schaden, der durch die mangelnde Bekämpfung der Kriminalität dem deutschen Volke entsteht, ist mindestens genauso groß wie der, den es durch die schleichende Geldentwertung hinzunehmen hat. Eine weitere Bagatellisierung dieses Problems ist somit nicht zu verantworten.

3. Die Kriminalität wandelt sich schneller, als der Gesetzgeber zu folgen vermag. Die Kriminalpolitik sollte alle Möglichkeiten finden, den langen Weg von der Erkenntnis sozialwidrigen Verhaltens bis zum entsprechenden Niederschlag im Gesetzbuch abzukürzen. Es sollte verhindert werden, daß das Fehlen fixierter Tatbestände jahrzehntelang von Straftätern ausgenützt werden kann.

4. Die Ursachen für das Anwachsen der Kriminalität sind zum Teil in der speziellen historischen und auch psychologischen Situation der Bundesrepublik zu suchen. Zum anderen müssen sie aber auch als international zu beobachtende Folge hoher Zivilisation, breitgestreuten Wohlstandes und allgemeiner Kommerzialisierung des Lebens angesehen werden.

5. Die Kriminalität sollte nicht verwaltet oder regional verdrängt, sondern bekämpft werden. Dazu ist es notwendig, die Verfolgungsorgane in ihrer Effektivität nicht weiter zu beschneiden. Ein Blick nach Amerika, dem Land mit den größten bürgerlichen Freiheiten, zeigt, daß zu einer freien Gesellschaft eine starke Polizei gehört. Der ehemalige amerikanische Präsident, Johnson, hatte der zunehmenden Kriminalität und Gesetzlosigkeit den Kampf angesagt. Trotz der Vietnam-Krise hatte er in seiner »Rede an die Nation« zum Jahresanfang 1966 für dieses Programm Zeit gefunden und eine Modernisierung und Stärkung der Polizeiorgane angekündigt.

6. Es sollte Ziel der deutschen Strafrechtspflege sein, nicht in perfekten Schemen zu erstarren. Eine Strafprozeßordnung, die dem Richter nicht erlaubt, einen offenkundigen Ganoven festzunehmen, ist genauso schlecht wie eine andere, die ihn anhält, zuviel zu verhaften. Es sollte also Raum für den oft zu Unrecht geschmähten »gesunden Menschenverstand« der Richter bleiben. Um zu verhindern, daß Serienbetrüger die lange Zeit bis zum Prozeß zu gleichgearteten Straftaten ausnutzen, sollte der Richter bei offenkundiger »Wiederholungsgefahr« Untersuchungshaft anordnen können – so, wie es bei den Sittlichkeitsdelikten seit dem 1. April 1965 möglich ist.

7. Die Interessen der Opfer und Geschädigten sollten auch im Strafpro-

zeß weit mehr als bisher berücksichtigt werden. Die Täter sollen schon im Strafverfahren dazu verurteilt werden, wenigstens einen Teil des angerichteten Schadens an die Opfer zurückzuerstatten.

8. Es scheint dringend geboten, daß die Strafrechtspflege die allzu starke Konzentrierung des Interesses auf das zahlenmäßig nicht so bedeutsame Gewaltverbrechen und die »Befangenheit im Optischen« überwindet. Es kann nicht sinnvoll sein, bei einem Banküberfall eine ganze Hundertschaft einzusetzen, aber einen komplizierten Millionenbetrug mit 1000 Geschädigten von einem einzigen Sachbearbeiter im Schneckentempo ermitteln zu lassen. Um dieses Übel zu überwinden, ist es notwendig, bei Polizei, Staatsanwaltschaften und Gerichten mehr Spezialisten für die modernen Formen der Wirtschafts- und Betrugskriminalität heranzubilden. An größeren Gerichten emfiehlt sich die Einrichtung von Wirtschaftsstrafkammern.

9. Die deutsche Strafrechtspflege bedarf dringend einer Schadensstatistik, damit bei der Verbrechensbekämpfung sinnvolle Schwerpunkte gebildet werden können. Besondere Aufmerksamkeit ist den »Massendelikten« zu schenken. Über ihren Umfang sollte die Kriminalstatistik Auskunft geben.

10. Das schwindende Vertrauen in die Organe der Strafrechtspflege und das damit zusammenhängende Anwachsen der »Dunklen Zone« des Verbrechens machen es erforderlich, aktiv nach dem Verbrechen zu suchen. Polizei und Staatsanwaltschaften dürfen sich nicht darauf beschränken, nur Anzeigen nachzugehen oder bei der zufälligen Entdeckung von Straftaten tätig zu werden.

11. Die Bürger einer freien Gesellschaft sind automatisch einer größeren Gefahr durch Kriminalität ausgesetzt als die einer totalitären Ordnung. Will eine freie Gesellschaft nicht ständig Gefahr laufen, durch wachsende Kriminalität die Freiheit des Individuums beschneiden zu müssen, so darf sie sich nicht auf die Abwehr der Täter beschränken. Sie muß – ähnlich wie die Medizin – das potentielle Opfer in ihren Kampf mit einbeziehen. Sie muß den Betrüger lehren, mit der Gefahr zu leben, und sie muß versuchen, ihn dagegen zu immunisieren. So gesehen, wächst die Aufgabe der vorbeugenden Verbrechensbekämpfung weit über die Möglichkeiten der Polizei hinaus. Sie wird zur Aufgabe der Sozialpolitik und des Bildungswesens. Alle geeigneten Kräfte der Gesellschaft sollten in diese Aufgabe eingespannt werden: Schulen, Volkshochschulen, Organe der staatsbürgerlichen Bildung, wie Landesfilmbildstelle, Beratungsstellen, z.B. die Deutsche Zentralstelle zur Bekämpfung von Schwindelfirmen, und vor allem auch die großen Medien der Publizistik. Die angelsächsische Welt bietet hervorragende Vorbilder.

12. Das Publikum würde ein solches Programm zweifellos dankbar aufnehmen. Die guten Einschaltquoten der Sendereihe »Vorsicht, Falle*!« sind genauso eine Gewähr dafür wie das millionenfach gedruckte Wort »Sicherheit« auf den Wahlplakaten zu Bundestagswahlen. Dieses Wort prangt ja nicht von ungefähr an Litfaßsäulen und Hauswänden. Die Werbeberater der Parteien haben die Volksseele durchaus richtig analysiert – obwohl es manchem Politiker in den ersten Stunden nach der Wahl anders erscheinen mag.

* Siehe Anhang.

Natürlich trägt jede Aufklärungsarbeit den Keim einer möglichen Nachahmung in sich. Die hiervon abgeleitete Gefahr, mit aufklärenden Veröffentlichungen einen Fortbildungskursus für Verbrecher einzurichten, läßt sich jedoch auf ein Mindestmaß reduzieren, ähnlich wie in der Medizin das Impfrisiko. Der überaus große Wirkungsgrad der modernen Publikationsmittel belastet jede »Arbeitsmethode« mit dem Zeitpunkt der Veröffentlichung mit einem unüberschaubaren Risiko. Wollte sich ein Nachahmer mit einem der gezeigten oder geschilderten Tricks versuchen, liefe er sofort Gefahr, an jemanden zu geraten, der die Sache kennt. Tatsächlich ist in den Jahren, in denen die Sendung »Vorsicht, Falle!« ausgestrahlt wird, kein Fall einer erfolgreichen »Anregung« bekanntgeworden.

Um den Vorbeugungseffekt zu erzielen, braucht die Arbeitsweise der Verbrecher auch nicht immer ganz offenbart zu werden. Oft genügt die Demonstration einer entscheidenden Passage, damit der Bürger später in der Realität des Lebens die Gefahr erkennt. Und schließlich reicht das »gewußt wie« ohne einschlägige Erfahrung in der Praxis doch meist nicht aus, um den Trick zu kopieren. Und den Leuten »mit Erfahrung« sagt man ohnehin nichts Neues.

So schmilzt die Gefährdung der Allgemeinheit durch einen offenen »Kriminalunterricht« zusammen. Der gesellschaftliche Nutzen überwiegt am Ende die Gefährdung um ein Vielfaches. Wieder macht ein Vergleich aus der Medizin die Situation deutlich. Bei hunderttausend Kindern, die gegen Pocken geimpft werden, können erfahrungsgemäß zwei Fälle von meist tödlicher Gehirnhautentzündung auftreten. Trotzdem hat sich der Staat zur Pflichtimpfung entschlossen. Die Immunisierung der hunderttausend gegen die gefährliche Krankheit muß ihm wichtiger sein.

Die Sucht, aus jeder Zeile, die auf einer behördeneigenen Maschine geschrieben wird, ein Staatsgeheimnis machen zu wollen, ist der Vorbeugungsaufgabe nicht dienlich. Zum anderen ist hier aber auch kein Platz für leichtfertige Sensationshascherei; denn trotz aller Möglichkeiten, das Risiko gering zu halten, muß man bei jeder öffentlichen Aufklärung die Gefahr der Nachahmung im Auge behalten.

Fachkenntnisse sind also erforderlich, nicht nur aus dem eigenen Bereich, sondern auch aus den Berufsbezirken der Partner: Der Vorbeugungspolizist sollte also die Möglichkeiten der Volkshochschule und des Fernsehjournalisten kennen. Genau sollte der mit diesen Aufgaben betraute Redakteur eines Massenblattes wissen, wann die Veröffentlichung gewisser Details aus einer Strafsache die Arbeit der Polizei ernsthaft stört und bei welchen Delikten die Nachahmungsgefahr besonders groß ist.

Um diese Voraussetzungen zu schaffen, gibt es nur einen Weg: Die Träger und Partner eines möglichen Vorbeugungsprogramms müssen näher zusammenrücken. Sie müssen gemeinsam diesen in Deutschland neuen Weg der Verbrechensbekämpfung abstecken.

Es arbeiten in der Bundesrepublik für alle nur denkbaren Fragen – von der Wiedervereinigung bis zur Entwicklungshilfe – Kuratorien, Räte und andere Vereinigungen. Es wäre an der Zeit, daß sich die Fachleute einer möglichen Vorbeugung – Kriminalisten, Bildungsexperten und Publizisten – zu einem Gremium zusammenfinden, das der Idee eines breiten Vorbeugungsprogramms aktives Leben einhaucht. Fragen der Gestaltung des Programms könnten hier verbindlich gelöst werden. Vorschläge an den Gesetzgeber bekämen überparteiliches Gewicht, Finanzierungsprobleme verlören ihren Schrecken, und man könnte sogar daran denken, die Not der Kriminalitätsopfer zu lindern.

Für Volkshochschulen und Massenmedien böte sich hier ein dankbares Betätigungsfeld. Oft würde man es Fundgrube nennen müssen. Die Polizei hingegen würde nicht nur ihrem Vorbeugungsauftrag besser gerecht werden, für sie bedeutete ein solches Gremium ein hervorragendes Instrument moderner Öffentlichkeitsarbeit.

Zusammenarbeit bringt aber nicht nur Früchte. Sie erfordert auch Rücksichten. Die Polizei müßte zum Beispiel versuchen, sich von manch liebgewordener Eigenschaft, wie etwa übertriebener Empfindlichkeit und der allzu großen Geheimiskrämerei, zu trennen.

Für die Massenpresse würde die Mitgliedschaft in einem Vorbeugungsrat unter Umständen bedeuten, ab und zu auf eine kurzlebige Sensation zu verzichten und dafür etwas umfassender, also sorgfältiger zu berichten.

Auch für die Rundfunk- und Fernsehanstalten ergäben sich einige interne Korrekturen: Das ist zum Beispiel das drastische Anwachsen der Programmsparte »Krimi« im Fernsehprogramm, das gewisse Probleme aufwirft.

Nach einer »infratest«-Untersuchung* sind in den ersten 21 Monaten, seitdem das ZDF und die ARD auf den Bildschirmen miteinander konkurrierten, insgesamt 322 Kriminalstücke im Abendprogramm ausgestrahlt worden. Das sind 3,6 Krimis pro Woche. Hierbei ist nicht mitgerechnet die große Zahl jener zwanzig und fünfundzwanzig Minuten langen Krimis, die in den Werbefernsehprogrammen oder im Vorprogramm des ZDF vor 20 Uhr gesendet worden sind. Jede dieser Sendungen wird von einem Millionenpublikum verfolgt. »Noch niemals in der Geschichte der Vermittlung szenischer Stoffe«, so schreibt »infratest«, »hat im deutschen Sprachbereich eine so große Öffentlichkeit an der Darstellung und Aufklärung von Verbrechen so erlebnishaft teilgenommen. Selbst die größten Auflagen von Kriminalromanen in Heftform oder die verbreitetesten Krimi-Spielfilme des Kinos können nicht einen derartigen Masseneffekt erreichen.«

Die Mehrzahl dieser Sendungen zeichnet ein einheitliches Kriterium aus: Es geht entsprechend dem Zuschauerwunsch durchweg um Mord oder zumindest um ein artverwandtes Verbrechen. Infratest bestätigt die

* »Das Kriminalstück im Urteil der Zuschauer.«

alte Kriminalautorenweisheit: Ohne Leiche taugt der beste Krimi nichts. Darüber hinaus wünscht das Publikum ganz offensichtlich – und die Autoren erfüllen ihm diesen Wunsch –, daß spannend, vordergründig, einfach, immer hübsch der Reihe nach und ohne allzuviel psychologische oder gar intellektuelle »Mätzchen« gemordet und aufgeklärt wird. Es soll »wirklichkeitsnah«, sprich: dem Vorstellungsvermögen einfacher Gemüter angepaßt zugehen.

Daß die in der öffentlichen Reflexion zu beobachtende Anhäufung von Mord- und Gewaltverbrechen mit der Wirklichkeit der deutschen Kriminalität nicht übereinstimmt, ist hier mehrfach aufgezeichnet worden. Nun hat das Fernsehen in einem recht erheblichen Ausmaß unterhaltende Aufgaben, und es ist nicht ohne weiteres einzusehen, daß man die Wünsche des Publikums ignorieren und aus dem Kriminalprogramm etwa ein Spiegelbild der Statistik machen sollte. Die allzu deutliche Häufung von Mord und Totschlag wird – will man von kulturpolitischen Aspekten absehen – erst bedenklich, wenn man berücksichtigt, daß der Krimi im Fernsehen in noch viel größerem Ausmaß als der Kriminalroman Auswirkungen auf die reale Verbrechensbekämpfung und die Strafrechtspflege hinterläßt.

Wie im zweiten Kapitel dieses Buches dargelegt, schenkt der Staatsbürger, Massenkonsument von Mordstories, auch in der Wirklichkeit des Alltags nur den Verbrechen Anteilnahme, die seinen einseitig geschulten Vorstellungen von der Kriminalität entsprechen. Konzentrierte Anteilnahme der Öffentlichkeit bedeutet aber in einer Gesellschaft, die zumindest teilweise von der öffentlichen Meinung regiert wird, Konzentrierung der Polizeikräfte an den Brennpunkten des Gewaltverbrechens. Das Gegenteil wäre notwendig. Es ist aber nicht zu erreichen, solange nicht auch die öffentliche Meinung Gespür für die Realitäten der Kriminalität bekommt, also auch einsieht, daß die größte kriminalpolitische Gefahr nicht von Gewaltverbrechen, sondern von den Intelligenzdelikten droht.

Reiwalds und Terstegens Worte von der »vorschulenden Arbeit der Kriminalromane« und der Notwendigkeit, den Mörder im Kriminalroman wenigstens teilweises durch den großen Wirtschaftsschwindler zu ersetzen, haben in den Jahren, seitdem sie gesprochen worden sind (vor der großen Fernseh-Krimiwelle) an Bedeutung nur gewonnen. Bei den Verlegern von Kriminalromanen haben sie wenig gefruchtet. Die Verlage denken als Privatunternehmen in erster Linie an die Auflage und haben verständlicherweise wenig Interesse daran, das Risiko einer »Umerziehung« des Publikums auf sich zu nehmen. Für die vom wirtschaftlichen Risiko befreiten öffentlich-rechtlichen Fernsehanstalten aber ergäbe sich hier eine wichtige Aufgabe. Sie können den Wirtschaftstäter (und sein Opfer!) bei einem Millionenpublikum heimisch machen. So würden sie dazu beitragen, daß die öffentliche Meinung der Gefahr, die der Gesellschaft von dieser Verbrechenssparte droht, allmählich erkennt. Selbstverständlich können und sollen die Fernsehanstalten den Mörder nicht vom Bildschirm verbannen. Aber sie können ihm einen neuen Typ hinzugesellen, damit das Mißverhältnis zwischen Zuschauerwunsch und Wirklichkeit ein wenig gemildert wird. Der Verbrechensbekämpfung würden sie damit einen unschätzbaren Dienst erweisen.

Sowohl das erste als auch das zweite Programm brauchen für diese Aufgabe jedoch aktive Polizei- und Gerichtsredaktionen. Nur so kann sich bei den Fernsehredakteuren das notwendige Fachwissen ansammeln, um auf die Dauer eine gute Zusammenarbeit mit den Organen der Strafrechtspflege zu garantieren. Nur so kann zwischen Justiz, Polizei und den Massenmedien das Vertrauensverhältnis wachsen, auf dem eine gemeinsam betriebene Vorbeugung aufgebaut werden kann. Wie bescheiden es um dieses Vertrauensverhältnis heute bestellt ist, vermag kaum jemand besser zu bezeugen als der Autor der Sendereihe »Vorsicht, Falle!«. Oft genug hatte er sich mit den Auswirkungen dieses mangelnden Vertrauens herumzuschlagen. Weniger bei der Polizei als vielmehr in den Büros der Fernsehanstalt selbst entstanden die Mißverständnisse. Von Anfang an hatte »Vorsicht, Falle!« mit dem Argwohn einiger Programmüberwacher fertig zu werden, sie könnte einseitig die »Interessen der Polizei« vertreten. Der Autor hatte sich auch mit der Unterstellung auseinanderzusetzen, sein Eintreten für die Geschädigten könne als Forderung nach einem neuen Polizeistaat verstanden werden.

Man verrät heute wohl kaum noch ein Geheimnis, wenn man offenbart, daß die Spitzenpositionen der öffentlich-rechtlichen Rundfunkanstalten nach einem Proporzschlüssel von Vertrauensleuten der politischen Parteien und Verbände besetzt werden. Dieses vielgeschmähte System, in dem sich die leitenden Herren gegenseitig in ihren Anschauungen und Absichten ergänzen (Kritiker sagen: überwachen), erfüllt zweifellos eine wichtige Funktion: Es verhindert den Mißbrauch des mächtigen Mediums durch einzelne Gruppen der Gesellschaft. Kein noch so tüchtiger einzelner Intendant wäre in der Lage, dafür einzustehen, stünde ihm nicht der Proporz zur Seite.

Aber der schöne Proporz hat auch seine Schattenseiten. Er zeigt sich zum Beispiel neuen Ideen und Erkenntnissen gegenüber ausgesprochen feindlich gesinnt. Um welche Neuerung es sich auch handeln mag, einer der Kontrolleure ist bestimmt dagegen. Und wenn in den politischen Parteien, bei Kirchen und Gewerkschaften immer noch wie geschildert der große Irrtum von der Polizei als Feind der Freiheit verbreitet ist (vor allem bei älteren Funktionären, die schon in den ersten Nachkriegsjahren Politik betrieben haben), dann ist es nicht mehr als natürlich, wenn dieses Denken auch in den Rundfunk- und Fernsehanstalten häufig zu finden ist. Es ist sicher mehr als ein Zufall, daß in keiner der Fernsehanstalten eine aktive Polizeiredaktion arbeitet. Und es ist sicher auch mehr als ein Zufall, wenn in Rundfunk- und Fernsehhäusern zum Beispiel

leitende Herren bekunden, ihr Herz hänge nicht an der Frage, ob die

Zuschauer aus aufklärenden Polizeisendungen persönlichen Nutzen ziehen könnten oder nicht. Es läge ihnen vielmehr daran, politische (sprich parteipolitische) Bildung zu vermitteln,
ein Satz, wie dieser aus einer Sendung herausgeschnitten werden muß: »Wir werden uns mit allen zu Gebote stehenden Mitteln dafür einsetzen, daß die (berechtigten!) Forderungen der Polizei verwirklicht werden«,
auf dem Bildschirm nicht gesagt werden darf, daß der durch Gauner und Betrüger verursachte Schaden Jahr für Jahr etwa so hoch ist wie der Verlust durch den Kaufkraftschwund.

Persönlich ist Männern, die solche Entscheidungen treffen, kaum ein Vorwurf zu machen. Wer daran glaubt, daß er seiner Partei einen Dienst erweise, wenn er verhindert, daß Kaufkraftschwund und Schadenssumme aus der Kriminalität zu einem Zeitpunkt in Beziehung zueinander gebracht werden, zu dem die politischen Gegner gerade wegen der Preissteigerungen attackiert werden, der handelt bei einer solchen Entscheidung ehrlich und nach bestem Wissen und Gewissen. Er bewegt sich auch durchaus noch im Rahmen der gesellschaftspolitischen Spielregeln, wenn er sich dagegen wehrt, daß allzu harte Facts aus der Kriminalität sein politisches Weltbild beschädigen, in dem es möglichst nur eine schwache Polizei geben sollte. Aber – und das ist wiederum die Kehrseite – auf diese Weise werden Bemühungen kleingehalten, die den dringenden Erfordernissen der Zeit entgegenkommen.

Hier ist sicher eine Korrektur notwendig, wenn das Fernsehen seine Aufgabe und Chance wahrnehmen will, Partner einer umfassenden Vorbeugungsarbeit zu werden. Nahezu jedes Fachgebiet wird mittlerweile auch bei den Rundfunkanstalten von Fachjournalisten verantwortet: Wirtschaft, Sport, Kunst, Medizin oder Weltraumfahrt. Polizei-, Gerichts- und Sicherheitsthemen stehen aber fast immer noch unter der Obhut von fachfremden »Nur-Politikern.«

Ohne Polizei- und Gerichtsredaktionen, die ihre Arbeit nach fachlichen Gesichtspunkten ausrichten – natürlich im Rahmen der Programmrichtlinien und der Generalverantwortung der Intendanten –, wird diese Vorbeugungsaufgabe nicht zu lösen sein. auch die politischen Parteien als heimliche Herrscher über Rundfunk und Fernsehen können von solcher Einsicht letztlich nur profitieren.

Mindestens vier Millionen Menschen werden jährlich von der Kriminalität zum Teil sehr empfindlich geschädigt. Jeder einzelne Bürger schwebt ständig in Gefahr, durch Unwissenheit Opfer der Kriminalität zu werden. Das ist der Grund, weshalb Millionen Menschen für die Aufklärung, aus der sie in ihrem Alltag direkten Nutzen ziehen können, meist dankbarer sind als für politischen Nachhilfeunterricht im engeren Sinn. Im weiteren Sinn gehört solche Aufklärung nämlich zu den wichtigsten Bestandteilen der politischen Bildung.

Das nicht erkennen zu wollen, kann für jede politische Partei sehr gefährlich werden. Vier Millionen Geschädigte im Jahr bedeuten – rein statistisch gesehen – 16 Millionen Geschädigte sind aber auch ungefähr 16 Millionen Wähler. Man kann den politischen Parteien nur raten, sehr schnell ein breites Vorbeugungsprogramm an ihre Fahnen zu heften. Wenn Präsident Johnson das gleiche getan hat, so hat er sicher um die politische Bedeutung dieses Themas gewußt. Die Massenmedien sind das wirksamste Instrument einer solchen Vorbeugung. Sie können mit Unterstützung der Parteien dazu beitragen, daß die Bundesrepublik aufhört, ». . . der Ganoven Wunderland« zu sein.

Persönliches Nachwort

Wenn Sie nun, geschätzter Leser, das Gefühl haben, in unserem Vaterland stehe es um die Kriminalität und Verbrechensbekämpfung nicht gerade zum besten und der anständige Bürger laufe Gefahr, von einem Heer von Ganoven überrollt zu werden, dann erlauben Sie mir bitte einen persönlichen Rat:

Es hat nicht viel Sinn, in der Arbeitspause, am Stammtisch oder im Kreis der Familie auf Polizei und Justiz zu schimpfen. Der Schlüssel für eine Änderung der Zustände liegt im Bereich der Politik und beim Gesetzgeber. Deshalb sollten Sie sich, wenn Ihnen eine Änderung der Verhältnisse im Ganoven-Wunderland angebracht erscheint, sofort hinsetzen und Ihre Meinung mit einem kurzen Brief an der richtigen Adresse kundtun.

Glauben Sie nicht, das habe keinen Sinn. Wirtschaftsunternehmen und Interessenverbände unterhalten eine Armee von Lobbyisten, die zum Teil mit beachtlichem Erfolg auf die Parlamente und die Ministerialbürokratie einwirken. *Werden Sie zum Lobbyisten der anständigen Bürger!* Setzen Sie sich hin und schreiben Sie an Ihren Bundestagsabgeordneten, an einen Landtagsabgeordneten und auch an eine der politischen Parteien. Sehr oft wissen die Politiker nicht, welche ausgezeichneten Berufs- und Aufstiegschancen einer riesigen Zahl von Kriminellen in der Bundesrepublik geboten werden. Noch weniger wissen sie meist von der Not der Geschädigten. Setzen Sie sich hin, geschätzter Leser, und schreiben Sie es ihnen.

Fordern Sie die Damen und Herren auf den Abgeordnetenstühlen auf, sich um diese Dinge zu kümmern. Und sagen Sie ihnen ruhig, daß Sie Ihre Entscheidung bei der nächsten Wahl u. a. auch davon abhängig machen könnten, wie sich der Abgeordnete oder seine Partei gegenüber Millionen unschuldiger Opfer einer sorgfältig aufgepäppelten Kriminalität verhalten. Auf diesem Ohr hören Politiker recht gut.

Eduard Zimmermann

Polizeiliche Kriminalstatistik des Jahres 1964

Der im folgenden wiedergegebene gekürzte Auszug aus der »Polizeilichen Kriminalstatistik 1964« weist im einzelnen den Anteil der jeweiligen Straftaten(gruppen) an der Gesamtzahl der bekanntgewordenen Straftaten – ohne Verkehrs- und Staatsschutzdelikte – aus.

Straftatengruppe	Zahl der Fälle	%	Rangfolge
Mord und Totschlag	471	0	22
Versuchter Mord und Totschlag	977	0,05	21
Fahrlässige Tötung – nicht in Verb. m. Verkehrsunfall –	982	0,05	20
Gefährl. u. schwere Körperverl.	29 858	1,7	8
Sittlichkeitsdelikte	63 800	3,7	5
Raub, räuber. Erpressung, Auto-, Straßenraub	7 218	0,4	15
Schwerer Diebstahl	299 586	17,1	2
Einfacher Diebstahl	695 128	39,8	1
Unterschlagung	45 513	2,6	7
Begünstigung u. Hehlerei	13 058	0,8	11
Betrug	180 326	10,3	4
Untreue	3 717	0,2	16
Urkundenfälschung	16 686	0,9	10
Vorsätzliche Brandstiftung	2 909	0,2	17
Fahrlässige Brandstiftung	12 425	0,7	12
Widerstand gg. d. Staatsgewalt	9 201	0,5	14
Verbr. u. Vergeh. wider d. öffentl. Ordnung	22 511	1,3	9
Alle sonst. Verbr. u. Vergeh. gem. StGB – ohne Verkehrsdelikte –	275 404	15,8	3
davon:			
1) Beleidigung	26 406	1,5	–
2) Leichte vorsätzl. Körperverl.	56 346	3,2	–
3) Sachbeschädigung	93 267	5,3	–
Verbrechen u. Vergeh. gg. strafrechtl. Neben- und Landesgesetze – ohne Verkehrsdelikte –	52 732	3,1	6
davon:			
1) Rauschgiftdelikte	992	0,05	–
2) Konkursdelikte	542	0	–
3) Straftatbestände n. UWG, Vgl. O., GmbH-Ges., Genoss. Ges., Aktien-Ges., Börsen-Ges., RVO, WiStrafges.	2 538	0,1	–
Insges. (einschl. d. ausgel. Fälle):	1 747 580	100	–

Verbrechen im Dunkel

Dr. Bernd Wehner kommt in seiner Untersuchung über »Die Latenz der Straftaten« am Beispiel der Kriminalstatistik des Jahres 1956 zu den hier im einzelnen aufgeführten Schätzungen.

	Zahl der Fälle nach der Polizeilichen Kriminalstatistik für 1956
Tötungsdelikte	1 029
Abtreibung	5 400
Körperverletzungen (einschl. fahrlässiger Tötung)	33 437
Sittlichkeitsdelikte	56 295
Diebstahl, Raub	626 701
Unterschlagung, Untreue, Hehlerei, Begünstigung	79 184
Betrug	211 289
Urkundenfälschung, Amtsdelikte, Rauschgiftvergehen	17 402
Alle sonstigen Verbrechen und Vergehen	573 200
Brandstiftung, Falschgelddelikte	26 738
Gesamt:	1 630 675

(Da im Jahre 1956 die Verkehrsdelikte noch in der allgemeinen Kriminalistik enthalten waren, zeigt sich in der Rubrik »Körperverletzung und fahrlässige Tötung« ein Bild, das nur bedingt als Kriminalität zu bezeichnen ist. Im Bereich des »Betruges« sind Steuer-, Zoll- und Postdelikte nicht enthalten. Diese Straftaten werden im allgemeinen nicht von der Kriminalpolizei bearbeitet.)

Unentdeckte Fälle		Kriminalität 1956 (in Fällen)		
		nicht	sondern	
minimal	maximal		minimal	mittlere Schätzung
3 087	6 174	1 029	4 116	5 659
540 000	2 700 000	5 400	545 400	1 625 400
16 718	133 748	33 437	50 155	108 670
1 099 020	4 474 290	56 295	1 155 315	2 842 950
156 675	626 701	626 701	783 376	1 018 389
79 184	237 552	79 184	158 368	237 552
1 690 312	2 535 468	211 289	1 901 601	2 324 178
17 402	34 804	17 402	34 804	43 505
–	–	573 200	573 200	573 200
–	–	26 738	26 738	26 738
3 602 398	10748 737	1 630 675	5 233 073	8 806 241

Infratest-Ergebnisse
der Sendereihe »Vorsicht, Falle!«

Das Münchner Meinungsforschungsinstitut »infratest« ermittelt für die Rundfunkanstalten durch Befragung und Beobachtung eines repräsentativen Zuschauer-Querschnitts eine Bewertung einzelner Fernsehsendungen.

Sendung »Vorsicht, Falle!« Datum und Uhrzeit	Sehbeteiligung			
	Eingeschaltete Geräte in Tsd.	Anzahl der Zuschauer in Tsd.	Anzahl der Zuschauer in Prozent	Index
1. Sendung 24. 3. 1964 20 Uhr 30	3 145	7 360	59	+ 6
2. Sendung 25. 8. 1964 20 Uhr 30	2 104	4 840	37	+ 6
3. Sendung 20. 10. 1964 20 Uhr 50	1 337	3 160	23	+ 6
4. Sendung 16. 2. 1965 21 Uhr 40	3 076	6 800	48	+ 6
5. Sendung 2. 6. 1965 20 Uhr 00	2 487	5 740	36	+ 6
6. Sendung 6. 10. 1965 21 Uhr 00	2 575	5 900	35	+ 6
7. Sendung 15. 12. 1965 21 Uhr 45	3 062	6 250	40	+ 6

Die Wertschätzungsskala (Index) spannt sich von −10 bis +10. Die Zugkraft einer Sendung wird durch die »Sehbeteiligung« deutlich. Die angegebenen Prozentwerte beziehen sich auf die Gesamtzahl der Zuschauer mit Wahlmöglichkeit, zwischen den Fernsehprogrammen der ARD und des ZDF.

Konkurrierende Sendung im ARD-Programm	Sehbeteiligung in Prozent	Index
Dokumentation: Bagnalo – Dorf zwischen Rot und Schwarz	18	+ 2
Dokumentation: Der Autokult	30	+ 3
Spielfilm: Anna Karenina	42	+ 5
Kriminalfilm: Der Fall Manguin oder die acht schwarzen Frauen	56	+ 2
Dokumentation: Elektronenrechner als Arzthelfer	4	+ 4
Unterhaltung: Amerika durch drei	25	+ 3
Kabarett: Die Stachelschweine	57	+ 5
Unterhaltung: Bitte umblättern	22	+ 4

Aus: »Der Fernsehzuschauer«, Band 3:

Das Fernsehen hat mit informativen Programmen wie »Vorsicht, Falle!« ein vom Film und der Bühne bisher nicht ausgenutztes Stoffgebiet und dient damit zugleich auch der Einsicht in das Wesen der Kriminalität.

Auszüge aus Infratest-Analysen zu den einzelnen Sendungen

1. Sendung:
Bei einer Aufgliederung dieser Beurteilung ist die Tatsache bemerkenswert, daß die Sendung von den verschiedenen Zuschauergruppen nahezu gleichmäßig gut beurteilt wurde. Die Zuschauerreaktion hatte zwei Aspekte. Aus den Kommentaren zu »Vorsicht, Falle!« spricht ein ähnlich sachliches Interesse wie etwa aus jenen zu »Praxis«. Beschäftigt sich »Praxis« mit der Gesundheit, so geht es bei »Vorsicht, Falle!« um den Besitz, beides Güter, deren Erhaltung den Zuschauern naturgemäß sehr am Herzen liegt. Das allein hätte allerdings nicht genügt, einen so großen Zuschauerkreis in dem Maße zu fesseln. Die kurzen gespielten Szenen mit den »tollen Tricks« haben den Zuschauern auch Spaß gemacht. »Vorsicht, Falle!« verband also Aufklärung und Warnung mit Unterhaltung, und das war sicher der Grund für die ungewöhnlich gute Aufnahme der Sendung. »Die Sendung war außergewöhnlich lehrreich, aber sie hätte besser im 1. Programm kommen sollen, da doch die meisten, die gewarnt werden müssen, noch alte Geräte ohne 2. Programm haben.« (So oder ähnlich äußerten sich 31 % der befragten Zuschauer.)

2. Sendung
Eduard Zimmermanns zweiter Bericht »Vorsicht, Falle!« konnte wegen des attraktiven Konkurrenzprogramms zwar nicht die hohe Sehbeteiligung der Sendung vom 24. 3. 1964 erzielen, erreichte aber – wie beim ersten Mal – die mit Abstand höchste Sehbeteiligung des gesamten ZDF-Programms dieses Abends ... Die Zahl derjenigen, die derartige Sendungen begrüßen und die sich eine Fortsetzung dieser Berichterstattung zur Aufklärung wünschen, ist noch bedeutend größer geworden.

4. Sendung:
Obwohl »Vorsicht, Falle!« diesmal zu einem bedeutend späteren Zeitpunkt gesendet wurde als die ersten drei Sendungen dieser Reihe, war das Interesse bei den Zuschauern gleich groß, und die Sehbeteiligung nahm an diesem Abend im ZDF-Programm stetig zu:

20.00 Uhr:	»Freispruch für Old Shatterhand«	19 %
21.00 Uhr:	»Der Sportspiegel«	33 %
21.30 Uhr:	»Vorsicht, Falle!«	48 %

Dieser Anstieg der Seherzahlen zeigt besonders deutlich, wieviel die Zuschauer von der Sendung »Vorsicht, Falle!« erwarten, denn nur selten erfährt eine relativ spät angesetzte Sendung einen derart starken Zuschauerzuwachs vom Nachbarprogramm ... Die Zuschauer haben nach wie vor das Gefühl, durch die Sendung »gut« und »sinnvoll« aufgeklärt zu werden, und da man die Aufklärungsarbeit für »notwendig« – ja »unumgänglich« hält, spricht man auch oft die Hoffnung aus, die Reihe möge ... häufiger erscheinen.

5. Sendung
Aus den Kommentaren zu dieser Sendung spricht wieder das große Interesse der Zuschauer an dieser Aufklärungsarbeit des Fernsehens, und immer wieder bringt man zum Ausdruck, wie »wichtig« und »notwendig« diese Art von Sendungen seien. Es ist deshalb auch nicht erstaunlich, daß sehr viele Zuschauer besonders betonen, daß man diese Sendung häufiger bringen sollte.

Zitatauswahl der wichtigsten Urteilsgruppen:	Es äußerten sich so oder so ähnlich:
– »Diese Aufklärung sollte auf breiterer Basis gebracht werden.« – »Es sollten mehr Warnungen dieser Art gezeigt und erläutert werden.« – »Aufklärend. Solche Sendungen müßten viel mehr gebracht werden.«	19 %
– »Das ist eine sehr interessante Sendung; man wird dabei aufgeklärt und auf die verschiedenen Schwindeltypen hingewiesen.« – »Diese Aufklärung ist sehr gut. Man lernt immer neue Arten von Trickbetrügern kennen und kann nur hoffen, daß recht viele Leute daraus lernen.« – »Ein sehr lehrreicher Film. Man kann nicht genug gewarnt werden.« – »Sehr interessant ist diese Aufklärung. Diese Sachen sollte man sich unbedingt ansehen.«	47 %

7. *Sendung:*
Es ist verhältnismäßig selten, daß die Sehbeteiligung eines Berichts nach einem unmittelbar vorangegangenen längeren Fernsehspiel nicht absinkt. Eduard Zimmermanns neue Folge seiner Reihe »Vorsicht, Falle!« aber erreichte dieselbe Zuschauerzahl wie das vorangegangene Lustspiel, ein Zeichen dafür, daß das Interesse an dieser Reihe nicht nachläßt. Auch die Beurteilung fiel wieder sehr gut aus. Die aufklärende Unterhaltung bzw. unterhaltende Aufklärung hat, wie die anschließenden Zuschauerkommentare zeigen, nach wie vor nichts von ihrem Reiz eingebüßt.

Zitatauswahl der wichtigsten Urteilsgruppen:	Es äußerten sich so oder so ähnlich:
– »Sehr von Interesse; diese Hinweise sind notwendig und beachtenswert.« – »Es ist gut, daß solche Warnungen gebracht werden.« – »Eine sehr nützliche Sendung.« – »Eine gute Aufklärung, sehr zu begrüßen.« – »Diese Aufklärungen über Betrüger sind sehr gut, diese Sendung müßte aber früher gebracht werden, damit sie von einem größeren Zuschauerkreis gesehen wird.«	62 %
– »Man kann manchmal gar nicht begreifen, daß es solche Schwindler gibt.«	4 %
– »Die Dummen werden wirklich nicht alle; unglaublich, auf was die hereinfallen.«	4 %
– »Die Sendung ist interessant und dazu auch noch recht spannend und unterhaltend.« – »Aufklärend und unterhaltend zugleich; so was gefällt mir.«	17 %
– »Das war nichts Besonderes.«	3 %

Bekämpfung von Betrug und Urkundenfälschung
hrsg. vom Bundeskriminalamt, Wiesbaden, 1956

Bekämpfung von Diebstahl, Einbruch und Raub
hrsg. vom Bundeskriminalamt, Wiesbaden, 1958

Bertling, Kriminalität im bargeldlosen und bargeldsparenden Zahlungsverkehr. Schriftenreihe des Bundeskriminalamtes, Wiesbaden, Heft 3/1958

Gegenwartsfragen, kriminalpolitische
hrsg. vom Bundeskriminalamt, Wiesbaden, 1959

Goedecke, Berufs- und Gewohnheitsverbrecher. Schriftenreihe des Bundeskriminalamtes, Wiesbaden, Heft 1/1962

Kriminalstatistik – Zeitschrift für die gesamte kriminalistische Wissenschaft und Praxis. Hamburg

Kriminalstatistik, polizeiliche, von 1953-1964
hrsg. vom Bundeskriminalamt, Wiesbaden

Rangol, Die Straffälligkeit nach Hauptdeliktsgruppen und Altersklassen 1884-1958 in: Monatszeitschrift für Kriminologie, Heft 5/1964

Strafrechtspflege und Strafrechtsreform
hrsg. vom Bundeskriminalamt, Wiesbaden, 1962

Verbrechensbekämpfung, vorbeugende
hrsg. vom Bundeskriminalamt, Wiesbaden, 1964

»Warnungsdienst« (erscheint monatlich)
hrsg. von der »Deutschen Zentralstelle zur Bekämpfung der Schwindelfirmen e. V.«, Hamburg, Jahrgang 1961 ff.

Wehner, Die Latenz der Straftaten. Schriftenreihe des Bundeskriminalamtes, Wiesbaden, Heft 1/1957

Wirtschaft und Statistik 1965
hrsg. vom Statistischen Bundesamt, Wiesbaden

Zirpins/Terstegen, Wirtschaftskriminalität. Lübeck, 1963

Zirpins, Von Schwindelfirmen und anderen unlauteren (kriminellen) Unternehmen des Wirtschaftslebens. Schriftenreihe des Bundeskriminalamtes, Wiesbaden, Heft 1/1959